Het Arcanum

www.uitgeverij-m.nl

De website van Uitgeverij M bevat nieuwtjes, achtergronden
bij auteurs en boeken, voorpublicaties en vele extra's.

Thomas Wheeler

Het Arcanum

UITGEVERIJ M

Oorspronkelijke titel *The Arcanum*
Vertaling *Rob van Moppes*
Omslagbeeld *Corbis*
Omslagontwerp *Studio Eric Wondergem bno*

Eerste druk juni 2005

ISBN 90 225 4164 9 / NUR 332

Voor Christina

Dankbetuiging

Laten we bij het begin beginnen.

Naast het feit dat hij een begenadigd schrijver en verhalenverteller was, had mijn vader ook grote waardering voor historische buitenbeentjes, mystici en schurken. Deze roman bewijst dat mijn vaders enthousiasme besmettelijk was.

De onvoorwaardelijke steun van mijn moeder, Judi Barton, en het creatieve voorbeeld dat zij haar kinderen stelde, heeft me ertoe geïnspireerd de wereld te bekijken vanuit een optiek van avontuurlijkheid en onbegrensde mogelijkheden en daar dank ik haar voor.

Warren Zide, mijn manager en vriend, is een onwrikbaar voorstander geweest van *Het Arcanum*, vanaf de aanvang tot aan de laatste definitieve versie. Craig Perry, zijn partner, een van de beste literatuurkenners van Los Angeles, heeft *Het Arcanum* bij elke stap van zijn ontstaan gekneed, getest, getart en aangemoedigd, hetgeen resulteerde in een enorm verbeterd verhaal en een vaak tot wanhoop gedreven auteur.

William Wheeler, mijn broer, een gigantisch schrijftalent, kon hele passages van deze roman in zijn slaap citeren. Alleen zijn geduld al was heroïsch en met zijn briljante suggesties op kritische punten heeft hij meer bijgedragen aan dit verhaal dan wie ook, de auteur buiten beschouwing gelaten.

Ik zou ook mijn goede vrienden Bobby Cohen en Michelle Raimo willen bedanken voor hun voorspraak in een vroeg stadium, hun uitmuntende adviezen en hun bestendige steun.

Carolyn Chriss, mijn researcher, en Robbie Thompson, mijn assistent, kwamen mij veel later te hulp maar hadden beiden een duurzame invloed op de beschrijving van deze wereld en het persklaar maken van het manuscript.

Ik zal Mel Berger, mijn agent bij William Morris, altijd dankbaar blijven voor zijn geestdrift en kundige begeleiding.

Richard SanFilippo, mijn editor bij Bantam Dell, heeft bewezen naast een uitmuntende medewerker tevens een oprechte bemiddelaar, een betrouwbare bondgenoot en een geweldige vriend te zijn.

En ten slotte komt geen woord dat ik schrijf in de openbaarheid zonder de prachtige bruine ogen van Christina Malpero-Wheeler, mijn echtgenote, te hebben gepasseerd. Haar oprechtheid, haar geestdrift en haar wijsheid geven mij dagelijks kracht. Zij heeft me meer geleerd dan ze ooit zal beseffen. Ik wil haar bedanken omdat zij de liefde van mijn leven is en omdat zij Luca Thomas Wheeler ter wereld heeft gebracht.

I

LONDEN – 1919

Een septemberstorm beukte in op het slapende Londen. De ene stortbui na de andere ranselde de daken en losgeraakte planken. Regendruppels zo groot als zilveren dollars kletterden neer op de verlaten straten en drongen families duiven dicht bijeen boven op de gaslantaarns.

Toen hield het op met regenen.

De bomen in Kensington Gardens bogen in de wind, en de stad hield haar adem in. Ze wachtte een paar druipende seconden af, en ontspande zich toen.

Plotseling reed een Model-T Ford langs Marble Arch in Hyde Park en zwenkte, met schallend gelach in zijn kielzog, om Speakers' Corner heen.

In de auto hield Daniel Bisbee het stuur met één hand vast en klopte met de andere op Lizzies mollige dij. De vijf pinten bier hadden hun werk gedaan en zijn vastberadenheid vergroot. Lizzie droeg nog steeds haar sjofele kostuum uit het theater en deed alsof ze Daniels opdringerige vingers onder haar rok niet opmerkte. Ze was een ongeneeslijke flirt maar had nog steeds niet in de gaten wat voor gevoelens ze in haar vrijers losmaakte.

Terwijl zijn hand langzaam naar haar knie toeschoof, kwebbelde ze zenuwachtig door. 'En die Quigley had het gore lef me vlak voordat ik op moest nog aanwijzingen te geven, waardoor hij mijn concentratie totaal verstoorde. En je weet hoe vreselijk hij uit zijn mond stinkt. Ik heb geen idee wat hij eet, maar die man heeft iets heel ongezonds over zich. En waar halen ze dat bedroevende publiek vandaan? Ze hebben helemaal niet gelachen.'

Daniel glimlachte en wekte daarmee de indruk dat hij luisterde, maar zijn aandacht was gericht op het vijf centimeter verder langs haar dij omhoogschuiven van zijn vingers. Hij kroop als een spin onder haar rok, maar ze duwde hem met een preuts 'Danny, toch', weg, terwijl er van de achterbank opnieuw gegiechel opklonk.

Achterin betastte Gulliver Lloyd Celia West – een minder aantrekkelijke, minder getalenteerde actrice dan Lizzie, maar wel eentje die jongens aan zich bond door hun de vleselijke geneugten toe te staan die Lizzie hun zo kuis onthield.

Wat Gulliver in lengte tekort kwam compenseerde hij meer dan ruimschoots met zijn onvermoeibare volharding. Dat hij rijk was kon ook geen kwaad. In een zachtaardige worstelwedstrijd weerde Celia zijn knepen en porren af.

'Je bent onuitstaanbaar, houd daarmee op,' riep Celia plagerig uit en ze gaf hem een tik op zijn arm toen hij zijn pogingen staakte.

Gulliver liet zijn handen over Celia's middel glijden, drukte toen snel zijn lippen op de hare en kuste haar voordat hij terugweek.

Celia beroerde haar lippen. 'Je bent verschrikkelijk, Gully.' En ze boog haar hoofd en keek hem aan met haar door mascara omrande ogen.

Voorin klemde Daniel Bisbee zijn kaken op elkaar.

De vier acteurs waren halverwege een serie opvoeringen van *Purloin's Prophecy*, een nieuw stuk in het Leicester Playhouse. Daniel en Lizzie speelden de gelieven, maar op de een of andere manier was Celia al Gullivers vierde verovering tijdens die productie. En dat was niet in de haak. Daniels opvoeding in de huurkazernes in East End had iets van blinde geldingsdrang in hem losgemaakt. Omdat zijn ouders rijk waren kreeg Gully alles wat zijn hartje begeerde. Zelfs Daniels opwinding over het feit dat hij Gully's nieuwe auto mocht besturen bekoelde toen hij besefte dat hij niets meer dan een onbezoldigde chauffeur was geworden.

Gejaagd gezucht en gesteun en geruis van kledingstukken namen de plaats in van het gegiechel. Daniel keek Lizzie, die hevig zat te blozen, zijdelings aan.

Hij nam een slok uit een met leer beklede heupflacon en trapte het gaspedaal dieper in waardoor ze slippend Piccadilly opreden. Lizzie greep het portierhendel vast.

'Niet zo hard, Danny, alsjeblieft.'

Daniel reed nogmaals een hoek om en raakte al doende een stoeprand.

'Allemachtig, Dano! Doe eens wat rustiger aan, maatje,' mopperde

Gulliver op de achterbank. Zijn hand zat klem tussen Celia's borsten en haar korset. Dit was een cruciaal moment en hij wilde niet dat zijn verkenningstocht door iets anders werd verstoord.

'Zet mij maar thuis af. Het is al laat,' zei Lizzie tegen het raampje, waarbij haar adem de ruit deed beslaan.

De T-Ford glibberde op tachtig meter van het hek van het museum de hoek om. Het British Museum was 's avonds gesloten, de vensters waren verduisterd. Het was een robuust, plomp gebouw dat drie huizenblokken besloeg en werd bewaakt door hoog oprijzende sparren. De kleine vensters waren getralied, de hoge hekken voorzien van scherpe punten. De enige bezoeker op dit late uur was een mist die uit alle zijstraten opdoemde, eigenaardige over de grond voortbewegende nevelwolken waren als een massief leger samengepakt en kringelden rond de gebouwen, deden de ramen beslaan en verstikten de van regendruppels zwangere lucht. Flarden ijle mist sijpelden tussen de hekspijlen door en bezetten het omheinde terrein.

Toen klonk ergens in het duister het geluid van brekend glas en begon een alarmbel te rinkelen.

Nevel omhulde de auto. Voorbij de raampjes was, behalve de slierten wervelende lucht, geen hand voor ogen te zien. Lizzie trapte met haar voet een denkbeeldig rempedaal in.

'Danny.'

Daniel Bisbee minderde vaart toen de straat voor zijn ogen uit het gezicht verdween.

'Wat krijgen we nu?'

Later vertelde Lizzie de politie dat haar eerste gedachte was dat het een 'sneeuwengel' was. Haar welgestelde grootouders hadden haar en haar twee jongere broertjes ooit eens op wintersportvakantie meegenomen naar Zwitserland en daar hadden ze geleerd in de diepe sneeuwhopen sneeuwengelen te maken. De grauwe vlek in de mist had de vorm van een engel, met uitgestrekte vleugels. Maar al snel deden die klapperende vleugels haar minder denken aan schoonheid en meer aan paniek. En toen de mist een beetje optrok versmolten de gevederde vleugels tot gewone armen, die verwoed om zich heen maaiden.

'D-Danny?' zei Lizzie.

Maar het was al te laat.

Uit de nevel doemde een gestalte op. Lizzies handen sloegen tegen het dashboard terwijl ze het uitschreeuwde. Daniel Busbee trapte met beide voeten alle drie de rempedalen in en gooide het stuur om, maar het lichaam was al in botsing gekomen met de motorkap en buitelde over de voorruit. Het geluid van knerpend metaal vermengde zich met het gekraak van menselijke botten. De T-Ford schoot over het trottoir, slipte in het gras en ramde het stalen hek, terwijl het lichaam tegen het natte plaveisel smakte en nog even doorrolde.

Lizzie sloeg haar handen voor haar gezicht en gaf een gil.

'Dan, jezus god...'

'Was het een man? Was het een man?'

Door Lizzies gegil kon Daniel niet nadenken.

Gulliver draaide zich om en keek door de achterruit. 'Godsgloeiende, Danno! Hij ligt op straat!'

'Ik heb hem niet...' Daniel staarde naar de voorruit die naar binnen was ingedeukt in de vorm van een menselijk lichaam. Een pluk wit haar was tijdens de klap van de schedel gerukt en in een barst in het glas blijven steken.

Celia rukte aan Gullivers arm. 'Is hij dood?'

'Lizzie, doe het portier open.' Gulliver duwde tegen haar stoel.

'O-mijn-god-o-mijn-god-o-mijn-god...'

'Lizzie, in hemelsnaam.' Gulliver klauterde over Celia heen terwijl Daniel strompelend uitstapte. De twee mannen snelden op het lichaam toe, op hun pad een breed bloedspoor volgend.

Het lichaam lag totaal verwrongen op de grond, als een vormeloze hoop.

Daniel en Gulliver liepen er behoedzaam omheen.

'Christeneziele, Dano. Jezus Maria.' Gulliver streek met zijn handen door zijn haar.

Daniel kon aan het witte haar en de witte baard zien dat hij een oude man had geraakt, meer dan een meter tachtig lang, met dikke armen en een brede rug en nog krachtig gebouwd. Maar nu leek zijn ene arm twee keer zo lang als de andere omdat die duidelijk uit de kom was geschoten. Een schouderblad stak door de huid omhoog als de vin van een witte haai. En de rechterknie van de oude man was de verkeerde kant op geknakt, waardoor hij deed denken aan een van bloed doordrenkte marionet die een poppenspeler had laten vallen.

Daniels schuldgevoelens deden hem neerknielen. Hij raakte de hand van de oude man aan. Zijn gezicht was tegen het plaveisel tot pulp geslagen.

'M-Meneer?' Daniel kneep voorzichtig in de vingers.

Bij wijze van antwoord klonk een zwak gekreun.

'Dat deed hij, Dano. Hij ademt nog!'

Daniel tilde het lichaam van het plaveisel. De helft van een ontveld gezicht plofte in zijn schoot.

Gulliver wendde zich af.

Het grootste deel van het gezicht van de oude man lag nog op de keien. Hij knipperde met zijn overgebleven oog. Waar het vlees was afgestroopt kon Daniel de kaakspieren van de oude man zien bewegen terwijl bloed in zijn baard droop. Een grote hand greep Daniels bovenarm. Daniel probeerde achteruit te deinzen maar de oude man hield hem stevig omklemd en tilde zijn hoofd enkele centimeters omhoog van het plaveisel.

'Hij is…'

'Gully, haal hem van me af!' krijste Daniel en hij probeerde de vingers van de oude man los te rukken. 'Getver, Gully. Hij is…'

'Hij is mijn geest binnengedrongen,' schreeuwde de oude man.

Gulliver probeerde Daniel los te rukken, maar hield op toen hij die woorden verstond.

'Wat zei hij?'

De oude man trok Daniel dichter naar zich toe. Daniel kon het bloed en de tabak in zijn adem ruiken. En de dood. De oude man siste: '… waarschuw…'

'O god…' Daniel probeerde zich nogmaals los te rukken.

Plotseling liet de oude man los en stortte Daniel zich in Gullivers armen. Het hoofd van de oude man viel opzij. Het nog overgebleven oog verstarde. Hij staarde in het niets.

Zijn laatste woord, 'Arcanum', weerklonk door de stille straten, benadrukt door het gedempte gesnik van de meisjes.

Plotseling weken de wolken uiteen om plaats te bieden aan de volle maan die een witte glans over de straat wierp.

Ondanks het licht merkte niemand de glinstering op van een blauwe monocle in de schaduw. Er was nog een getuige. En in een werveling van een zwarte overjas was hij verdwenen, niets achterlatend dan de stilte van de bedarende storm.

2

Op het papier voor hem stond niets. Sir Arthur Conan Doyle kon zich niet concentreren, afgeleid door het metronomische getik van zijn grootvaders klok. Hij raakte met zijn schoen de snuit van een Bengaalse tijgerhuid die aan zijn voeten lag uitgespreid en keek om zich heen, zijn blik dwalend over de bewijzen van een rijk en vruchtbaar leven.

De biljartzaal van zijn buitenverblijf in Windlesham strekte zich uit over de volle lengte van het grote landhuis en deed ook dienst als balzaal en als Doyles schrijfkamer. Lady Jean, zijn echtgenote, had in de hoek bij de bakstenen haard een piano en een klavecimbel staan. De biljarttafel met de leeuwenpoten vormde een tegenwicht aan de andere kant van de zaal. De muren waren gesierd met een eclectische collectie Napoleontische wapens en een hertenkop met een indrukwekkend gewei met een spanwijdte van bijna twee meter. Doyles blik gleed over de buste van Sherlock Holmes met zijn jachtpet op en bleef naargeestig rusten op een door Sidney Paget geschilderd portret van een jonge Kingsley Doyle in het uniform van de Royal Air Force. Het ronde gezicht van de jongen was een evenbeeld van hemzelf toen hij zo jong was. Doyle keek naar zijn handen en telde de donkere levervlekken. Hij keek opnieuw naar het portret, totdat hij een kamertje van opwellend verdriet in zijn borstkas voelde opengaan. Toen richtte hij zijn blik weer op de onbeschreven blocnote.

De telefoon ging: een monotoon gerinkel dat hem altijd weer stoorde. Hij vond Bells apparaat uitermate opdringerig. Niet opnemen leek onbehouwen, maar Doyle kon nooit voorzien wanneer een bezoeker onaangekondigd zijn kantoor zou binnenkomen en, zelfs als hij zat te schrijven, zijn aandacht zou opeisen. Het was technologische botheid; een voorbode van wat ons nog te wachten stond. Doyle keek kwaad van de andere kant van de kamer naar de telefoon en tikte onderwijl met zijn vulpen op de armleuning van de stoel.

Toen hij naar de schoorsteenmantel toe liep kraakten de vloerplanken. Hij tilde de hoorn van de haak en nam het toestel in zijn andere hand.

'Ja? Hallo?' Doyle had de neiging in de telefoonhoorn te schreeuwen.

'Arthur?' De stem was laag, welluidend en onmiskenbaar, zelfs via de krakende telefoonverbinding: Winston Churchill, de minister van Oorlog – een vriend van Doyle sinds de parlementsverkiezingen van 1900.

'Winston?'

'Ik vrees dat ik nieuws voor je heb. Verdomd vervelend nieuws.' De lijn bleef, afgezien van het statische geruis, stil. 'Konstantin Duvall is dood.'

Een enkele druppel inkt spatte uiteen op de vloer. Doyle streek met zijn hand over zijn walrussnor en sloot zijn ogen. Hij liet zijn schouders hangen. Hij legde de druipende pen terug op tafel. 'Wanneer?'

'Gisteravond, wordt beweerd. Geschept door een automobiel. In de mist.'

'Mijn god.' Conan Doyle voelde hoe zijn emoties tot in de krochten van zijn hart verzonken en niets dan misselijkheid achterlieten. Maar na meer dan zestig jaar was dit, zo wist hij, slechts een voorbode van de golf van verdriet die in aantocht was.

'Had hij familie, Arthur? Van ons allen was jij degene die hem het beste kende.'

'Echt, ik... ik zou het niet weten.'

'Ik zal het Scotland Yard laten onderzoeken, maar ik vermoed dat die niet verder zullen komen dan ik. We zullen wellicht iets moeten organiseren. In besloten kring, uiteraard.'

Het duizelde Doyle. Fragmenten en flarden, beelden, woorden, een onstuitbare stroom gedachten. Hij speurde naar bruikbare gegevens. 'Hij heeft ooit eens gezegd dat hij... dat hij gecremeerd wilde worden. Na zijn verblijf in het Verre Oosten.'

'Uh? Dat is tenminste iets. Dat valt te regelen. Het lijkt ongelooflijk. Ongelooflijk...' Churchill liet de stilte voortduren. Het was duidelijk dat hij wachtte op de informatie waarvan hij wist dat Doyle erover beschikte. De brave dokter vertoefde echter een ogenblik in het verleden. Ten slotte drong Churchill aan. 'Wat voerde hij in hemelsnaam uit bij het British Museum? En op zo'n absurd tijdstip?'

Doyle aarzelde en loog toen: 'Ik heb geen flauw idee.'

'Kletskoek,' antwoordde Churchill. 'Je hebt een heleboel verzwegen over wat jullie samen bekokstoofden, Arthur. Massa's gegevens die onvermeld zijn gebleven. Ik ben altijd oprecht tegen je geweest waar het Duvall betrof en ik zou het prettig vinden als je mij met gelijke munt zou willen terugbetalen. Heel binnenkort wil ik weten wat jullie samen in jullie schild voerden, ouwe jongen.'

Doyle zuchtte. 'Eerlijk, Winston, we hebben dit al zo vaak…'

Maar Churchill viel hem in de rede. 'Duvall was een belangrijk man, maar alleen jij schijnt te weten hoe belangrijk. Op zeker moment heb je een verantwoordelijkheid jegens je vaderland, je koning en jegens mij om ons te vertellen wat je weet. Intussen,' Churchill dempte zijn stem, 'betuig ik je mijn diepste leedwezen. Ik weet dat hij belangrijk voor je was. Hij heeft een goed leven gehad. Meer mogen we uiteindelijk niet verlangen. Een goed leven. Ik bel je later nog wel.'

'Goed, Winston. Bedankt voor je telefoontje.'

De verbinding werd verbroken, Doyle legde de hoorn op de haak en merkte dat hij een brok in zijn keel had. Het waren de geheimen die hij dertig jaar lang in zich had meegedragen en die nu toesnelden om het heden in te halen. Maar hij hield zich vast aan de schoorsteenmantel, drong ze terug en sloot ze opnieuw op waar ze thuishoorden.

Lady Jean Doyle stond de rozen te snoeien in een witte jurk met lange mouwen en met een gele hoed op. Haar blanke huid was gevoelig voor zonlicht maar ze hield van tuinieren – vooral als ze hun jonge dochter langs de groene hellingen van Sussex Downs zag paardrijden. Het buiten van de Doyles in Windlesham was een toonbeeld van smaakvolle grandeur: een bakstenen landhuis dat tweeëndertig kamers telde en beschermd werd door een kring van driehonderd jaar oude esdoorns.

Maar ogenblikken van schoonheid als dit waren de laatste tijd zeldzamer geworden, hetgeen Lady Jean elke keer dat zoiets zich voordeed dubbel dankbaar maakte. Het recente verleden had de weerstand van de Doyles met een angstwekkende serie sterfgevallen op de proef gesteld. Naast het verlies van hun aanbeden Kingsley was Doyles broer Innes aan de griep overleden. En Malcolm, Jeans broer, was gesneuveld in de Slag bij Mons. Herstel – als dat ooit al zou komen – zou pijnlijk langzaam zijn.

Nog erger was dat Doyles recente kruistocht ten behoeve van de Spiritistische Beweging onbedoelde schokgolven binnen de Britse pers had teweeggebracht en een stortvloed van spot over hem had uitgestort. Vriend en vijand hadden verklaard dat Doyle even goedgelovig als Sherlock Holmes sceptisch was. Er scheen geen einde te komen aan de beledigingen en bespottingen, maar Doyle liet zich niet van zijn stuk brengen en keek lijdzaam toe hoe zijn reputatie afbrokkelde, als een man die over geheime kennis beschikte.

Hetgeen ook zo was.

Evengoed had het Lady Jean, hoewel ze ervan afwist, toch geschokt om te zien hoe haar dierbare Arthur – haar stoere held – zienderogen verouderde. Nu was hem zelfs de natuurlijke afleiding van het schrijven onmogelijk gemaakt. Hij zat in zijn krakende draaistoel in zijn karakteristieke houding in de biljartzaal – de bakermat van massa's romans – doodstil als een standbeeld en staarde naar het onbeschreven papier voor hem. Verdriet had hem uitgeput en Lady Jean vreesde dat hij eraan ten onder zou gaan.

Toen Doyle het terras op strompelde, maakte hij een broze en afgetobde indruk. Lady Jean liet de snoeischaar vallen en rende naar hem toe. 'Arthur, wat is er aan de hand?'

'Duvall is gisternacht door een automobiel doodgereden. Vlak bij het museum, notabene.'

Lady Jean sloeg haar armen om hem heen en als een kind legde hij zijn hoofd tegen haar schouder. Ze streelde zijn haar en kuste zijn voorhoofd, niet slechts uit liefde maar tevens om haar opluchting te verhullen. Het ging dus niet om haar kinderen of naaste dierbaren. En voor haar betekende het dat een van de vreselijkste en angstwekkendste hoofdstukken uit hun leven eindelijk was afgesloten.

Dat dacht zij in ieder geval…

3

De begrafenis kwam en ging voorbij. Het was een raadselachtig en bedroevend ontgoochelend besluit van Duvalls leven. Het weer was typisch Engels, een koude gestage uit de hemel neerdalende motregen. Doyle wist hoe vertoornd Duvall zou zijn geweest over zo'n armzalige vertoning. Een dergelijke gelegenheid vereiste orkanen, en stormen die bomen ontwortelden. Per slot van rekening was Duvall de laatste der grote mystici, een overlevende uit de Middeleeuwen. Hij vertoonde een zekere gelijkenis met en had de moed van een tempelier, doch huldigde de verwrongen opvattingen van een priester tijdens de Inquisitie. Hij was even argwanend en gereserveerd als een alchemist, maar sprak wel twaalf talen, schreef manuscripten in code en reisde onder verschillende vermommingen de wereld over als een echte spion.

Toch was zijn einde maar al te deprimerend menselijk. Uiteindelijk had het er alle schijn van dat Duvall toch een gewone sterveling was.

Doyle keek naar de zeven andere begrafenisgasten die naast elkaar op een met klimop overwoekerde brug stonden – allemaal illustere figuren, doch nauwelijks een fractie van Duvalls onmetelijke netwerk.

Zelfs nu dacht Doyle hoofdschuddend aan de verstrekkendheid van 's mans invloed. Duvall behoorde tot de meest omstreden figuren van zijn tijd. Zijn vrienden en vertrouwelingen behoorden tot de elite, niet alleen van Europa, maar ook van Amerika. Eerste ministers, koningen, aartsbisschoppen, presidenten, filosofen en schrijvers – die het allemaal als een essentieel bewijs van hun status beschouwden dat ze Konstantin Duvall kenden en hem hun vriend mochten noemen.

En in Doyles ogen was hij nog steeds een vat vol tegenstrijdigheden, ook al kenden zij elkaar al heel wat jaren. Geen journalist had ooit zijn naam in een krant vermeld, mijmerde hij. Slechts weinige uitgevers – Hearst vormde daarop een uitzondering – wisten zelfs van zijn bestaan. Maar evengoed had Duvall de scepter gezwaaid in het pantheon van occulte meesters en beïnvloedde hij hele beschavingen en werelden: alom aanwezig, mysterieus en leeftijdloos.

Doyle merkte een vrouw op die geheel in het zwart gehuld op enige afstand van de anderen stond. Haar wimpers knipperden als vlinders terwijl de tranen over de welving van haar bevallige neus dropen. Doyle herkende in haar een Spaanse prinses en tevens de echtgenote van een van de rijkste scheepsmagnaten in Europa. Het deed hem terugdenken aan de wijze waarop vrouwen in Duvalls aanwezigheid buiten zinnen plachten te raken. Bij zijn leven was Duvall achtmaal door bedrogen echtgenoten uitgedaagd tot een duel en had ze alle acht gewonnen.

Maar afgezien van de salonroddels waren de geruchten die over hem de ronde deden onmogelijk op waarheid te toetsen, want Duvall was een man die gewoon uitnodigde tot overdrijving. Voorwaar, opgesmukte verhalen over Duvall werden binnen de Europese aristocratie als bewijzen van maatschappelijke status beschouwd. De verhalen over zijn internationale diplomatiek waren te wijdverspreid en te onvoorstelbaar om te worden geloofd, maar Doyle wist maar al te goed dat Duvall betrokken was bij de meer cruciale vraagstukken van de tweede helft van de negentiende eeuw, ook al voelde hij zich aan geen enkel land of bewind schatplichtig.

Velen vreesden hem. De verhalen hadden een duistere zijde waaraan men niet zo gemakkelijk voorbij kon gaan; geruchten over verraad, over spionage en moordaanslagen. Er werd zelfs gefluisterd over toverij en duivelaanbidding.

Er werd gezegd dat paus Pius de Negende heimelijk een prijs op Duvalls hoofd had gezet, hoewel sommigen dat eerder zagen als een daad uit zelfbehoud dan uit geloofsovertuiging.

Hij betaalde nooit voor een maaltijd, herinnerde Doyle zich met een glimlach en hij kon een ergerlijke opschepper zijn. Maar niemand had enig idee van de omvang van zijn kennis of de diepte van zijn ervaringen.

En dan was er nog dat merkwaardige accent dat men onmogelijk kon thuisbrengen. Russisch? Frans? En die krakende lach, als een geweerschot.

De herinneringen bezorgden Doyle een brok in zijn keel en vertroebelden zijn blik. Wat leek het allemaal ver weg. En toch... waar droefenis ooit de deuren naar het verleden had gebarricadeerd, wilde het verleden nu ontsnappen.

Want Montalvo Konstantin Duvall had Doyle uitverkoren, en dat enkele simpele feit was de afgelopen dertig jaar het geheim geweest dat Doyle met zich mee had gedragen. Duvall had hen allen bijeengebracht. Van begin af aan was het zijn wensbeeld. Het Arcanum was het enige dat Duvall als zijn creatie beschouwde. Maar wie moest nu het heft in handen nemen?

Doyle keek toe hoe de as opwaaide toen hij de urn omkeerde. Het grootste deel kwam terecht in de beek beneden zijn voeten, maar een kleiner deel waaide terug en bedekte de overjassen en bolhoeden. Doyle liet Lady Jeans hand los en klopte een beetje as van zijn mouw voor hij zich realiseerde wat er van Duvall was geworden. Niet meer dan een hoopje as. Afgedaan.

Het deugde niet. Niets eraan deugde. Het feit dat hij Konstantin Duvall van zijn mouw klopte was daar een bewijs van.

In Doyles geest werd een roestige hendel overgehaald. Even was hij meer wakker dan hij in vier jaren was geweest. En hij wist dat er iets niet deugde. Totaal niet deugde.

Links van Doyle stond Churchill, wiens bolle rode neus onder zijn bolhoed uitstak. Doyle pakte zijn elleboog en sprak op gedempte toon. 'Heeft Scotland Yard de zaak onderzocht?'

Churchill antwoordde op fluistertoon: 'In de auto zaten jonge acteurs. Toneelspelers. Zij hebben de autoriteiten verteld dat Duvall plotseling uit de mist voor hun wielen opdook.'

Doyle keek Churchill, die zijn hoofd schuin omhooghield, geërgerd aan. 'Wat is er?'

'Je geeft geen antwoord op de voor de hand liggende vraag, Winston. *Waarom* dook Duvall plotseling uit de mist voor hun wielen op?'

'Hoe zou ik dat moeten weten?' vroeg Churchill met enige stemverheffing en iemand in de rij in het zwart gehulde rouwklagers maande hem sissend tot stilte. 'Er is zoveel aan die man dat ik nooit heb begrepen,' voegde hij er opnieuw fluisterend aan toe.

Doyle liet Churchills elleboog los en staarde over de brug naar het laatste beetje in de beek neerdwarrelend as.

Churchill keek hem bedachtzaam aan en dempte zijn stem nog meer. 'Waar denk je aan, ouwe jongen?'

'Niets belangrijks.'

'Maak je niet sappel, Arthur; het was een ongeluk. Meer niet. Het heeft geen enkele zin om zaken overhoop te halen.'

'Doe niet zo belachelijk.'

'Laat de jongens van Scotland Yard hun werk doen. Het is overigens prachtig om te zien dat het oude vuur nog steeds in je brandt.' Churchill gaf hem een schouderklopje.

Doyle herhaalde de woorden zachtjes. '"Het oude vuur", ja.' Hij keek Churchill glimlachend aan. Hij wist beter dan wie ook dat niets in Duvalls leven ooit een 'ongeluk' was geweest. En nu had Doyle het gevoel dat voor zijn dood hetzelfde gold.

Lady Jean wendde zich achter in de Bentley limousine tot haar echtgenoot. Ze was niet helderziende, maar kon beter bepalen wat er in het hoofd van haar man omging dan de meeste vrouwen. Zij kende de betekenis van elke rimpel, verbleking en blos op zijn aantrekkelijke gelaat. Hij ontweek haar blik door naarstig een vlieg te bestuderen die zoemend tegen het raam opvloog. Maar daar nam ze geen genoegen mee. 'Waar hadden Churchill en jij het over?' vroeg ze.

Doyle deed alsof hij in gedachten verzonken was. 'Pardon, lieve?'

Maar Lady Jean liet zich niet van de wijs brengen. 'Er bestaat een gezegde, weet je, Arthur?' zei ze. 'Iets over slapende honden en zo.'

Haar man reageerde niet.

'Het was een vreselijk ongeluk.'

Doyle keerde zich naar haar toe met een verbeten blik in zijn ogen die haar angst inboezemde. 'Dan hoeven wij ons daar verder geen zorgen om te maken, is het wel?' luidde zijn antwoord.

4

De volgende ochtend nam Doyle een rijtuig naar hartje Whitechapel aan de oostkant van Londen. In de smalle straatjes wemelde het van de voetgangers, want motorvoertuigen waren nog steeds een zeldzaamheid in dat deel van de stad, en Doyle werd bijna onder de voet gelopen door kooplieden die liepen te venten met koude kopjes paling in gelei en kinderen die cricket speelden en de lantaarnpalen als wickets gebruikten. Een kluitje zwerfkinderen op blote voeten klampte zich vast aan zijn broekspijpen totdat hij een regen van muntjes op hen liet neerdalen en toen het stof was opgetrokken merkte hij dat hij zich diep in de doolhof van steegjes tussen de huurwoningen bevond.

Hij tikte met de gouden knop van zijn wandelstok op de deur van een rijtjeshuis.

Een vrouw deed open. 'Ja?'

'Goedendag. Is Daniel Bisbee wellicht thuis?'

De vrouw fronste haar voorhoofd en veegde haar handen af aan haar schort. 'Jij bent zeker van Scotland Yard, hè?'

Een moeder die haar kroost beschermt, dacht hij. 'Absoluut niet. Mijn naam is Arthur Conan Doyle en ik...'

'Jezus, Maria en Jozef!' Ze deed de deur wijdopen en liet hem binnen, terwijl hij zijn hoed afnam. 'Wat een eer, meneer. Wat een eer! Zo'n hoge heer en u komt speciaal voor mijn Danny! Let niet op de troep, alstublieft – blieft u soms een kopje thee, meneer?'

'Dat lijkt me heerlijk, ja.'

Daniels moeder bonkte hard op de muur van de woning. 'Danny! Het is Arthur Conan Doyle, verdomd nog aan toe. Kom onmiddellijk je nest uit!'

'Sodemieter op,' klonk het gedempte antwoord vanachter de muur.

Daniels moeder keek haar gast heel even met een verontschuldigende glimlach aan en gaf een schop tegen de muur. Terwijl moeder en zoon elkaar door de muur heen uitfoeterden, liet Doyle zijn blik in alle rust door de kamer glijden en kwam – in drie dagen, vijftien uur en tweeënveertig minuten minder tijd dan Scotland Yard – tot de conclusie dat Daniel Bisbee onschuldig was aan moord. Het was een niveau van scherpzinnigheid dat voor hem even elementair was als het spelen van toonladders voor een meesterpianist. Zijn geest voerde de informatie probleemloos door een accurate mentale machine die met fotografische precisie sorteerde, analyseerde, illumineerde, annoteerde en registreerde: jaarboeken, erfstukken, prullaria op dressoirs, de geur van versgebakken scones, de kwaliteit van de tapijten en het meubilair, de plaats van de sleutels op de salontafel, het merk sigaretten dat er werd gerookt…

Doyle was de maatstaf van zijn grootste literaire uitvinding en zelfs meer dan dat.

'Komp u dus om 'm uit de penarie te halen, mijn Danny?' Mevrouw Bisbee stond plotseling naast Doyle en trok aan zijn mouw. 'Ik weet wat u heb gedaan met die Indiase gozer.'

Ze doelde op George Edalji, een Oost-Indische immigrant die enkele jaren tevoren ten onrechte was beschuldigd van bizarre veeverminkingen in het gebied van de veenmoerassen in het zuiden van Engeland. Velen hadden Doyles inmenging gezien als louter een gebaar van menslievendheid. Maar als het grote publiek – of justitie – geweten had wat het vee van Cheltenham dat jaar in werkelijkheid had toegetakeld, zou de wereld nooit meer dezelfde zijn geweest. Er zouden rellen in de straten zijn uitgebroken en hoofdsteden zouden zijn platgebrand. Om publicitaire redenen was het gunstiger geweest van Doyles diensten gebruik te maken, zowel om het publiek om de tuin te leiden als om in Edalji's onschuld te volharden.

Doyle haalde mevrouw Bisbees hand van zijn mouw. 'Mevrouw, ik ben er zeker van dat Danny dit nooit heeft gewild. Het slachtoffer was een vriend van me. Ik zou uw zoon graag een paar vragen stellen, dat is alles.'

Daniel Bisbee verscheen in het gangetje. Zijn voorhoofd was gefronst en hij droeg een groezelig T-shirt dat nog half uit zijn broek hing.

Doyle stak zijn hand uit. 'Daniel?'

'Bent u het dan toch werkelijk?' vroeg Daniel, terwijl ze elkaar de hand schudden.

'Inderdaad. En ben jij Daniel Bisbee?'

'Heeft de Yard u op me afgestuurd? Om me uit mijn tent te lokken?'

Doyle kneep even in Daniels hand en liet hem toen los. 'Ik weet dat je niets verkeerds hebt gedaan.'

Daniel haalde opgelucht adem. 'Hoe weet u dat dan?'

Doyle glimlachte. 'Het is mijn vak om dat soort dingen te weten. Misschien heb ik mezelf erin getraind dingen op te merken die anderen over het hoofd zien.'

Mevrouw Bisbee kwam binnen met een presenteerblad met thee en plukte een stofje van de schouder van haar zoon. Daniel maakte een ongedurig gebaar. Doyle keerde zich om. 'Als u het niet erg vindt, mevrouw Bisbee, zou ik graag even onder vier ogen met Daniel spreken.'

'Dat vind ik helemaal niet erg, meneer.'

Daniel keek boos naar zijn moeder, die Doyle liefdevol aanstaarde. De dokter gaf haar een klopje op haar hand en ze trok zich terug.

Toen ze de kamer uit was, ging Daniel in een stoel zitten en keek Doyle aan. 'Dus u heb die verhalen geschreven, hè? Die Sherlock Holmes-verhalen?'

'Heb je er wel eens een gelezen?'

Daniel haalde een sigaret uit zijn koker en stak die aan. 'Een paar, ja. Handige bliksem, die Holmes. Bent u net zo uitgekookt als hij?'

'Ik ben slechts de geestelijke vader,' zei Doyle, terwijl hij Daniel doordringend aankeek en maakte dat de acteur zenuwachtig op zijn stoel begon te schuifelen.

'U kende die gozer, hè? Dat hoorde ik u tegen moe zeggen...'

'Hij was een oude vriend van me.'

Daniel plukte een kruimeltje tabak van zijn tong en nam een trekje van zijn sigaret. 'Ik zie hem nog steeds voor me, meneer Doyle. Elke nacht zie ik hem voor me. In de mist.'

'Vertel verder, jongen.'

Daniel deed zijn verhaal. En omdat hij een acteur was, wist hij het goed te vertellen en raakte Doyle in de ban van het verhaal. En toen hij eenmaal in zijn herinneringen verdiept was, pakte Daniel Doyles arm zoals Duvall die ook placht te grijpen en Doyle deinsde achteruit. Toen sloot Doyle alles buiten behalve Daniels stem, die Duvalls laatste woorden herhaalde, totdat...

'Het Arcanum,' besloot Doyle.

Daniel knipperde met zijn ogen. 'Dat is het precies. "Het Arcanum", precies zoals u zegt, meneer. Dat is gewoon eng. Dus u weet wat dat is?'

Doyle stond op en stak zijn hand uit. 'U bent heel dapper geweest, meneer Bisbee. En bijzonder behulpzaam.'

Daniel schudde Doyle de hand. 'Het was me een genoegen u te hebben ontmoet, meneer. U bent de beroemdste persoon die ik ooit ben tegengekomen. Het is me een ware eer, meneer.'

Doyle vond de jongen sympathiek. 'Gun Lizzie de tijd, jongen. Dingen die echt de moeite waard zijn liggen nooit op een presenteerblaadje.'

Daniel fronste zijn voorhoofd en er verscheen een uitdrukking van verwarring op zijn gezicht. 'Hoe wist u dat…?'

'Van de twee scholen waar je uit moet kiezen zou ik altijd de voorkeur geven aan Oxford boven een Amerikaanse universiteit. Algemeen Beschaafd Engels is verre te verkiezen boven een toneelcarrière. Amerikaanse dramaturgen beginnen net een beetje grond onder de voeten te krijgen, vind je niet?'

Daniel begon te stamelen. Maar hoe…'

'Ach ja. Als de jicht van je moeder niet wordt behandeld, zou die haar wel eens lelijk kunnen opbreken. Maar toch is ze te trots om naar de dokter te gaan. Er is een arts in Wellington die ik wil dat je opbelt.' Doyle krabbelde een naam en een telefoonnummer op een velletje papier uit zijn piepkleine notitieboekje, en overhandigde dat vervolgens aan Daniel. 'Hij is een van de besten, en zal de pijn zeker kunnen verlichten. En wat jou betreft, jongen, jij moet 's avonds laat minder thee drinken als je van een gezonde nachtrust wilt genieten. Je bent te jong om aan slapeloosheid te lijden.'

'Allemachtig, het lijkt wel of u kunt toveren, meneer.'

'Ogen en oren open, jongen. Ogen en oren open. Wens je moeder een prettige dag.' Toen gaf hij de jongen een kneepje in zijn schouder en vertrok.

5

Doyle tikte met zijn wandelstok op de plek waar Duvall was gestorven. Het was zondag en het begon al donker te worden. Er was maar weinig verkeer op straat. Door het park reden fietsers en een paar automobielen met daarin netjes opgedofte gezinnen die na de middagmis naar huis terugkeerden. Doyle ademde de najaarslucht in, keerde zich in de richting van het British Museum en voelde zich net een eerbiedwaardige jachthond die door de geur van een sappig konijn van de stal was weggelokt.

Een mysterie lonkte.

Hij wrong zich langs een horde toeristen die, uitgeleide gedaan door een suppoost met een hoge kraag en een diepe basstem, het museum verliet. De man stond daar als de Rots van Gibraltar tussen twee gigantische oude Egyptische beelden van Anubis.

'Het is vijf uur. Het museum is gesloten. Denk aan uw tasjes, paraplu's of andere bagage. Neem alstublieft de kleintjes bij de hand als u vertrekt. De deuren gaan over twee minuten dicht.' De suppoost zag Doyle op hem toe lopen en zei uit volle borst: 'U kunt maar beter meteen rechtsomkeer maken, meneer. Het museum is gesloten en mijn warme hap staat koud te worden.'

Doyle glimlachte naar zijn Schotse landgenoot. 'Mijn naam is Arthur Conan Doyle en...'

'... en ik ben de koningin van Sheba,' maakte de suppoost zijn zin af. 'Kom nou, meneer, doe me een lol, moeder de vrouw heeft een stoofschotel in de oven staan en ik moet een laxeermiddel innemen, dus...'

Conan Doyle toonde zijn legitimatie. De suppoost wierp er een blik op en ging toen met een ruk in de houding staan. 'Krijg nou wat.' Hij keek Doyle niet aan toen hij sprak. 'Met alle verschuldigde eerbied, meneer, ik ben een stomme idioot. Mijn vrouw heeft het al zo vaak gezegd en nu heb ik het al weer bewezen. God sta me bij. Hoe kan ik u van dienst zijn, meneer?'

'Hoe heet u, beste man?'

'Welgerd, meneer.'

'Nu dan, meneer Welgerd, ik ben hier in opdracht van Lord Churchill om de omstandigheden te onderzoeken rond het ongeluk dat hier gisteravond plaatsvond.'

'De meneer die door de automobiel is geschept?'

'Precies. En als ik me niet vergis was er diezelfde avond ook een poging tot inbraak, klopt dat?'

'Een inbraak zou ik het eigenlijk niet willen noemen, meneer, maar er is een ruit gesneuveld waardoor het alarm afging. Maar ik heb zondag alle zalen van voren naar achteren afgespeurd en ik verzeker u dat er niets ontbreekt.'

'Ik ben overtuigd van de gedegenheid van uw speurtocht, maar ik hoop niet dat u het mij euvel duidt als ik persoonlijk het gebouw nogmaals aan een onderzoekje onderwerp om mijn nieuwsgierigheid te bevredigen.'

Welgerd trok zijn neus op. 'Na dertig jaar ken ik dit museum als mijn broekzak, meneer, en ik verzeker u dat er niets is ontvreemd.'

'Het staat mij niet vrij u de precieze aard van mijn missie te onthullen, meneer Welgerd. Laat ik volstaan met te zeggen dat Lord Churchill uw medewerking in deze hooglijk op prijs zou stellen. En ik zou u ernstig tekort doen als ik naliet uw assistentie in mijn eindverslag aan de heer Churchill te vermelden. En uiteraard zal ik dat verslag ook doen toekomen aan uw gewaardeerde echtgenote, wier avondeten wellicht koud zal worden ten gevolge van mijn onaangekondigde bezoek.'

Toen hij dat had aangehoord, leek Welgerd zijn loyaliteiten af te wegen. 'Dat is heel vriendelijk van u, meneer Doyle, maar dat verandert niets aan de schrobbering die me te wachten staat.'

'U bent een brave ziel, Welgerd.'

Welgerd knikte en dreef de overgebleven bezoekers door de centrale hal naar buiten. De dreun waarmee de sloten op de deur werden gedaan weerklonk door zeven kilometer lege museumgangen en stierf weg tot er een deken van stilte overbleef.

'Wilt u mij maar volgen, meneer,' zei Welgerd, waarbij zijn zwarte tot hoogglans gepoetste schoenen klakten toen hij wegliep.

Doyle moest zich haasten om hem bij te houden.

De twee mannen betraden de Zaal van het Zwarte Werelddeel. Achter enorme glaspanelen stond een van 's werelds eerste verstilde beelden van de vele stammen en inheemse volkeren van Afrika. Bezoekers aan het museum voelden zich vooral aangetrokken tot de woeste maskers en rituele rokken, met voorstellingen van demonenkoppen die refereerden aan oerinstincten.

Welgerd haalde een hendel over en langs de hele lengte van de collectie gingen elektrische lichten aan. Met een vuistvol sleutels opende hij de zware kooideur en trok het hekwerk omhoog.

'Was u hier die bewuste avond?' vroeg Doyle terwijl ze door een lange gang geflankeerd door middeleeuwse harnassen liepen.

'Aan de andere kant van het gebouw, meneer. Toen het alarm klonk, zijn ik en een paar andere mannen op onderzoek uitgegaan. Van het ongeluk vernamen we pas veel later. Naar ik hoorde was de man die is aangereden niet eens gekleed op het weer. De arme stumper was waarschijnlijk totaal buiten zinnen. Dat komt vaker voor.'

'En is er die avond verder nog iets bijzonders gebeurd?'

'Niet dat ik me kan herinneren.'

Doyle bleef stilstaan. 'Ik ben bang dat onze wegen zich hier scheiden. Het staatsbelang, begrijpt u.'

Welgerd leek teleurgesteld. 'O, natuurlijk. Nou ja, u weet goed de weg in het museum, hè?'

'Mocht ik verdwalen dan roep ik uw naam.'

'Dat is prima. Dat zit wel snor.' Welgerd kreeg een rode kleur en keek omlaag naar zijn handen, waarin hij een blocnote en een potlood hield. Zijn handen verkrampten van besluiteloosheid rond de blocnote.

'Het zou me een eer zijn.' Doyle nam het initiatief en trok de blocnote uit Welgerds handen. De suppoost stond op zijn tenen te wiebelen toen Conan Doyle hem signeerde.

'Ik, uh, ik heb zelf ook een paar verhaaltjes geschreven, meneer.'

Conan Doyle ging door met schrijven. 'Is het werkelijk? U hebt dus een zwak voor de literatuur, Welgerd?'

'Nee, dat is te veel gezegd, meneer. Gewoon verhaaltjes over boeven en binken. Maar moeder de vrouw vindt ze leuk en voegt er haar suggesties aan toe en van die dingen.'

'En die heren van Scotland Yard, hebben die de omgeving onderzocht?'

'Met een stofkammetje, meneer. Wis en waarachtig.'

'Mooi zo.' Doyle was klaar met signeren en gaf de blocnote terug. Hij had geschreven: *Voor Welgerd, welgenaamd en welgedaan. Blijf schrijven. Arthur Conan Doyle.*

Welgerd gromde vergenoegd toen hij het las. Doyle tikte tegen zijn hoed en wandelde weg door de gang.

Op de archeologische afdeling leek Doyle wel een dwerg onder de kolossale Assyrische reliëfs. Maar de onderzoeker van een inbraak had nauwelijks oog voor de Steen van Rosetta en keurde de Elgin Marbles uit het Parthenon van Athene geen blik waardig. In plaats daarvan daalde hij een trap af en liep, zonder op of om te kijken, door een andere zaal met Grieks aardewerk en textiel.

Zijn voetstappen kwamen abrupt tot stilstand bij de deur van de wc, die zich in de verste uithoek van het British Museum bevond.

Hij ging naar binnen. De verf op de muren was geel en bladderde boven een brede strook zeshoekige groenwitte tegels. Er waren twee hokjes met toiletten die je door aan een ketting te trekken kon doorspoelen. Het enige opzienbarende aan die ruimte was haar voorgeschiedenis, want dit was precies de plek waar de eerste paal was geslagen voor het huidige neoklassieke bouwwerk dat Robert Smirke voor ogen stond en dat gebouwd werd op de fundamenten van Montague House, waarin het museum sinds 1759 was gevestigd.

Doyle waste zijn handen en droogde ze af aan een handdoek die opgevouwen op een plankje boven de wastafel lag. Toen keerde hij zich naar de tegelwand tegenover de deur. Hij legde zijn handpalm op een van de tegels in het midden en bewoog zijn hand toen naar een plek twee tegels daarboven en deed hetzelfde. Vervolgens gleed zijn hand over vijf tegels heen, drukte opnieuw en ging toen vier tegels naar beneden.

Na een korte stilte klonk een geknars en trok een aantal tegels zich terug in de duisternis daarachter en vormde zo de gekartelde contouren van een geheime doorgang.

Doyle duwde de deur open, wierp nog een haastige blik achter zich en stapte toen het duister in. Met een knarsend geluid vulden de tegels de deur weer op en bleef er – in alle opzichten – niets achter dan een volkomen oninteressante muur.

Een afgestreken lucifer verlichtte Doyles gelaat toen hij het vlammetje bij een kaars hield die in een tinnen kandelaar naast zijn voeten stond.

Hij bevond zich boven aan een wenteltrap die twintig treden omlaag voerde. Halverwege veranderde de structuur van de muur van glad pleisterwerk in ruw korrelig zandsteen. Onderaan bevond zich een eenvoudige houten deur. Doyle draaide de kruk om en hij ging open.

Het kantoor dat zichtbaar werd rook naar oud papier en jasmijnwierook. Het was geen grote kamer doch ruim genoeg voor een bureau tegen een van de muren, een stoel, een klerenkast en een boekenkast. De gebarsten wanden waren bedekt met donkerrood en smaragdgroen gekleurde Arabische zijde die van het plafond tot vlak boven de grond hing. In de klerenkast in de hoek bevond zich een deel van Duvalls beroemde schoenenverzameling: Thaise pantoffels, Tibetaanse jaklaarzen, Duitse dansmuilen, een paar halfvergane, tweetenige samoeraisokken…

Doyle keerde zich naar de kapstok toe. Daar tegenaan stond Duvalls stok: een een meter vijftig lang stuk hout, glad en gekromd. In het oppervlak bevond zich een druïdische inscriptie. Aan een van de stijlen hingen Duvalls baret en overjas.

Doyle sprak op een fluistertoon. 'In de regen gaan wandelen, Konstantin? Zonder je stok? Zonder je baret?'

Doyle keek naar een schaakbord naast het bureau, de stukken geplaatst alsof er een partij in volle gang was.

Vervolgens keerde hij zich naar de boekenkast tegen de muur die zich het verst van de deur af bevond. Er stond een aantal occulte werken in. Er waren rijen belangwekkende eerste edities: een folio-uitgave van *Clavis Alchemiae* van Robert Fludd uit 1619, een exemplaar van *Discourse des Sorciers* van Henri Boguet uit 1608, Blavatsky's *Isis Unveiled* en *Les Propheties de M. Michel Nostradamus* uit 1555 – indrukwekkende titels voor een aanhanger van het occultisme, maar gesneden koek voor een magiër van Duvalls niveau.

Dat bracht Doyle bij de landkaart. Het was een achttiende-eeuwse wereldkaart die boven Duvalls bureau was gespijkerd, met daarop honderden klein geschreven aantekeningen: symbolen, kruisjes en data. Doyle haalde een vergrootglas uit zijn jaszak tevoorschijn en hield dat vlak bij de kaart, waarbij zijn vingers een lijn van Griekenland naar Italië volgden. Dankzij het vergrootglas kon hij ontcijferen wat er stond:

Eerste vermelding van verloren stam, Athene naar Rome in 420. Raadpleeg Dees dagboeken voor gegevens over Enochiaanse fragmenten. Stam gaat in Keizerlijk Perzië uiteen. Sommigen naar boeddhistisch India, anderen naar China, Han-dynastie.

Conan Doyle plukte een halsketting van een van de spijkers die de kaart op zijn plaats hielden. De amulet die aan het gerafelde leren koordje hing was een munt met de beeltenis van een soldaat op een paard. Het leek een antieke Romeinse munt te zijn. Toen hij opnieuw naar de kaart keek, zag Doyle dat er een dikke cirkel rond Manhattan Island in de Verenigde Staten stond.

Spionnen en andere aanwijzingen duiden erop dat de stam zich in New York City heeft verenigd. Raadpleeg Lovecraft. Nieuwe personages. Nieuwe gevaren. De Geheime Orde van de Gouden Dageraad.

De laatste regel was geschreven in een bijna manisch krabbelhandschrift en meermalen onderstreept:

BESCHERM DE GEHEIMEN VAN ENOCH

'Maar waar is het dan toch?' zei Doyle hardop terwijl hij de overigens kale muren afspeurde. Hij keek onder de antieke asbaklamp. Zijn vingers betastten de zijkanten van de boekenkast en voelden tussen de boeken op zoek naar loze banden. Hij keek onder het Perzische tapijt, stampte op de houten vloerplanken en luisterde of hij holle plekken kon ontdekken. Maar tevergeefs. Doyle fronste zijn wenkbrauwen van frustratie en zijn blik dwaalde af naar het schaakbord naast Duvalls bureau.

Hij merkte een voor de hand liggende zet ten gunste van wit op, hetgeen altijd zijn kleur was geweest als hij tegen Konstantin schaakte. Maar die eerste zet gaf hem nooit voldoende voordeel. Meestentijds als zij speelden, kreeg Doyle de indruk dat Duvall hem alleen maar tegemoetkwam en uit vrees voor verveling de genadeklap nog even uitstelde. Maar in dit geval zag Doyle een stelling die hem nagenoeg schaakmat zou zetten.

'Toren, natuurlijk,' mompelde hij terwijl hij de toren en de koning van plaats verruilde.

Op dat moment klikte de boekenkast open. 'Achterdochtige rotzak,' fluisterde Doyle grinnikend. Zelfs vanuit zijn graf kon Duvall hem nog versteld doen staan.

Doyle trok de boekenkast weg van de muur en maakte daarmee een lift zichtbaar. Zijn hart begon sneller te kloppen. Met zijn wandelstok onder zijn arm geklemd en de kandelaar in zijn hand ging hij in de lift staan. Hij draaide de hendel 180 graden met de klok mee. Er gonsde een mechaniek, de kooiconstructie sloeg dicht en toen werd Duvalls kantoor buiten het gezicht getild. Het vlammetje van de kaars flakkerde toen de lift omlaagging. Buizen bonkten, dikke kabels sloegen tegen metaal. De lift schudde. Na tien angstige seconden kwam hij knarsend tot stilstand.

Doyle zette zich schrap tegen de wand. Even stond hij daar en luisterde naar zijn eigen hijgende ademhaling. Toen klapte hij de kooideur open en stapte op een bloedrood fluwelen tapijt.

Het kaarslicht gleed langs de mosterdkleurige muren van een kleine salon, compleet met spiegels en kaarsenstandaards. Aan de wanden hingen ingelijste portretten – waarvan er één een duidelijke gelijkenis vertoonde met Doyle zelf. Aan de andere kant van de kamer bevonden zich twee klapdeuren. Hij deed ze open en deinsde verbluft achteruit.

Hij had de relikwieëngalerij gevonden.

De voorwerpen lagen uitgestald op prachtige sokkels en werden beschermd door stolpen van Venetiaans glas. Een van de eerste relikwieën, een stoffelijk overschot, lag in een glazen doodskist. Het was een vrouw en haar vergane armen lagen stijf en strak langs haar lichaam, haar gezicht was uitgehold tot een leeg omhulsel, haar ogen waren zwarte gaten, haar haar lag van haar verschrompelde schedel uitgespreid als evenzovele poten van een spin.

Doyle kende het lichaam en herinnerde zich de ontdekking ervan. Hij herinnerde zich de West-Afrikaanse branding die tegen het zand op rolde.

Zijn ogen gleden langs de rest van haar lichaam, langs de ingevallen maag, tot waar normaliter de benen behoorden te zijn – als ze tenminste een mens zou zijn geweest. In plaats daarvan was er slechts een vissenstaart, waarvan de schubben aan weerszijden afschilferden. De inscriptie op de kist luidde:

MADAGASKAR, 1905 – TASTBAAR BEWIJS VAN HET BESTAAN
VAN MEERMINNEN, MOGELIJK AFKOMSTIG UIT DE
ATLANTISCHE OCEAAN

Doyle liep, met de kaars in zijn hand, door naar het volgende voorwerp. Zijn oog viel op een vage groene glinstering. Het was een stuk smaragd, met een inscriptie in een oude Fenicische taal, daterend uit ongeveer 200 na Christus. Het was de graal van Alchemistisch Grootmeesterschap, beknopt als een sonnet doch peilloos in zijn waarheidswaarde.

Alleen al een blik op de volgende relikwie deed de haren op zijn armen rechtop staan. Doyle had het onderzoek die aan de ontdekking ervan voorafging geleid en was getuige van het exorcisme dat de demonische geest het zwijgen had opgelegd. Toch lag het kwaad nog steeds achter zijn geschonden glimlach verscholen. Want achter het glas bevond zich een schedel die had toebehoord aan de boosaardigste man uit een bepaald tijdsgewricht, wiens kwaadaardigheid zo puur was dat zij zijn levende lichaam overleefde. De inscriptie luidde:

1766 – DE VERFOEILIJKE SCHEDEL VAN 'BLAUWBAARD' GILLES DE LAVAL

Doyle richtte haastig zijn aandacht op de voorwerpen aan weerszijden van de schedel als tegenwicht tegen de negatieve energieën in de ruimte.

Het ene was een stapeltje bruine vodden: een monnikspij. Een ceintuur van touw was zichtbaar tussen de plooien. Het belang ervan zat 'm in de drager en de geneeskracht die degene die haar zoom aanraakte zou ondervinden. De inscriptie luidde:

DE PIJ VAN ST. FRANCISCUS VAN ASSISSI

Daartegenover, gevangen achter glas, lag een smal stukje hout en een brok ijzer op een kussentje. Ooit was het een wapen geweest in handen van een Romeinse soldaat. Het bloed dat het had doen vloeien behoorde toe aan Jezus Christus toen hij aan het kruis hing.

DE SPEER VAN HET NOODLOT

Doyle verplaatste zijn gewicht van het ene been op het andere en een glassplinter knerpte onder zijn voetzool. Hij hief zijn been op en keek naar het scherfje. Zijn ogen volgden het spoor van die splinter naar een volgende en weer een volgende tot hij bij de laatste sokkel in de kelderruimte aankwam. Met groeiende ongerustheid schoten zijn ogen naar de letters die in Duvalls onberispelijke handschrift waren gevormd. De inscriptie luidde:

De stolp die het ooit had beschermd was gebroken. Het fluwelen kussen was leeg, behalve de indruk van een zwaar voorwerp in het midden. Doyle slaakte huiverend een zucht en richtte zich, met opeengeklemde kaken, tot zijn volle een meter tachtig op.

'Het begint dus... opnieuw,' zei hij.

6

HET IS 1912

Het kasteel is eigendom van Wilhelm de Tweede, en torent hoog boven de donkere wouden van de Beierse hooglanden uit. Op alle kantelen branden toortsen en vanaf de modderige wegen lijkt de vesting op een opdoemend dwaallicht. Kreunend jaagt de wind door het dal en doet de toppen van de dennenbomen als helmgras doorbuigen.

Bliksemschichten dalen flitsend neer terwijl een koninklijk rijtuig getrokken door vier zwarte hengsten zich door de ijzige regen rept om zich te voegen bij de anderen die voor de muur van het kasteel staan te wachten.

Een lakei met een huid als perkament opent de imposante deuren en maakt vrij baan voor tsaar Nicolaas de Tweede van Rusland, die bij het binnenkomen de regen van zijn mouwen slaat en op de voet wordt gevolgd door de waanzinnige monnik: de in een zwart gewaad gehulde en bebaarde Grigori Raspoetin.

De gasten komen bijeen in de eetzaal, een spelonkachtige kamer die wordt gedomineerd door een enorme open haard waarin een heel woud van boomstammen in vlammen oplaait.

Raspoetin begeleidt Nicolaas naar een van de vier zetels aan de langwerpige eettafel. De andere aanwezigen zijn keizer Wilhelm de Tweede van Duitsland, de Engelse koning George de Vijfde en enigszins talmend in de verre hoek – gehuld in een zwarte cape en met jachtlaarzen aan zijn voeten – Konstantin Duvall.

Sir Arthur Conan Doyle zet zijn bril af en kijkt op van zijn dagboek. Hij zit bij een groot glas-in-loodraam, ver genoeg van de anderen verwijderd om niet op te vallen. Dat hoopt hij tenminste.

De argwanende keizer moppert wat over de aanwezigheid van Raspoetin. Nicolaas reageert met een snauw.

De spanning tussen die twee is hoog opgelopen vanwege de Balkankwestie. De keizer beschouwt de Russische Alliantie van Balkanstaten en de oorlogsverklaring aan de Turken als een poging om voet aan de grond te krijgen in Europa. Terwijl de wereldleiders kibbelen, stapt Duvall naar Raspoetin toe en fluistert iets in zijn oor. Wat het ook zijn mag, het brengt een aarzelende glimlach op zijn lippen.

Keizer Wilhelm eist kortaf een antwoord op zijn sommatie.

Duvall fluistert Raspoetin nog enkele woorden toe en trekt zich dan terug bij de haard en bestudeert alle wereldleiders beurtelings. 'Ik heb Sir Arthur Conan Doyle gevraagd deze vergadering te notuleren voor mijn persoonlijke archieven. Ik neem aan dat niemand daar bezwaar tegen heeft?'

Maar Duvall wacht de reacties niet af. In plaats daarvan keert hij de wereldleiders de rug toe. Zijn silhouet tekent zich af tegen het vuur. De vlammen likken langs zijn schouders en vormen een aureool rond zijn golvende witte haar. 'Heren. Er is in Abessinië een ontdekking gedaan. Een ontdekking met enorme consequenties. Een ontdekking die ons de mogelijkheid van grote vrede... of van gruwelijke oorlog brengt.'

De keizer leunt voorover in zijn stoel.

Raspoetin fluistert iets in Nicolaas' oor, zijn lippen onzichtbaar onder zijn ruige baard.

Koning George snuift geringschattend. 'Je hebt de spanning aardig weten op te voeren, Konstantin, zoals je gewoonte is. Misschien wil je ons dan nu vertellen wat er is gevonden?'

'Een boek,' antwoordt hij.

'Een boek, zeg je?' De glimlach van de koning is kil en ijl. Hij erkent dat Wilhelm en Nicolaas, in weerwil van hun connecties met Duvall, Engeland als zijn verantwoordelijkheid zien. De koning wil koste wat kost vermijden waar hij het meest bevreesd voor is – in verlegenheid te worden gebracht. Dat lijkt nu onontkoombaar. 'Konstantin, heb je ons helemaal hierheen laten komen omdat iemand in Abessinië een boek heeft gevonden?' George strijkt met een vinger over zijn snor. 'Fascinerend.'

Hetgeen betekent: Nog even en ik laat je fusilleren.

Duvall spreekt in de richting van het vuur: 'Het zijn de legendarische geschriften van Enoch – die, samen met het Nieuwe en het Oude Testament, de bijbelse triade vormen.'

Dit nieuwtje is voldoende om drie voorhoofden te doen fronsen.

Wilhelm stelt met schrille stem een vraag in het Duits.

Duvall antwoordt: 'Ja, majesteit, de Enoch-manuscripten maakten deel uit van de oorspronkelijke bijbel. Toch was hun inhoud gevaarlijk genoeg om in het jaar dertig na Christus door de occulte priesters van Zarathoestra te worden verwijderd.' Duvall aarzelt. In een van de brandende houtblokken ploft een stukje hars uiteen en het tapijt wordt bedekt met een regen van vonken. 'Verwijderd in opdracht van Jezus Christus in eigen persoon.'

Koning George gaat enigszins gerustgesteld achterover op de divan zitten. 'Heel intrigerend, Konstantin. Bijzonder indrukwekkend, maar wel een tikje erg esoterisch, vind je niet?' George kijkt de andere wereldleiders met opgetrokken wenkbrauwen aan. 'Ikzelf zit nu niet direct te springen om kennis aangaande zaken die beter aan de studenten van de mysteriën kunnen worden overgelaten. Wat vindt de Broederschap van de Rozenkruisers ervan? Hmmm? Dit ligt meer in hun straatje, zou ik zeggen.'

Raspoetin en Duvall wisselen een blik van verstandhouding. Nicolaas kijkt George woedend aan.

'Met alle verschuldigde eerbied, majesteit,' zegt Duvall, 'de Rozenkruisers vormen een in opspraak geraakte alliantie – een groep lieden wier lekken ik het beu ben te stoppen. Eens was hun het geheim van de Graal toevertrouwd. Dat is meer dan voldoende, als u het mij vraagt.'

'Tja, en hoe zit het met Rooseveldt en zijn vriendjes van de Vrijmetselarij in Amerika?' dringt de koning aan.

De vraag wordt niet beantwoord.

Nicolaas vraagt in het Engels: 'Wat staat er eigenlijk in dat boek, Konstantin?'

Duvall draait zich om met een zeldzame zweem van angst in zijn grijze ogen. 'Gods fouten, tsaar Nicolaas. Gods fouten.'

7

Doyle stond voor het raam van zijn slaapkamer en staarde naar de middagregen. Die avond, zeven jaar tevoren, had Duvall een inschattingsfout gemaakt. Hij had de persoonlijkheden van de wereldleiders, hun ego's en hun broeiende haatgevoelens onderschat. Het gevolg was een langdurige onderhandeling om het bezit van het Boek geweest, die resulteerde in zijn diefstal waarna het uiteindelijk weer opdook in de handen van aartshertog Ferdinand van Servië. Korte tijd later was Ferdinand vermoord en de Grote Oorlog uitgebroken.

Doyle voelde zich net een lanterfantende tuinier die bij terugkeer naar zijn huis ontdekt dat de klimop door de ramen naar binnen groeit – tot in de jurken van zijn vrouw, de kasten, de lakens, de monden van zijn kinderen. Het Boek van Enoch werd opnieuw vermist. En hoewel hij, afgezien van Duvalls cryptische woorden, niets van de inhoud ervan kende, wist hij dat het – gedeeltelijk of in zijn geheel – de reden was van het ernstigste conflict in de geschiedenis van de menselijke beschaving.

En de reden van de dood van Duvall.

Een kleine butler met de kaken van een buldog verscheen in de deuropening van de studeerkamer. 'Uw bagage staat klaar, meester Doyle.'

'Dank je, Phillip.'

De hemel had zich verdonkerd tot paars, zwaar en zwanger van regen. En schril afstekend tegen de sombere lucht was de reflectie van Lady Jean in het venster. Ze stond bij de deur, lijkbleek.

'Was het niet voldoende? Was het verlies van Kingsley niet genoeg?' De woorden vielen tussen hen in als glasscherven.

Doyle zuchtte en sprak tegen haar spiegelbeeld. 'Het spijt me.'

'Je bent oud, Arthur. Je bent een oude man.'

'Er is niemand anders.'

Lady Jean fronste haar voorhoofd. 'En hoe kom je erbij dat zij zich bij je zullen aansluiten? Er is te veel woede geweest... te veel leed. Je zult er helemaal alleen voor staan, Arthur.'

'Daar ben ik op voorbereid.'

Lady Jean slaakte een diepe zucht. 'Nee,' zei ze toen, 'daar ben je niet op voorbereid. Nog niet.' Ze tilde een versleten en craquelé leren tas op en hij glimlachte droefgeestig. Zijn Jean was altijd de sterkste geweest.

Hij nam de tas van haar over.

Jean beroerde zijn wang. 'Vergeetachtig als altijd,' zei ze.

Doyle maakte de roestige gespen open. 'Ik dacht dat ik die kwijt was,' antwoordde hij.

'Nee, ik had hem verstopt.'

Doyle opende de tas. De inhoud was hem even vertrouwd als zijn eigen evenbeeld in de spiegel: een set attributen om bewijzen te verzamelen die bestond uit papieren zakjes, bewijsetiketten, touw, papieren munten-velopjes, kleine medicijnflesjes en ontelbare glazen kokertjes, materiaal en instrumenten om gebitafdrukken te maken, een pincet, een schaar, rubberhandschoenen, potloden en een meetlint.

Het medische instrumentarium bestond uit tangen, een set scalpels, verbandgaas, een thermometer, een flesje alcohol, injectienaalden en een handzaag – waaronder een zware lederen ploertendoder en een koperen boksbeugel waren verborgen.

En ten slotte een verfomfaaide, gerafelde en verweerde jachtpet.

8

'Dames en heren, mag ik u voorstellen aan het meest sensuele, meest mysterieuze en meest controversiële talent uit de wereld van het spiritisme. Met uw welnemen, een hartelijk welkomstapplaus voor de vermaarde en onnavolgbare…' Barnabus Wilkie Tyson spreidde zijn dikke armen wijd uit, waarbij zijn massieve lichaam in zijn zijden pak van vijfenzeventig dollar opzwol, '… Madame Rose!'

Magnesiumpoeder explodeerde en een kudde sceptische journalisten trachtte reikhalzend een glimp op te vangen van het medium, toen zij de vier treden naar het geïmproviseerde podium beklom en naast Tyson, haar impresario, ging staan.

Haar voorkomen was vermetel. Ze droeg een mouwloos, zwartzijden huisensemble en hoge hakken. Om haar haar was een lange zwarte sjaal gebonden die neerhing over haar schouders. Een monocle prijkte voor haar rechteroog en tussen haar lippen klemde ze een sigarettenpijpje. Dat sloeg alles; ze was een levende steen des aanstoots.

Tyson legde zijn eigen sigarenstompje op tafel om haar een vuurtje te geven en fluisterde wat geruststellende woorden in haar oor. Maar ze nam alleen maar enige afstand van hem en haar gezichtsuitdrukking logenstrafte de vrijpostigheid van haar uitmonstering. Voor de fotografen kon er geen lachje af. Eigenlijk leek ze in het geheel niet ingenomen met al die aandacht.

Hetgeen vreemd was, daar de geruchten rond Madame Rose sappig en talrijk waren. Ze brak de harten en ontwrichtte de huwelijken van de rijkste mannen in de stad, wat op de roddelpagina's breed werd uitgemeten. Voeg daarbij een vermeende gave contact te onderhouden met geesten en de enige seances in Amerika te houden waar ectoplasma gegarandeerd werd, en je had alle ingrediënten voor wereldvermaardheid bij elkaar.

En Tyson was, hoe dan ook, een geweldige trendspotter – en de eerste impresario in zijn soort die de algemene wet van promotie en publiciteit ontdekte: seks plus geweld plus schandaal = geld in het laatje. Toen hij een lichte achteruitgang in zijn vaudevilleacts gewaar werd, richtte Tyson zijn pijlen op de snel opbloeiende Spiritistische Beweging. Het was een vruchtbare akker waarop hij zijn hebzuchtige zaad zaaide. Hoewel hij meedogenloos, wreed en onbeschoft was tegen hen die hem na stonden, was Tyson evengoed in staat een geweldige charme tentoon te spreiden. Hij legde zijn hand op de arm van Madame Rose en genoot van de merkwaardige opwinding die voelbaar was in de overvolle balzaal van het Waldorf Astoria. Madame Rose was zijn fenomeen, en deze ongebruikelijke persconferentie was een gelegenheid om nog meer inkt uit de verslaggevers te persen.

'Laten wij in onze vraagstelling hoffelijk blijven,' zei hij, 'en Madame Rose een staaltje geven van die goeie ouwe New Yorkse charme waarom we over de hele wereld bekend zijn.'

'Waarom heeft ze een pyjama aan, Barnabus?' vroeg een slungelachtige reporter van de *Times*.

'Gelooft u in vrije liefde, juffrouw Rose?'

Zowel Madame Rose als Tyson negeerde de vraag.

'Daar achterin.' Tyson wees iemand aan.

'Bent u een echtbreekster?' riep iemand.

'Dat hangt ervan af aan wie u het vraagt,' antwoordde Madame Rose, tot vermaak van de aanwezigen. Ze nam een flinke trek van haar sigaret.

'Zijn de geruchten waar over u en Ivor Novello, de nachtclubeigenaar?' vroeg een andere verslaggever.

'Verlaat hij zijn vrouw?'

Madame Rose glimlachte. 'Ik wist niet dat hij getrouwd was.'

Tyson lachte binnensmonds om het geamuseerde gegniffel en gemompel van de menigte.

'En hoe zit het met Valentino?' vroeg iemand korzelig, op de toon van iemand die zojuist een weddenschap heeft verloren.

'Alstublieft,' zei Madame Rose smalend.

'Wij dachten dat het Dempsey was.'

'Wie is dat?'

'De bokser.'

'Bah, wat een weerzinwekkende gedachte. Nee, dan Douglas Fairbanks, dat is andere koek.' En toen boog ze verleidelijk in de richting van het gefluit en gejoel.

'Laten we ons netjes blijven gedragen,' zei Tyson, van elke moment genietend.

'Zijn er helemaal geen serieuze vragen?' informeerde Madame Rose die de smaak te pakken begon te krijgen, poeslief.

'Is Mina Crandon een oplichtster?' riep een journalist van de *Gazette*.

'Ik denk dat u beter kunt vragen: Waarom is iedereen zo bang? Waarom doen we zo wanhopig ons best dit fenomeen onderuit te halen?'

'Eileen Garrett zegt dat u een oplichtster bent.'

'De arme schat, ze is gewoon onzeker.' Madame Rose tikte as op het tafelkleed. 'Er bestaan al helderzienden sinds het oude Egypte. Profeten en mystici hebben op elk cruciale moment de loop van de geschiedenis beïnvloed. De doden spreken. En het is onze plicht te luisteren, van hen te leren.'

De meeste reporters schreven op wat zij zei, al was het maar om hun aanwezigheid te rechtvaardigen. Maar in de stilte die volgde…

'Aanbidt u de duivel?' vroeg een stem van achter uit de zaal.

Tyson trok een grimas. 'Wat is dat voor een ongepaste vraag?'

Plotseling veranderde de sfeer in de ruimte, alsof er een sluier van onbehagen over de mensen neerdaalde.

Madame Rose verstijfde op haar stoel en haar ogen speurden de menigte af. 'Natuurlijk niet. Wat een absurde vraag! Dit is een overtuigend bewijs van de onwetendheid waar ik op doel.'

'Misschien zie ik u abusievelijk aan… voor iemand anders.' De stem behoorde toe aan een man die bijna helemaal achteraan, ver achter de fotografen, stond. Hij had de kraag van zijn jas opgezet, waardoor zijn gelaatstrekken aan het oog werden onttrokken, en de klep van een Engelse pet overschaduwde zijn uitpuilende ogen.

'Wie bent u?' wilde Madame Rose weten.

'Een vriend,' antwoordde hij. 'Van de familie.' Het laatste woord beet hij haar toe.

Madame Rose verbleekte.

'Voor welke krant werkt u?' snauwde Tyson.

De deur sloeg dicht. De man was verdwenen.

Overal in het publiek werden handen opgestoken.

'Wie was dat?' schreeuwde iemand.

'Wat bedoelde hij daarmee?'

'Bent u een heks?'

De vragen stapelden zich op.

Madame Rose fluisterde 'Ik ga ervandoor' in Tysons oor en stond op, waarbij ze onbedoeld haar stoel omgooide.

Magnesiumlicht flitste op.

'Oké, nu is het welletjes. Het is afgelopen!'

Madame Rose liep wankelend het trapje af. Tyson pakte haar arm en maakte een afwerend gebaar naar de fotografen.

'Ik zei toch dat het afgelopen was, verdomme,' blafte hij.

De verslaggevers drongen naar voren en Tyson raakte verstrengeld in de gordijnen terwijl zijn medium zich achter het podium uit de voeten maakte.

9

Vanaf de loopplank van de *Marie Celeste* keek Doyle met verwondering hoe monsterachtig groot New York City sinds zijn laatste bezoek, nog slechts zes jaar tevoren, was geworden. Het leek alsof de metropool in een oogwenk was opgebloeid tot een opwindend, tot in de hemel reikend, door mensenhanden gevormd woud. Het gaf hem een gevoel van nietigheid. Het verontrustte hem. Hij stapte op een trillende treeplank en in een Dodge taxi die bij Pier 14 geparkeerd stond. 'Naar het Penn Hotel, alstublieft.'

'Jawel, meneer. Welkom in New York, meneer.'

Doyle, die een verstokte automobielfanaat was, had zich een kegelvormige Wolsley aangeschaft voor ritjes door het Engelse platteland. Nu hing hij gebogen over de voorbank om te zien hoe de chauffeur de zelfstarter hanteerde, want bij de nieuwere modellen was het niet meer noodzakelijk dat de chauffeur uitstapte om de motor aan te slingeren. Plotseling en met onverwachte snelheid haalde de chauffeur zijn voet van het rempedaal en laveerde de personenauto tussen het drukke en lawaaiige verkeer door.

Trams denderden door de straten als de mechanische indringers uit een roman van H.G. Wells, terwijl de modernere en snellere automobielen van Briscoe en Maxwell wild om de tragere en zeldzamere door paarden voortgetrokken wagens heen sjeesden.

Times Square was een kakofonie van licht en geluid. Gigantische borden, groter dan Doyle ooit had gezien, waren omrand door sprankelende lichtjes en maakten reclame voor Lucky Strikes en Turkse Fatima-sigaretten, het Palace Theater van B.F. Keith en het Miljoenen Dollar Mysterie. Er waren overvolle danszalen met geluidsapparatuur die blèrend 'I'm Always Chasing Rainbows' en 'I'll Say She Does' ten gehore brachten.

De hele wereld snelde halsoverkop een industrieel tijdperk tegemoet dat het dagelijkse leven transformeerde – elke dag opnieuw. Eerst de stoommachine, toen de automobielen met benzinemotoren, elektrische schrijfmachines, paperclips, kwantummechanica, siliconen, tekenfilms, de hydraulisch centrifugale versnelling, de relativiteitstheorie, vitamine A, traangas, roestvrij staal, tanks en airconditioning. Het was een ononderbroken maalstroom van vooruitgang die de hele wereld ademloos achterliet.

De Futuristen beschouwden dit moordende tempo als het kenmerk van een ideale wereld binnen handbereik. Anderen zagen het als het begin van het einde.

Doyle zag die veranderingen met openlijke omzichtigheid aan. Hij wist uit eigen ervaring dat wetenschappelijke genialiteit geen garantie was voor een hoogstaande moraal. Heel vaak was het een voorbode van waanzin. En een dergelijk tijdsgewricht vereiste grotere waakzaamheid ten aanzien van de occulte wereld dan ooit tevoren: magie en wetenschap waren twistzieke doch onafscheidelijke zusters. De mensheid krabde aan het oppervlak van de Mysteriën en benoemde wat het daar aantrof. Met trots catalogiseerde en kwantificeerde men de wereld. Men beheerste haar. Plooide haar. Kneedde en ontleedde haar. Dit was wetenschap. De Mysteriën echter zouden deze ondermijnende nieuwsgierigheid waarschijnlijk niet onbestraft laten. Zij zouden de krachten bundelen en terugslaan.

Doyle herinnerde zich de woorden van een collega.

'Het meest genadige in de wereld is, volgens mij, het onvermogen van de menselijke geest om alles wat die bevat met elkaar in verband te brengen. Wij leven op een rustig eiland van onwetendheid te midden van een zwarte zee van oneindigheid en het is nooit de bedoeling geweest dat wij verre reizen zouden maken. De wetenschappen, die zich alle in een eigen richting ontwikkelen, hebben tot dusverre weinig schade berokkend; maar er komt een dag waarop de koppeling van afzonderlijke wetenswaardigheden zulke beangstigende inzichten van realiteit en van onze wanhopige plaats daarin zal blootleggen, dat die onthullingen ons krankzinnig maken of dat die maken dat we van het dodelijke licht wegvluchten in de rust en geborgenheid van een duister nieuw tijdsgewricht...'

Verbannen en verboden kennis, dat was H.P. Lovecrafts eten en drinken, de pure reden van zijn bestaan. Niets anders was voor hem van belang – vriendschappen of loyaliteiten al helemaal niet.

Hij was van begin af aan een enigma – een duister wonderkind, buitenproportioneel begiftigd met een messcherpe geest en een feilloos geheugen. Zijn geleerdheid op zijn negentiende levensjaar had occulte meesters die vier keer zo oud waren als hij in verlegenheid gebracht en zijn arrogantie had de rest tegen hem in het harnas gejaagd. Hij kon dwazen niet uitstaan en gaf zijn ongezouten mening zonder rekening te houden met emoties of gevoelens waarvoor hij louter minachting koesterde.

Maar het paradoxale aan Lovecraft was dat zich achter zijn genialiteit een jonge jongen verschool die op de rand van de waanzin balanceerde en volledig afgezonderd van de wereld leefde. Doyle had hem nooit vertrouwd, maar wist dat hij hem nu, meer dan ooit, nodig had.

Toen de schemering zich uitspreidde over de lange muren van het Flatiron Building, dacht Doyle met voldoening terug aan zijn eerste reis naar Amerika: de meest geruchtmakende literaire tournee sinds die van Oscar Wilde in 1881. Nu was hij anoniem, zoals ook zijn opzet was; zoals hij moest zijn.

Slechts enkele straten ten zuiden van de plek waar Doyles taxi zich bevond, drukte inspecteur Shaughnessy Mullin een zakdoek tegen zijn neus om de stank van het lijk te vermijden. De geur van vis was al erg genoeg zonder die van een rottend lijk eraan toegevoegd. Het was een gruwelijk tafereel. De ratten hadden hun deel al opgeëist.

Lantaarns bewogen in de mist toen meer politiemannen zich op Pier 5 verzamelden en boven de Hudson hing een dikke nevel. Twee agenten probeerden het lijk plat te leggen, maar het was verkrampt als een vuist.

Achterwaarts.

Het was een gruwelijke dood. De vrouw was naakt en op zo'n tien meter afstand van de pier rond een boei gedrapeerd aangetroffen. De delen van haar gezicht die niet waren aangevreten toonden een uitdrukking van helse pijnen die Mullins ervaring te boven ging.

En Mullin kon bogen op een schat aan ervaring. Zijn bewustzijn was bekrast met het soort beelden dat, wanneer zij op jonge leeftijd worden aanschouwd, zielen kan ontredderen. Mullin droeg één beeld in het bijzonder met zich mee – een beeld dat zich vaker aan hem opdrong dan de andere. Een huiselijke twist waar hij twee jaar tevoren bij was geroepen. In een huurkazerne. De echtgenoot had van dichtbij een geweer afgevuurd in het gezicht van zijn vrouw. Mullin herinnerde zich dat hij zich verbaasde over de stukjes van haar hoofd die verspreid op het tapijt lagen. Rood vlees met plukjes haar. Een oog. Een paar tanden die in de muur waren gedrongen. Botten en een tong die aan de lampenkap hingen. Verbijsterend wat dronken mannen hun vrouwen konden aandoen.

Mullin had een ex-vrouw en godallemachtig wat kon hij razend zijn als hij had gedronken. Heel wat avonden had hij een pistool onder haar neus gedrukt. Ze had hem verlaten; een verklaring daarvoor was overbodig. Mullin was niet in de wieg gelegd voor een normaal maatschappelijk leven. Maar dat beeld was hem bijgebleven. Hij wist niet goed waarom. Hij kon het gewoon niet van zich afschudden.

En dit beeld zou hem ook lange tijd bijblijven.

Het lichaam was, bijna als een wagenwiel, vanuit de onderrug achterovergebogen, waarbij haar hielen de achterkant van haar hoofd raakten. Haar handen waren naast haar wangen samengebald, als een kind in verstarde razernij. Mullin had dit soort verkramping alleen gezien bij strychninevergiftiging. Terwijl hij probeerde het lijk recht te leggen, had een van de agenten te hard getrokken en iedereen huiverde bij het luide gekraak waarmee haar ribben braken.

Mullin keek verstoord op. 'Laat haar met rust.'

De politiemannen trokken zich terug. Mullins leven vol ontberingen had hem strijdlustig en verbeten gemaakt. Hij was te vroeg geboren in een berooid en hongerlijdend gezin in Cork en had zich om de haverklap tegen Gods wil teweer moeten stellen. Een vroege strijd met difterie beroofde hem van het gehoor in zijn linkeroor. Toen zijn broers en zusjes aan de influenza bezweken, wist Mullin te overleven. En toen hij er eenmaal in was geslaagd de oceaan over te steken, was er nog geen einde gekomen aan zijn beproevingen. Een van Mullins ogen was troebel ten gevolge van een handgemeen met een straatbende in Brooklyns 'Irish Town'. Hij verwierf zich een reputatie als straatvechter en compenseerde zijn geringe bereik door zijn tegenstander tot dichtbij te naderen en diens lichaam te bewerken. Hoewel Mullins vader kort na hun aankomst in Amerika overleed, had zijn 'Ma' nog steeds een enorme invloed op zijn leven. Hij was aan haar verknocht en zij gaf hem, op haar beurt, nog steeds regelmatig een draai om zijn oren.

In Manhattan anno 1919 was de stap van straatboefje naar politieagent geen grote. Mullin had een plooibare moraal en weinig moeite met het oplossen van ingewikkelde problemen door gebruik te maken van geweld. Hij was geen voorstander van hervormingen. Hij minachtte idealisten. Af en toe wat smeergeld aannemen kon geen kwaad. En hoewel Mullin, zoals de meeste politiemannen, arme mensen net zo behandelde als misdadigers, had hij een zwak voor moeders – vooral de moeders die ploeterden om hun vaderloze kinderen te voeden.

Zijn dikke rode snor trilde toen hij neerkeek op het meisje. 'Waar is haar moeder?' vroeg hij zich hardop af. Hij ging op zijn hurken zitten en draaide het lichaam zo dat het licht van de straatlantaarn haar rug bescheen. Ze was genadeloos verminkt. De een of andere slager had haar opengesneden als een pompoen en haar ruggengraat eruit gerukt. Dit was geen uit de hand gelopen dronken verkrachting, geen drugsverslaafde die iemand beroofde om aan zijn shot te komen. Zelfs de kaailopers ging een dergelijke verdorvenheid te ver.

Nee, dit was het werk van een intelligente maniak, die handelde vanuit een soort persoonlijke overtuiging. Er sprak doelgerichtheid uit dit misdrijf en het lijk bevatte boodschappen die Mullin nog niet in staat was te lezen. En de tijd begon te dringen – want dit was niet het eerste slachtoffer.

Martha Trui, een vriendelijke maar seniele oude vrouw die altijd minstens tien truien over elkaar droeg en zich ontfermde over weeskinderen op gevaarlijke plekken als Chinatown, de Bowery en Chatham Square, was, net als het jonge meisje dat aan Mullins voeten lag, opengereten in een greppel aangetroffen. Aanvankelijk dacht de politie dat een van haar doorgedraaide protégés erachter zou kunnen zitten. De meesten van hen, zo niet allen, hadden een strafblad en ernstige emotionele problemen, maar Mullin begon dat steeds meer te betwijfelen.

De overeenkomsten tussen de aanslagen waren verontrustend, maar ditmaal was er ook een onderscheid.

Ditmaal was er een getuige.

'Ik wil haar nu meteen spreken,' gromde Mullin, terwijl hij zich oprichtte.

Hij volgde een van de agenten over de pier naar een ziekenwagen en klopte op het portier.

Een bleke dokter die nauwelijks een uur tevoren uit zijn slaap was gewekt stapte de wagen uit. Over de schouders van de dokter zag Mullin een vrouw, zo te zien een prostituee, die met beide ogen in het verband rechtop zat. Haar lippen trilden toen de woorden in hees gefluister uit haar mond vielen. De dokter sloot het portier.

'Kan ze spreken?' vroeg Mullin.

'Ze zou vannacht nog aan een shock kunnen overlijden,' zei de dokter, terwijl hij met zijn hand door zijn grijze haar streek.

'Dat vroeg ik niet.'

'Neemt u veilig van mij aan dat ze alleen maar wartaal uitslaat, inspecteur. Het heeft geen enkele zin de vrouw nog meer te traumatiseren.' De dokter wierp een blik op de ziekenwagen achter zich en wendde zich toen weer tot Mullin. 'Godallemachtig, ze heeft haar eigen ogen uitgekrabd,' zei de dokter. 'Met haar eigen handen; met haar eigen nagels. Wat kan ze in hemelsnaam hebben gezien dat haar heeft bewogen zoiets te doen?'

'Dat zou ik ook wel eens willen weten.' Mullin duwde de dokter opzij en opende het achterportier van de ziekenwagen. Hij klom naar binnen en ging tegenover de vrouw zitten.

Haar strokleurige haar was droog, verward en aaneengeklit door bloed waar ze het met plukken tegelijk uit haar hoofd had gerukt. Haar appelgroene jurk was van onderen gescheurd. Ze leek haar bebloede handen ineen te knijpen, misschien in gebed. Mullin deed zijn uiterste best om het gebrabbel dat over haar lippen kwam te begrijpen.

'*Yaji-ash-sjuthath…yaji-ash-sjuthath… yaji-ash-sjuthath…*'

Mullin klopte op de knie van de vrouw, doch zonder resultaat.

'*Yaji-ash-sjuthath… yaji-ash-sjuthath… yaji-ash-sjuthath…*'

Mullins hand omvatte met gemak haar beide handen. Hij wiegde haar zachtjes heen en weer. Er viel iets uit haar handen op de bodem van de ziekenwagen. Mullin raapte het op. Het was een hanger, aan een lang lederen koord. Hij liet hem voor zijn vertroebelde oog draaien.

Een muntstuk.

Maar het was geen munt zoals Mullin die ooit eerder had gezien. Hij leek in ieder geval heel oud en hij liet hem uit voorzorg in de borstzak van zijn overhemd glijden. Toen leunde hij achterover en keek naar de vrouw die op haar zitplaats heen en weer bleef wiegen en mompelen. '*Yaji-ash-sjuthath… yaji-ash-sjuthath… yaji-ash-sjuthath…*'

Het portier van de ziekenwagen ging open en een agent stak buiten adem zijn hoofd naar binnen, terwijl het zweet onder zijn helm vandaan gutste. 'Inspecteur, we hebben aanwijzing over een mogelijk verdachte.'

'Waar komt die vandaan?'

'Een anonieme tip.'

Een beetje geluk en brave burgers waren voor rechercheurs van veel meer belang dan inventieve onderzoeksmethoden, maar toen Mullin de ziekenwagen uitstapte en achteromkeek naar de door doodsangst bevangen prostituee, bekroop hem het donkerbruine vermoeden dat er aan deze zaak niets netjes of eenvoudigs te bespeuren zou zijn.

10

Farnsworth Wright, een slordige man in een kostuum dat ooit aardig wat moest hebben gekost, plukte een manuscript van een enorme stapel en ging achterover op zijn zwenkstoel zitten. Hij plantte zijn voeten op zijn bureau, likte zijn wijsvinger af en sloeg de eerste bladzijde op. Hij las de eerste zin. Hij fronste zijn voorhoofd. Na de tweede zin wist hij voldoende. Farnsworth smeet het manuscript door het kantoor tegen een boekenplank aan. De pagina's dwarrelden op de grond en voegden zich bij tientallen andere op eendere wijze afgehandelde manuscripten. Farnsworth schonk zichzelf een stevig glas Jim Beam in en begon aan een volgende lijvige tekst. Toen vloog ook die door de lucht en raakte, alvorens omlaag te storten, de boekenkast op dezelfde plek. Juist toen Farnsworth een flinke slok whisky nam, schoof er een schaduw over het melkglazen venster in de kantoordeur en werd er zachtjes aangeklopt. Farnsworths ogen vernauwden zich tot spleetjes. 'Wie is daar, verdomme?'

De deur ging open en Doyle stapte naar binnen. 'Goedemiddag.'

'Kun jij schrijven?' blafte Farnsworth.

Doyle aarzelde. 'Uh, ja, inderdaad.'

'Een verhaal over een maniakale moord. Tienduizend woorden. Maandag op mijn bureau.' En Farnsworth ging verder met lezen.

Doyle bleef een ogenblik staan, controleerde nogmaals de naam die op de deur stond en die vermeldde dat dit het kantoor was van Farnsworth Wright, hoofdredacteur van *Thrill Book* – een tweemaandelijks tijdschrift vol griezelverhalen.

Farnsworth keek nogmaals geërgerd op. 'Ik betaal je alleen als het verhaal me bevalt. Gesnopen? Drie dollarcent per pagina. Niet handgeschreven. En probeer niet lollig te zijn door met een zooitje vampiers of soortgelijke kul aan te komen zetten. Ik heb tweeënvijftighonderd vampierverhalen en hoef er niet nog eentje bij. Ik wil onvervalste maniakken. Niet al te spookachtig. Het pure moordwerk. Een achtervolging. Wat? Moet ik het ook nog voor je schrijven?' Farnsworth dronk zijn glas whisky leeg. 'En kom in godsnaam op de proppen met een pakkende openingszin. Niemand weet tegenwoordig nog hoe je een verhaal moet beginnen. Beng, zorg dat je me weet te raken. Zorg dat er meteen vaart achter zit! Ik hoef geen levensverhaal van een maniak. Maak die meid af. Ga op jacht naar de maniak. Kom mij niet aanzetten met het smoesje dat zijn opa zijn speelgoed in brand stak. De eerste zin. Beng! Te weinig schrijvers luisteren naar dit soort goede raad. Ik mag jou wel, ouwe. Hoe zei je ook weer dat je heette?'

Doyles gezicht klaarde op. 'Ach –'

Farnsworth sloeg met een harde klap op tafel. 'Ze begrijpen niet dat ik die tijdschriften moet zien te slijten. Dit is geen kunst met een grote K. Grijp me bij mijn lurven. Schud me door elkaar. Maak me bang. Zorg dat het me duizelt. Zo moeilijk is dat niet. Godallemachtig, de eerste zinnen die ik hier lees, sommige nemen een halve bladzijde in beslag. Weet je hoeveel tijd het kost om een halve bladzijde te lezen?' Hij wachtte even, viste zijn horloge uit een met jusvlekken besmeurd vest en klapte het dekseltje open. 'Jezus, is het al zo laat? Jij weet wel hoe je iemand aan de praat krijgt. Maar afijn, bezorg me het verhaal en we hebben het er nog over. Ik zal kijken wat ik voor je kan doen. Maar ik beloof niks.' Hij plukte een volgend manuscript van de slinkende stapel en las de eerste zin. 'Jezus christus!' Farnsworths stoel knalde met een klap terug op al zijn vier wieltjes en het manuscript kwam in grote wanorde op de tweede plank van de *Thrill Book*-bibliotheek tot rust – waarbij het Doyle, die snel naar links wegdook, op een haar na miste.

Doyle bonkte stevig met zijn wandelstok op de grond. 'Nu is het welletjes,' verklaarde hij.

Farnsworth keek enigszins geschrokken op. 'Nou en? Ga door. Vertel me je fantastische inval. Breng me in vervoering. Maak me gek.'

Doyle glimlachte. 'Mijn beste man, je zou mij in je stoutste dromen niet kunnen veroorloven.' Hij stak zijn hand uit. 'Sir Arthur Conan Doyle.'

De zwenkwieltjes van Farnworth' stoel schoten onder hem vandaan en Farnworth viel met een klap achterover. Zijn verwoede pogingen zich op te richten, werden in de kiem gesmoord doordat zijn hoofd met een droge knal tegen zijn bureaublad botste, wat in Conan Doyles hart iets van medelijden opriep, en hij nam het zichzelf kwalijk dat hij op die manier van zijn roem gebruikmaakte.

Farnsworth dook met een sprongetje op, waarbij de vettige pluk haar die normaliter zijn schedel bedekte over de linkerkant van zijn gezicht neerhing. Hij herstelde zich enigszins en struinde op zakelijke wijze door het kantoor. 'Farnsworth Wright.' Hij schudde Doyle krachtig de hand. 'Ik heb er geen verklaring voor, meneer, echt niet. Er zijn van die… Dit is waarachtig… U bent de reden dat… Ziet u… Ik kan het niet.'

'Dat geeft niets. Ik begrijp het volkomen.'

Farnsworth bleef nog een poosje halve invallen spuien terwijl Doyle hem terugvoerde naar zijn bureau. 'Ik ben op zoek naar een auteur met wie u wellicht hebt samengewerkt of van wie u tenminste hebt gehoord. Een heer die luistert naar de naam Lovecraft. Howard Phillips Lovecraft.'

Farnsworth draaide zich met een ruk om. 'Kent u H.P. Lovecraft?'

'Hij is een kennis van me.'

'Ik wist niet… hij heeft nooit iets gezegd. Totaal niets. Heus waar.'

Farnsworth begon zijn kantoor te doorzoeken. 'Hij heeft het nooit over u gehad. Dat zou ik wel hebben gedaan. Ik zou hem zeker hebben uitgegeven als ik dat had geweten.'

Doyle werd overspoeld door een wervelstorm van manuscripten toen Farnsworth het kantoor doorspitte. 'Ik heb alleen zijn adres nodig, meneer Wright.'

Farnsworth schopte eerst één stapel boeken omver, en toen nog een andere, voordat hij een triomfantelijke kreet slaakte en een manuscript op zijn bureau kwakte. De titel luidde *At the Mountains of Madness*.

Doyle knikte. 'Die bedoel ik.'

'Ik kan niet begrijpen waarom hij me nooit iets heeft gezegd. Als ik had geweten dat hij zulke voorname vrienden had… maar het is de tijd, weet u. Zijn werk. Het is deprimerend. Vreselijk deprimerend. De mensen willen maniakale moordverhalen. Hoopgevende verhalen. Dit niet. Ik bedoel, ik weet niet wat ik ermee aan moet. Bergen van waanzin? Daar kan toch niemand soep van koken. Troosteloze steden vol buitenaardse wezens verscholen op de noordpool?'

'Probeer eens persoonlijk kennis met ze te maken,' opperde Doyle.

'Pardon?'

Hij glimlachte. 'Ik ben niet zijn literaire pleitbezorger. Ik wil alleen weten waar hij woont.'

'Ja, natuurlijk.' Farnsworth gaf hem haastig het adres en boog zich weer over zijn manuscripten, popelend om deze ontmoeting, na zijn beschamende inleiding, zo snel mogelijk te beëindigen.

De nacht had zich over de stad uitgestrekt. Doyle stapte in Delancey Street aan de Lower East Side van Manhattan uit een verder verlaten tram. Hij draaide zich om en keek de krakende tram na die via de Bowery zijn weg vervolgde naar Chinatown en de bandeloze buurten Chatham en Five Points. Dieper in het getto wilde hij zich niet wagen. En als het om de sfeer ging, bood Delancey die meer dan voldoende.

Het was stil op straat en in brand gestoken vuilnisvaten lichtten op in het duister.

Zo ver naar het zuiden had men nog geen elektrische straatlantaarns geplaatst. Dit was nog steeds de donkere periferie van Manhattan, zonder enige vorm van maatschappelijk vangnet – waar figuren aan de zelfkant van de samenleving andere behoeften hadden en waar men in zijn onderhoud voorzag met diefstal, handel in verdovende middelen en prostitutie. Geweldsmisdrijven en moorden waren aan de orde van de dag en hun aantallen werden nooit bijgehouden. De verdwijningen van immigrantenkinderen werden nooit onderzocht en als de lijkjes van diezelfde kinderen aanspoelden op de oevers van de Hudson, werden zij op karren gesmeten en vergeten.

Langgeleden had Doyle zelf armoede gekend – een gevolg van de drankzucht en de krankzinnigheid van zijn vader. Het gezin ploeterde hard om tien kinderen in een piepklein flatje in Edinburgh te onderhouden. Daar had Doyle, vanaf zijn dertiende levensjaar tot en met zijn jaren op de universiteit, drie verschillende baantjes gehad totdat hij als arts was afgestudeerd.

Toch was deze nieuwe wereld met al haar overdaad en beloften van een andere orde, en de reddelozen die zich aan haar borst wilden laven begrepen niets van de nachtmerries die in de lange schaduwen van de vrijheid op de loer lagen. Hier woonde het aas van het occulte en het was het veiligste om maar niet te vragen waarom de kinderen verdwenen. Aan sommige nachtmerries komt geen einde; sommige nachtmerries gaan eeuwig door. En in die treurige krochten van eenzaamheid en pijn tierden bepaalde organismen welig. En dat was de reden dat Howard Phillips Lovecraft zich er thuis voelde.

Doyle bevond zich voor een huurkazerne die op instorten stond. Eén miezerig lichtje brandde achter het raam op de bovenste verdieping. In de onzekere stilte viel links van hem het deksel van een vuilnisvat en in een steegje stond wankelend een in lompen gehulde persoon wiens gezicht in het duister onzichtbaar was. Doyle keek rechts van hem en voelde dat er meer blikken op hem gericht waren. Ze zaten in de stegen en onder de bordessen. Stil, loerend. Hij onderscheidde in het dovende licht van een straatvuur twee gezichten, vervuld van grimmige woede. Hoewel hij lang en stevig gebouwd was, was hij wel zestig jaar oud en gekleed in een wollen Worsted-kostuum van dertig dollar. Dat maakte hem tot een mogelijke prooi. Maar onder de oppervlakte bevond zich een krachtige persoonlijkheid. Doyle riekte niet naar angst, maar naar onverschrokkenheid. Hij was een ridder zonder vrees die wist hoe hij afgestompte straatrovers als deze te slim af moest zijn. Misschien was dat wel de reden dat ze niets deden dan afwachten toen hij de straat overstak naar Lovecrafts laatst bekende verblijfplaats.

Op het bordes van nummer 1414 lag een vagebond te slapen, met in zijn armen een fles Schotse whisky. Doyle stapte over hem heen en ging door de niet afgesloten deur naar binnen. Hij werd overspoeld door de doordringende stank van uitwerpselen en urine: de vloer van de gang was er nat en glibberig van. Hij drukte de zakdoek met zijn monogram erop tegen zijn lippen en ademde heel oppervlakkig in en uit. Zeven meter verderop in de gang bevond zich de deur naar de flat op de begane grond, en daarachter kreunde een vrouw luid genoeg om de muren te doen trillen. Mannen spraken op ruwe, gedempte toon tegen haar. Het gekreun ging over in gesnik, dat op zijn beurt werd overstemd door gelach en klappen die werden uitgedeeld.

Doyle zette zijn tanden op elkaar en liep de deur voorbij en de trap op. De trapleuning trilde toen hij die vastgreep en naar de overloop op de eerste verdieping liep.

In de hoek bewoog plotseling iets lijkbleeks. Een man met rusteloze, bloeddoorlopen ogen kwam op hem af. 'Een aalmoes. Geef me een aalmoes.' Doyle hield hem met zijn wandelstok tegen en drukte hem achteruit tegen de muur. De verslaafde kronkelde zich in allerlei bochten. Doyle snelde hem voorbij en vervolgde zijn weg naar de tweede verdieping.

De deur van Lovecrafts woning stond op een kier en de woning zelf was geplunderd. Talloze kasten lagen leeg of omgekeerd op de grond. De vloer was bezaaid met boeken. Het kaarttafeltje bij het raam was omge-

kieperd. Potten met god mag weten wat lagen gebroken op de keuken-
vloer.

Een .45 revolver met een korte loop drukte tegen Doyles slaap en de
man die hem vasthield fouilleerde Doyle op bekwame wijze met zijn vrije
hand. 'Goedenavond, meneer.'

'Goedenavond,' antwoordde Doyle beleefd.

Een zwaargebouwde politieagent kwam uit de kleerkast tevoorschijn
en deed zijn wapen terug in de holster.

'Bent u soms op zoek naar de heer Lovecraft, meneer?' De man met de
revolver ontfermde zich over Doyles portefeuille en boog zich over de inhoud.

'Dat ben ik inderdaad. Is er een probleem, agent –?'

'Inspecteur, alstublieft. Mullin is mijn naam. En u, uh, u bent dus Engelsman?' Mullin bestudeerde het reisvisum. 'Meneer Doyle?'

Doyle begreep dat dat in Mullins ogen geen pre was. 'Ik ben Schot.'
Hij probeerde zijn gebruikelijke: 'Eigenlijk ben ik een schrijver. Misschien hebt u wel eens gehoord van –'

'Ik lees geen boeken.' Mullin stak zijn .45 terug in zijn holster. 'Hoe
kent u die knul van Lovecraft dan wel, meneer?'

Doyle keek hoe de agent in uniform een van Lovecrafts presse-papiers,
een knokige, versteende menselijke hand, oppakte. 'Ik ken hem niet
goed, inspecteur; eigenlijk ken ik hem maar nauwelijks. We correspon-
deerden. Lovecraft is een beginnende romancier en sommige van zijn
stukken gaven blijk van talent. Ik adviseer jonge kunstenaars graag over
hun werk, omdat ik weet wat een eenzame bezigheid het schrijven kan
zijn...' Hij kreeg de indruk dat zijn gebabbel wel eens vrucht zou kunnen
afwerpen; Mullins ogen begonnen al glazig te worden. 'Na diverse brieven heen en weer, heeft meneer Lovecraft me, mocht ik ooit terugkeren
naar de Verenigde Staten, uitgenodigd bij hem op de thee te komen voor
een gesprekje over het schrijven en zo. Nu moest ik toevallig toch voor zaken in Amerika zijn. Ik ben pas een dag of twee geleden aangekomen en
besloot op meneer Lovecrafts uitnodiging in te gaan. Er is hem toch niets
ernstigs overkomen?'

'Hem iets overkomen? Nee hoor, hij zit veilig in het gesticht voor gevaarlijke geestelijk gestoorden. Maar hij heeft de afgelopen week twee
mensen in mootjes gehakt.'

Doyle deinsde achteruit. 'Dat is onmogelijk!'

'Tja, zoals u al zei, meneer Doyle, u kende de man niet erg goed. Heeft meneer Lovecraft in een van zijn brieven ooit blijk gegeven van een grief tegen de katholieke Kerk?'

Doyle keek toe hoe de geüniformeerde agent huiverde terwijl hij een zeventiende-eeuws handboek folteren doorbladerde. De vloer lag bezaaid met eerste edities over demonenleer en dodenbezwering. 'Voorzover mij bekend niet, nee.' De werkelijkheid was enigszins anders. Lovecraft verfoeide alle vormen van georganiseerde religie. Maar toch was Doyle ervan overtuigd dat het hier om iets anders ging. 'Welke bewijzen zijn er tegen hem?'

'Het staat mij niet vrij daar met u over te praten, meneer.' Mullin wierp een blik op zijn agent, die een gebroken stopfles bestudeerde die een menselijk orgaan leek te bevatten. Mullin wendde zich weer tot Doyle. 'Maar je hoeft geen genie te zijn om te concluderen dat meneer Lovecraft een vreemde snuiter was.'

Doyle schuifelde in de richting van de deur. 'Nu, dat is hoogst verbijsterend: ik zou zoiets nooit hebben vermoed. Op papier leek hij zo ongevaarlijk. In zijn brieven, bedoel ik.'

Mullin leek niet ongenegen Doyle te laten gaan. 'Waar logeert u, als ik vragen mag, meneer, voor het geval we u nog een paar vragen willen stellen?'

'Buiten de stad, om u de waarheid te zeggen. Bij vrienden.'

'Hebben die vrienden ook een adres, meneer?'

'Dat hebben ze vast en zeker, alleen weet ik het niet meer. Ik ben het vergeten.' Hij draaide zich om om weg te lopen.

'Meneer Doyle,' bulderde Mullin.

Doyle keerde zich naar hem toe. Mullin kwam langzaam op hem toelopen. Hij bleef stilstaan en keek hem onderzoekend aan. Toen zei hij: 'Uw portefeuille, meneer,' en gaf hem zijn legitimatiepapieren terug.

'Ach, natuurlijk. Verstrooid als altijd.' Doyle glimlachte toen hij Jeans woorden napraatte. Hij stak de portefeuille in zijn jaszak en het metaal van zijn geldclip tikte tegen iets anders.

Mullin hoorde dat. Zijn wenkbrauwen schoten omhoog.

'O,' zei Doyle. 'Dat is niets.' Hij liet de Romeinse munt aan het lederen koordje zien die hij in Duvalls kantoor had gevonden.

Mullin vertrok geen spier, maar opeens kreeg Doyle het gevoel dat er onraad dreigde.

'Hoe komt u daaraan, meneer?' vroeg Mullin op gedempte, dreigende toon.

Doyle hield zijn gezicht evenzeer in de plooi. 'Dat is een aandenken.' Hij keek hoe Mullin het muntstuk bestudeerde. 'Van mijn dochter gekregen.'

'Goh, is me dat geen prachtig cadeautje?' Mullin draaide zich om en liet zijn collega de munt zien.

De agent keek Doyle aan met dezelfde effen gezichtsuitdrukking als Mullin. 'Dat is het zeker.'

Doyle zag dat Mullins rechterhand, terwijl de inspecteur zich weer tot hem richtte, naar zijn heup gleed, waar zich de holster met de .45 bevond. 'Welnu –'

Iets in Doyles steelse blik moest Mullin hebben gealarmeerd, want zijn vuist klemde zich als een bankschroef om de pols van de schrijver.

'Wally!' riep Mullin.

Met dezelfde snelheid haalde Doyle uit met zijn wandelstok en gaf een harde tik op Mullins hand, waarmee hij hem een flinke kneuzing bezorgde.

Mullin schreeuwde het uit en liet los, terwijl zijn agent toesnelde. Maar Doyle zwenkte in zijn richting en dreef het uiteinde van zijn wandelstok diep in het middenrif van de agent. Toen keerde hij zich een tweede maal om, haakte de stok achter zijn knieën en deed hem op de grond tuimelen als een zak aardappelen. De agent stortte boven op de boeken en glasscherven neer.

Mullin bevond zich nog steeds tussen Doyle en de deur. De politie-inspecteur trok zijn vuurwapen, maar Doyle haalde opnieuw uit met zijn stok, mepte de .45 dwars door de kamer en dreef zijn schouder vervolgens met kracht tegen Mullins borstbeen. De twee mannen smakten tegen de muur en voordat Mullin hem kon vastgrijpen, gaf Doyle de inspecteur een knietje in zijn maagstreek. Hij worstelde zich los en ijlde de deur uit, de trap af en de straat op.

Enkele ogenblikken later kwam ook Mullin door de buitendeur van het gebouw gesneld. Zijn bolhoed had hij niet meer op en zijn kale hoofd glom van het zweet. Bevend van woede strompelde hij naar het midden van de straat.

Wally hobbelde achter hem aan naar buiten.

Van Doyle was geen spoor te bekennen.

'Een anonieme tip, hè, Wally?' grauwde Mullin.

'Die ouwe is nog behoorlijk lenig,' zei Wally, over zijn buik wrijvend.

'Deze zaak stinkt.' Mullin stak zijn .45 terug in de holster terwijl Wally hem zijn bolhoed voorhield. Mullin griste hem uit zijn handen. 'Aan jou heb ik tenminste wat,' snauwde hij.

Doyle liep op een sukkeldrafje het stuk naar Broadway, waar hij de balustrade van een van de laatste trams greep die de binnenstad uitreden.

Terwijl hij achterin plaatsnam, keek hij op zijn horloge. Het was drie minuten over half een 's nachts.

'Neemt u mij niet kwalijk,' zei Doyle tegen een vermoeide vrouw die een bruine papieren zak met groenten omklemd hield, 'maar gaat deze tram naar het Penn Hotel?'

De vrouw keek hem wezenloos aan en knikte.

Doyle leunde achterover en liet de gebeurtenissen van die avond de revue passeren. De situatie verslechterde nog sneller dan hij had gevreesd. Duvalls dood, de diefstal van het Boek en Lovecrafts betrokkenheid bij moorden op vierenhalfduizend kilometer afstand – die dingen hielden vast en zeker verband met elkaar. Toch had Doyle het gevoel dat hij nog maar één enkel draadje zag van een gigantisch en gecompliceerd web van intriges.

Misschien had Lovecraft in de jaren die waren verstreken sinds hij hem voor het laatst had gezien gruwelijke veranderingen ondergaan. Lovecrafts geest kennende was zulks niet geheel uitgesloten. Maar die gedachte wees Doyle van de hand. Lovecraft was erin geluisd. Er viel heel wat op hem aan te merken, maar een moordenaar was hij niet.

En die munt? Mullin had de munt herkend en zag die als een of ander bewijs van schuld of medeplichtigheid. Van anonimiteit kon niet langer sprake zijn. Hij was er met zijn geblunder in geslaagd binnen de kortst mogelijke tijd een plekje boven aan de lijst 'Opsporing Verzocht' te veroveren. In zijn jonge jaren zou hij zo'n misrekening nooit hebben gemaakt, zou hij geen legitimatie op zak hebben gehad, zou hij de munt niet zo achteloos tevoorschijn hebben gehaald. Dan zou hij Lovecrafts woning zelfs niet zo achteloos hebben benaderd. Hij was totaal uit vorm en bij dit soort spelletjes kreeg je geen tweede kans. Vandaag had hij meer kwaad dan goed gedaan. Misschien zou hij dat morgen recht kunnen zetten – als hij intussen tenminste niet was gearresteerd.

Het Penn Hotel bood een welkome aanblik. Een portier ging hem voor naar de ouderwets gerieflijk ingerichte lobby. Uitgeput nam Doyle zijn sleutel bij de balie in ontvangst en ging met de lift omhoog naar zijn suite.

Toen hij eenmaal binnen was, trok hij zijn jasje uit, maakte zijn stropdas los, deed de deur op slot en klemde een stoel onder de deurknop. Toen hij tevreden was, stopte hij een pijpje en zoog de zoete rook naar binnen terwijl hij uit het raam van zijn hotelkamer op de derde verdieping staarde.

Na enkele minuten sloot hij ook het venster. Hij legde zijn spulletjes, zijn portefeuille, zijn kleingeld, zijn vestzakhorloge, zijn vergrootglas, zijn pijp en tabak, op het bureau. Uit zijn valies haalde hij een fotootje van Kingsley in zijn uniform van de Royal Air Force. Hij plaatste het zodanig op het nachtkastje dat het licht er precies op viel. Toen trok hij de rest van zijn pak uit. In zijn nachthemd en anklets ging hij op het bed zitten en trok het tafeltje dat bij het raam stond naar zich toe. Met zijn bril op het puntje van zijn neus balancerend, doopte hij zijn pen in en begon een brief te schrijven aan zijn vrouw, waarbij hij haar afwezigheid even sterk voelde als de jacht die hem riep.

11

Henry de Knoest stond in de koele najaarslucht voor de deur van de Chick Tricker's Fleabag in de Bowery te wankelen en overwoog over zijn nek te gaan. Hij veegde het koude zweet van het misvormde voorhoofd – waaraan hij zijn bijnaam dankte – en dwong zijn maag tot kalmte. Toen trok hij zijn scheef zittende stropdas recht, stopte de panden van zijn overhemd in zijn broek en liep de straat uit op de manier van iemand die zijn uiterste best doet zijn dronkenschap te verbloemen.

Een dronkelap was met name in deze straat een doelwit, en een doelwit kon je maar beter niet zijn. Doch de Knoest hoefde zich geen zorgen te maken; zijn connecties met Tammany hielden hem buiten schot van de Five Pointers en zijn gokhal boven het Harp House aan Park Row bracht bij de juiste lieden heel wat geld in het laatje. Toch kon je maar beter op je hoede zijn op een vrijdagavond in de Bowery, wanneer elke zakkenroller en straatrover zijn verdiensten in diverse uitspanningen als Mc-Guirk's Suicide Hall, de Plague, en de Dump erdoorheen joeg.

Maar de Knoest was nog niet bereid een punt achter de avond te zetten. Het enige dat hem thuis wachtte was een vrouw en zijn tweelingzoons die zich schor blèrden. Nee, de Knoest had behoefte aan gezelschap, en hij had een smak dollars in zijn vestzak die hij graag over de balk wilde smijten.

Hij waggelde Mott Street in om het lekkers te monsteren dat voor de Inferno Club liep te paraderen. Maar het was een armoedig zooitje tandeloze hellevegen en vol weerzin gebaarde hij hen uit zijn buurt te blijven.

Een paar straten verderop vond de Knoest zijn weg naar Chinatown, dat gonsde van het verkeer en de sjacheraars die hun handeltje dreven in de gokhallen en de opiumkitten boven de groentewinkels.

De Knoest raakte het spoor bijster in de kronkelige zijstraatjes van Doyers Street totdat hij zich opeens tegenover het oude Chinese Theatre bevond – een ooit beruchte en populaire plek voor bendeoorlogen, totdat de tent werd gesloten en overgedragen aan de New Yorkse charitatieve Maatschappelijke Hulpverlening. De Knoest staarde omhoog naar de ramen op de bovenverdieping en smoezelige weeskinderen keken van daaruit op hem neer.

Nu zijn roes definitief de aftocht had geblazen, waggelde de Knoest door Doyers Street op zoek naar een taxi of een riksja of wat voor vervoermiddel er in Chinatown ook voorhanden was.

'Zin in een beetje gezelschap, vreemdeling?' klonk opeens een stem uit de schaduw.

De Knoest draaide zich om en wierp een goedkeurende blik op een sjofele zwerfster met enorme groene ogen die tegen de muur van een steegje geleund stond. Haar smerige blonde haar was onder een hoge herenhoed samengepakt en haar kleine lichaam ging schuil onder een ruwe grijze overjas.

'Hoe oud ben jij?' vroeg de Knoest.

'Oud genoeg.'

Hoewel ze ongewassen was, zag de Knoest er wel wat in. Ze had al haar tanden nog en een knap gezichtje. Ouder dan zestien kon ze niet zijn.

'Hoeveel?' vroeg hij.

De zwerfster aarzelde en leek daar even over na te moeten denken. Ze was geen beroeps; dat had de Knoest meteen door.

'Wat is het gebruikelijke tarief?' vroeg ze.

De glimlach van de Knoest verbreedde zich en ontblootte zijn schots en scheef staande, gele tanden. 'Een dollar voor een potje kezen,' zei hij, bewust een te lage prijs noemend.

De zwerfster fronste haar wenkbrauwen. 'Wat is kezen?'

'Dat zal ik je wel leren, schatje,' zei de Knoest. Hij keek om zich heen en duwde het meisje toen de steeg in. Hij klemde haar met haar rug tegen de stenen muur en friemelde met zijn rechterhand in zijn broek terwijl de zwerfster haar kin opstak om hem boos aan te kijken. 'Dat zal ik je leren.' Hij hijgde, trok haar jas open en onthulde een vuile jurk, een paar mooie jonge benen, en borsten die door een bustier omhoog werden geperst. 'Dat zal ik je eens grondig leren,' verklaarde de Knoest terwijl hij zijn gezicht tegen haar borst drukte en met zijn klamme handen haar billen omklemde.

'Wat een lekker beest ben jij,' spinde de zwerfster terwijl ze met haar handen door het vette, dunner wordende haar van de Knoest woelde. Haar slanke vingers speelden met zijn oorlelletje. Toen nam ze zijn oor tussen haar tanden en trok het met een harde ruk van zijn hoofd.

'Auwwauw! Auw!' Het bloed spoot tussen de vingers van de Knoest door toen hij naar het stompje van zijn oor greep en achteruitdeinsde.

Het meisje keerde terug naar de duisternis van de steeg en snauwde: 'Matthew, vuile klootzak!'

Een jonge dandy met een bolhoed die nog te jong was voor een volwassen baard, sprong uit de schaduw tevoorschijn en gaf de Knoest met een ploertendoder een harde klap in zijn gezicht en bezorgde hem een bloedneus. De Knoest kreunde en viel achterover op zijn rug.

Het meisje veegde het bloed van haar lippen en terwijl haar groene ogen vonkten gaf ze de Knoest met haar laars een harde schop tegen zijn hoofd. Hij rolde op zijn zij in een hoop vuilnis. Met een ruk draaide ze zich om naar Matthew en stompte hem hard in zijn maag.

'Wat flik je me nou, Abby?' weeklaagde Matthew.

'Pak zijn portefeuille, rotzak,' beval Abby, onderwijl haar jas weer dichtknopend en haar hoge hoed rechtzettend, waarna ze de Knoest nog maar een vinnige schop in zijn kruis gaf.

Hij kreunde.

Plotseling verscheen er aan de andere kant van de steeg een gestalte in een lange jas, met een geweer in zijn hand. 'Kom hier, jullie!' blafte hij.

'Godskolere, het is Dexter,' siste Matthew.

Abby rende in tegenovergestelde richting de steeg uit.

'Abby? Matthew? Zijn jullie daar? Als jullie dat zijn, dan zwaait er wat.'

Dexter liep hen achterna, waarbij zijn kortgeknipte baard zijn puntige kin en scherpe gelaatstrekken duidelijk omlijstte. Hij bleef stilstaan en boog zich over de Knoest, die smekend naar hem opkeek. 'Godallemachtig,' mompelde hij. Toen wendde hij zich in de richting van het duister, waar het gelach van de wegsnellende Abigail en Matthew weerklonk. 'Zijn jullie nu helemaal stapelkrankzinnig geworden?'

Abigail en Matthew sprintten aan de andere kant van een huurkazerne de steeg uit en bleven, opgewonden van de spanning, even op een overdekte galerij stilstaan om elkaar te kussen.

Abigail beet schalks in Matthews onderlip en hij uitte een verwensing. 'Verdomme, rotmeid!'

Ze lachte en rende op een drafje achteruit, hem uitdagend haar te volgen.

'Volgens mij ben je geschift,' zei hij.

'Volgens mij heb je gelijk,' antwoordde ze, scheelkijkend en haar tong uitstekend. 'Wat flikte je me nou zonet? Wou je wachten tot hij me had volgespoten als een kalkoen?'

'Je mag best een beetje aankomen,' plaagde Matthew.

Abigail greep de kraag van zijn overhemd en trok Matthew naar zich toe voor een langgerekte, talmende kus. Daar stonden ze, midden op straat, een ogenblik volkomen in elkaar opgaand. Zo zeer zelfs dat ze niets merkten van het blauwe glas dat het maanlicht weerspiegelde en van de golving van een cape toen een vreemdeling zich, de ogen strak op hen gericht, diep in het duister terugtrok – en hen gadesloeg.

12

Het Bellevue Ziekenhuis besloeg meer dan twaalf hectares aan de East River en strekte zich noord- en zuidwaarts over zo'n tien huizenblokken uit. Het Gesticht voor Gevaarlijke Geesteszieken, dat bestond uit twee bakstenen bouwsels op de uiterste zuidpunt van het gebouwencomplex, was omgeven door hoge hekken die bijeen werden gehouden door een hangslot en waren bekroond met prikkeldraad. Hoewel er geen mens te bekennen viel, bood het terrein van de afdeling een aangename aanblik, met hoge bomen, bankjes en groene gazons. Maar degenen die er werden behandeld, wandelden, tot geruststelling van de omwonenden, niet vrij over het terrein, want binnen die muren huisden monsters – gewelddadige monsters die moesten worden vastgeketend en platgespoten en vaak ook nog afgeranseld om hen onder controle te houden. Een rustieke buitenkant maskeerde dus de gruwelijkheden die zich binnen afspeelden.

Het was een stormachtige dag met een vaalgrijze hemel die regen of sneeuw beloofde; dat wist Doyle niet precies. Het was tevens snijdend koud en hij trok zijn wollen kraag strak om zijn nek toen hij op de bewaker bij de poort toeliep. Na enkele woorden te hebben gewisseld werd de poort geopend en stak Doyle het terrein over.

De hal was groot, met hoge zuilen en een indrukwekkende receptiebalie aan de voet van een brede trap. Artsen en verpleegkundigen deden hun ronden in medisch tempo: een of twee stappen sneller dan de rest van de mensheid.

Het kostte enige overredingskracht om tot Lovecraft te worden toegelaten. Hij was een verdachte in een moordzaak en er bestond een reële kans dat hij zichzelf of anderen schade zou kunnen toebrengen. Hij werd al vierentwintig uur per dag in de gaten gehouden om zelfmoord te voorkomen, hetgeen inhield dat hij op de meest barbaarse manier werd opgesloten en platgespoten. Zijn papieren werden ook in gereedheid gebracht om hem, in afwachting van zijn proces, over te plaatsen naar een strenger bewaakte inrichting.

Niemand was bij Lovecraft op bezoek geweest. En de jaren en afstand hadden in Doyles hart ruimte gelaten voor medelijden met een man die uitsluitend omringd door demonen zijn leven leidde.

Zoals de meeste ziekenhuizen in Manhattan, was het Bellevue overvol en onderbezet. In sommige gevallen was er slechts één medicus voor een hele afdeling, en het waren altijd de krankzinnigen die daar het meeste onder leden. Daar de moderne geneeskunde op het gebied van dit soort aandoeningen nog maar in de kinderschoenen stond, deden de patiënten vaak niet veel meer dan wegkwijnen achter de tralies.

Doyle schreef een valse naam in het bezoekersregister en bleef wat drentelen in de nabijgelegen gangen om niet de aandacht op zich te vestigen van de twee politieagenten die bij de hoofdingang op wacht stonden.

Na een uur te hebben gewacht, ging een ziekenbroeder met de bouw van een gorilla en een plukje weerbarstig haar op zijn puntige hoofd Doyle voor een trap af. Een gladde knuppel hing aan de riem van de verpleger. Hij zag eruit alsof hij vele malen was gebruikt.

'Tien minuten. Meer niet,' gromde de broeder toen ze afdaalden naar de kelder.

Doyle voelde een koude rilling over zijn rug gaan. Het beviel hem hier helemaal niet. Hij voelde door het leer van zijn handschoenen het zweet in zijn handen.

De ziekenbroeder trok onder aan de trap gekomen een deur open en de misselijkmakende stank van urine en ammonia brandde in Doyles neusgaten.

Het is 1869. De tien jaar oude Arthur doet zijn uiterste best om dapper te zijn. Er is geen elektrisch licht in deze gang, alleen de vlammetjes van gaslantaarns. Zoiets als deze plek heeft hij nog nooit eerder geroken. Zo moest het ruiken in de Hel. Hij kijkt omlaag naar de loszittende veters van zijn schoenen. Papa zal kwaad worden als hij dit ziet. Terwijl Doyle op zijn hurken gaat zitten om zijn veters te strikken, roepen stemmen hem aan van weerszijden. Ze slaan obscene taal uit. Ze spugen. Ze krijsen. Doyles onderlip trilt maar hij wil niet huilen. Hij wil per se niet huilen...

Doyle liep, nog steeds de ziekenbroeder volgend, de gang in. Het knipperende elektrische licht zorgde voor een spookachtige aanblik. Geluiden borrelden omhoog: zacht gelach, gehuil, koortsachtig gefluister, gesnauw, geschreeuw, onsamenhangende kreten, geraas en gebral. Alles door elkaar heen, lijven die tegen stalen deuren werden gesmakt. Grote, starende ogen die rolden in hun kassen en hun uiterste best deden tussen de smalle latten boven aan de deuren een glimp op te vangen van Doyle. Een symfonie van waanzin deed zijn oren tuiten. Zijn ademhaling versnelde. De gorilla-achtige verpleger, die enkele stappen voor hem uit liep, haakte de knuppel los van zijn riem. Overal om zich heen ontwaarde Doyle kwebbelende monden met vergeelde tanden of bloeddoorlopen loerende ogen. De geluiden, de beelden, riekten naar vertwijfeling.

'Koppen dicht! Koppen dicht!' De ziekenbroeder ramde met zijn knuppel op de deurlatten, waardoor de gevangenen haastig achteruitdeinsden.

'Krijg de kolere, klootzak –'
'Ik hoor Jezus –'
'Ze zijn mijn geest binnengedrongen –'
'Ik neuk je plat! Ik neuk je plat!'
Doyle huiverde.

Doyle staat bevend voor de deur van een kooi. Hij draagt zijn zondagse kleren en heeft één enkele bloem in zijn hand. Een bewaker met een blauwe pet op, een lang gezicht en een nog langere baard steekt een roestige sleutel in het slot. De deur gaat krakend open. Doyle wil wegrennen maar zijn benen weigeren dienst. In de cel is het zelfs nog donkerder. Een man die op de rand van een houten brits zit die aan de muur genageld is, beweegt zich. Zijn vieze blote voeten schuiven een smerige ondersteek opzij. Hij keert zich beschaamd om naar de jonge Doyle. Zijn gezicht is ongeschoren.

Doyle steekt zijn hand uit en reikt hem de bloem aan. 'Hallo, papa.'

De glimlach van zijn vader lijkt eerder een frons. Zijn gezicht, wangen en oogleden bewegen onafhankelijk van elkaar. Hij maakt een aarzelend gebaar in de richting van een aantal schetsen die tegen de muur staan.

'Ik heb een paar tekeningen voor je gemaakt, Arthur.'

Het zijn bostaferelen: nimfen en feeën op rotsblokken in beekjes; kaboutertjes die tussen twee rozenblaadjes door gluren.

'Blijf daar niet zo mal staan, jongen. Kom toch eens hier.'

Doyle slikt en stapt de kooi in en met een denderende klap slaat de deur achter hem dicht.

Ze stonden voor de deur van de stilste cel van het blok. De waanzin bedaarde en maakte plaats voor een minder luid geroezemoes van gemompel en geween. Sleutels gleden in het slot. De deur zwaaide kreunend wijdopen. Doyle haalde nog eens diep adem en betrad de cel.

Zes ijle strepen licht persten zich door het van vijf tralies voorziene venster op vier meter hoogte in de muur naar binnen. Doyle onderscheidde aan de voet van een legerbrits een ineengedoken gestalte. De celdeur sloeg achter hem dicht. Opnieuw die ijzingwekkende stilte. Voorzover hij kon nagaan kon Lovecraft net zo goed dood zijn, zo bewegingloos was de menselijke gedaante.

Doyle fluisterde: 'Howard?'

De gestalte bewoog niet.

'Howard, ik ben het, Arthur.'

Nog steeds geen reactie. Doyle probeerde niet na te denken over wat de invloed van de omstandigheden in het gesticht kon zijn op een zo wankel geestesgestel als dat van Lovecraft. De cellen zagen eruit alsof ze nog nooit waren schoongemaakt. Als Lovecraft niet al gek was toen hij hier binnen werd gebracht, zou hij dat nu in ieder geval wel zijn.

'Howard, ik heb iets voor je meegebracht. Ik dacht dat je misschien…'

Doyle pakte een paar schone witte handschoenen uit de zak van zijn jas. 'Handschoenen, Howard. Ik weet hoe graag je die draagt.' Doyle boog zich naar voren en legde ze naast Lovecrafts bewegingloze lichaam. 'Ik dacht dat ze het je misschien… wat gemakkelijker zouden maken.' Doyle kreeg een wee gevoel in zijn maag bij de gedachte dat hij alles zonder de hulp van Lovecraft zou moeten volbrengen. 's Mans intelligentie en zijn kennis van occulte zaken zouden goed van pas kunnen komen bij het in elkaar passen van de losse stukjes. Zonder hem…

'Bedankt.' Het woord bleef, als door een kind uitgesproken, in de lucht hangen.

Het was de eerste keer dat Doyle Lovecraft dat woord ooit had horen uitspreken. 'Heel graag gedaan, Howard.'

'Ik ben bang…' Lovecraft verschoof een beetje '… dat ik er weinig aan zal hebben.' Hij kwam strompelend tevoorschijn uit de schaduw, gehuld in een dwangbuis overdekt met voedselresten en braakselvlekken. Zijn inktzwarte haar, dat gewoonlijk plat op zijn hoofd geplakt zat en voorzien was van een scheiding die als met een scheermes getrokken leek, hing smoezelig voor zijn diepliggende ogen. Zijn wangen waren overdekt met stoppels. Hij hield, als een hond, zijn hoofd scheef en nam Doyle van top tot teen op. 'Arthur.'

'Hoe... hoe voel je je?'

'Geweldig. Ik mag niet klagen.'

Doyle kon niet bepalen in hoeverre Lovecrafts geest was aangetast en evenmin werd hem duidelijk wat die eigenaardige uitdrukking op zijn gezicht te betekenen had. 'Ik ben gekomen om je te helpen, Howard. En in ruil daarvoor wil ik dat je mij een dienst bewijst.'

'Echt waar?' Lovecraft keek zo diep in Doyles ogen dat het leek of hij trachtte dwars door hem heen te kijken.

'Wat ik je ga vertellen zal misschien een schok voor je betekenen, Howard. Duvall is dood.'

Lovecrafts ademhaling versnelde. 'Dat lieg je.'

'Het spijt me.'

Lovecraft trok zich terug in de schaduw, weg van Doyle. 'Wat wil je verdomme van me?'

'Ik weet dat het geen ongeluk was. Er is iets ontvreemd uit de Relikwieëngalerij. Een boek. Een belangrijk boek.'

'Ik weet niet waarover je het hebt.'

'Natuurlijk weet je dat wel. Dit is jouw werk –'

'Donder op. Laat me met rust.' Lovecraft schuifelde verder achteruit.

'Duvall is vermoord vanwege dat boek, daar ben ik van overtuigd.'

'Ik weet niets van enig boek. Cipier,' riep Lovecraft. 'Cipier!'

Doyle pakte Lovecraft bij zijn schouders en rammelde hem door elkaar. 'Duvall had een kaart in zijn kantoor –'

'Blijf met je poten van me af! Maak dat je wegkomt!'

Doyle schudde hem harder door elkaar. 'Howard, wat zijn de geheimen van Enoch?'

Lovecraft stiet een hoge gil uit. Hij rukte zich los uit Doyles greep en smeet zich tegen de deur aan. Toen draaide hij zich met een ruk om en staarde Doyle aan. 'Wie ben jij? Waarom maak je gebruik van zijn gezicht, verdomme? Toon me je ware gelaat!' Lovecraft zeeg ineen. 'Waarom dood je me niet? Maak me gewoon af...'

'Nee, Howard. Ik ben het echt, Arthur. Arthur Conan Doyle.'

Lovecraft scharrelde op handen en voeten over de grond in een meelijwekkende poging te ontsnappen. 'Nee, nee.'

Plotseling begreep Doyle het. Hij liep de cel door en draaide Lovecrafts gezicht naar zich toe en hield het klemvast.

Lovecraft kreunde.

'Nee. Luister naar me, Howard. Duvalls laatste woorden luidden: "Er is iemand mijn geest binnengedrongen." Howard, vertel het me. Wie heeft het op ons gemunt? Wie probeert jou erin te luizen? Wie heeft het Boek gestolen?'

Opeens leek het alsof Lovecraft een speldenprikje licht aan het einde van zijn donkere tunnel ontwaarde.

'Jij bent H.P. Lovecraft,' benadrukte Doyle. 'En ik ben Arthur Conan Doyle. En jij kent de waarheid!'

'Ze zitten in mijn geest.' Het klonk bijna als een zucht van verlichting. De tranen biggelden over Lovecrafts wangen. 'Ze zijn mijn geest binnengedrongen, Arthur. Help me!'

'Ze zullen geen vat op je krijgen,' zei Doyle op gedempte toon. 'Ik ben bij je. Ze kunnen ons niet verslaan. Jouw geest behoort jou toe. Jij bent Howard Phillips Lovecraft. Wij hebben wel grotere gevaren getrotseerd, jij en ik.'

Lovecrafts tanden klapperden, hoewel zijn woede bekoeld was. 'Het Arcanum.'

Doyle knikte. 'Ja, het Arcanum.'

Lovecraft huiverde als een gedesillusioneerd kind. 'Is dit werkelijk? Ik weet niet meer wat werkelijk is.'

Doyle gaf Lovecraft een harde klap in zijn gezicht. Lovecrafts hoofd schoot met en ruk naar achteren en een rode blos kleurde zijn gezicht. Woedend draaide hij zijn hoofd terug, maar de blik in zijn ogen was gezond van geest.

'Dit is werkelijk,' merkte Doyle op.

'Arthur?'

'Ja, Howard?'

Lovecraft begon te huilen. Doyle klopte hem een beetje gegeneerd op zijn schouder. 'Jullie waren allemaal weg,' zei hij haperend, tussen twee snikken door. 'Jullie hebben me allemaal in de steek gelaten.'

'Het spijt me.' Doyle meende het ook. Ze waren allemaal uitgezwermd om hun eigen levens te leiden, terwijl hun werk toch Lovecrafts levenswerk was geweest. Hij had geen familie, niemand anders tot wie hij zich kon wenden.

'Het is te laat.' Lovecrafts lichaam schokschouderde niet meer. 'Je komt te laat. Ze zullen me hier ombrengen.'

'Wie zijn "ze"?' drong Doyle aan.

'Alles wat we hiervoor onder ogen hebben gezien valt erbij in het niet.' Lovecraft sloeg zijn vermoeide ogen op. 'Ik weet wat er gaande is. Daarom ben ik hier.'

Er werd met een knuppel tegen de deur aan geramd. 'De tien minuten zijn voorbij,' kondigde de ziekenbroeder aan.

Lovecraft raakte in paniek. 'Nee! Nee je mag niet weggaan! Ze zullen hier komen.'

'De tijd is om.' De deur ging piepend open.

Doyle pakte Lovecraft bij zijn armen. 'Die moorden staan er dus mee in verband? Met Duvall? Met het Boek?'

In Lovecrafts ogen openbaarde zich een bodemloze afgrond. 'Het is een samenzwering, Arthur. Tweeduizend jaar voorbereiding –'

'Wegwezen!' bulderde de ziekenbroeder terwijl hij naar binnen kwam.

Doyle keek hem woedend aan en wendde zich nogmaals tot Lovecraft. 'Vertel me ervan.'

Lovecraft keek over Doyles schouder. 'Je moet de anderen zien te vinden, Arthur.'

De ziekenbroeder gaf een ruk aan Doyles jas. 'Nu meteen –'

Doyle duwde hem weg. 'Manieren, beste vriend. Manieren.' Hij stapte de gang in.

Lovecraft dook achter hem aan, maar werd door de arm van de ziekenbroeder tegengehouden.

'Terug je hok in, mafkees,' gromde de ziekenbroeder.

'Nu zullen ze me zeker vermoorden. Ze houden ons allemaal in de gaten.'

'Ik kom terug, Howard. Ik zweer het je.'

Toen de deur dichtzwaaide, klonken Lovecrafts woorden sissend op uit de schaduw. 'Zorg dat je de anderen optrommelt! We komen tijd tekort.'

De ziekenbroeder ramde met zijn knuppel tegen de deur en gaf Doyle een zet.

'Arthur!' Lovecrafts smeekbeden weergalmden achter hem door de gang. 'Arthur!'

De tien jaar oude Doyle zit in een cel in de inrichting op het randje van zijn papa's houten brits en kijkt toe hoe zijn vader met bevende handen zit te tekenen.

'Ze wonen in het gras, zie je?' Papa is bijna sereen. Op het papier tuurt een elfachtig wezen ondeugend onder een herfsteikenblad uit. Het heeft puntige oren en spleetogen en lange, taps toelopende vingers. 'Hij lacht naar je, Arthur.'

Even vergeet Doyle waar hij zich bevindt. Even gaat hij op in de tekening, op in zijn fantasie. Hij gelooft dat de elf echt bestaat, ergens ver weg in de wildernis. Zijn papa overtuigt hem.

Dan breekt het potlood met een droge knal in tweeën en valt de geïmproviseerde ezel om.

Doyle keert zich toe naar zijn vader die zo stijf is als een plank en wiens ogen in zijn hoofd wegdraaiden. Bloed druppelt tussen zijn lippen uit en zijn tong zit gevangen tussen opeengeklemde tanden. Zijn handen houdt hij tot vuisten gebald langs zijn zij. Elke ader in zijn nek zwelt zo hevig op dat hij elk moment lijkt te kunnen openbarsten. Zijn hoofd bonkt achterover tegen de muur, maar afgezien van een ijl nasaal gejank geeft hij geen kik. Er druipt nog meer bloed tussen zijn tanden door als zijn tong helemaal is afgebeten.

Doyle gaat zitten en kijkt toe. Hij begrijpt er niets van. Hij weet niet wat hij moet beginnen.

Doyle smeet de trapdeur open en klampte zich vast aan de trapleuning. Epilepsie. Eindelijk hadden ze er een woord voor weten te vinden. Zijn vader had epilepsie gehad. Doyle sloeg zijn hand tegen zijn hoofd en voelde een bijna ziekelijk verlangen met Duvall te spreken. Het begon behoorlijk uit de hand te lopen en hij kon de ontwikkelingen niet bijhouden. Hij was een oude man, en Duvall was altijd de rots in de branding geweest. Duvall was hun leider.

Maar om Lovecraft maakte hij zich nu in de eerste plaats zorgen. Hij was ten dode opgeschreven, tenzij Doyle een manier vond om hem te bevrijden.

Uit het gesticht.

Uit de cel.

Uit het dwangbuis.

Niemand hoefde vreemd op te kijken bij het horen van de naam die er in zijn geest opkwam.

13

De veerboot over de Hudson deed er naar Doyles smaak te lang over, ook al scheen de zon helder en was er een fris windje opgestoken. Zeemeeuwen krijsten, cirkelden boven de boot en lieten zich dan wegdrijven op de wind. Een gezin Duitse toeristen – een moeder, een vader en twee dochtertjes – kwam naast Doyle langs de reling staan en gooide popcorn naar de meeuwen. Ze hadden zich voor het uitje op z'n zondags uitgedost. Doyle glimlachte; hij genoot altijd van het gezelschap van kinderen. Toen de veerboot de haven binnenstoomde, gaf hij de meisjes een klopje op hun wang en groette de ouders met een tikje tegen de rand van zijn hoed.

Na aan wal te zijn gegaan stapte Doyle in een tram naar West Hoboken. Onderweg passeerde het vervoermiddel een levendige buurt vol met nieuwe winkels en cafeetjes. De verkeersdrukte vond Doyle nog steeds verontrustend. Elke keer dat een automobiel in de baan van de tram zwenkte of hij zag hoe voetgangers niet alleen de trams, maar ook rijtuigen, taxi's, T-Fordjes en paarden op het nippertje wisten te ontwijken, kromp hij ineen.

Tien minuten later zag Doyle zijn eindbestemming opdoemen – een onopvallend gebouw van twee etages met een bord waarop stond: FDC – FILM DEVELOPMENT CORPORATION. Hij trok aan het touwtje dat over de hele lengte door de tramwagon hing en stapte uit.

Een groepje handtekeningenverzamelaars stond voor de deur; voornamelijk jonge mannen die tijdschriften onder hun arm klemden.

Potige jongens met tot aan de ellebogen opgestroopte hemdsmouwen rookten een sigaretje. Ze stonden boven op een rij wagens die voor het gebouw geparkeerd waren en bewaakten zware filmapparatuur: schijnwerpers, camera's en een groot achterdoek dat een tropisch strand moest suggereren.

Doyle liep naar een geagiteerde jonge vrouw toe die een zwarte jurk droeg die tot haar enkels reikte, een clochehoed op had en een klembord bij zich had. Haar ogen waren zwart van de mascara en ze hield de wacht bij de voordeur. Toen ze Doyle zag, snauwde ze: 'Staat u op de lijst?'

'Ik ben een vriend.'

Aan de uitdrukking op het gezicht van de vrouw te zien was dat niet voldoende. Ze bestudeerde haar lijst. 'Naam?'

Doyle zuchtte. 'Arthur –'

'Wel heremetijd, wat doe jij hier?' riep een vrolijke stem uit een bovenraam.

Doyle keek omhoog en zag een knap gezicht met slaapoogjes en een overdaad aan in een knoet opgestoken bruin haar uit een raam op de eerste verdieping hangen. Hij glimlachte. 'Dag, lieve Bess!'

'Ik kom naar beneden. Laat hem binnen, Sandra.' En Bess' hoofd verdween uit het zicht.

Sandra trok haar wenkbrauwen op en opende de deur.

Doyle ging naar binnen en bevond zich in nagenoeg totale duisternis. Voor hem bevond zich een muur die door houten latten was versterkt. Door de kieren zag hij helder licht en beweging.

Boven het geroezemoes uit klonk een stem. '... de oprechtste acteur op het witte doek. Ja, en let wel, dat zeggen de kranten in Hollywood, en die weten waarover ze het hebben. Dat zijn hun woorden, meneer Baker, niet de mijne. Juist. Ja, ik zal u zo laten uitspreken maar allereerst uw recensie – en ik gebruik dat woord met tegenzin want "strontsmijterij" lijkt me een geschikter woord – uw recensie geeft onmiskenbaar blijk van een bedroevend gebrek aan smaak. Wat ik u wilde vragen, meneer, bezit u wel enig gevoel voor humor?'

Doyle ging op het geluid van de stem af en liep naar de muren toe die, dat besefte hij nu, de achterkanten van filmdecors waren. Hij liep naar een tafel waaraan drie luidruchtige types met witte grime op bij koffie met gebak zaten te kletsen. Het luide gegrom van een dier maakte dat hij zich met een ruk omdraaide en merkte dat hij oog in oog stond met de loerende gele ogen van een gekooide mannetjesleeuw. Hij liep heen en weer binnen de beperkingen van zijn gevangeniscel en uit zijn keel steeg een diep gegrom op. De dompteur zat naast de deur van de kooi een kaastosti te eten. Verbouwereerd draaide Doyle zich weer om naar de set, maar het geluid van naderende naaldhakken leidde hem opnieuw af.

Uit de duisternis kwam Bess tevoorschijn. Ze droeg een roze vest en een rok die tot haar enkels reikte en glimlachte breed. 'Arthur.'

Doyle pakte haar gehandschoende hand en gaf haar een kus op haar wang, waarop ze reageerde met een niet al te zachtzinnige stomp in zijn maag.

'Waarom heb je ons in hemelsnaam niet laten weten dat je zou komen, malle vent? We zijn net twee dagen geleden teruggekeerd uit Californië. We komen naar Engeland, wist je dat al?'

'Dringende zaken maakten mijn komst noodzakelijk, vrees ik. Ik vind het heel erg dat ik hem moet lastigvallen maar…'

'Nee, integendeel.' Bess pakte zijn arm en ging hem voor naar de set. Hij heeft het vandaag nogal op zijn heupen dus wees gewaarschuwd.' Bess manoeuvreerde hem tussen een kluitje technici door die met de gloeiend hete schijnwerpers in de weer waren, voorbij de altijd drukke leden van de crew en naar een kakofonie van beelden en geluiden die spoedig de locatie van de apotheose van *The Man From Beyond* zou vormen, met in de hoofdrol…

… Harry Houdini.

Doyle schudde zijn hoofd toen hij zijn oude vriend ontwaarde. Houdini was één brok samengebalde energie die tweemaal zo snel bewoog als de mensen die hem omringden. Zijn gezicht zat onder de witte schmink en zijn dunne haar was grijs aan de slapen maar hij was even monter als altijd. Zijn linnen overhemd was tot aan zijn borstbeen opengeknoopt, waardoor zijn gespierde borst zichtbaar was. Een onfortuinlijke assistent rende met een telefoontoestel in zijn handen achter hem aan, terwijl Houdini in de hoorn sprak.

'Naar uw maatstaven is het een goede recensie, meneer Baker, maar niet naar de mijne. En sinds wanneer wordt de ster van de film, om nog maar te zwijgen van de bedenker van het idee – de schepper, zo u wilt – maar nauwelijks genoemd, terwijl elke andere fatsoenlijke krant in het land mijn optreden het predikaat geeft dat het verdient en het "magistraal" noemt?' Houdini keek om zich heen. 'Niet zo!' Hij renden naar een decorontwerper toe en rukte een hamer uit zijn hand. De decorontwerper deinsde achteruit. Houdini overhandigde de telefoon aan zijn assistent en zei: 'Houd Baker even aan de praat.' Toen bestudeerde hij een kist vol met zware ankerkettingen. Hij bleef spijkers in de kisten slaan en hield op als de koppen nog een centimeter boven het hout uitstaken. 'Ik wil dat al die spijkers een beetje speling hebben,' zei hij. Houdini bekeek het resultaat en gooide de hamer toen terug naar de decorbouwer. Toen greep hij de hoorn van de telefoon weer beet en vervolgde zijn tirade. 'Hebt u soms iets met mij te verhapstukken, meneer? Want ik kan u verzekeren dat Houdini geen prettig mens is om het mee aan de stok te hebben.'

Bess keek Doyle even aan en glimlachte.

'Wat zegt u me daar?' Houdini zweeg even. 'Daar moet ik over nadenken. Dat zou kunnen werken. Ik wil niet de indruk wekken dat ik al te gretig ben, maar een vraaggesprek waarin de film nogmaals ter sprake komt… Misschien is dat geen gek idee. Als het de nadruk legt op mijn acteerprestaties. Er zijn nog geheel nieuwe werelden die moeten worden veroverd, meneer Baker, dat zult u toch ook wel begrijpen. Zolang het maar niet het zoveelste "Handboeienkoning"-artikeltje wordt, nu ja, misschien zou dat wel eens goed kunnen werken, zoals ik al zei. Laten we afspreken in mijn bibliotheek op 278, goed? Ik heb de grootste collectie boeken over magie op aarde, weet u. Daarover zouden we het moeten hebben. Misschien een artikel in de zondageditie?'

Houdini begon woest naar twee mannen te gebaren die bezig waren een kartonnen boom te plaatsen. Hij beende naar hen toe en duwde hen weg om zelf de palmboom recht te zetten. Met de hoorn van de telefoon nog steeds voor zijn mond zei hij: 'Dat lijkt me geen gek idee. Goed dan. Dan zie ik u over een week. Bel Franz; hij regelt de details wel met u. We lunchen samen, praten over de film, ik laat u de bibliotheek zien, dat komt allemaal dik in orde. Ik ben blij even met u te hebben gebabbeld. Misschien moet u uw vrouw en kinderen ook meenemen. Dan krijgen ze een rondleiding door de studio hier. Afgesproken? Uitstekend. Ik stuur een auto om u op te halen. Dat bespreekt u verder ook maar met Franz. Ja, prima, meneer Baker. Nee, nee, noem mij Houdini. Mijn beste vrienden – zelfs mijn vrouw – spreken me uitsluitend met Houdini aan. Zo is dat. Heel goed. Ja. Ja, dat begrijp ik. Met alle soorten van genoegen.' De hoorn werd op het telefoontoestel gesmeten. Houdini keek naar de bedrijvigheid om zich heen en vroeg: 'Wat staat iedereen hier nou weer te lummelen? Er moet een film worden gemaakt!'

Houdini keerde zich om naar Bess en gaf haar een knipoog. Zij wees op haar beurt met haar duim in de richting waar Doyle stond.

Het duurde vijf volle seconden voordat Houdini zich bewust was van Doyles aanwezigheid.

'Mijn god.' Houdini liep op hem af; de man had een onberispelijk postuur. Hij hield Doyle op armlengte, keek hem met zijn doordringende blauwe ogen aan en zei nogmaals: 'Mijn god,' waarna hij hem stevig omhelsde, hetgeen Doyle verraste – totdat hij zich 's mans aandoenlijke, zij het enigszins overdreven sentimentaliteit herinnerde.

'Fijn je weer te zien, mijn oude vriend.' Met enige moeite slaagde Doyle erin Houdini met zijn wandelstok op zijn rug te kloppen. 'Ik ben ook blij jou te zien, ja.'

Houdini week plotseling weer enigszins achteruit en hield hem nogmaals op armlengte afstand. 'Mijn god, Doyle, waarom heb je niet laten weten dat je hier was?'

'Ik –'

'We zijn net terug uit Californië.'

'Dat heb ik hem verteld –' begon Bess.

Houdini viel haar in de rede. 'Ben je daar al eens geweest? Geweldige plek. De zon schijnt er altijd. Jij moet trouwens eens iets voor de film schrijven. Heb je dit allemaal gezien?' Houdini spreidde zijn armen om de hele filmset mee aan te duiden.

Het zou niet direct zijn opgevallen maar er was ook nog een regisseur, een enigszins wanhopige heer met een zwarte baret op die met zijn handen voor zijn gezicht in een hoekje zat.

Houdini pakte Doyle bij zijn arm en wees zijn favoriete voorwerpen in de studio aan. 'Wat vind je ervan? Dit is het medium van de toekomst, dat verzeker ik je! Zorg dat je van begin af aan van de partij bent. Maar wij gaan naar Engeland. Lees jij dan geen kranten, man? We hadden je deze reis kunnen besparen.' Houdini lachte en mepte Doyle hard op beide schouders.

'Houdini –'

'Wacht. Dames en heren!' Houdini sleurde Doyle naar het midden van de ruimte. 'Mag ik u voorstellen aan mijn beste vriend en de geestelijke vader van 's werelds grootste detective, Sherlock Holmes – de enige echte Sir Arthur Conan Doyle.' Er werd geklapt. Doyle stak zijn armen op om de crew te groeten. Een fotograaf dook op uit het niets en maakte een foto. Houdini greep Doyles hand alsof hij een politicus was.

'Ik moet je spreken.'

'Natuurlijk.' Houdini knikte alweer naar een andere bezoeker op de set.

'Onder vier ogen,' drong Doyle aan.

Even verscheen er een zweem van ergernis op Houdini's gezicht. 'Natuurlijk, ja. Ga maar vast naar mijn kleedkamer, Arthur. Ik kom zo bij je.'

Doyle stond net op het punt de *New York Daily News* voor de tweede maal te lezen, toen Houdini door de deuropening van zijn kleedkamer kwam binnenstuiven. Hij trok zijn overhemd uit, greep een kamerjas en begon in een kartonnen doos te graaien. 'Hier. Wacht. Verdomme. Ga zitten. Daar sta ik op. Kom. Voordat je nog één woord zegt, moet ik je eerst iets laten zien. Mijn god! Het is onmogelijk hier ooit iets te vinden. Ach, ja, hier heb ik het.' Houdini zwaaide met een filmblik en gaf het toen aan Doyle, die aan de make-uptafel zat. 'Die is voor jou. De allereerste kopie van *Terror Island*, mijn volgende kassucces. Heb je een filmscherm? Doet er niet toe, daar zorg ik wel voor. Bel Franz: die regelt het wel. Je woont nog steeds in Windlesham, neem ik aan? Dan stuur ik het daar wel heen. O! Misschien kunnen we er samen naar kijken. Houdini stond bij de wastafel, draaide de kraan open en zeepte zijn handen in. 'Het zijn allemaal mijn ideeën, weet je. Sensationeel! Een andere vent heeft de dialogen natuurlijk op papier gezet – een prachtkerel, zou je eens moeten ontmoeten, Ted nog wat.' Houdini waste de schmink van zijn gezicht. 'Maar de stunts zijn pure klasse, weet je? Daar kun je de kluit onmogelijk mee belazeren. Simpelweg schitterend materiaal. Maar die kloterecensenten, neem me niet kwalijk, die kloterecensenten blijven me maar op mijn huid zitten. Dat moet toch wel jaloezie zijn? Ze willen niet dat ik de oversteek maak, begrijp je? Sommigen niet. De meesten wel. Op mijn laatste tournee waren alle zalen uitverkocht. Heb je die film gezien? Verdomd goed.' Houdini droogde zijn gezicht en handen af met een handdoek. 'Chaplin is een echte fan van me. Geschikte peer is dat. Je zou hem eens moeten ontmoeten, Engelsman, net als jij –'

'Houdini, houd nu eindelijk eens je mond!'

Houdini keek verbijsterd op. 'Pardon?'

Doyle stond op, deponeerde het filmblik op Houdini's bureau, liep naar de deur toe en sloot hem. Hij draaide zich om. 'Ga zitten, alsjeblieft.'

'Doyle –'

'Ga zitten!'

Houdini ging zitten.

Doyle legde zijn beide handen op het bureaublad. 'Duvall is dood.'

'Dat weet ik,' antwoordde Houdini.

Dat verbaasde Doyle. Hij aarzelde.

'Ik ben voorzitter van het Amerikaanse Genootschap van Illusionisten; ze hebben een deugdelijk netwerk en houden me op de hoogte. Het is droevig nieuws.' Houdini's woorden hielden voor Doyle een impliciete waarschuwing in dat hij omzichtig moest handelen.

'Hij is vermoord. Was je daar ook van op de hoogte?'

'Doyle –'

'Was je daar ook van op de hoogte?' Doyle voelde dat de tijd drong, voelde Lovecrafts afgrijzen en angst.

'Hij is aangereden door een automobiel,' zei Houdini.

Doyles stem verlaagde zich tot een soort gegrom. 'Mag ik je er even aan herinneren wie je voor je hebt. Als ik je zeg dat hij werd vermoord dan werd hij vermoord. Ik sta erom bekend dat ik – bij gelegenheid – kan ruiken of er misdaad in het spel is.'

'En wat heb ik daarmee te maken, als ik vragen mag?'

'De teerling is geworpen,' antwoordde Doyle.

'Dat is mijn zorg niet meer, meneer.'

'Maar dat was het wel.'

'En dat zal het nooit meer zijn.'

'Er is een boek ontvreemd uit de Relikwieëngalerij. Duvall is erom vermoord. En nu wordt Lovecraft beschuldigd van moord –'

'Dat gaat mij niets aan,' zei Houdini.

'Jij en ik, Houdini, wij maakten al deel uit van het Arcanum voordat –'

'Dat is niet waar. Het was een verstrooiing, een tijdspassering die uit de hand is gelopen. Een vlaag van verstandsverbijstering –'

'Wij hebben verschijnselen waargenomen die zich aan elke rationele verklaring onttrokken en toch trek jij van leer tegen alle dingen waarvan je weet dat ze werkelijk voorkomen.'

'Onzin. Waar heb je het over? Die psychische fenomenen? Die charlatans?'

Doyle werd door woede bevangen. 'Die hebben je anders wel een hoop lucratieve publiciteit opgeleverd, hè? En daar gaat het allemaal om, neem ik aan.'

'En jij hebt hen gesteund! Jij met je spiritistische flauwekul.'

'Van die flauwekul ben ik anders ten diepste overtuigd.'

'Ze noemen je een dwaas, Doyle. Besef je dat dan niet? Je wordt achter je rug uitgelachen. En waarom zou ik niet onthullen dat die psychische fenomenen boerenbedrog zijn, hè? Waarom niet? Ze kloppen de mensen geld uit hun zak, buiten hun verdriet uit en geven hun valse hoop. Ik word er misselijk van. Laat er eentje – niet meer – iets doen dat ik niet kan verklaren en ik zal het geloven. Jezus, ik wil erin geloven! Dacht je dat ik niet met mijn moeder zou willen praten?' Zijn sentimentele aard zorgde ervoor dat alleen het noemen van die vrouw al maakte dat hij een brok in zijn keel kreeg.

Dat leidde ertoe dat Doyle zijn woede enigszins temperde. 'Je kun het verleden niet uitwissen, hoe hard je ook je best doet.'

'Ik wil niet dat die naam wordt uitgesproken, Doyle. Niet in mijn aanwezigheid.'

'Het was dus allemaal een leugen?'

'Duvall is dood.' Houdini wendde zich af. 'Laat het met hem sterven.'

'Jij bent hem meer verschuldigd dan dat.'

'Verschuldigd?' Met een ruk draaide Houdini zich weer naar hem toe. 'Verschuldigd? Ik ben Houdini! Ik was al wereldberoemd voor ik eenentwintig jaar oud was –'

'Dat is het enige waar jij om maalt, hè?'

'Pas op je woorden. Je gaat te ver, Arthur.'

'Jouw wereld van bedrog en illusie. Dat is het enige, hè? Je kunt de dood een loer draaien zoveel je wilt, Harry Houdini; ik ken de lafheid die je probeert te maskeren.'

'Als je geen oude man was, zou ik je mores leren…'

'Laat mijn leeftijd je niet weerhouden, Harry; sla er gerust op los. Daar sta ik op.'

'Ik ben een heer –'

'Je bent een oplichter.'

'Doe niet zo verdomd verwaand!' De muren trilden van zijn stemverheffing. Iedereen op de set hield op met waar hij mee bezig was. Toen klonken er voetstappen in de richting van de trap.

'Er worden mensen afgeslacht,' zei Doyle met nadruk. 'En Lovecraft zit in dat vermaledijde gesticht. Hij is de volgende!'

'Ze wisten waar ze aan begonnen,' luidde Houdini's bruuske antwoord.

Doyle zuchtte. 'Misschien ben ik seniel geworden. Mijn vrouw verdenkt me ervan. Maar de laatste tijd heb ik… voor het eerst in vijftig jaar, ervaren dat ik niet tot schrijven in staat ben. Ik krijg geen woord op papier. Er is slechts droefenis waar vroeger inspiratie placht te zijn. Je mag ervan denken wat je wilt, maar Duvall… zijn dood… het is net alsof hij ons voor een laatste keer bijeenroept, om te voltooien wat we zijn begonnen. Er is zoveel leed en wantrouwen geweest. Maar toch blijft het feit bestaan dat er een tipje van de sluier is opgetild en dat wij eronder hebben gekeken, en als je dat eenmaal hebt gedaan, lijkt niets ooit meer hetzelfde. Waarom snellen wij van het ene avontuur naar het andere en nemen we nauwelijks de tijd om op adem te komen? Ik zal je zeggen waarom. Omdat je sindsdien nooit meer iets hebt meegemaakt dat ook maar kan tippen aan wat we samen hebben gezien en gedaan. De wereld ligt aan je voeten, Houdini. Jouw roem is onmetelijk. Die kan onmogelijk nog groter worden. De beslissing die je nu neemt gaat niet over wat ze zien, maar over wat jij ziet. Als je diep in jezelf kijkt.'

Franz Kukol, Houdini's rechterhand, kwam naar binnen gestormd. 'Baas? Werd er geschreeuwd?'

Houdini gaf niet meteen antwoord. Hij stond Doyle strak aan te kijken.

'Baas? Is alles in orde?'

'Meneer Doyle stond juist op het punt om te vertrekken,' antwoordde Houdini.

Doyle keek hem vernietigend aan. 'Ik kom er zelf wel uit.' Hij wierp nog een laatste minachtende blik in de richting van Houdini en liep toen op Kukol af. 'Neem me niet kwalijk.'

Kukol deed een stap opzij.

Doyle bleef in de deuropening stilstaan. 'Ze hebben Howard opgesloten in het Bellevue. Als er niets wordt ondernomen, vrees ik dat hij de volgende ochtend niet haalt.'

De uitdrukking op Houdini's gezicht was ondoorgrondelijk. Doyle schudde vol walging zijn hoofd en liep de gang in.

14

'En moge Gods zwaard van gerechtigheid ons leiden naar waarheid en wijsheid en genadigheid en liefdadigheid in onze harten en daden... amen.'

'Amen.'

Paul Caleb, de jonge officier van justitie van New York City, liet na het gebed te hebben uitgesproken de handen los van het hoofd van de commissaris en de hoofdinspecteur van politie van het Vierde District.

'Aan de slag, heren.' Caleb trok zijn colbertje uit en hing het aan de kapstok.

Commissaris McDuff nam, met een bezorgde uitdrukking op zijn gezicht, plaats achter zijn bureau. Iedereen leek zich meer bewust van zijn eigen tekortkomingen in aanwezigheid van de jonge officier van justitie die zich had ontpopt als een kampioen van godvruchtigheid en ambitie. Maar de harde realiteit van de gang van zaken in Tammany Hall zou de jongeman weldra wel een toontje lager doen zingen.

Hoofdinspecteur Bartleby van het Vierde District – het meest beruchte van de vijf stadsdelen – voelde zich ook al niet op zijn gemak en hij kromp ineen bij een pijnaanval ten gevolge van zijn maagzweer; duizend problemen, zowel in zijn persoonlijke leven als op zijn werk, eisten het leeuwendeel van zijn aandacht op. Hij was een uitgezakte vijftiger die zichzelf in leven hield met koffie en die noch onkreukbaar noch corrupt was. Het enige wat hij van het leven verlangde was een fatsoenlijke stoelgang. Calebs oordeel over het Vierde District was niet zijn grootste zorg.

Caleb streek door zijn haar en leunde achterover op de sofa. 'Een felicitatie is op zijn plaats, hoofdinspecteur. Het doet mij genoegen te horen dat er een verdachte is aangehouden met betrekking tot die moorden in Chatham.'

'Ja, meneer Caleb. Inspecteur Mullin is een van onze beste krachten, meneer.' Bartleby haalde zijn vinger uit zijn oor en bestudeerde die.

'Ik zou die man graag ontmoeten,' voegde Caleb eraan toe.

'Hij is onderweg, meneer.'

Caleb keek McDuff met opgetrokken wenkbrauwen aan. 'Je zou willen dat alle districten blijk gaven van zulk een toewijding.'

McDuff gaf geen krimp. 'Er zijn budgettaire kwesties mee gemoeid, meneer Caleb. Natuurlijk zouden we het liefst alle misdaden oplossen, maar dat is gemakkelijker gezegd dan gedaan.'

De uitdrukking op Calebs gezicht was effen. 'Aha. Je doelt op prioriteiten?'

'Uiteraard, meneer.' McDuff knipte het puntje van een sigaar.

'Bedoel je dat sommige misdrijven de voorrang krijgen boven andere?'

'Precies.' McDuff glimlachte cynisch en nam een trekje van zijn sigaar.

'Met andere woorden: een arme dode is simpelweg minder belangrijk dan een rijke dode.'

McDuff fronste zijn voorhoofd. 'Nu moet u eens goed naar me luisteren, meneer Caleb –'

'"En de nederigen zullen de aarde beërven," commissaris McDuff,' bracht Caleb hem in herinnering. 'Het wordt tijd dat de politie alle mensen dient en niet uitsluitend de politieke kopstukken die haar de hand boven het hoofd houden.'

'Hé, wacht eens even –'

'Er gaat heel wat veranderen, dat beloof ik u. En deze zaak…' Caleb wees op hoofdinspecteur Bartleby '… is een goede eerste stap.'

Inspecteur Mullin klopte aan en kwam vervolgens binnen. 'U had mij geroepen?' vroeg hij aan hoofdinspecteur Bartleby.

'Ja. Kom binnen, inspecteur.' Caleb stond op en schudde Mullin, die de anderen schichtig aankeek, de hand. 'Goed werk. Knap gedaan.'

Mullin keek zijn superieur aan. 'Meneer?'

De Chatham-slachtingen, Shaughnessy,' herinnerde Bartleby hem.

Mullin wendde zich weer tot Caleb: 'Dat onderzoek is nog niet voltooid, meneer.'

Caleb knipperde met zijn ogen. 'Mij is verteld dat we een verdachte in verzekerde bewaring hebben. Dat het bewijsmateriaal overweldigend is.'

'Dan bent u verkeerd ingelicht, meneer.'

'Wat is dit voor een lariekoek, Bartleby?' snauwde de commissaris.

De hoofdinspecteur voelde zich danig in verlegenheid gebracht. 'Dat probeert Shaughnessy u nu juist uit te leggen, nietwaar, Shaughnessy?'

'Wie is die kerel in het Bellevue, inspecteur?' vroeg de commissaris.

'Die Lovecraft, bedoelt u? Een rare snuiter, dat kan ik u wel zeggen. Maar er zijn meer lieden bij betrokken. Zij kunnen Lovecraft de schuld van de moorden in de schoenen hebben geschoven. Die knul heeft ze niet alle vijf op een rijtje, als u begrijpt wat ik bedoel, meneer.'

'Maar jullie hadden bewijzen,' voerde Caleb aan.

'Niets dat hem direct met de moorden in verband brengt, meneer.'

'Demonologische traktaten? Blasfemische geschriften? Occulte literatuur? Als ik me niet sterk vergis werden die toch in de woning van de heer Lovecraft aangetroffen?'

'Zoals ik al zei, meneer, Lovecraft is een rare snuiter.'

'Ik zou zeggen dat er wel iets meer loos is; ik zou zeggen dat het duidt op een zieke geest die zich manifesteert in bloederige wandaden.' Caleb wendde zich tot commissaris McDuff. 'Ik zou zeggen dat dit nu precies het soort misdaden – en precies het soort misdadigers – is dat we met alle geweld moeten trachten tegen te houden.' Caleb keek Mullin recht in de ogen. 'Meneer Lovecraft is het symptoom – de tumor, zo je wilt – van een verkankerde maatschappij. Deze man heeft de ruggengraat weggesneden bij een oude vrouw die het redden van zwerfkinderen tot reden van haar bestaan had gemaakt. En wij worden geacht niets te ondernemen?'

'Niet niets, meneer. Ik denk alleen dat er mogelijk meer lieden bij betrokken zijn.'

'Wie dan, Shaughnessy?' vroeg Bartleby. 'Kun je een naam noemen?'

'Doyle, meneer. Arthur Conan Doyle.'

Caleb fronste zijn voorhoofd en keek McDuff aan.

Hoofdinspecteur Bartleby krabde op zijn achterhoofd. 'Die naam klinkt me bekend in de oren…'

'Een wat oudere baas,' vervolgde Mullin. 'Beweerde dat hij een schrijver was. Dook nog dezelfde avond dat Lovecraft werd gearresteerd in zijn woning op.'

'Hij was toch… hij was toevallig toch geen Engelsman, is het wel?' informeerde Caleb.

'Een Schot, meneer.'

'"Sir" Arthur Conan Doyle?' herhaalde Caleb.

'Zo kan hij zich best hebben genoemd, ja.'

'De auteur van de Sherlock Holmes-verhalen?' vervolgde Caleb verbijsterd. 'De Engelse oorlogsheld?'

'Tja, ach, dat heeft hij er niet bij verteld...'

'Leek hij een welgesteld man?'

'Eigenlijk wel,'gaf Mullin met tegenzin toe.

'Even voor alle duidelijkheid, inspecteur.' Caleb maakte een gebaar in de richting van de commissaris en de hoofdinspecteur, die allebei een beetje bleker waren dan gewoonlijk. 'Om er vooral geen misverstand over te laten bestaan, wilt u suggereren dat Sir Arthur Conan Doyle, een ridder aan het hof van de koning van Engeland, in de binnenstad oude vrouwtjes en jonge meisjes vermoordt?'

Mullin leek van de wijs gebracht. 'Ik zei alleen dat niet alle wegen naar meneer Lovecraft leidden. Ik uh –'

'Want dat zou fantastisch nieuws zijn. En niet alleen in New York, maar in de hele wereld. We halen vast de voorpagina's. Ik word zowaar nog wereldberoemd.' Caleb richtte zich op tot zijn volle lengte van een meter tachtig en keek neer op Mullin. 'Als de grootste sukkel van de twintigste eeuw! Probeert u mij voor gek te zetten, inspecteur Mullin?'

'Nee, meneer.'

'Is dit een of andere poging om me dwars te zitten? Om me onderuit te halen?'

'Eerlijk gezegd heeft het niets met u te maken, meneer. Ik vertel alleen wat ik heb gezien –'

'Zoiets stoms heb ik nog nooit gehoord. Of je bent één groot stuk onbenul of je bent een glasharde leugenaar. En ik verzeker je dat beide mogelijkheden niet bepaald gunstig zijn voor je carrière, inspecteur.' Caleb richtte zich weer tot de commissaris en stak zijn vinger waarschuwend omhoog. 'Als iemand hier ook maar met één woord over rept, kost het hem zijn kop.'

Commissaris McDuff knikte alleen maar.

'En ik zie dat mijn waardering voor het Vierde District voorbarig was, hoofdinspecteur Bartleby. Maar dat maakt niet uit. Desnoods behoed ik jullie voor jezelf.' Caleb pakte zijn hoed van de stoel en keerde zich om naar Mullin. 'Nu dan, inspecteur, het is je gelukt het schip van victorie in het zicht van de haven tot zinken te brengen. Proficiat.' Caleb liep hem voorbij en greep zijn colbertjasje van de kapstok. 'We gaan meneer Lovecraft met alle mogelijkheden die de wet ons biedt vervolgen en ik verwacht de volledige medewerkingen van alle aanwezigen hier. Ik weet hoe het korps over mij denkt,' vervolgde Caleb en hij hees zich in zijn jasje. 'Ik weet dat mijn ideeën achter mijn rug worden bespot, maar vergis jullie niet. Wie mij dwarszit doet dat niet zonder risico.'

Toen hij wegliep smeet Caleb de deur met een klap achter zich dicht.

Even was het stil.

'Bartleby?' begon de commissaris.

'Jawel, commissaris?'

'Ik zou inspecteur Mullin graag even onder vier ogen spreken.'

Bartleby stond aarzelend op. 'Jawel, commissaris.'

Toen de deur achter hem dichtsloeg, krabde Mullin achter zijn oor. Hij wendde zich tot commissaris McDuff, die zijn sigaar met beide handen beetpakte en langzaam in zijn vuisten fijnkneep totdat de tabakspulp er als tandpasta tussenuit werd geperst en op het bureaublad droop.

15

Dexters lange overjas fladderde achter hem aan als een laken van zwart regenwater; hij had een enkelloops geweer in zijn handen. Het was half drie 's nachts en hij deed zijn gebruikelijke ronde om de oudere weeskinderen uit de hellepoelen van Chatham bijeen te drijven, maar hij was toch vooral op zoek naar Abigail en Matthew. Het leek alsof zijn leven uit niets anders bestond dan dat stel achter hun vodden te zitten, en dan nog zonder enig zichtbaar resultaat. Ze waren dieven en straatschoffies geworden en leken te genieten van gevaar. En Dexter was niet de enige die hun strapatsen beu was. Ze hadden het geduld op de proef gesteld van de politie, van de Maatschappelijke Hulpverlening en van nagenoeg iedereen die ze kenden.

Maar dat deed nu niet terzake. Vanavond was de situatie anders. Vanavond behoorde er niemand op straat te zijn. Niet na wat die arme Martha was overkomen. Was het niet pervers dat een zo zachtmoedige vrouw op zo'n gruwelijke wijze om het leven moest komen? Dexter probeerde de herinnering uit zijn geest te bannen, maar een andere kwam bij hem op om die plaats in te nemen. Audrey. Nooit meer zou ze haar malle liedjes zingen, haar ondeugende grapjes uithalen of koliekachtige baby's op haar geheel eigen manier kalmeren.

Dexter wilde zich niet volledig realiseren wat de gevolgen van hun verlies waren; nog niet. In plaats daarvan ging hij halsstarrig door met zijn werk. De anderen beschermen, daar ging het om.

Dexter herkende Chops Connelly, een plaatselijke inbreker die voor de deur van een bordeel aan Mott Street een saffie rookte.

Chops was de eerste die zijn mond opende. 'Wat krijgen we nou, Dex? Ga je op jacht?'

Er kon geen glimlachje bij Dexter van af. 'Heb jij Abby of Matthew soms gezien?'

'Gezien? Was dat maar waar! Na een dobbelspelletje zijn die ettertjes me nog vijf dollar schuldig. Natuurlijk hebben ze weer 's de benen genomen zonder te dokken. Dat kan ik toch niet over mijn kant laten gaan, of wel soms?'

'Je krijgt je geld heus wel.' Als Dexter tegen iemand sprak keek hij die persoon altijd recht in zijn ogen, wat hem zelfs het respect opleverde van schurken als Chops.

'Ik begrijp niet waarom je geen baksteen om hun enkels bindt en ze de haven in keilt.'

Dexter hief langzaam het geweer op en tikte met de punt van de loop tegen Chops' kin.

'Hé, hé, kalm een beetje, Dex. Ik doe toch niks; ik zeg alleen dat die kinderen een hoop overlast veroorzaken. Voel je wel? Doe niet zo moeilijk.'

'Als hun iets overkomt, houd ik jou persoonlijk verantwoordelijk. Heb je dat begrepen?'

'Waarom vat je alles zo persoonlijk op?' Chops deinsde achteruit en gooide zijn sigarettenpeukje op straat. Hij wreef over zijn keel. 'Dat had je beter niet kunnen doen, Dex. Dat was niet slim van je. Die kinderen zijn me vijf dollar schuldig.' En dat gezegd hebbende liep Chops weg de nacht in.

Dexter staarde hem woedend na. Hij had al zo lang en in zoveel verschillende steden met types als Chops te maken gehad dan hun dreigementen hem niets meer deden.

Het daaropvolgende uur zocht hij helemaal tot aan City Hall Park de straten af, maar tevergeefs. Hij ging de gebruikelijke pleisterplaatsen langs – de Doctor's en de Billy Goat en de danszalen – maar geen van de stamgasten had hen gezien. Hoewel Abigail en Matthew, naar Dexters schatting, de halve stad vijftig dollar of meer schuldig moesten zijn.

Het grootste deel van het gespuis had zich inmiddels teruggetrokken voor de nacht. De straten waren ravijnen, verlaten, afgezien van een enkele lege fles die door de wind werd voortgerold.

Dexters woede maakte plaats voor bezorgdheid. Ongeacht hun leeftijd beschouwde hij Abigail en Matthew nog steeds als kinderen – en zichzelf als hun voogd. En hoe raar het ook mocht klinken, hij had het gevoel dat hij hen in de steek liet, hen onbeschermd blootstelde aan gevaar.

Plotseling draaide Dexter zich laag bukkend, zijn geweer in de aanslag en doorgeladen, om. Hij ging midden op straat door zijn knieën en richtte in de richting van een duistere steeg tussen twee huurkazernes. Hij wist niet zeker wat hij had gezien, maar zijn perifere gezichtsvermogen was legendarisch. En hij had iets zien bewegen.

Staal schraapte langs staal en Dexter sprong overeind en snelde de straat door naar een kleine kinderspeeltuin.

Een schommel hing knarsend aan roestige kettingen.

Dexter drukte zijn rug tegen een van de bomen, draaide zich toen om en richtte zijn wapen nogmaals naar het duister, terwijl zijn ogen koortsachtig rondkeken op zoek naar iets dat bewoog.

Een hoog en hees gerochel klonk galmend op. Dexter probeerde het geluid te plaatsen. Het was net een fluim die uit een diepe keel omhoogborrelde; als het gekrijs van een speenvarken op het slachtblok.

Dexter hoorde opnieuw het geluid van staal dat over staal schraapte en dook in elkaar. Het kwam uit de tegenovergestelde richting als het gekrijs en klonk nu verder weg.

Opnieuw klonk er een luid gerochel op, nu dichterbij. Dexter keek schichtig om zich heen. zijn hart bonkte in zijn keel. Hij snoof een vreemde geur op – iets onsmakelijks, iets van verrotting.

Toen zag hij in een flits een beweging achter zich. Dexter draaide zich razendsnel om. Er was niets te zien, maar ditmaal klonk het gekrijs harder dan ooit tevoren. Het weerkaatste tegen de gebouwen en het haar op Dexters armen ging recht overeind staan.

Nu dacht hij alleen nog maar aan ontsnappen. Hij stond tegenover een overmacht en was zich daarvan bewust. Ze joegen hem na als een troep wilde beesten en probeerde hem uit zijn schuilplaats te lokken. Oude instincten namen de overhand: oude voorgevoelens, oude vaardigheden die na jaren leven in de grote stad waren afgezwakt.

Dexter concentreerde zich op de wind en toen die zijn kant op waaide, probeerde hij de geuren die hij meedroeg te duiden. Maar het maanlicht werd weerspiegeld door iets van staal in de speeltuin, iets tussen de bomen. Dexter maakte een schijnbeweging naar links, dook toen naar rechts, richtte zich pijlsnel op, klaar om te vuren.

Toen keerde hij zich weer een halve slag om en werd hij door een nieuw salvo van gekrijs in verwarring gebracht. Hij kon niet bepalen hoeveel stemmen hij hoorde. Drie? Tien? Overal om hem heen leek beweging te zijn, in elke schaduw, in elke steeg en in elk portiek. Een glinstering in robijnrode ogen.

Opnieuw zag hij achter zich iets bewegen.

Dexter keerde zich met een sprong om en ving een glimp op van bruine gewaden die de trap van een huurflat op slopen.

Meer vage gestalten stonden om hem heen en wachtten af.

Dexter liep in een klein kringetje rond en luisterde naar hun ademhaling.

Er brak een takje.

Dexter zwaaide zijn geweer rond toen twee zilveren bijlen de lucht doorkliefden.

'*Yaji-ash-sjuthath*,' siste zijn belager toen een van de bijlen door zijn mouw sneed en een stuk vlees afhakte.

Dexter vuurde in het wilde weg in de bomen, waardoor tientallen duiven opvlogen.

Nu zijn belager te dichtbij was om neer te schieten, gebruikte Dexter het geweer als knuppel. De bijlbladen ketsten af op de metalen kast van het vuurwapen, en bij elke klap vlogen de vonken ervan af. Dexter tolde rond, sloeg zijn belager uit zijn evenwicht en raakte de zijkant van zijn hoofd met de kolf van walnotenhout. Een rondje van blauw glas viel van het gelaat van de belager en hij strompelde weg. Dexters handen beefden toen hij in zijn zakken naar een patroon tastte. Hij zag hoe zijn tegenstander zich herstelde en zich klaarmaakte om opnieuw aan te vallen, en Dexter was zich er terdege van bewust dat zijn eigen bloed van zijn vingers droop; hij voelde de kleverigheid onder de mouw van zijn jas. De wond was diep.

Hij draaide zich om om weg te vluchten maar ze hadden zich al op hem gestort.

Ze kwamen wervelend tevoorschijn uit de inktzwarte duisternis, lenige wezens in lange mantels met neerhangende capuchons die langwerpige gezichten met gloeiende rode robijnen in plaats van ogen verhulden. Dunne houten staken, als snavels, zaten waar neuzen plachten te zitten. In hun gehandschoende vuisten droegen ze enorme zeisen van glinsterend zilver. Hun hoofden bewogen, als die van koeien, op en neer en ze leken te communiceren zonder taal, hoewel hun ademhaling rochelde alsof hun kelen vol zaten met slijm.

Dexter gilde het uit toen ze zich om hem heen verdrongen en het gonsde in de lucht van de voorbijschietende bijlbladen. Hij hoorde drie misselijkmakende ploffen en een zieltogende snik.

De wezens rukten hun bijlen los uit zijn lichaam en veroorzaakten daarmee fonteinen van bloed, waarna ze opnieuw als roofvogels op hem aanvielen. Dexters hand ging naar zijn doorkliefde keel en zijn knieën knikten. Zijn ogen richtten zich hemelwaarts, maar de lucht boven hem werd verduisterd door bloedige haken en starende robijnrode ogen.

16

Doyle verliet slechtgeluimd de Manhattan Club op de hoek van Fourth Avenue en Madison Square. Zijn adem stonk naar sigarenrook en zijn borst brandde van het naar binnen slaan van diverse glazen cognac. Hij wankelde in de koude najaarslucht en probeerde tot zichzelf te komen.

'Taxi, meneer?'

Hij draaide zich om en zag een sombere zwarte man met doordringende ogen en een enigszins scheef op zijn hoofd staande hoge hoed. Rond de rand van de hoed was iets geknoopt, iets wits. Doyle kon niet onderscheiden wat het was. Hij stapte achter in de Lexington sedan.

'Ik moet naar –' Hij viel naar achteren toen de auto vooruit schoot. 'Naar het Penn Hotel, alstublieft. En u hoeft u niet zo te haasten.'

De chauffeur trok zich niets van hem aan. Doyle leunde naar voren en zag dat de voorwerpen die rond de rand van de hoed waren gebonden kleine dierenbotjes waren. Een afgerukt kippenpootje bungelde aan de binnenspiegel.

Doyle trok de wenkbrauwen op bij het zien van die voodoo-ornamenten; hij had het nodige van doen gehad met dat geloof. Onder zijn hogepriesters en hogepriesteressen had hij zowel gehate tegenstanders als geliefde medestanders. En hij was er bang voor. Hij wist dat voodoo meer was dan zomaar een religie. Het was eerder een of andere mystieke verbindingsschakel met een wetteloos universum vol onstuimige oergeesten, zowel goede als kwade.

Doyle ging achteroverzitten en concentreerde zich nogmaals op de problemen rond Lovecraft. Houdini's weigering maakte zijn taak nog eens zo zwaar en als reactie daarop was Doyle aan het drinken geslagen. Nu was alles anders. Houdini was een karikatuur van zichzelf geworden.

Zelfs Lovecraft, het jongste lid van het geheime genootschap, was de pas afgesneden door dit nieuwe soort samenzweerder.

Het Penn Hotel doemde door de voorruit op. Doyle greep zijn wandelstok en lange overjas, maar de taxi maakte geenszins aanstalten vaart te minderen.

'We zijn er. Hier is het.'

De taxi meerderde vaart.

'Chauffeur, dit is het hotel.'

Doyle keek naar de portier en het verlichte bordes dat langs zijn raampje schoof. Hij tikte met zijn wandelstok op de rugleuning van de stoel van de chauffeur.

'Ik zei dat u mijn reisdoel voorbij schiet.'

De chauffeur trapte het gaspedaal dieper in, waardoor Doyle naar achteren werd geworpen.

'Stoppen, zeg ik!' Zijn hand ging naar de kruk van het portier. Hij trok eraan, maar zonder resultaat.

De chauffeur reed door.

'Ik beveel je onmiddellijk te stoppen!' Maar voordat hij die woorden goed en wel had uitgesproken drong het al tot Doyle door dat hij niet bepaald in een positie was om orders te geven. En zelfs als het portier open zou gaan, zou een sprong naar buiten hem waarschijnlijk het leven kosten.

De taxi scheurde een hoek om, miste op enkele centimeters een voetganger en smakte Doyle links en rechts over de achterbank. Zijn hoofd sloeg tegen het glas van het raampje. Hij ontnuchterde snel, terwijl de taxi langs Central Park West en langs het Museum voor Natuurlijke Historie raasde. Central Park schoot rechts aan hem voorbij. Aanvankelijk dacht Doyle dat de politie hem had weten te vinden, maar de situatie deed iets anders vermoeden. Het had er alle schijn van dat hij zich door Duvalls moordenaar had laten schaken.

Hij kon zichzelf wel voor zijn kop slaan. 'Oude dwaas.' Maar het vechten had hij nog niet verleerd. Dit was tenminste een slachtoffer dat zijn overweldigers niet licht zouden vergeten.

De straten van Harlem zinderden van bedrijvigheid, terwijl automobielen claxonneerden en in de volgepakte straten een parkeerplaatsje poogden te vinden. De stoepen stonden vol met rijen mensen die op hun beurt wachtten om een kaartje te kopen en lachende stelletjes. Lichtjes van nachtclubs flikkerden. Tegenover Wilbur Sweatman's Jazzband speelde Novelty Fire. Zelfs door het gesloten raampje van de taxi kon Doyle het geschetter van jazztrompetten horen. De straten vormden het decor voor een verfrissende mengelmoes van blanken en zwarten, allen gekleed in smokings en avondjurken.

Er werd zo'n aanslag op zijn zintuigen gepleegd dat Doyle zich niet meteen realiseerde dat de taxi een scherpe bocht naar links had gemaakt, een steeg in was gereden en met gierende remmen tot stilstand was gekomen.

Lichamen dromden tegen de auto aan. De achterportieren zwaaiden open. Doyle stak zijn wandelstok uit naar de graaiende handen die naar hem werden uitgestrekt, maar hij werd bij kop en kont gepakt en van de achterbank af naar buiten getrokken. Hij landde met zijn achterste op het plaveisel. Benen schuifelden in het halfduister langs hem heen. Hij verwachtte een salvo vuistslagen, maar dat bleef uit. In plaats daarvan werd hij overeind getrokken en werden zijn armen achter op zijn rug geklemd. Doyle woog bijna negentig kilo, maar evengoed raakten zijn voeten nauwelijks de grond toen hij door een roestige achterdeur ergens naar binnen werd gedragen.

'Wat heeft dit te betekenen! Ik wil onmiddellijk –'

Het *bwwaaaaap*-geluid van een trompetsolo kwam hem tegemoet en zijn woorden werden door de muziek overstemd. De nachtclubstank van sigarenrook en zwetende lijven deed zijn ogen tranen. Hij werd door de menigte verder geduwd.

Doyle was duizelig tegen de tijd dat ze de met een fluwelen loper beklede trap bereikten. Het zachte tapijt dempte de klanken van de muziek. En net als Alice die door het konijnenhol omlaag viel, betrad hij een wereld die zich onder de jazzclub bevond. Kralengordijnen boden toegang tot warme, door kaarsen verlichte gangen, waar de donkere ogen van argwanende kinderen door deurkieren naar hem keken. Er hing een verrukkelijke combinatie van keukengeuren: versgebakken brood, kruidige soep, en gebraden vleessoorten. Een aantrekkelijk zwart meisje met een juwelen halsketting trok rode gordijnen opzij, terwijl de mannen Doyle een voodoosalon binnenduwden.

Alleen de chauffeur bleef bij hem. Hij drentelde agressief om Doyle heen. Onder zijn jasje was zijn borst bloot. Doyle deinsde achteruit toen de man hem fouilleerde om te zien of hij een wapen bij zich droeg. Terwijl de ruwe handen van de chauffeur zijn beide broekspijpen betastten, keek Doyle onderzoekend om zich heen. Honderden druipende kaarsen verwarmden de kamer. Langs de wanden stonden barokke fauteuils die hem deden denken aan het Franse New Orleans. Een haan kraaide in een kleine kooi die op een met menselijke schedels geornamenteerde tafel stond.

Toen was opeens de chauffeur, zonder een woord te zeggen, verdwenen. Doyles hart klopte in zijn keel. Toen hoorde hij achter zich het geruis van rokken en het gerinkel van kleine klokjes. Een parfum van gardenia's en frambozen vervulde hem met verlangen en zoete herinneringen...

... en toen met angst.

Snel draaide Doyle zich om.

Een beeldschone jonge vrouw met een chocoladekleurige huid en haar haar in een knot stond voor de rode gordijnen. Ze knipperde met haar lange wimpers. 'Dat is lang geleden, *non*?'

Doyle stak zijn handen naar voren om haar af te weren. 'Ben jij het echt?'

De vrouw stak haar kin omhoog, waardoor het licht op haar hoge jukbeenderen viel. Ze had geen haast om het mysterie te ontrafelen. 'Wat dacht je zelf, *chère*?'

'Ik dacht dat je dood was, dat je vijf jaar geleden in een rivier was verdronken – dat heeft men mij tenminste doen geloven.' Zijn stem trilde.

'Twee kerkhoven in New Orleans bezitten twee grafstenen met mijn naam erop. Heel wat mensen zien Marie Laveau liever dood.' Ze beroerde met haar hand Doyles bleke wang. 'Soms geef ik ze hun zin.'

Doyle wist niet wat hij moest voelen: woede, doodsangst, verbittering of opluchting. Marie Laveau, de vermaarde en gevreesde voodoopriesteres uit New Orleans, was een levensgevaarlijk fenomeen. Het feit dat zij zich ooit met het Arcanum had verbonden maakte zijn vrees er niet minder om. Want haar loyaliteiten waren even grillig als die van Duvall en haar invloed was bijna even overweldigend. Haar macht over de intellectuelen en politici van Louisiana was ongeëvenaard. Alleen de dreiging met een van haar vervloekingen kon rechters overhalen de doodstraf uit te spreken of overspelige echtgenoten terug te sturen naar hun echtgenotes. Zij was een vat vol tegenstrijdigheden, voor velen een heilige, voor nog meer een schrikgodin. En het gerucht dat er in feite twee Marie Laveaus waren droeg bij aan de legende. Marie Laveau de Eerste bracht vijftien kinderen ter wereld, van wie er één de naam en dekmantel van haar moeder had overgenomen.

En Marie Laveau de Tweede was zo mogelijk nog legendarischer dan haar moeder.

En dit was de vrouw die Doyle kende, vreesde en korte tijd had liefgehad.

Terwijl haar moeder de duisterdere aspecten van de voodoo had gecompenseerd door ook een liefdadige, menselijke kant van zichzelf te tonen, was haar dochter tevreden met de wetenschap dat ze als tovenares en heks werd gevreesd. Dat leverde haar tal van vijanden op. Corrupte politici, racistische politiemannen, rivaliserende voodoosekten – ze zagen haar allemaal liever dood. Maar was haar toverkunst oprecht, zoals haar volgelingen bezwoeren? Of waren zij en haar moeder niet meer dan bedreven oplichters die misbruik maakten van de angsten en vooroordelen van het grote publiek?

Doyle meende het antwoord op die vraag te weten, maar toen hij haar rimpelloze gezicht aanraakte, werd hij door verwarring overmeesterd. 'Jij bent een dochter. Een andere Marie Laveau. Jij bent niet de vrouw die ik heb gekend.'

Ze pakte zijn hand en drukte hem tegen haar wang. *'Non. C'est moi.'*

Doyle trok zijn hand terug. 'Dacht je dat je mij kon wijsmaken dat jij tachtig jaar oud bent? Kijk nou toch eens naar jezelf. Je bent een jong meisje.'

Marie trok één wenkbrauw op.

Het duizelde hem. 'Maar Duvall vertelde me…' Hij wreef zijn ogen uit en voelde zich uit het lood geslagen en verraden.

'Tegen hem heb ik ook gelogen,' zei ze.

Hij masseerde zijn schouders die nog pijn deden van de ruwe behandeling. 'Maar waarom dit alles? Waarom behandel je me alsof ik een vijand ben?'

'Tegen vijanden heb ik je nu juist beschermd, *chère*. Je werd geschaduwd. En wij zijn in gevaar, wij allemaal. Iedereen die Konstantin heeft gekend.'

De blik in de ogen van haar broer vertelt haar dat er iets niet in de haak is. Hij is stil maar heeft altijd al een gevoel voor spirituele zaken gehad.

'Iets boosaardigs,' sist hij haar toe, 'in het woud.'

Marie loopt haar jongere broer voorbij en betreedt het bordes, waar zij baadt in de gloed van het vreugdevuur. Ze weet dat er iets mis is; dat voelt ze in haar binnenste. De hele dag loopt ze al met een wee gevoel in haar maag.

Nu kijkt zij hoe haar dansers zich aftekenen tegen het vuur, naakt en zwe-
tend, hun stemmen trillend, hun ogen weggedraaid in hun kassen. Ze hou-
den het kwaad op een afstand. Maar Marie voelt dat het zich even voorbij de
wervelende vlammen bevindt, zich verborgen houdt in de bomen, afwacht.

Ze pakt haar rokken samen en loopt de trap van de veranda af.

'Marie, non!' roept haar broer.

Marie loopt voorbij de dansers en het razende vuur en blijft even stilstaan
om een fakkel los te trekken. Dan loopt zij door het hoge gras in de richting
van de bomen. Ze wil die geest in het bos tegemoet treden.

Het moment dat ze de grens van het woud overschrijdt, valt er een stilte.
Op de achtergrond hoort ze de dansers, maar verder niets. Geen muskieten.
Geen kikkers. Zelfs niet het geruis van de wind door de bladeren. Ze loopt
door, meer naar het hart van het woud, totdat de grond modderig wordt en
de wilgen zich in groteske vormen buigen.

Flap, flap, flap, flap, flap, flap.

Marie wendt zich in de richting van het geluid.

Flap, flap, flap, flap, flap, flap.

Marie wringt zich door het kreupelhout en bij het licht van haar toorts
speurt ze de grond af totdat ze het heeft gevonden.

Het is een stervende uil. Hij ligt, met zijn vleugels fladderend, stuiptrek-
kend op de grond.

Boven haar breekt iets kleine takjes af en stort omlaag. Nu hoort ze geklap-
wiek achter zich.

Opnieuw sterft er een uil voor haar ogen. Ze vallen uit de bomen. Ze hoort
hun zachte lijfjes tegen de grond smakken. De een of andere pest heeft hen ge-
troffen.

Marie loopt naar een van de vogels toe en knielt naast hem neer. Ze hoort
nog steeds het geklapwiek om zich heen, maar nu zachter. Ze streelt de gebro-
ken nek van de uil. Hij ademt niet meer. Marie slaat haar handen voor haar
ogen en huilt om de dood van de uil. Haar bevende handen omvatten teder
het levenloze lijfje en drukken het aan haar borst en tegen haar hals.

'Konstantin,' jammert ze. 'Wat hebben ze je aangedaan, mijn Konstan-
tin?'

Marie loopt langs het vuur. De dansers zijn opgehouden. Hun borsten rijzen
en dalen van inspanning. Ze kijken toe hoe de priesteres met een bloedende
uil tegen haar borst gedrukt het trapje van de veranda oploopt.

Ze gaat naar binnen. Haar jongere broer ziet haar betraande wangen, maar weet dat het beter is niets te vragen. Marie gaat naar de keuken en plaatst een houten kom op het hakblok. Dan pakt ze, zonder een spier te vertrekken, een vleesmes en snijdt het dier van boven tot onder open. Ze haalt de ingewanden eruit en smijt die in de kom.

'Vertel het me, liefste.' Marie roert de organen met haar bebloede hand door elkaar. 'Vertel me wie dit op zijn geweten heeft.'

Haar ogen bestuderen het donkerrood van de aderen, en de bruinachtige tinten van de longen. Ze ontwaart bepaalde patronen in de ingewanden. Haar ogen zijn droog, afschuw heeft de plaats van de tranen ingenomen. 'O god... o god.'

Marie treedt buiten haar lichaam.

Als ze haar ogen opent, bevindt ze zich in Engeland en zweeft ze boven het British Museum. Ze hoort schor gekrijs. Ze richt haar blikken op de straat, op een automobiel op het gras bij het hek van het museum. Jonge mannen stappen uit de auto en rennen naar een lichaam dat geknakt op de straat ligt.

Marie schiet omlaag naar Konstantin Duvall als hij kreunend uitbrengt: 'Hij is mijn geest binnengedrongen!'

De jongens knielen neer bij het lichaam, maar Duvalls ogen zijn strak gericht op de onstoffelijke Marie.

'Waarschuw hen...' zegt hij, '... waarschuw het Arcanum.'

Marie snikt en steekt door de ijle lucht haar hand naar hem uit, maar haar jammerkreten gaan verloren in een vacuüm. Het leven ebt weg uit Duvalls lichaam, als lucht uit een lekke band. Het stijgt als stoom op uit de lege huls die Duvalls lichaam is geworden en vervliegt in de kille Londense nacht.

Dan voelt Marie een buitenaards geruis en richt haar aandacht op de pulserende energie in de buurt van de bomen van het museumpark. Een gedaante met een hoge hoed op kijkt vanuit de schaduw toe. Hij beweegt zich en het maanlicht ketst af op een blauwe monocle. Hij heeft iets in zijn armen, een boek.

Zijn gezicht kan ze niet zien.

Zonder dat iemand anders het kan horen, fluistert hij Marie toe: 'Yaji-ash-sjuthath,' en hij grinnikt.

Marie schrikt terug en haast zich weg van Duvalls geknakte lichaam. Ze zweeft boven de wereld. De aarde draait voor haar ogen. Dan schiet ze plotseling de wolken in totdat ze zweeft boven witte veren in een poel van menselijk bloed. Het bloed wordt een vuur. Nu bevindt ze zich in een galerij van vuur. Lange, ijle lichamen hangen wiegend boven de vlammen en staren haar aan met robijnrode ogen.

Hun gepiep wordt gekrijs.
Ze zien haar.

Terwijl hij luistert strijkt Doyle over zijn snor.

'De uil was de levensgeest van Konstantin,' vertelde Marie hem. 'Het was een boodschap. Zijn waarschuwing.'

'Wat voor een boodschap?'

'Een man met het blauwe oog. Ik zag New York City gedompeld in bloed. En een boek…'

'Het Boek van Enoch,' maakte Doyle haar zin af. 'Wat weten we van deze moordenaar?'

Marie was even stil. 'Hij is niet zo machtig als hij denkt. Hij verkeert ook in gevaar.'

Het was een belangrijk moment. Ze lieten het even op zich inwerken.

'Hij heeft ons dus toch weer samengebracht, is het niet? Zelfs na zijn dood.'

'Ben je nog altijd boos?' vroeg Marie.

Doyles gezicht verstrakte.

'*C'est fou.* Wat kon ik anders doen, Arthur?'

'Niets.'

'Wil je erover praten?'

'Wat valt erover te zeggen? Ik was een dwaas. Duvall was dertig jaar lang mijn vriend en…' Doyle begon te stamelen toen hun blikken elkaar kruisten.

'En welke keus liet je mij? Had ik je moeten volgen naar Engeland?'

'Nee, natuurlijk niet –'

'Had ik soms kennis moeten maken met je vrouw? Met je familie?'

'Houd op.'

'Ik ben niemands geheimpje, tenzij ik dat zelf wil.' Maries stem had een scherpe ondertoon.

'Ik was egoïstisch.'

'Verwend,' voegde Marie er met nadruk aan toe.

Doyle kreeg een kleur. 'Is dit de reden dat je me helemaal hier naartoe hebt gesleurd? Om zout in oude wonden te strooien? Er is toentertijd al genoeg schade toegebracht aan alle betrokkenen. We waren geen van allen totaal onschuldig – en jij al helemaal niet.'

Marie verstijfde. 'Ik was dus toch de oorzaak?'

'We kunnen de zaak beter laten rusten,' gromde hij. 'Ik heb een dierbare vriend verloren; jij een minnaar. Laat ons trachten, in zijn nagedachtenis, de breuk te helen.'

Maries gezichtsuitdrukking werd milder. 'Ik was voor jullie allebei nooit goed genoeg, hè?'

Ze keken elkaar diep in de ogen. Doyle slikte. De linkerkant van haar lip krulde om tot een vraagteken, een verlokking.

Hij verbrak de betovering omdat hij zichzelf niet langer vertrouwde. 'Howard zit in de gevangenis.'

'*Oui*. Dat weet ik.'

'Hij is er beroerd aan toe. Zijn geest. Iemand heeft hem te grazen genomen.'

'Howard heeft zich al te lang ingelaten met het vuur.'

'Hij wilde… hij kon me niet alles vertellen. Hij denkt dat hij in de gaten wordt gehouden.' Doyle beantwoordde Maries glimlach. 'Ja, ik weet dat hij dat altijd denkt, maar dit Boek van Enoch is van een andere orde. We kunnen niet zonder hem.'

'Akkoord, maar hoe moeten we hem dan uit de gevangenis krijgen?'

Doyle gaf geen antwoord. Zijn ogen spraken boekdelen.

'Ben je bij hem langs geweest?' vroeg Marie.

'Ik had geen keuze.'

'*Encore, c'est fou!* Waarom? Je weet van tevoren hoe hij zal reageren.'

'Ik had gehoopt dat hij zou zijn veranderd.'

'Er vliegen nog eerder duizend mussen uit mijn kont. We zijn beter af zonder die goochelaar.'

'Hoe dacht je Lovecraft dan te bevrijden?'

Marie strekte haar armen boven haar hoofd en kromde haar rug. Haar borsten prangden tegen het laag uitgesneden lijfje van haar jurk. 'We hebben allemaal zo onze eigen gaven om iemand te… overreden.'

Doyle schraapte zijn keel. 'Het schijnt zo.'

17

Bij het horen van de plof van het magnesiumpoeder draaide Mullin zijn hoofd om. Heel even hulde de steeg zich in daglicht.

'Heb je een saffie voor me, inspecteur?' vroeg Mop. Ze was een broodmagere prostituee met het gezicht van een paard en niets dan een gerafelde sjaal om haar tegen de koude te beschermen.

Mullin bood haar een sigaret aan en opnieuw ontbrandde er een lading magnesiumpoeder in de steeg. Op het trottoir krioelde het van de politiemannen, wier adem in de vochtige, koude avond zichtbaar was.

'Wat zei je?' Mullin wendde zich weer tot Mop.

'Afijn, Jimmy, hij is een vaste klant van me, en hij vindt het lekker om het staande te doen, maar in de speeltuin vond hij een beetje raar. Hij heeft twee dochters, weet je. Dus troonde ik hem mee naar de steeg en daar...' Haar stem stierf weg.

'Heeft iemand hem aangeraakt?'

'Nee, inspecteur,' antwoordde Mop. Toen ze de sigaret naar haar lippen bracht zag Mullin dat haar hand beefde. Mop was een van de stoerdere meiden. Ze had wel vaker een lijk gezien. Ze had zelfs met een glasscherf de keel van een klant doorgesneden en dat was een van de bloederigste taferelen die Mullin ooit had gezien. Nu tuitte ze haar lippen alsof ze op het punt stond in snikken uit te barsten.

'Dexter was een bijzonder mens.' Ze had een brok in haar keel.

'Ga maar naar huis, Mop. Zoek de warmte op.'

'Bedankt, inspecteur.'

Mullin wreef door zijn zwarte leren handschoen over zijn gekneusde hand. De koude sneed door zijn botten. Spatten ijzige regen droegen bij aan zijn onbehagen toen hij de speeltuin bij City Hall verliet en naar de bewuste steeg sjokte. De agenten hadden hun schouders hoog opgetrokken om warm te blijven en deden een stap opzij om hem door te laten.

De politiefotograaf zat geknield in het midden van de steeg, met zijn gleufhoed achter op zijn hoofd geschoven, terwijl hij zijn fototoestel richtte op een tegen de muur opgewaaide hoop vuilnis en oude kranten. Zijn vinger drukte op een knopje dat vastzat aan een draadje.

Mullin was een ogenblik verblind en duizelingwekkende zonnen doken op voor zijn netvlies.

Hij gebaarde de fotograaf weg te gaan. 'Dat is voorlopig wel welletjes. Ga nu maar.'

De fotograaf richtte zich op en zette zijn hoed recht. 'Nog een paar, inspecteur. Dit is met recht een plaatje.'

'Hoepel op,' beval Mullin.

De fotograaf greep zijn lichtstatief en beende gebelgd de steeg uit.

Mullin liep zonder enige haast naar het midden van de steeg, wellicht omdat de trilling van Mops hand hem van zijn stuk had gebracht.

Dexter Collins was geen seniele oude vrouw en evenmin een jonge meid. Mullin had Dex gekend en vond hem een fatsoenlijke kerel. Die jongen had iets onverzettelijks over zich dat gespeeld noch geforceerd was en Mullin had gezien hoe hij misdadigers afbekte die tweemaal zo groot waren als hij. Dexter kon zich uitstekend staande houden.

Maar ditmaal klaarblijkelijk niet. Bloedvaten waren gesprongen in zijn ogen die, in de koude, waren opgezwollen en melkachtig blauw waren geworden. Zijn korte baard zat onder het geronnen bloed, evenals zijn oren. Mullin telde minstens een twaalftal diepe steekwonden. Zijn lichaam had een vaalgrijze kleur. Nog vreemder was het ingewikkelde patroon van blauwe aderen dat aan de oppervlakte van zijn huid was gekomen en zich had uitgestrekt over zijn voorhoofd en zijn torso tot aan de zolen van Dexters voeten.

Mullin hoorde de agenten achter hem schuifelend dichterbij komen.

'Draai hem eens om,' gelastte Mullin hen terwijl hij opstond en plaats voor hen maakte. De agenten gingen bij het hoofd en de voeten van Dexters lijk staan, tilden hem op en draaiden hem om. Krantenpagina's plakten aan het bevroren bloed op Dexters dijen en schouders toen ze hem op zijn buik op het plaveisel legden.

Mullin trok de kranten opzij en onthulde wat hij eigenlijk al wist. Dexters ruggengraat was, net als bij de anderen, verdwenen. Maar vanwege de bevroren toestand van het lijk kon Mullin niet bepalen of hij gisteravond of een week tevoren was vermoord. Hetgeen inhield dat Lovecraft nog steeds de voornaamste verdachte was. Maar ongeacht het bewijs wist Mullin dat Dexter Lovecraft desnoods met één hand als een luciferhoutje doormidden had kunnen breken. Er was geen touw aan vast te knopen. Het was één groot raadsel.

Dexter was door meerdere belagers gedood. En meer dan één duidde op een complot, of Paul Caleb dat nu leuk vond of niet.

Maar waar Mullin niet achter kon komen was het motief. De slachtoffers waren niet vermogend, ze waren niet beroemd, ze waren op geen enkele manier bijzonder. Uitgezonderd in de ogen van hun moeders misschien.

En dat bracht Mullins gedachten terug bij Doyle. Hij had ook moeite gehad zich die oude knakker als moordenaar voor te stellen, hoewel hij met die stok van hem overweg kon als een man die half zo oud was. Maar als hij de moordenaar niet was, wat had hij in hemelsnaam dan met Lovecraft te maken? En waarom had hij gelogen over die brieven?

En wie had trouwens als eerste de naam van Lovecraft ter sprake gebracht?

Deze gedachtegang had ertoe geleid dat Mullin naast een snurkende Wally zat te vernikkelen van de kou in een auto tegenover de gesloten afdeling van het Bellevue. Heel wat vragen spitsten zich toe op meneer Lovecraft, en Mullin ging ervan uit dat hij niet de enige was die op zoek was naar antwoorden. Lovecraft had slechts één keer bezoek gehad en dat was van een zekere meneer Watkins, maar Mullin vermoedde dat die naam vals was. Was Lovecraft dus een moordenaar of een bruikbare pion? Een man die ten prooi was gevallen aan de omstandigheden of een intelligente psychopaat? En als hij een marionet was, wie trok er dan aan de touwtjes?

'Sodeju,' fluisterde Mullin, en met een stomp tegen zijn borst maakte hij Wally wakker.

Wally knipperde met zijn ogen. 'Waar is dat voor nodig?'

'Kop dicht,' beet Mullin hem toe en hij wees op de stoep voor het gebouw van de psychiatrische afdeling van het Bellevue. 'Daar links. Meneer Doyle.'

Onder een straatlantaarn, luttele tientallen meters verderop, ontwaarde hij Doyle en een vrouw die op gedempte toon stonden te praten. Om de paar seconden keken ze om zich heen om te zien of ze werden gadegeslagen.

'Wie heeft hij bij zich?' vroeg Wally.

'Een hoertje, zo te zien,' antwoordde Mullin chagrijnig, in de war gebracht door deze onverwachte wending.

'Dan houdt hij zeker van donkere types.' Wally bracht een heupflacon naar zijn mond en nam een slok. 'Nou, u had gelijk, baas. Laten we hem maar meteen bij zijn kladden grijpen.'

Wally greep de kruk van het portier maar Mullin hield hem tegen. 'Nee, laten we wachten en kijken wat ze –'

Een harig smoelwerk dook plotseling op voor het zijraampje naast Wally. 'Neemt u mij vooral niet kwalijk, heren! Ik sterf haast van de kou, joh, en zag toevallig die flacon met borreltjes erin. Ik zoek gewoon een middeltje tegen de kou, de wind snijdt door mijn –'

'Houd je bek, stuk tuig,' mompelde Wally.

'Zorg dat hij oplazert,' snauwde Mullin, zijn ogen nog steeds strak op Doyle gericht.

'Heb ik soms een afspraakje verstoord? Dat was niet mijn bedoeling, joh.' De vagebond drukte zijn neus tegen de ruit.

'Wat zei die mafketel?' Wally wilde de kruk van het portier opnieuw grijpen. 'Ik zal hem eens even een lesje leren!'

'Wil je onze aanwezigheid hier verraden?' siste Mullin, terwijl hij Wally hardhandig terugtrok.

'Geef me toch wat te drinken. Eén slokje maar.' De stem van de vagebond werd door de gebouwen weerkaatst.

Mullin had er genoeg van. Hij trok zijn .45 uit zijn holster.

Wally hield zijn penning omhoog voor het raampje. 'Politiezaken. Loop door. Maak dat je wegkomt.'

'Politie?' brulde de vagebond zo luid dat het een uur verderop te horen was. 'Waarom zeggen jullie dat dan niet meteen?' En hij likte in dikke halen het raampje af.

'Jezus!' riep Wally vol walging uit.

'Godverdomme!' Mullin gaf gefrustreerd een ram tegen het dashboard want Doyle en de vrouw waren opeens nergens meer te bekennen.

'Godvergeten kloot…' Mullin was de auto al uit en rende om de motorkap heen terwijl de vagebond als een prijsvechter met zijn vuisten in de lucht slaand achterom snelde.

'Geweld is nergens voor nodig –'

'Ik zal jou 's even een borreltje verkopen, vuile –'

De vagebond maakte zich giechelend uit de voeten. Mullin bleef nog een ogenblik staan razen en tieren, stak zijn vuurwapen toen terug in zijn holster en stapte weer in de auto. De motor sloeg aan en ze reden, nu ze toch van hun dekmantel waren beroofd, langzaam de straat uit.

Doyle steunde met zijn handen op Maries ontblote schouders. Ze stonden allebei plat tegen de muur van de steeg gedrukt. Het geronk van Mullins auto stierf in de verte weg.

'Zijn ze ervandoor?'

'Ik geloof van wel.' Toen het gevaar geweken was, liet hij haar, zich plotseling bewust van hun intimiteit, los. Hij schraapte zijn keel en liep door de steeg. 'Heb je het niet koud?'

Ze glimlachte. 'Nu niet meer.'

'Marie –'

Ze hief haar handen op. 'Sssst!'

Ze hoorden voetstappen naderen.

Doyle omklemde met beide handen zijn wandelstok en stelde zich voor Marie op.

'*Non*, Arthur. Doe alsof we staan te zoenen,' fluisterde ze en ze drukte de stok omlaag. Ze pakte hem bij zijn armen, trok hem tegen zich aan, drukte zijn hoofd in de holte van haar nek en kirde als een prostituee. Doyle legde zijn handen op haar heupen toen de vagebond mopperend de steeg in kwam lopen. 'Dreigt mij een beetje me een en ander te vertellen terwijl zo'n hufter me aanziet voor een ander, en ik alleen maar wilde zeggen…'

Doyle en Marie lieten elkaar los.

'Heb u misschien een aalmoes voor een arme zondaar, chef?' vroeg de vagebond grinnikend.

Marie trok een vies gezicht.

'Loop heen, beste man,' raadde Doyle hem aan.

'Moet je die tietjes toch eens zien.' De vagebond zette grote ogen op en liep op Marie af.

Doyle zette de punt van zijn wandelstok op de borst van de vagebond. 'Pas op je woorden,' zei hij op dreigende toon.

'Och, ik pas wel op, hoor. Maar wie past er ondertussen op jullie, wat?' De blauwe ogen van de vagebond glinsterden. 'Jullie hebben de politie in je kielzog, gabbertje. Ben je soms stout geweest?'

Doyle keek de man woedend aan. 'Wie ben jij?'

'Ik ben mezelf en helemaal mij alleen. Maar wie zit er in dat gebouw daarginds, is dat niet de vraag? Ze zeggen dat het de Occulte Moordenaar is, die gozer die al die types van die vriendelijke liefdadige instelling omlegt, niet dan?'

Doyle trok zich niets van de stank aan en greep de vent bij zijn kraag. 'Wie heeft jou gestuurd?'

'Wie heeft me gestuurd? Ach, daar wil je geen ruzie mee, dat geef ik je op een briefje. Ze wordt door iedereen met gezond verstand gevreesd.'

'Wie dan wel? Vertel op! Over wie heb je het?'

De ogen van de vagebond schoten van links naar rechts. 'Ze noemen haar… Bess.'

'Bess?'

Marie zuchtte. 'Hij moest weer zo nodig een grootse entree maken, *n'est ce pas?*'

De vagebond keerde zich plotseling naar haar toe. 'De kranten beweerden dat je dood was, Marie, maar ik heb geen ogenblik aan je getwijfeld.'

'En ook geen traan om me gelaten, wat jij… Harry.'

'Houdini als het jou hetzelfde is.'

'Godallemachtig!' Doyle gaf Houdini een duw.

De illusionist spuugde de valse tandenstompjes uit en glimlachte. Hij rook aan zijn jas. 'Grutjes, ik moet echt nodig in bad.'

'Wat voer jij in hemelsnaam in je schild?'

'Ik ben alleen maar bezig jullie armzalige huidjes te redden, Doyle. Jullie worden door rechercheurs geschaduwd; je hebt er uiteraard weer een puinzooi van gemaakt.' Met één beweging trok Houdini de pruik en de baard van zijn gezicht. 'Ik krijg geen moment rust zolang jij hier in de stad ronddwaalt; dat is een ding dat zeker is. Wat kan een vriend anders doen? Je voort laten blunderen totdat ik je borg kan komen betalen? Ik ben gekomen om je het een en ander aan je verstand te peuteren.'

'Dat kun je niet menen. Na alles wat ik je heb verteld?'

'Jezus Mina, de tijden zijn veranderd. Wij zijn bekende persoonlijkheden. We staan te zeer in de schijnwerpers. Howard heeft een akkoord gesloten met de duivel. Mij best; hij gaat zijn gang maar. En nu plukt hij daar de wrange vruchten van.'

'Wat heb ik je gezegd?' zei Marie.

Houdini wendde zich tot haar. 'Als ik niet zo'n heer was zou ik jou heel wat te zeggen hebben. Met jou heb ik al vele jaren geleden afgerekend.'

' *Va t'en!* kaatste Marie terug en toen spuugde ze op de grond. Met haar vingers vormde ze het duivelsteken.

Doyle fronste zijn voorhoofd. 'Je hebt je tijd verspild, Houdini. En de onze ook.'

Houdini maakte de knopen van zijn smerige jas los. 'Dit is je dus op geen enkele manier uit je hoofd te praten?'

'Nee,' bekende Doyle.

Houdini's adem vormde witte wolkjes in de koude lucht toen hij zich van zijn vermomming ontdeed en daaronder niets anders dan een versleten jasje, een wit T-shirt en een broek bleek te dragen. Hij schudde zijn hoofd. 'Nu ja, laten we dan de koe maar meteen bij de horens vatten.'

Seamus en Parks, twee geüniformeerde politieagenten, hingen, diep ineengedoken, rond bij de met kettingen afgesloten toegangshekken van het Bellevue. Het was die avond hun taak extra bescherming te verlenen – bescherming waartegen had inspecteur Mullin er niet bij gezegd.

'Ik heb gehoord dat het om een soort vampier ging.' Parks klapte in zijn handen om zich wat warmte te verschaffen.

'Wat lul je nou?' Seamus probeerde een sceptische houding voor te wenden. In werkelijkheid was hij altijd bang geweest voor vampiers.

'Heb je het niet gehoord? Uit de lijken die zijn gevonden was het bloed gezogen. En ze hadden ook de ruggengraten weggesneden.'

'De ruggengraten?' Seamus wierp een blik op de in stilte gehulde inrichting.

'Ze noemen hem de Occulte Moordenaar van het Vierde District.' Parks' ogen glinsterden met een zweem van paranoia; in dit geval droeg het bij aan de spanning. 'Ze beweren dat die Lovecraft lichaamsdelen in zijn ijskast heeft, ingevroren als biefstukken.'

'Maak het nou.'

'Wat, geloof je me niet?'

'Ik wil niet dat mijn avondeten naar boven komt, dat is alles. Je staat al de hele avond te zwammen. Houd nou eindelijk eens je waffel.'

'Maar het mooiste van het verhaal moet nog komen –'

Juist op dat moment zwaaiden de hekken van de inrichting piepend open en kwam een gestalte hun kant op lopen.

'Jezus,' fluisterde Parks. 'Is het een bewaker of een patiënt?'

'Ik hoop van ganser harte dat het een bewaker is,' antwoordde Seamus, die zich zelfs met zijn negentig kilo nietig voelde.

De man had niet de moeite genomen een jas aan te trekken. Zijn adem kwam met stoten uit zijn neusgaten alsof hij een snuivende draak was.

Hij droeg zwarte rubberen handschoenen tot aan zijn ellebogen, hield klungelig een zelfgedraaide sigaret vast en stak die tussen zijn lippen. Zijn slome kraaloogjes blonken van krokodillenverveling toen hij zich in zijn volle lengte pal tegenover Seamus en Parks opstelde.

'Goedenavond,' zei Seamus met een knikje.

'Vuurtje,' zei de gorilla.

'Oké, oké.' Parks graaide in zijn zak, haalde een doosje lucifers tevoorschijn en wierp hem dat toe. De man, die gekleed was als een verpleger, draaide zich als een blad aan een boom om en liep terug naar het ziekenhuisterrein.

'Ja, je mag ze wel houden,' bood Parks aan, alsof het zijn eigen idee was.

Seamus gaf Parks een stomp tegen zijn arm. 'Dat waren onze laatste lucifers, stommeling.'

'Ga jij ze dan terugvragen,' opperde Parks.

Seamus keek hoe de dreigende gestalte in het duister verdween. 'Ach, laat ook maar zitten.'

Onstoffelijke woorden beten in het oor van Morris de verpleger als piepkleine visjes. Met een snauw zoog hij de rook van het smeulende peukje naar binnen, doofde het uit tussen zijn met rubber beklede duim en wijsvinger en smeet het toen tegen een boom. Hij stond weifelend op het bordes van de hoofdingang van het Bellevue en balde zijn vuisten. Zijn knokkels knakten. Onstoffelijke stemmen in zijn hoofd maakten hem woedend. Vrouwenstemmen. Een grootmoeder met van artritis vervormde handen. Ze sloeg Morris met die knokige vuisten op zijn voorhoofd en zei hem dat hij een stomkop was. Morris kon op school niet meekomen en de andere kinderen noemden hem 'Morris Doris' omdat zijn grootmoeder zijn haar niet wilde knippen. Hij was van school gestuurd nadat hij een meisje haar armen uit de kom had getrokken. Dat deed er niet toe; hij kon de lessen toch niet onthouden. Maar Morris herinnerde zich wel hoe het meisje had gehuild en hij had wel gevonden dat ze er grappig uitzag met die uitgestrekte armen, net een figuurtje uit een boek met spotprenten. Daar had hij flink voor op zijn falie gehad. De dingen die hij leuk vond maakten altijd dat hij slaag kreeg. Hij vermoedde dat hij dat maar gewoon moest aanvaarden.

Toen hij nog klein was had Morris ook ontdekt dat hij goed was in het wurgen van katten. Hij was bang voor katten en dus maakte hij ze dood.

Hij joeg ze na. Trok zo hard aan hun kopjes dat hun nek brak. Vervolgens verzamelde Morris de dode katten onder het huis van zijn grootmoeder, maar uiteindelijk verried de geur hem. Morris' reukorgaan was bij een ongelukje in zijn jeugd beschadigd; hij kon niets ruiken. Dat was het probleem. En dat was verdomd jammer want Morris was dol geweest op zijn verzameling. Zo af en toe kroop hij onder het huis en ging hij in de modder liggen om de katten te strelen. Ze konden toch niet meer weglopen en dus kon Morris ze urenlang aaien. Toen zijn grootmoeder zijn schatten eindelijk ontdekte, lagen er achtenveertig kattenlijken te ontbinden onder het huis. Dat leverde hem weer behoorlijk wat klappen en problemen met de buren op. Dat was de eerste keer dat hij uit huis werd geplaatst.

Morris had maandelijks een gesprek met een arts van het Bellevue over 'gewelddadige neigingen', maar hij hield zijn baantje. Morris wist dat ze hem met rust lieten omdat hij de enige was die de gevaarlijke patiënten de baas kon. Ze wrongen zich in alle bochten, net als de katten hadden gedaan. Het maakte Morris niet uit dat hij er af en toe eentje kapotmaakte, want de voorraad die door de witte vrachtwagens gestaag werd aangevuld was altijd overvloedig. Andere smoelen, maar dezelfde ogen, dezelfde stemmen. Niemand gaf Morris ooit een klap op zijn hoofd als hij een van hen molde. Er was geen gebrek aan.

Die ene met die klaaglijke stem en die donkere ogen – wat een mager scharminkel was dat, niet meer dan een zak met knekels. Als hij hem vastgreep deed het gewoon pijn; hij gaf de voorkeur aan de dikkere patiënten. Maar de Man met het Blauwe Oog had Morris opgedragen hem stevig aan te pakken. En het was raar, maar Morris wilde de Man met het Blauwe Oog graag ter wille zijn. Waarom wist hij niet. Hij wist dat hij er last mee zou krijgen, net als toen met die kattenverzameling, maar de Man met het Blauwe Oog wekte de indruk dat het allemaal dik in orde kwam. En bovendien had hij Morris allerlei karweitjes in het vooruitzicht gesteld – het soort klusjes waar hij goed in was.

Morris keek naar het stapeltje twintigdollarbiljetten in zijn hand, meer dan genoeg om een massa warme broodjes te kopen. Toen stak hij het geld in zijn borstzak, draaide zich om en sjokte de lege hal in. Hij liep recht op de trap af en rukte onderweg een brandweerbijl van de muur.

18

Houdini knielde voor een roestige veiligheidsdeur en tuurde in een sleutelgat. 'Jij zult het ook nooit leren, hè, Doyle?'

Doyle werd nijdig. 'Ze wil weten wat Duvall is overkomen, net zoals wij dat allemaal willen weten.'

'Ze waren aan elkaar gewaagd, weet je,' schimpte Houdini. 'Ze waren geen van beiden te vertrouwen.'

'Komt er nooit een einde aan die achterdocht van jou?'

'We zijn al eens eerder in de luren gelegd. Dat nooit meer. De hele toestand komt me de strot uit. Ik bewijs je deze ene dienst nog en dan vind ik het welletjes.' Houdini betastte tientallen sleutels die aan een bovenmaatse sleutelring hingen. 'Ik heb er eentje nodig met een dubbele schacht. Die heb ik niet bij me.'

Doyle fronste zijn voorhoofd. 'Heb jij een sleutel nodig? Waarvoor in hemelsnaam?'

Houdini draaide zich om. 'Dacht je soms dat ik door dichte deuren kon lopen?'

'Nee. Maar ik dacht gewoon… Nou ja, jij bent per slot van rekening Houdini.'

Als door een wesp gestoken stond Houdini op en trok zijn jas uit, als iemand in een kroeg die zich voorbereidt op een knokpartij. 'Houd eens even vast, wil je?'

'Natuurlijk.'

Houdini bestudeerde de lange, indrukwekkende muur voor zich. Ze bevonden zich aan de achterkant van de inrichting, te midden van stinkende vuilnisvaten.

De enige uitsparing in de muur was een getralied venster, en dat bevond zich vijf meter boven de grond. Houdini deed een paar stappen achteruit en spoog in zijn handen. Hij klapte er twee keer in, zette vier flinke stappen en sprong toen vooruit. Hij leek net een reusachtige kakkerlak zoals hij tegen de muur opklauterde, zich met ongelooflijk sterke vingertoppen vastklampte aan de kleine gleuven en oneffenheden. Binnen enkele seconden was hij bij het getraliede venster aangekomen.

Houdini greep de tralies en probeerde die los te wrikken. De spieren op zijn rug en schouders spanden zich, maar de tralies gaven geen krimp.

Hij slaagde erin het raam te openen door zijn hand tegen het glas te drukken en het op te tillen. Maar de tralies bleven een probleem.

Het was tijd voor Plan B.

Houdini bestudeerde de tralies en de ruimte ertussen, ongeveer 15 tot 20 centimeter, en zijn ogen beoordeelden de maten nauwkeurig. Toen ademde hij een aantal malen achtereen diep in.

Opeens stak hij zijn hoofd tussen de tralies. Zijn schoenen schraapten langs de muur op zoek naar houvast en als zijn armen moe zouden worden zou hij stikken. Door alle lucht uit zijn longen te persen was hij in staat zijn lichaam voldoende te versmallen om het tussen de tralies door te kunnen wringen. Het was één grote kwelling; Houdini kreunde van de druk op zijn botten en de ademnood. Zijn hoofd, zijn borst en één arm waren er door en hij bungelde hachelijk met de ene helft van zijn lichaam binnen en de andere buiten het raam. Toen drukte hij zijn schouder met alle macht één, twee, drie maal tegen de tralies en zijn arm schoot uit de kom, hetgeen hem meer dan genoeg ruimte verschafte. Hij wrong zijn tweede arm naar binnen. Toen waren er niet meer dan een paar slangachtige bewegingen nodig voordat Houdini's voeten door het raam naar binnen schoven en uit het gezicht verdwenen.

Lovecrafts hoofd lag in een plasje van zijn eigen urine, zijn ogen glazig en star. Diep in de roerselen van zijn brein dobberde zijn gezonde verstand rond als een speelgoedbootje in een orkaan. Zijn paniek en afgrijzen, samengevoegd met een toch al fragiel mentaal zenuwgestel, voerden hem tot aan de grens van de waanzin. Toch klampte hij zich vast aan een laatste draadje realiteit en spitsten zijn oren zich bij elk geluid. In de aangrenzende cel masturbeerde een idioot op het fluitende geruis van zijn eigen hese gefluister. Ergens verderop in de gang snikte een andere patiënt in een kussen.

Lovecraft dacht aan Angell Street en East Providence, zijn geliefde thuis. Hij dacht aan de stilte in die straten om twee uur 's nachts, wanneer hij de verstikkende grauwheid van zijn kamertje in het huis dat hij deelde met zijn tantes verliet en de vochtige frisheid van de lucht van Rhode Island proefde. Terwijl hij door dat desolate dorp wandelde, dacht Lovecraft na over de sterren en hun geheimen – geheimen die hij zijn leven lang zou trachten te ontsluieren. Hij dacht aan moeder – haar knappe, vragende ogen en haar nerveuze overdreven adoraties: die kleine bevende handen met hun tot bloedens toe afgebeten nagels. Haar syfilitische vader was niet meer dan een wrede boeman die in zijn precognitieve geheugen was blijven steken en zich in Lovecrafts leven alleen nog manifesteerde als de bazelende gruwel van zijn rusteloze dromen.

Lovecraft knipperde met zijn ogen. Iets had zijn geest teruggelokt naar het heden. Hij spitste zijn oren. Daar. Niets. Geen geluid. Dat was het probleem. Zelfs de rukker had zijn activiteiten gestaakt. Ze wachtten allemaal af. Het was net een woud waarin de insecten zijn opgehouden met gonzen. Daaraan kon je merken dat er monsters in de buurt waren, als het gegons ophield.

Toen hoorde Lovecraft het. Een voetstap. Toen nog een. Iets zwaars. Lovecrafts mond viel open, maar alleen een hese snik ontsnapte aan zijn keel. De voetstappen kwamen naderbij. Lovecrafts lip trilde. Hij was slecht op de dood voorbereid. En zeker op een gewelddadige dood, wat dit vast en zeker zou worden. Hij klemde zijn kaken op elkaar toen de voetstappen steeds luider werden en vervolgens voor zijn celdeur stilhielden.

Sleutels kletterden tegen elkaar en een werd er knarsend in het slot gestoken. Lovecraft sperde zijn ogen wijdopen. De grendel werd teruggeschoven en de roestige scharnieren kreunden.

Morris kwam binnen.

Zijn loopje was achteloos, bijna ongeïnteresseerd. Hij draaide zich om en deed de deur dicht, waarbij de bijl langs zijn zij bungelde. Hij snoof en trok een grimas, rochelde en spuwde op de stenen vloer. Lovecraft deinsde achteruit en Morris klemde zijn hand om de steel van de bijl.

Zijn instincten namen de macht over toen Lovecraft zich in een hoekje zo klein mogelijk maakte. Elke spier spande zich als voorbereiding op een flink aantal klievende, meedogenloze slagen. Morris zwaaide de bijl in een wijde boog achteruit en Lovecraft gaf een gil.

Maar de klap kwam nooit aan.

Morris keek naar zijn lege handen. Hij keerde zich om.

Houdini omklemde de bijl. 'Neem me niet kwalijk. Is hij van u?' Toen bewoog Houdini het platte uiteinde van de bijl omhoog en onder Morris' kin. Morris' hoofd schoot achterover en tollend belandde hij in de hoek van de cel.

Toen giechelde Lovecraft. Het gegiechel werd gegrinnik. Vervolgens zwol het gegrinnik aan tot luidruchtig gegnuif dat op zijn beurt weer ontaardde in hysterisch gelach.

Houdini bleef een ogenblik stilstaan en keek even naar Lovecraft die gierend van de pret over de grond rolde. Hij zuchtte. 'Ongeveer wat ik had gevreesd.' Hij pakte de riemen van het dwangbuis, tilde Lovecraft hardhandig op van de grond en smeet hem op het bed.

Lovecraft bleef doorlachen, waarbij de tranen over zijn wangen biggelden.

Houdini ging snel in de weer met de gespen van het dwangbuis. 'Blij te zien dat we zo vrolijk gestemd zijn.'

Voor de buitendeur van de inrichting floot Parks tussen zijn tanden toen een welgevormde zwarte vrouw, met een sjaal om haar blote armen en schouders geslagen, op hen toe kwam kuieren.

Seamus zette zijn borst op. 'Je bent toch niet aan het werk, hè, snoezepoes?'

'Ik maak gewoon maar een ommetje, meneer. Ik doe geen vlieg kwaad.' De vrouw bleef stilstaan, plaatste een voet op het hek, trok haar rok op en wreef over haar kuit. 'Mmmm, ik ben hartstikke moe in mijn benen.' Ze liet een luie, dromerige blik over de mannen tegenover haar glijden. 'Goh, die uniformen die jullie dragen vind ik hartstikke tof. Ik ben niet uit op moeilijkheden, hoor, heren.'

Parks keek Seamus veelbetekenend aan. 'Ik heb misschien wel een ideetje hoe we dit naar ieders tevredenheid kunnen oplossen.'

'Ik heb die administratieve rompslomp ook liever niet,' deed Seamus een duit in het zakje.

'Op zo'n koude nacht?' zei Parks, terwijl hij verlekkerd naar de vrouw keek. 'Als jij de jongens gratis een beetje opwarmt, kunnen we het deze keer misschien wel over onze kant laten gaan.'

'Nou, ik wil deze nacht beslist niet in de cel doorbrengen.' De hoer kuierde vlak langs Parks en streek hem met haar vinger onder zijn magere kin. 'Laten we naar de overkant van de straat gaan waar het licht niet zo fel schijnt, oké?'

Parks sjorde aan zijn broek en keek Seamus grijnzend aan. 'Pas jij even op de winkel, maat.'

Seamus keek beteuterd.

'Nee, nee. Laat je vriend maar meekomen.' De vrouw glimlachte naar Seamus en deed zijn hart in zijn keel kloppen. 'Kom, bolle. Het is koud vannacht.

Toen stak ze heupwiegend voor de agenten de straat over.

Parks stootte Seamus lachend aan. 'Ja, kom op, bolle.'

'Houd je smoel,' beet Seamus hem toe en met ingehouden buik liep hij achter hen aan.

Plotseling hoorden ze geweerschoten en bleven als aan de grond genageld staan. Ergens in de inrichting klonk het geluid van brekend glas.

Parks' hand ging naar zijn .38.

Seamus trok zijn pistool, rende naar het toegangshek toe en liet in paniek de sleutels vallen. 'Ik heb ze al weer!' riep hij. Hij graaide op de grond, raapte de sleutels op en stak ze met trillende handen in de hangsloten. De sloten gingen open. Parks duwde Seamus opzij en schopte de poorthekken open.

Geen van beiden had in de gaten dat de prostituee bitter vloekend was verdwenen.

Houdini stortte zich tegen de deur van het trappenhuis toen de kogels afketsten op het staal en het glas aan scherven schoten.

In de hal bevonden zich drie New Yorkse politieagenten en een oudere bewaker, gewapend met een geweer. Verdekt opgesteld achter de receptiebalie vuurden ze een salvo van kogels af op de deur van het trappenhuis.

Aan Lovecraft had je niets; die stond giechelend in zijn hand onderuitgezakt tegen de muur.

'Wat krijgen we nu?' luidde Houdini's retorische vraag.

Achter hem hoorde hij het gebonk van luide voetstappen. Morris was in aantocht.

Houdini bestudeerde de deur. Hij trok de lange pen uit het onderste scharnier. 'Oké... ja...'

Morris schaduw schoof over de muur.

Houdini rukte de pen uit het bovenste scharnier. De deur begon mee te geven.

Houdini trok Lovecraft aan zijn boordje overeind. 'Opletten, mafkees.'

Tranen van plezier biggelden langs Lovecrafts wangen. Zijn mond stond open, maar hij was buiten adem.

'Als ik je zeg dat je door de hal naar de trap moet rennen, doe dat dan. Wacht geen moment. Heb je dat begrepen?'

Lovecraft gaf geen antwoord.

'Goed dan. Blijf jij maar hier en laat je overhoopschieten, het zal mij een zorg wezen. Maar ik maak dat ik wegkom.' Houdini draaide zich om en tilde de deur los van de scharnieren. Kogels knalden ertegenaan. 'Nu,' schreeuwde Houdini en hij sprintte, de deur voor zich houdend, de hal in.

Houdini gleed de deurknop vastklemmend, over de marmeren vloer en het scheen dat Lovecraft verstandig genoeg was om die als dekking te gebruiken. Hij rende naar het trappenhuis zoals hem was opgedragen.

Houdini's deur hield de kogels tegen. Toen zwaaide hij de deur in de richting van de receptiebalie.

De bewakers hielden op met schieten en wachtten af wat hij vervolgens zou doen.

In de tussentijd viel Houdini aan, sprong op de balie en ramde de onderkant van de deur tegen de voeten van de politieagenten. Vervolgens sprong hij van de balie en bewoog de deur snel heen en weer waarmee hij de vuurwapens van de politiemannen omhoogmepte zodat zij op de boven hen hangende kroonluchter schoten.

De kogelregen vernielde de haak waarmee de kroonluchter aan het plafond bevestigd was en maakte dat er veertig kilo aan glas en staal omlaag stortte.

De politieagenten zochten ijlings een veilig heenkomen, terwijl Houdini rechtsomkeer maakte en de trap op snelde naar de eerste verdieping. Kogels ketsten af op de marmeren trapleuning en contrasteerden met het geklik van Houdini's schoenen.

De metalen deur naar het dak week terug en barstte open. Houdini duwde Lovecraft voor zich uit en sprong moedig op de dakrand. De boomtoppen waren te ver weg om een sprong te wagen. Doch dikke telefoonkabels liepen van het dak van de inrichting over het omheinde terrein naar de volgende telefoonpaal in Twenty-third Street.

'O goede genade,' fluisterde Houdini toen hij de lengte van de draden schatte. Hij wendde zich weer tot Lovecraft die hulpeloos op de grond zat.

Hij wierp een blik op de brandtrap achter hem en zag diverse politieagenten snel omhoogklimmen. Een revolver glom en ging af. Houdini dook weg toen een kogel afketste op de metalen reling.

Na te hebben besloten wat hem te doen stond, snelde Houdini terug over het dak en trok Lovecraft overeind. 'Jij doet precies wat ik zeg en wanneer ik het zeg,' siste hij. 'Begrepen? Zonder te aarzelen. Als we aarzelen gaan we eraan.'

Uit zijn ooghoeken zag Houdini Morris uit de schaduw van het trappenhuis opduiken, met de bijl in de aanslag.

Houdini gaf Lovecraft een mep op zijn rug. 'Ren naar de dakrand toe. Nu!' Lovecraft strompelde naar de rand terwijl Houdini naar het trappenhuis toe rende. Morris kwam stampend de trap op en wilde al uithalen met zijn arm. Houdini greep de stalen deur en ramde die in Morris' gezicht terwijl het blad van de bijl de deur spleet en slechts enkele centimeters van Houdini's neus stilhield. Hij deinsde snel achteruit en trapte zijn schoenen uit. Morris probeerde zijn bijl uit de deur los te wrikken en ondertussen had Houdini zich al omgedraaid en rende hij als een pijl uit de boog naar de dakrand.

Hij pakte Lovecraft bij zijn nekvel, sloeg een arm om zijn middel en bewoog hem dichter naar de telefoonkabels toe.

'Lopen jij,' snauwde Houdini en hij volgde Lovecraft als een schaduw. 'Loop over die draden heen. Ik houd je wel vast.' Lovecraft kreunde en deed een halfslachtige poging om aan Houdini's greep te ontsnappen, maar Houdini verstevigde zijn greep. 'Lopen, anders smijt ik je hoogstpersoonlijk zelf van het dak.'

Morris denderde puffend op hen af. Het bijlblad schraapte over het grind.

'Nee,' jammerde Lovecraft toen Houdini zijn voet en knie gebruikte om Lovecrafts voet op de telefoonkabel te duwen.

'Ik houd je vast. Ontspan je.' Houdini duwde Lovecrafts voet verder naar voren. 'Als je je verzet gaan we er allebei aan. Plaats je voeten op de mijne.'

Morris hief de bijl op om nogmaals toe te slaan. Het blad zwiepte langs de hemel en vormde een silhouet tegen de halve maan.

Houdini strekte, bleek van angst om Morris' aanval, zijn nek uit en stapte volledig op de kabels. 'Ik heb je vast, Howard, ik heb je vast.'

Lovecraft jammerde. Maar het zaad van zelfbehoud kiemde nog steeds ergens tussen het kreupelhout van zijn geest — voldoende om hem te laten doen wat Houdini hem opdroeg.

'Goed, Howard. Heel goed. Ja ja, zo gaat het goed.'

Houdini's been schoof zacht in een wijde cirkel langs dat van Lovecraft om, hoog boven de bomen, op de draden te gaan staan.

'We blijven niet stilstaan, Howard. Doe gewoon je ogen dicht. Ik loop wel. Dat is het, ja. Zo gaat het goed.'

Houdini en Lovecraft schuifelden, dertig meter boven het beton verder. Dierlijk gekreun klonk op uit Lovecrafts mond.

De bijl van Morris sneed diep door de telefoonkabels en de vonken sprongen ervan af. Zijn zware rubberen handschoenen behoedden hem voor schokken.

Twee strengen van de kabel schoten onder de voeten van Houdini en Lovecraft uit.

'Moeder, moeder,' kermde Lovecraft.

Houdini boog door zijn knieën om te proberen de trillende kabels stil te houden. Ze waren op nauwelijks eenderde van de overkant. En wat nog erger was, op een grasachtige open plek, voorbij de berkenbomen bij het hek van de inrichting stond een kluitje politieagenten met getrokken revolvers te wachten tot Houdini binnen schootsafstand was gekomen.

Houdini dacht na over de bruikbaarheid van deze stunt in een van zijn volgende shows – aangenomen dat ze het zouden overleven, natuurlijk. Nadat hij zijn evenwicht had teruggevonden, omvatte hij Lovecraft stevig en spreidde zijn armen wijd uit zodat zij beiden in balans bleven. Middernachtelijke winden ranselden hen. 'Heel goed, Howard. We zijn er bijna. Houd je ogen dicht. We maken goede vorderingen.'

Morris zwaaide wild met de bijl. Het blad sneed door meer kabelstrengen. Vonken regenden op het gazon.

Kabelstrengen werden door de wind meegevoerd en wapperden lui boven het gazon. De politie snelde weg om aan de elektriciteit spuwende stroomdraden te ontsnappen.

'Aaaah! God! Ohhh!' Lovecrafts voet maakte zich los van de voet van Houdini en tastte naar de kabels maar vond slechts lucht. Zijn lichaam helde over naar rechts.

Houdini greep Lovecrafts pols en gooide zijn volle gewicht in de tegenovergestelde richting. Daar hingen ze een ogenblik, als een of ander bizar beeldhouwwerk van geïmproviseerde chaos: Lovecraft die naar de ene kant overhelde en Houdini naar de andere. Opnieuw wist Houdini hun evenwicht te herstellen. Maar ze hadden nog maar weinig over om op te lopen. Van de oorspronkelijke kabel waren nog maar enkele strengen intact.

Op het dak hadden zich meer politieagenten verzameld. Ze namen hun posities in en legden aan. De lopen van hun pistolen braakten vuur.

De kogels floten langs Houdini's hoofd: eentje schampte de mouw van zijn hemd. Houdini juichte triomfantelijk. 'Uit de kunst! Ha-ha. Dit is toch minstens zo mooi als in een ton de Niagara Watervallen af, toch? Niet dan?' Houdini pakte Lovecraft bij zijn schouders.

'Niet schudden,' smeekte Lovecraft.

'Heb jij *Man of Mystery* gezien, Howard? Herinner je nog die ton over de watervallen?' Houdini schoof afwisselend hun linker- en hun rechtervoeten voorwaarts over de deinende kabels.

'Man, wil je nou alsjeblieft je kop houden en je concentreren?'

Toen Houdini en Lovecraft, halverwege hun doel, de bomen passeerden, opende de politie het vuur.

'Aaaah! Breng me terug. Breng me gewoon maar terug naar waar je me hebt gevonden.' Lovecraft trok met een ruk zijn hoofd in om de langsfluitende kogels te ontwijken.

'Klets niet, man. En zo'n gezellig wandelingetje verpesten? Volle kracht vooruit, ha-ha!' Houdini keek om en zag dat Morris de bijl ophief voor een laatste uithaal. 'Hmm.' Hij keek omlaag naar de twee overgebleven kabelstrengen. 'Hmm.'

'Help me,' schreeuwde Lovecraft de politie toe.

Houdini fronste zijn voorhoofd. 'Nou, dat vind ik niet eerlijk van je.' Het was niet duidelijk wat hem meer plezier deed: Lovecrafts martelgang of het feit dat hij de dood recht in de ogen keek. 'Weet je, Howard, we zouden echt vaker met elkaar moeten optrekken. Ha-ha!'

'Mij hebben ze opgesloten, maar jij bent de gek,' bracht Lovecraft haperend uit.

'Zo is het maar net.'

Drie meter voor hen barstte een kabelstreng die door een kogel werd doorkliefd.

Houdini zwaaide met zijn armen om hen in evenwicht te houden. Lovecraft gaf een oorverdovende gil.

Op het gazon beneden hen bleef de oudere bewaker stilstaan om zijn geweer te herladen. Toen hij in zijn zakken naar patronen tastte, draaide hij zijn hoofd om bij het horen van galopperende paardenhoeven en piepende wielen. Naderbij. Steeds dichterbij. De ogen van de bewaker werden groot van schrik en hij kon nog maar net wegduiken. 'O god!'

Onder de aanmoedigende kreten van de koetsier zwaaiden de hekken van het Bellevue open en raasde er in een noodvaart een door snuivende paarden getrokken taxikoets naar binnen. Doyle liet met zijn ene hand de zweep knallen en zwaaide met de andere zijn wandelstok heen en weer. De stok hanterend als een polostick hakte hij met de gouden knop in op de koppen van de verblufte politieagenten. Er werd geschoten en lichamen zegen ineen. De paarden wierpen aardkluiten op terwijl ze de koets in een wijde bocht meetrokken en op de laatste politiemannen afstormden.

Hoog boven hen doorkliefde Morris' bijl de laatste strengen van de telefoonkabels.

Houdini klemde zijn arm om Lovecrafts middel en greep de draad toen hij wegviel van onder hun voeten. Hun lichamen tuimelden, onder luid gegil van Lovecraft, omlaag. Houdini had de kabel nog vastgeklemd toen Doyle de koets liet wenden om evenwijdig aan hun val te komen. Hun benen raakten de grond, maar toen trok de kabel hen met een ruk weer de lucht in. Houdini liet los. Ze vlogen door de lucht en smakten vervolgens door het dunne dak van de gestolen koets en landden naast een doodsbang stelletje dat duidelijk een eerste afspraakje had.

De snor van de man trilde en hij wees op Houdini. 'Bent u niet –?'

Buiten het hek gekomen, liet Doyle de paarden stilhouden en stak hij een hand uit naar Marie, die naast hem op de bok sprong. 'Naar Crow's Head, dan maar?' vroeg hij.

De portieren gingen open en de man en de vrouw werden eruit gelaten. En in een stortvloed van modder en galopperende hoeven raasde de koets de nacht in.

19

Crow's Head – Konstantin Duvalls Noord-Amerikaanse landgoed – lag op een beboste heuvel in Tarrytown op nauwelijks veertig minuten afstand van Manhattan. Het was meer een kasteel dan een huis – een schitterend gotisch Victoriaans bouwwerk van bewerkt marmer dat was ontworpen om Walpoles huis in Strawberry Hill naar de kroon te steken. Het tekende zich af tegen de nachtelijke hemel en je kon niet meer onderscheiden dan de hoog oprijzende middeleeuwse torens en de glinstering van het maanlicht dat werd weerkaatst door de glas-in-loodramen.

Verharde wegen waren eerder uitzondering dan regel in Tarrytown en iedereen in de koets zat onder de blauwe en zere plekken toen de paarden de onder klimop schuilgaande hekken van het landgoed bereikten.

Voor het eerst in twaalf jaar stond het Arcanum op de drempel van Crow's Head. Het moment ademde iets gewijds en niemand zei iets toen de dubbele deuren kreunend openzwaaiden.

Doyle dacht dat hij het opgewonden gefluister van spoken kon horen toen hij een eerste stap naar binnen zette en de anderen zijn voorbeeld volgden. Hij streek een lucifer af en de vonk zette een spinnenweb in lichterlaaie. Ze keken allen toe hoe het rag tot boven aan het plafond opbrandde als een piepkleine oranje komeet.

Toen Doyle zich omdraaide viel het licht op een klauwende roofvogel. Hij deinsde achteruit, maar het was slechts een bronzen beeld van een aanvallende uil die zich stortte op een konijn met ogen die uitpuilden van angst.

In de centrale hal zwenkten monumentale trappen naar links en naar rechts als getrapte watervallen en zij nodigden de dapperen uit naar de bovenliggende etages te komen, waar een balzaal stil als een graftombe en tientallen ongebruikte slaapkamers hen wachtten.

In de eetzaal en de salon beneden die verscholen in duisternis waren gehuld, nodigden de met de hand bewerkte fauteuils en tafels van rozenhout uit tot een samenzijn onder de Tiffany kroonluchters.

Geen levende ziel, met uitzondering van de overdaad aan spinnen, had in jaren door het huis gedwaald en hun webben hingen in vochtige plooien in alle hoeken en gaten. In de enorme bibliotheek overspande een ononderbroken net van spinnenwebben de gehele ruimte, terwijl een halve centimeter dikke deken van stof met de kleur van vieze sneeuw de planken, boeken en vloeren bedekte.

Lovecraft wankelde, maar Doyle greep hem vast. Tegen de anderen zei hij: 'Probeer een haard aan te steken. Ik bekommer me wel om Howard. Achter het huis is een waterput. Misschien kunnen we een bad voor hem klaarmaken.'

Twee uur later was het Arcanum bijeengekomen in de bibliotheek, hoewel Lovecraft zich nog niet bij hen had gevoegd. Een knappend haardvuur zorgde voor een kleine lichtkring. Ze zaten dicht bijeen en voelden zich klein tegenover het gigantische gordijn van spinnenwebben dat van de vloer tot het plafond reikte en de hoog boven hen uit torenende boekenkasten.

Doyle nam een trekje van zijn pijp en besloot zijn verhaal. 'Ik besef dat ik, in mijn grote haast, de zaak alleen maar erger heb gemaakt.'

Marie staarde in de schaduw en luisterde aandachtig. Houdini keek ondertussen met een gretige uitdrukking op zijn gezicht tegen een tien meter hoge boekenkast op. Niettemin zei hij: 'Nee, je hebt je kranig geweerd, Doyle. Ik vond het vooral in je te prijzen dat je die politiemensen te lijf ging nadat je er wel voor had gezorgd dat ze wisten wie je was. Dat is uit de kunst. Het geeft geen pas om het die jongens al te moeilijk te maken.'

'Hij beseft heus wel wat hij heeft gedaan. Hou daar nu maar over op,' berispte Marie hem.

Doyle negeerde Houdini en hield de Romeinse munt in het flakkerende licht van het haardvuur. 'Ze stonden op het punt me te laten gaan, maar dit leek hen op andere gedachten te brengen. Ik vraag me af waarom.'

'Wie zou Howard erin willen luizen?' vroeg Marie.

'Vijanden van Duvall, wellicht, of van het Arcanum?' antwoordde Doyle.

'Of misschien,' zei Houdini, 'is Howard eindelijk krankzinnig geworden. We weten allemaal dat die mogelijkheid bestaat. Misschien is er een steekje aan hem los. Misschien loopt hij met molentjes.' Houdini keerde zich tot Doyle. 'En misschien, heel misschien,was Duvalls dood uiteindelijk toch niet meer dan een verkeersongeluk.'

'Maar hoe zit het dan met het Boek?' vroeg Doyle.

'Wat is daarmee? Wie zal het zeggen? En wie kan het wat schelen?'

'En hoe zit het met Maries visioen?'

'Marie ziet de hele tijd dingen. Godallemachtig, ze denkt zelfs dat er boze geesten in de telefoon wonen.'

Marie trok haar wenkbrauwen op en haalde haar schouders op.

Doyle glimlachte. 'Moet je nou altijd zo sceptisch doen, Houdini?'

'In dit gezelschap is dat van vitaal belang.'

'Harry zou wel eens gelijk kunnen hebben,' zei Marie, tot Doyles verbazing. 'Natuurlijk heeft hij dat niet, maar ik wil alleen maar zeggen dat het niet geheel ondenkbaar is.'

'Dank je,' zei Houdini met een stalen gezicht.

'Kijk, zelfs als Howard zo dol als een draaideur zou zijn,' vervolgde Marie, 'is hij niet bij machte mensen te vermoorden terwijl hij achter slot en grendel zit. En dat is nu precies wat er gebeurd is. Er is weer iemand vermoord. En dat kan Howard Lovecraft onmogelijk hebben gedaan.'

'Hoe weet je dat?' vroeg Doyle, terwijl hij zijn pijp weer aanstak.

Marie grinnikte. 'Je zou vreemd opkijken als je wist hoeveel mensen zich met geesten bezighouden, Arthur. Mensen van wie je het nooit zou verwachten. En geruchten verspreiden zich.'

'Nou, als het een of ander spook uit het verleden is, waarom laat het zich dan niet gewoon zien zodat we weten waar we aan toe zijn?' mopperde Houdini.

'Wees voorzichtig met wat je vraagt,' zei een stem.

Ze keken allemaal in de richting van de deur.

Lovecraft stond onder de overwelfde doorgang, met op zijn neus een bril met ovale glazen. Om zijn hoofd had hij een handdoek gedrapeerd die hij onder zijn kin had vastgeknoopt. Zijn gewoonlijk bleke gelaat was roze gekleurd waar hij het had geboend met staalwol, bleekwater en zeep. Na een ogenblik voegde hij eraan toe: 'Ik voel me nu een stuk beter.'

In de haard knapte een spaander.

Doyle keek de anderen ongemakkelijk aan. 'Dat is geweldig, Howard.'

'En wat jullie ook van me mogen denken, ik ben geen moordenaar,' voegde Lovecraft er defensief aan toe.

Houdini sloeg zijn armen over elkaar. 'Ik speculeerde maar wat, Howard. Vat toch niet altijd alles zo persoonlijk op.'

Marie grinnikte.

'Dat weten we, beste jongen. Maar wat we niet weten is waarom. Waarom werd jij ervan beschuldigd?' Doyle gebaarde naar Lovecraft dat hij er bij moest komen zitten.

Lovecraft liep stijfjes naar een van de rozenhouten fauteuils. De afgelopen dagen – met name de laatste paar uren – hadden duidelijk hun tol geëist. Hij trok de handdoek van zijn hoofd, vouwde hem langzaam op en drapeerde hem vervolgens over de leuning van de stoel. Toen probeerde hij zijn haar met de gebruikelijke scheiding in het midden plat te strijken.

Doyle klopte zijn pijp uit in de open haard terwijl zij wachtten tot Lovecraft het woord zou nemen.

'Ik weet niet wie,' zei Lovecraft ten slotte. 'Maar ik denk dat ik wel weet waarom.'

'We tasten volkomen in het duister, Howard, laat jouw licht er eens over schijnen. Help ons er iets van te begrijpen.' Doyle kwam van de haard naar hem toelopen en legde een hand op Lovecrafts schouder.

'Vertel nou maar op waar het op staat,' zei Houdini op bijtende toon.

Lovecraft beet op een vingernagel. 'Waar zal ik beginnen? Ach, ik denk dat ik net zo goed bij het begin kan beginnen. Maar in dit geval moeten we daarvoor ver terug in de geschiedenis, terug naar de dagen van Enoch de profeet.' Alle aanwezigen keken Lovecraft met een nietszeggende blik in hun ogen aan. Geduldig vervolgde hij zijn verhaal. 'Enoch was de achter-achter-achter-achter-kleinzoon van Seth en de vader van Noach. Bovendien was hij speciaal door God uitverkoren om Zijn Woord te interpreteren. Het gevolg van hun samenwerking was een boek – een heel controversieel boek. Een boek dat een tijdlang het derde testament van de bijbelse drie-eenheid vormde. In de numerologie is drie – de drie-eenheid – een uiterst invloedrijk cijfer. En drie keer drie is natuurlijk negen, en negen is het meest –'

'Begin niet over die getallenleer. Dat kan ik niet uitstaan,' snauwde Houdini.

'Wiskunde is de universele taal,' bracht Lovecraft ertegenin.

'Dat kan best zijn, maar wij spreken die taal geen van allen; beperk je dus tot onze moedertaal.'

'Houdini, doe me een lol,' zei Doyle. 'Howard, we weten dat het Boek belangrijk is. We weten dat het mede heeft bijgedragen tot het uitbreken van de Grote Oorlog en ik geloof dat we er allemaal van overtuigd zijn dat Duvall daarom is vermoord. Wat we nog steeds niet begrijpen is waarom.'

'Ik ben geen deskundige op dat gebied,' stamelde Lovecraft. 'Mijn kennis vertoont hiaten, maar… Op het eerste gezicht handelt het Boek van Enoch over de Val van Lucifer. De oorlog tussen Duisternis en Licht. Heeft iemand enig idee waar het in die oorlog om ging?'

Houdini keek naar Doyle die zich tot Lovecraft wendde. 'Trots?'

'Ja, trots, ijdelheid en van die dingen – maar ik probeer het zo duidelijk te formuleren als maar mogelijk is bij dit soort dingen.' In weerwil van zijn prille leeftijd leek Lovecraft plotseling wel een man van tachtig, gepokt en gemazeld onder het gewicht van zijn kennis. 'Toen God, volgens de vroegste bijbelteksten, de mensen schiep, had hij legers engelen nodig om de mensheid te leiden en te leren hoe men diende te leven, hoe men zich met onze nieuwe wereld moest verhouden. Maar hoe dichter die engelen bij de materiële wereld kwamen, hoe meer zij erdoor in verzoeking werden gebracht. Totdat hun lustgevoelens hen uiteindelijk – heel onverwacht – te machtig werden.'

Lovecraft legde een afgebeten vingernagel op de armleuning van de stoel om die voor later te bewaren. 'De engelen gaven zich over aan lage lusten en deze versmelting van het spirituele en het materiële werd beschouwd als een gruwel in Gods ogen. En uit deze ouders werden uiterst weerzinwekkende nakomelingen geboren: groteske reuzen die de Nephilim werden genoemd. In het verhaal van David en Goliath maakte Goliath bijvoorbeeld deel uit van de Nephilim. Maar misschien nog wel erger waren de geheimen die aan de mensheid werden meegedeeld door deze… laten wij het gevallen engelen noemen. Technologische geheimen. En magie. En wapentuig. En oorlogsvoering. En aan het hoofd van deze orde stond Lucifer, Gods meest vertrouwde dienaar. Het verraad was gewoon te omvangrijk. Gods grootse experiment werd vernietigd en Hij besloot daar een stokje voor te steken. Legers engelen werden gestuurd om de Nephilim en Lucifers corrupte legioen te verslaan en de wereld ontaardde in chaos. Maar Lucifers legers waren sterk en Lucifer besloot dat hij – en hij alleen – over het Koninkrijk der Hemelen behoorde te heersen. God besefte dat er van overleg geen sprake kon zijn, dat voor zijn geliefde Lucifer een vreedzame overgave uitgesloten was. Geen te-

124

rugkeer tot de kudde. En uit dat besef werd Satan geboren.' Lovecraft wachtte even en het enige geluid dat de kamer vulde was het geknisper van het haardvuur.

Ten slotte zuchtte Lovecraft. 'Weet je, Lucifer was aan de winnende hand. Hij had de verleiding aan zijn zijde. En hoe dichter de engelenscharen bij de aarde kwamen, hoe meer zij daarnaar hunkerden. Want de geest verlangde net zozeer naar het materiële als het materiële naar het geestelijke. Gods schepping sloeg op hol. De vrije wil verwoestte alles. Nu moest God met Zijn eigen tekortkomingen afrekenen.'

Doyle herinnerde zich die uitspraak nog van die gedenkwaardige avond in Beieren. 'Gods fouten,' fluisterde hij.

'Zo lang Lucifer een engel was,' vervolgde Lovecraft, 'vormde hij een bedreiging voor de troon van God. Zo lang hij zich op het spirituele vlak kon begeven was hij een gevaar. Dus verstootte God hem in Zijn toorn. In zekere zin sneed Hij de navelstreng met het goddelijk door, en vanaf dat moment stond Lucifer bekend als de Grote Vijand – Satan. Hetzelfde lot was de andere gevallen engelen beschoren, uit vrees dat zij zouden terugkeren om de Hemelse Heer te bezoedelen en Gods Koninkrijk te tarten. Maar zelfs toen Lucifer was weggestuurd, waren er nog problemen waar God mee diende af te rekenen. Zoals wij allen weten is verleiding een ziekte en die verspreidde zich. De Nephilim vermenigvuldigden zich en dreigden de mensheid te overweldigen. Het gehele experiment van de Schepping kwam in gevaar. Eén gruwelijke remedie was noodzakelijk.' Lovecrafts lippen krulden zich tot een ijle glimlach. 'Maar door die oorlogsdampen kon zelfs God niet alle gevaren onderscheiden.'

'Op welke wijze werden Lucifer en zijn gevallen engelenscharen verstoten?' vroeg Doyle.

'Dat is een mysterie,' antwoordde Lovecraft, na over die vraag te hebben nagedacht. 'Het exacte mechanisme is niet duidelijk.'

'En beweerde jij niet dat Enoch de vader van Noach was?' vroeg Doyle.

Houdini zakte naast Marie op de bank onderuit. 'Maak me maar wakker als het is afgelopen,' zei hij.

Lovecraft negeerde hem. 'Enoch was de favoriete profeet en in sommige gevallen op de hoogte van Gods besluiten. Daardoor was Enoch in staat zijn zoon Noach te waarschuwen dat God een zondvloed voorbereidde om de aarde te zuiveren van Zijn aberraties. En dus bouwde Noach een groot schip voor alle prachtige dieren.'

'En de Nephilim werden uitgeroeid,' concludeerde Doyle.

'Ja, dat werden ze. O, een paar zijn door de mazen van het net geglipt, maar daar hebben de Israëlieten een paar honderd jaar later mee afgerekend.' Lovecraft deed er opnieuw het zwijgen toe, maar die ijle glimlach speelde nog steeds om zijn mond.

Doyle liet zich geen zand in de ogen strooien. Hij wist dat elk stilzwijgen van Lovecraft een betekenis had. 'Ik neem aan dat je je realiseert dat je onze vragen volledig omzeild hebt.'

'Heb ik dat?' vroeg Lovecraft alsof hij van de prins geen kwaad wist. 'Tja, misschien stellen jullie dan niet de juiste vragen.'

'Laten we hem toch terugbrengen naar het Bellevue,' opperde Houdini, zijn ogen nog steeds gesloten.

'Je maakt alle geesten in deze kamer van streek, Howard, met al dat geklets over het Boze. Kom terzake, *chère*, anders krijg je ze nog te horen ook.'

Lovecraft fronste zijn wenkbrauwen. 'Wat wil je dat ik zeg? Het Boek van Enoch is uitzonderlijk gevaarlijk. Ik heb je al eerder gezegd dat ik niet over alle antwoorden beschik.'

'Maar waarom dan toch, man? Is het om de waarde van het Boek op zichzelf? Of heeft het een verborgen betekenis die je ons niet uit de doeken doet?' vroeg Doyle.

Lovecraft bette het speeksel van zijn mondhoeken met een hoekje van de handdoek. 'De oorspronkelijke tekst is rond de dood van Christus zoek geraakt en dat gebleven tot 1765, toen James Bruce –'

'Ja ja, die Schot.'

'– naar Noord-Afrika reisde op zoek naar de legendarische Ark des Verbonds. Wat hij uiteindelijk in Ethiopië, dat toen nog Abessinië heette, boven water haalde was het Boek van Enoch – veel machtiger en stukken gevaarlijker.'

Houdini deed zijn ogen open. 'Zeventienhonderdvijfenzestig?'

Lovecraft deed net alsof hij lucht was. 'Naar verluidt gaf Bruce het Boek toen aan een eerbiedwaardige vertaler die Enochs woorden vanuit het Hebreeuws omzette in onze taal. Het Boek van Enoch werd toen verspreid onder enkele elite occulte gezelschappen. De Vrijmetselaars hadden een exemplaar. Hun twistzieke broeders, de Rozenkruisers, beschikten ook over de tekst.'

'Maar, Howard,' zei Doyle, 'die tijdsspanne klopt niet. Duvall heeft me ooit eens verteld dat –'

'Ach, ja, Duvall. Hij heeft op een gegeven moment beslag weten te leggen op het Boek van Enoch, nietwaar? Ik vraag me af hoe hij dat heeft geflikt?'

'Dit slaat nergens op.' Houdini wendde niet langer verveling voor maar zat zich nu openlijk kapot te ergeren.

'Natuurlijk bestaat altijd nog de kans – en dit is niet meer dan een persoonlijk vermoeden – dat het Boek misschien wel nooit uit handen van Duvall is geweest,' voegde Lovecraft eraan toe.

'Hij blijft maar in kringetjes rondkletsen en zegt helemaal niks, zo is dat. Als het gebral van de duivel,' zei Marie vol walging.

'Staak uw geweeklaag.' Lovecraft stond op en liep de kamer door. Hij greep een heel oude ladder, die op zijn vaste plek was begonnen te roesten en trok die met een harde ruk los. Toen schoof hij de ladder zo'n twaalf meter langs de wand en klom ertegenop tot bij de bovenste plank. Hij blies het stof van de boeken, hoestte en viel bijna van de ladder.

'Wat doet hij verdomme nou weer?' mopperde Houdini.

Doyle schonk Lovecraft het voordeel van de twijfel. 'Maar als er vertalingen van het Boek van Enoch in omloop waren...'

'Wat is er dan zo verdomd bijzonder aan?' maakte Houdini zijn zin af.

Lovecraft pakte een boek formaat kwarto uit de kast en bestudeerde het. 'Een deugdelijke Grolier-band.' Lovecraft daalde, onderwijl pratend, de ladder af. 'O, er waren inderdaad vertalingen; tientallen, minstens. Heel moeilijk aan te komen. Uiteraard had een elitegenootschap als het Arcanum een eigen exemplaar.' Toen zijn voeten weer op de begane grond stonden, klopte hij het stof van zijn mouwen en revers en kuchte een beetje. Toen hield hij het Boek omhoog. 'Hier heb je het. Eerste druk. Moet een aardige cent waard zijn.' Hij hield het Doyle voor. 'Wil je het soms inzien?'

Doyle stak zijn armen uit, maar op het laatste ogenblik wendde Lovecraft zich af en smeet het Boek in het vuur.

'Wat doe je nou?' riep Houdini uit en hij sprong op de haard af.

'Howard, ben je niet goed bij je hoofd?' stamelde Doyle.

'Het is waardeloos. Niets dan leugens.'

Het Boek vloog in brand.

Houdini stoof op Lovecraft af, pakte hem bij zijn schouders en schudde hem door elkaar. 'Wat is er verdomme loos met jou, man?'

Lovecraft zuchtte. 'Konstantin Duvall was James Bruce, stelletje imbecielen.' Hij wrong zich los uit Houdini's greep. 'Of Bruce was Duvall. Kies zelf maar uit.'

'Maar dat is onmogelijk,' bracht Doyle met moeite uit. 'Dat zou bete- kenen dat Duvall –'

'Heel oud is geworden, ja. Toch schijn je niet wakker te liggen van het feit dat die daar' – Lovecraft gebaarde in de richting van Marie – 'in 1827 geacht wordt te zijn geboren, of wel soms? De Kinderen van de Myste- riën leven volgens andere wetten, Arthur. Dat zou jij toch moeten weten.'

Houdini had zich weer enigszins hersteld. 'Waren die vertalingen ver- valsingen?'

Lovecraft knikte. 'Er is slechts één Boek van Enoch. Bekijk het vanuit het oogpunt van Duvall. In hemelsnaam. We hebben die man allemaal persoonlijk gekend. Hij was dol op geheimen. En hier waren de woorden van God, die de mensheid millennia waren onthouden en hij had ze in zijn bezit. Maar hoe kon hij daar goede sier mee maken? Hoe kon hij daarover opscheppen als niemand van zijn triomf mocht weten? Het ant- woord luidt: door bedrog. Verschaf ze wat informatie om hun begeerte op te wekken, maar houd de ware geheimen voor jezelf.'

'En hoe weet je dit allemaal?' vroeg Houdini.

'Hoe bevrijd jij je van handboeien?' kaatste Lovecraft terug.

'Maar Duvall is bij de Duitse keizer geweest en bij de tsaar en hun heeft hij verteld dat –' begon Doyle.

'Ja, dat heeft hij. De werkelijke, onuitsprekelijke waarheden van de Enochiaanse geschriften dwongen Duvall tot handelen. Want eindelijk drong tot hem door wat hij in zijn bezit had... en dat benauwde hem.'

Houdini liep met gebalde vuisten op Lovecraft af. 'En dat is?'

Lovecraft hief zijn handen op. 'Nu begeven we ons op het terrein van de speculatie – een gefundeerde gissing, maar evengoed een gissing.'

'Dat is ons duidelijk.' Doyles stem klonk grimmig.

'Er bestaat een stroming binnen de Enochiaanse magie die, voor een deel, is gebaseerd op de schrijfsels van de magiër John Dee, de hofastro- loog van koningin Elizabeth de Eerste. Dee beweerde dat hij via Edward Kelly, zijn medium, de taal der engelen had geleerd. Die stroming gaat ervan uit dat het Boek van Enoch één reusachtige code is, dat zijn ware inhoud verborgen ligt, ligt opgesloten in een geheime taal.'

'Maar wat houdt die in?' vroeg Marie.

'Dat weet ik niet. Ik ben geen kenner van de Enochiaanse magie.'

'Jij bent me er eentje, Howard, en ik heb je verschrikkelijk gemist. Doe me een groot plezier en bel me nog eens op als je weer in de stad bent en toevallig niet in het dolhuis zit. Doyle, mocht je me nodig hebben dan ben ik thuis, in mijn bedje.' Houdini stond op en verdween in het duister.

'Wacht eens,' riep Doyle op bevelende toon.

Houdini bleef halverwege de deur stilstaan. 'Ik heb meer dan genoeg gehoord, dank u zeer.'

Doyle liep naar Lovecraft toe, die ineenkromp. 'Wat bedoelde jij met "de oorlogsdampen", Howard?'

'Het is maar een theorie,' stamelde hij, zijn handen afwerend voor zich uitstekend.

'Het is allesbehalve dat en dat weet je heel goed. Nu dan, Duvall had een landkaart in zijn kantoor, een gedetailleerde wereldkaart, waarop de reizen stonden aangegeven van een groep die hij de "verloren stam" noemde. Wie zijn dat?'

Lovecraft deinsde achteruit toen hij dichter bij het vuur kwam. 'Dat heb ik je al verteld. Engelenscharen werden naar elke uithoek van de aarde gezonden.'

'Ja. En?' zei Doyle verbeten.

'Nou, die zijn er niet allemaal in geslaagd terug te keren naar de Hemel. Bovendien is niet elke engel gevallen. Dat bedoel ik te zeggen.' En Lovecraft sloeg zijn armen over elkaar.

'Wil je beweren dat die "verloren stam" eigenlijk een verdwaalde troep engelen is?' Doyles stem klonk geleidelijk aan gedempter.

'Iedere oorlog levert zijn vluchtelingen op, Arthur,' zei Lovecraft, op even gedempte toon.

'Wat een overstelpende hoeveelheid kletskoek,' barstte Houdini uit. Hij beende terug naar het licht van het haardvuur. 'Zondagsschoolgezwam.'

Lovecraft leek ineen te krimpen.

'Is dit het einde van het college, Howard?' vroeg Doyle.

'Ik heb je alles verteld wat ik weet… eerlijk waar. Maar mijn kennis is heel beperkt. Het Boek van Enoch is een van de meest krachtige relikwieën op aarde. Zoals ik al zei is er een hele magische theorie rond zijn geheimen ontwikkeld.'

'Je hebt het er goed afgebracht, Howard. Je hebt ons tot hier weten te brengen. Het heeft er alle schijn van dat we nu de hulp moeten inroepen van een deskundige op het gebied van Enochiaanse magie. Noem een naam.'

Lovecraft lachte, maar er klonk iets maniakaals door in zijn stem. 'O, ik wil jullie best een naam noemen… maar die zal jullie niet bevallen.'

'Voor de draad ermee,' antwoordde Doyle.

'Afgezien van John Dee zelf is hij de onbetwiste meester. Misschien zelfs deskundiger dan Duvall.'

'Wie?' vroeg Houdini, nu met oprechte belangstelling.

'Crowley.'

Maries ogen puilden bijna uit haar hoofd. 'Dat kun je niet serieus menen, Howard!'

Doyle was verbijsterd. 'Aleister Crowley?' Hij kreeg die naam maar nauwelijks over zijn lippen.

'Je bent echt gek geworden,' zei Houdini, volkomen ernstig.

'Jullie wilden een naam en die heb ik jullie genoemd,' kaatste Lovecraft terug.

'Ik zou een schorpioen nog eerder vertrouwen.' Houdini schudde zijn hoofd en keek Doyle aan om te zien of hij het met hem eens was. 'Wat jij, Arthur?'

'Waar bevindt hij zich?' vroeg Doyle aan Lovecraft.

'Hier,' antwoordde Lovecraft. 'In New York.'

'Vertel me nu niet dat je dit zelfs maar overweegt,' beet Houdini Doyle toe.

'Kunnen we hem bereiken?' vroeg Doyle vervolgens.

'Ik wel,' antwoordde Lovecraft.

'Doyle! Wij weten niet eens of hij niet degene is die hierachter zit,' riep Houdini uit.

'Des te meer reden om hem te benaderen,' zei Doyle vastberaden. 'Wie de moordenaar ook is, hij gelooft dat hij in een soort vacuüm handelt; dat er geen gezag is dat hem ter verantwoording zal roepen. Nou, daar vergist hij zich in.' Doyle keek de anderen onbewogen en recht in de ogen. 'Het wordt tijd dat de hoofdrolspelers in dit spel te weten komen dat het Arcanum is teruggekeerd.'

20

Toen Lovecraft de versleten kraag van zijn jasje opzette, knarsetandde hij tegen de snijdende kou. Hij sloeg zijn magere benen over elkaar en schoof heen en weer op het bankje in Washington Square Park. Lovecraft haatte de kou en was niet onder de indruk van de donkere najaarstinten van de vallende bladeren en de collage van herfstgeuren. Hij gaf de voorkeur aan de droge muskusgeur van perkament en de bedompte stilte van bibliotheekgalerijen. Als de raadselen van de nachtelijke hemel hem niet zouden lokken had hij zijn kamer nooit verlaten. Maar die zwartgallige gedachten weken al snel voor de opwinding van zijn groeiende bezorgdheid.

Zijn ogen waren strak gericht op een roestkleurig gebouw, Washington Square South 63, het huidige adres van het zelfbenoemde Grote Beest, Aleister Crowley.

Lovecraft hoopte zo half en half dat Crowley zich niet zou vertonen of hem onmiddellijk weg zou sturen. Een langdurig onderhoud was wat hij het meeste vreesde – niet louter vanwege de voor de hand liggende gevaren die daaraan waren verbonden, maar ook vanwege de verlokkingen. Want als er een evenaar in Lovecrafts leven bestond, dan was dat een lijn getrokken tussen de twee mannen die hem beïnvloedden: Konstantin Duvall en Aleister Crowley. De Zon en de Maan. De één een wijze raadsman van koningen, de ander een schandvlek op de samenleving. De een voorbestemd een legende te worden, de ander gedoemd tot infamie. Beiden op tragische wijze getekend en tegelijkertijd hun tijd ver vooruit. En hun levensgeschiedenissen waren zo hecht met elkaar verweven dat het van een afstand wel een paradoxale liefdesrelatie leek. Maar wie dichterbij kwam zag dat de tegenstellingen alleen maar talrijker werden.

In zijn tijd trachtte Duvall de occulte wereld leiding en structuur te geven en 's werelds geheimen onder een beschermende paraplu te brengen.

Intussen ondermijnde en verwoestte Crowley, in zijn ijdelheid en machtshonger, elk mystiek verbond waaraan hij zijn naam leende.

In het openbaar werd Crowley gezien als een zonderlinge poseur. In besloten kring – en onder ingewijden – werd hij gevreesd. En hoe meer men zich erin verdiepte, hoe groter die angst, gelijk met een schoorvoetend respect, werd.

Net als Duvall, had Crowley zijn oog laten vallen op Lovecraft vanaf het prilste begin van zijn loopbaan als demonoloog, en zag hij in de jongen een verwante vorser, een ingewijde die het waard was als tovenaarsleerling aan de voet van de grote tovenaar te zitten.

Maar Lovecraft koos voor Duvall en het Arcanum, en die keuze lag sindsdien als een onverteerde maaltijd zwaar op Lovecrafts maag. In tegenstelling tot het Arcanum met zijn strenge morele richtlijnen benaderde Lovecraft het occulte als een wetenschapper, ervan uitgaande dat de enige waarheden die het achterhalen waard waren offers vroegen – of van de geest of van het hart of van de ziel. Dat was gemakkelijk op te brengen voor een man met weinig zo niet totaal geen intieme relaties, maar onderscheidde hem van mensen als Houdini en Doyle: mannen met gezinnen, reputaties en geworteld in een onwrikbare joods-christelijke traditie. Dit filosofische nadeel bracht hem dichter bij Crowley, een man die elke maatschappelijke conventie waarmee hij in aanraking kwam had geschonden of belachelijk gemaakt. Maar Lovecraft vermoedde dat het niet meer dan het uiterlijke gevolg was van een geest die de verkenning van de duisternis in al zijn verschijningsvormen volledig, misschien zelfs met een zekere bezetenheid was toegedaan.

Terwijl Lovecraft nadacht over het pad dat hij niet had ingeslagen, kwam er uit de woning op Washington Square South 63 een lange man met een chesterfield overjas aan en een muts van zeehondenhuid op. Hij wandelde het park in en sloeg noordwaarts af in de richting van Fifth Avenue. Hij liep kaarsrecht en met een vastberaden tred. Hij droeg een paraplu bij zich waarmee hij bij elke derde stap op de grond tikte.

Lovecraft had de afstand tot Crowley al ten halve afgelegd voor hij zich zelfs maar realiseerde dat hij van het bankje was opgestaan. Crowleys invloed op hem was groter dan hij had vermoed en Lovecrafts angst werd geëvenaard door een perverse fascinatie. Hij probeerde aan Duvall te denken om de knagende twijfels te verdrijven, maar het gewicht van het ogenblik drukte als een zware last op zijn schouders.

Toen de afstand tussen hen niet meer dan een paar meter bedroeg, bleef Crowley stilstaan. Lovecraft deed hetzelfde.

'Dapper van je dat je alleen bent gekomen,' zei Crowley terwijl hij in noordelijke richting staarde.

Ook Lovecraft liet de beleefdheidsfrasen achterwege. 'We hebben je hulp nodig.'

Crowley keek hem recht aan. Zijn ogen waren inktzwart en te groot voor zijn gezicht en puilden een beetje als die van een kikker uit vanonder gerimpelde oogleden. Er schuilde een kilheid in zijn blik, als de blik van een dode. 'Dat hebben jullie zeker,' antwoordde hij, met een zweem van een glimlach op zijn lippen.

Doyle hield zijn hoofddeksel in zijn hand toen hij in het middenpad van een stille en verlaten St. Patrick's Cathedral stond. De geur van de stenen voerde hem terug naar de zondagochtenden van zijn katholieke opvoeding, en hij voelde zich een beetje schuldig dat hij dat geloof de rug had toegekeerd. Maar zolang de Kerk haar standpunt niet wijzigde en zich niet openstelde voor de mysterieën van het Spiritisme, zou Doyle er niet naar terugkeren.

Het was een dinsdag en er werd geen mis opgedragen. Doyle was hier omdat hij een afspraak had. Voetstappen klonken in de verte en een kalende geestelijke met een bril op kwam tevoorschijn uit de schaduwen van de sacristie rechts van het altaar. 'Sir Arthur?'

'Uwe Eminentie. Ik moet u nog feliciteren,' zei Doyle terwijl hij op Patrick J. Hayes, de kort tevoren benoemde aartsbisschop van New York City, toeliep.

Hayes glimlachte. 'Dank u, en na al die tijd is het me een genoegen eindelijk kennis te maken met de geestelijke vader van mijn favoriete detective.'

Doyle glimlachte eveneens toen ze elkaar de hand schudden. 'Vriendelijk van u dat u wat tijd voor me hebt kunnen vrijmaken.'

'Met genoegen, met genoegen. Wat kan ik voor u doen?' Hayes schoof zijn bril met de ronde glazen naar het puntje van zijn neus en keek Doyle over de rand ervan aan. 'U keert terug naar de kudde, mag ik hopen?'

'Tot mijn spijt niet, nee.'

'Helaas. Dat zou me een schouderklopje van het kerkbestuur hebben opgeleverd.' Maar Hayes' gezichtsuitdrukking was ontspannen en vertrouwenwekkend.

'Ik vind het vreselijk dat ik u moet teleurstellen, Uwe Eminentie.'

'Eminentie? Onzin, Kom mee.' Hayes ging hem voor naar een kerkbank vlak bij de preekstoel. Ze gingen zitten.

'Ik wilde u om raad vragen,' begon Doyle behoedzaam.

'Betreft het een persoonlijke kwestie?'

'Een religieuze, om eerlijk te zijn. En in zekere zin ook een historische.'

'O.' Hayes' gezicht klaarde op. 'Maar natuurlijk. Ik hoop dat het research is voor een nieuwe roman. Ik zou het schitterend vinden om daar een rol in te spelen.'

'Daar heeft het wel iets van weg, ja. Wat is het standpunt van de Kerk ten aanzien van het Boek van Enoch?' Doyle bestudeerde de gezichtsuitdrukking van Hayes aandachtig.

Hayes fronste zijn wenkbrauwen. 'Ik weet niet goed waarover u het hebt. Er was wel een profeet Enoch in het Oude Testament.'

'Die bedoel ik,' antwoordde Doyle. 'Volgens sommige... geleerden vormde dit boek het derde testament van de oorspronkelijke bijbel.'

'Tja, ik kan u verzekeren dat zulks niet de stellingname van de katholieke Kerk is. Randgroeperingen en amateur-historici beweren vaak in het bezit te zijn van oude geschriften of bijbelse geheimen, maar meestentijds betreft het schrijfsels die de Kerkvaders eeuwen tevoren hebben afgedaan als apocrief. Met andere woorden, het materiaal werd ongeschikt bevonden voor de Heilige Schrift.'

'En wat waren zoal de criteria voor een dergelijke uitsluiting?'

'Tja, er waren waarschijnlijk diverse factoren waar de kerkvaders aanstoot aan namen. Allereerst bevatten heel wat van die geschriften bizarre beweringen over mythische wezens die nog steeds op Aarde zouden ronddwalen. Wat een verontrustende gedachte is voor de leek.'

'Wezens als de Nephilim?' informeerde Doyle.

'Probeert u mij te verlokken tot een debat over spiritisme?' pareerde Hayes met een wrange glimlach.

'Nauwelijks.'

'En als ik antwoord geef, mag ik dan vertrouwen op uw discretie?'

'Uiteraard.'

'Goliath was een Nephilim. En natuurlijk spreekt de bijbel van wonderen en magische wezens. Het was voornamelijk een kwestie van onderscheid maken tussen folklore en verdedigbare historische feiten. Het soort materiaal dat met zekerheid niet werd opgenomen suggereerde echter tekortkomingen in Gods ontwerp. Barsten, zo u wilt, in de opbouw van de Schepping.'

'De Val van Lucifer,' viel Doyle hem in de rede.

'U gaat ervan uit dat zulks plaatsvond zonder goedkeuring van God,' zei Hayes.

'Waarom zou God dat anders toestaan?' vroeg Doyle verbitterder dan zijn bedoeling was. Het was een vraag die hem al zijn leven lang had beziggehouden en gefrustreerd.

'Ja, precies. Waarom?' Hayes vouwde zijn handen op zijn schoot. 'Ik huldig het geloof dat er zonder vrije wil geen liefde mogelijk is. Een vader die zijn kinderen domineert, die hun niet de ruimte biedt om te groeien en hun eigen weg te kiezen, is geen vader maar een dictator. Maar God wil dat we ons bij hem voegen uit liefde, niet uit angst. Om dat te doen, moeten we ons eigen lot kunnen kiezen.'

'Mijn zoon, Kingsley, mijn oudste, die bij de Somme is gesneuveld –'

'Het spijt me vreselijk dat te horen,' merkte Hayes op.

'Dank u. Hij vroeg me vroeger vaak waarom God zich niet kenbaar maakte, om de gelovigen hoop te geven, als geruststelling dat Hij echt bestaat.'

'Dat is een goede vraag. Mijn antwoord luidt: als God, in al Zijn hemelse glorie, plotseling op Fifth Avenue zou opduiken, zouden we vol eerbied op onze knieën vallen. En we zouden, volgens mij, slaven worden. Want hoe zouden we, in navolging van zoiets glorieus anders kunnen beslissen? Opnieuw, keuze. Vrije wil. We zijn Zijn kinderen en een liefhebbende vader laat zijn kinderen hun eigen beslissingen nemen.'

'En Satan?' vroeg Doyle. 'En hoe zit het met zijn volgelingen?'

'De aarde is een slagveld. De Kerk gaat ervan uit dat hij gedwongen is zich te bedienen van afgezanten, dat hij zelf niet over bijzondere machten beschikt. Hij moet anderen overhalen zijn bevelen op te volgen, net zoals God ons op de meest onverwachte manieren te hulp komt.'

'Uwe Eminentie,' zei Doyle op aarzelende toon, 'gelooft u in het bestaan van engelen?'

'Ja zeker.'

'Zijn zij hier? Onder ons?'

'Ja. Natuurlijk.'

'En wie beschermt hen?' vroeg Doyle met meer emotie in zijn stem dan zijn bedoeling was.

Hayes grinnikte. 'U hebt de zaak omgedraaid. Zij beschermen ons, Sir Arthur.'

Doyle masseerde de achterkant van zijn nek en kneep vermoeid zijn ogen dicht.

'Maar als zij nu eens verloren zijn? Als zij al zo lang verdwaald zijn dat ze de weg naar huis niet meer kunnen vinden?'

'Er bestaan geen verloren engelen, Sir Arthur. God zou dat niet toestaan.'

'Maar als ze nu eens wel bestonden en Satan zou daar op de een of andere manier weet van hebben, als hij ze zou kunnen vinden…' Doyle wist niet goed hoe hij verder moest.

Hayes schudde zijn hoofd. 'Ik begrijp het niet.'

'Hoe zou hij wraak nemen op God?'

'Tja, dat is de essentie van de ballingschap, ziet u. Satan de toegang tot het spirituele ontzeggen. Hij zou nooit in staat zijn wraak te nemen.'

'Bij wijze van academische vraag dan,' opperde Doyle.

Hayes fronste zijn voorhoofd. 'Engelen zijn zuivere geest. En Lucifer werd verbannen naar de materiële wereld. Dus ik neem aan dat je zou kunnen betogen dat hij, als hij toegang had tot geestelijke wezens, dan…' Hayes aarzelde en dacht diep na. 'Er zou een of ander mechanisme van corruptie in werking kunnen treden waardoor hij de macht over de hemel toch weer in handen zou kunnen krijgen. Het materiële zou het spirituele de baas kunnen worden en we zouden dan getuige kunnen zijn van de tweede Zondeval, zoals aangekondigd in het Boek Openbaringen. Maar persoonlijk zou ik me daar geen kopzorgen over maken.'

Doyle stond op en knoopte zijn jas dicht. Hij stak zijn hand uit. 'Dank u. En ik hoop dat u gelijk hebt.'

Aartsbisschop Hayes stond eveneens op en schudde Doyle stevig de hand. 'Dat hoop ik ook. Hebt u gekregen waarvoor u gekomen bent?'

'U bent me uitermate behulpzaam geweest, Uwe Eminentie.'

'Laat u het mij dan weten als ik u nogmaals ergens mee van dienst kan zijn.'

'Dat zal ik zeker doen,' antwoordde Doyle, en hij vreesde dat hij veel eerder een beroep op de aartsbisschop zou moeten doen dan hem welgevallig was.

21

Marie zag de angst in Antoines ogen toen hij haar in het achteruitkijkspiegeltje van de Lexington sedan aankeek. De kralen in zijn vlechten tikten tegen elkaar aan toen hij de troosteloze huizen en gebouwen aan Talman Street in Brooklyn afspeurde. Zwarten namen geleidelijk de plaats in van de Ierse immigranten en de magere jonge mannen op de trottoirs, gekleed in door motten aangevreten jasjes, bekeken de auto met doodse blikken.

Antoine trok zijn hoge hoed lager om zijn ogen te bedekken en speelde verstrooid met de kattenbotjes die de rand van de hoed sierden, terwijl hij uitkeek naar het gebouw waar zij moesten zijn. Marie vond het vervelend dat ze hem erbij moest betrekken. Maar ze was hier in New York niet de goddelijke *mambo*, maar slechts een mogelijke bedwingster van de krachten die daar al aanwezig waren. Dit was het terrein van de gevreesde *houngan* Tito Beltran, een West-Afrikaanse doctor van de Dogon. Haar aanwezigheid in de stad was vast en zeker niet aan zijn aandacht ontsnapt, en ze kon er niet op rekenen dat haar reputatie haar zou beschermen als Beltran een uitdaging bespeurde. De politieke machinaties die op dat moment in New Orleans in het werk werden gesteld om haar te onttronen maakten het haar nog moeilijker. Een aantal rivaliserende voodookringen en corrupte politici had de handen ineengeslagen om haar en haar volgelingen te dwingen onder te duiken. Om nog maar te zwijgen van de vele premies die er op haar hoofd stonden. Nee, als Beltran door had dat Marie in een zwakke positie verkeerde en hij het gevoel had dat hij ongestraft kon toeslaan, zou ze rechtstreeks in de bek van de krokodil lopen. Want het was niet louter voodoo waar Beltran munt uit sloeg; hij verdiende ook kapitalen in de prostitutie en de handel in verdo-

137

vende middelen: lucratieve handeltjes die hij te vuur en te zwaard verdedigde. En de jonge mannen op de straathoeken waren geen werkloze relschoppers maar soldaten en verkenners.

Als er iemand een wakend oog op de occulte onderbuik van de stad hield dan was dat wel Beltran – en daarom had Marie hem nodig. Want ondanks alle hoon waarmee ze Lovecraft en zijn methoden bezag, zijn woorden weerspiegelden wel haar visioenen. Een afgestorven hand hield de stad in een wurggreep en belette de spirituele zuurstoftoevoer. Als ze haar ogen sloot, meende Marie het tanende licht te kunnen zien en de troosteloosheid van dat visioen oversteeg haar angsten.

De Lexington stopte voor Bridge Street 154, een drie verdiepingen tellende huurkazerne met dichtgespijkerde ramen. 'Doe het niet, mam'zelle,' zei Antoine in Creools-Frans, terwijl hij zich omdraaide naar Marie die op de achterbank zat.

De twee lange, magere schildwachten stonden op het bordes van het gebouw, met hun handen in hun broekzakken.

'Blijf hier op me wachten,' antwoordde ze hem, ook in het Creools en ze greep de kruk van het portier.

'Nee, ik ga eerst,' zei Antoine op besliste toon en hij stapte de auto uit.

Marie keek toe hoe Antoine enkele woorden wisselde met de schildwachten en toestond dat ze hem fouilleerden. Toen werd hij bij zijn arm gegrepen en meegenomen het enorme vermaledijde gebouw in.

'Stom wijf,' mopperde Marie op zichzelf terwijl ze de talisman streelde die ze om haar hals had hangen. Het was een klein roodflanellen buideltje met daarin wat zoutkristallen, een lok van het haar van haar moeder en de fijngemalen botjes van een watermoccasin. Het vormde een krachtige bescherming – hopelijk krachtiger dan de magie die ze op het punt stond het hoofd te bieden.

Enkele minuten later keerden de schildwachten terug en daalden het trapje af. Een van hen opende het portier van de auto en bood haar zijn hand aan. 'Kom, mam'zelle,' zei hij.

Marie pakte de hand van de schildwacht en liet zich naar Beltrans donkere onderkomen begeleiden.

In de gangen wemelde het van de rondhangende kerels van in de twintig. Sommigen droegen pistolen achter hun broeksband en de felheid van hun vijandigheid deed haar hart in haar keel bonken. Tienerhoertjes stonden steels te roken en doken weg toen ze de voodoopriesteres aan zagen komen.

Marie werd naar een weidse vijfkantige kamer met evenzoveel deuren gebracht en op de vloer was met maïsmeel een grote *vever* getekend. Het was een symbool van macht dat erop duidde dat de *houngan* werd bewaakt door een wraakzuchtige *loas*. Het altaar was gigantisch en besloeg twee van de vijf muren achter in de kamer. Het was overladen met druipende kaarsen en honderden fetisjen van was, hout en klei, naast tientallen Nkisi-houtsnijwerken uit West-Afrika, elk doorboord met honderden spijkers. Elke spijker was een vervloeking – een bewijs dat de *houngan* veelvuldig gebruikmaakte van zwarte magie om zijn vijanden te straffen.

De geur van de lampen die aan het plafond hingen maakte haar misselijk: het was olie vermengd met gemalen peper en lijkenpoeder en verbrande kokosnoten om vijanden af te schrikken.

Beltrans tien kostbare vechthanen stapten parmantig rond in hun kooien, met stalen punten over hun snavels en aan hun poten.

En midden in de kamer, omringd door drie gespierde reuzen met pistolen op hun heupen, zat een kleine zwarte man in een witte broek, een wit Cubaans overhemd en witte schoenen – Tito Beltran. Hij droeg een talisman om zijn nek: een cobraschedel beschilderd met het bloed van een duif. Hij hield een zakdoek tegen zijn mond gedrukt en ademde de geuren in van geperste eucalyptus – een medicijn tegen zijn chronische astma. Het zweet droop van zijn ronde gezicht, en Marie zag dat zelfs zijn kleding ervan doorweekt was. Het was net alsof de lucht rond Beltran vijftig graden warmer was dan overal elders.

Zodra hij haar zag, liet Beltran zijn zakdoek zakken, klapte zacht in zijn handen en zong met schorre stem: '*Eh Yeye, Mam'zelle Marie, Ya, Yeye, li Konin tou, gris gris. Li te kouri lekal, aver vieux kokodril. Oh ouai, ye Mam'zelle Marie. Le kronin bien lie Grand Zombi.*'

'*Yeye*' betekende 'geachte moeder,' en het lied werd jaren geleden in de bayou gezongen door de volgelingen van haar moeder. Het was zowel een bewijs van respect als een subtiele bespotting. Marie lachte niet toen Beltran in zijn zakdoek zat te gniffelen. Op dat moment realiseerde Marie zich dat Antoine nergens te bekennen was.

'Waar is mijn boy?' vroeg ze aan Beltran, een brutale vraag die de grenzen van de gebruikelijke voodoo-etiquette overschreed.

Dit blijk van geringschatting ging niet ongemerkt voorbij aan Beltran, die een fluim in zijn mond rond rolde. 'Ik zou maar wat meer beleefdheid betrachten in mijn huis, kind. Je bent hier niet in het moeras.' En Beltran wees met een kort dik vingertje op de grond.

Zonder haar blik ook maar een moment van Beltran af te wenden trok Marie haar rokken opzij en knielde. Met tegenzin boog ze haar hoofd en sprak in de richting van de plankenvloer. 'Op uw gezondheid, *houngan*.' Marie legde een amulet van verpulverde sassafras en kolibriebotjes naast Beltrans witte schoenen.

'Sta op, meisje,' piepte Beltran. Hij had alle schijn haar als gelijke te behandelen laten varen en zijn stem droop van minachting.

Marie stond, rood van woede, op. Beltran keek haar verlekkerd aan en zijn ogen bleven opzettelijk langer rusten op haar borsten en haar heupen.

'Waar is Antoine?' vroeg ze nogmaals, haar stem schril van angst.

'Waarom vertel je me niet waar je die brutaliteit vandaan haalt, Marie-meisje? Je denkt toch niet dat die talisman zo'n belediging tenietdoet, hè? Wat kom je hier doen? Wat moeten mijn jongens daarvan denken, nou?' Beltran hoestte en hield de zakdoek voor zijn mond.

'Ik wil weten hoe het zit met die moorden op het eiland. Ik wil erachter komen wie dat soort dingen doet. Ik neem aan dat jij hetzelfde wilt. Welbeschouwd gaat het om bloedvergieten op jouw gewijde grond.'

'Mensen sterven aan de lopende band, Marie-meisje. Dat is de aard der dingen,' antwoordde Beltran grijnzend.

'Dit heeft meer om het lijf en dat weet jij heel goed, *houngan*. Ik vermoed dat jij veel meer weet dat je loslaat, en ik wil alleen maar dit zeggen: ook jij verkeert in gevaar. Zijn magie is te sterk. We verkeren allemaal in gevaar.'

'Hij mag dan een tovenaar zijn, kind. Maar hij geeft tenminste blijk van het verschuldigde respect.'

Maries keel werd droog.

'Hij komt niet aankakken met een armzalige talisman als geschenk.' Beltran schopte het buideltje met de neus van zijn schoen over de vloer. 'Hij brengt Beltran geld. Hij zegt tegen mij: "*Houngan*, als die nikker-kapsters dochter bij je komt, dan weet je wat je te doen staat." Hij vertelt me dat jij zijn toverboek probeert te pikken. Hij vertelt me dat die nikkerkoningin hem bespioneert als een spook en dingen ziet die ze niet hoort te zien.'

'Jij bent een grotere dwaas dan ik dacht,' siste Marie.

Beltrans schildwachten begonnen haar te omsingelen. Maries hand schoot onwillekeurig naar het buideltje om haar nek.

Beltran leunde in zijn stoel naar voren. 'Die lok haar van je mama zal je niet beschermen, meisje.' En Beltran knipte met zijn vingers.

Een bediende opende een van de vijf deuren en daar zat Antoine, vastgebonden op een stoel. Zijn hoge hoed stond ondersteboven op de grond en een bewaker hield een wit kussensloop over zijn hoofd. Op zijn gespierde borst was een doodskop geschilderd. Marie kon de omtrekken van Antoines mond zien toen hij naar adem hapte.

'Zo krijgt hij geen lucht,' zei Marie.

'Geef hem lucht, Bobo,' gromde Beltran.

De bewaker met de ontblote borst trok een mes uit de zak van zijn spijkerbroek en stak die pardoes in Antoines keel. Een helderrode straal bloed spoot uit de wond en de jongen trapte heftig met zijn benen tegen de stoel.

'*Non!*' schreeuwde Marie terwijl ze op hem af snelde. Maar ruwe handen grepen haar en drukten haar tegen de grond. Toen ze zich tegen Beltrans mannen trachtte te verzetten schraapte ze het vel van haar knieën, maar ze kon ze niet van zich afschudden. Haar armen werden strak op haar rug getrokken.

Beltran stak zijn handen in zware handschoenen en schuifelde naar zijn kooien toe.

De tranen biggelden over Maries wangen toen ze het leven uit Antoines lichaam zag wegebben en straaltjes bloed langs zijn blote voeten op de grond dropen.

Beltran bevrijdde een zwartbruine jonge haan uit zijn kooi. Het dier klapperde woedend met zijn vleugels. 'Dit is Monsieur Pepe.' De stalen klauwen van de haan doorkliefden de lucht. Zijn snavel was open in een verstilde kreet terwijl hij zich aan Beltrans greep trachtte te ontworstelen. 'Mijn beste vechthaan.' Beltran schuifelde, Pepe voor zich uit houdend, naar Marie toe.

Een van Maries overweldigers trok haar hoofd met een ruk naar achteren en trok de knoop in haar zijden sjaals los. Ze gleden als water langs haar schouders waardoor haar haar werd losgemaakt.

'Pepe is zo slim dat hij weet dat je een gevecht het beste wint door je tegenstander niet naar de keel te springen; *non*. De beste manier is je vijand te verblinden. Ga eerst op de ogen af. Krab die uit.' Beltran hield de haan vlak voor Maries gezicht. Zijn klauwen en stalen snavel vielen naar haar uit. Zwarte veren dwarrelden door de lucht.

Marie voelde de wind langs haar wangen strijken. 'Dit kun je beter laten, *houngan*,' waarschuwde Marie, zich schrap zettend om de eerste uitval van Pepes klauwen op te vangen.

'Je zult niet sterven, meisje; nog niet tenminste. Niet voordat ik van je heb geproefd. Ik heb het alleen op je ogen voorzien, kind.'

Pepe hapte naar haar gezicht dat nu nog maar enkele centimeters verwijderd was.

Plotseling ging er een rilling door Maries arm en dwars over haar borst. Haar benen schokten hevig. Haar keel zwol op en haar ogen draaiden weg, waardoor er alleen nog bloeddoorschoten wit te zien was. Haar kracht was zo groot dat haar overweldigers zich tot het uiterste moesten inspannen om haar in bedwang te houden. Maries kaken waren op elkaar geklemd en toch welde er uit haar maagstreek een donker gekreun op.

Pepes heftig bewegende lijfje bezweek abrupt. De nek van de haan verstarde en zijn poten verstijfden. Toen snakte hij naar adem, sloeg slapjes met zijn vleugels en zijn tong stak als een paarse vinger uit zijn snavel.

Maries overweldigers keken elkaar angstig aan.

De razende stuiptrekkingen van de voodoopriesteres duurden nog steeds voort. Haar gehele lichaam schokte met een kracht die dreigde haar beenderen te ontwrichten en los te scheuren. Beltran hield Pepe dichter bij Maries gezicht, maar op dat ogenblik knakte de nek van de vogel en zakte levenloos over Beltrans vingers.

Een van de bewakers liet Maries arm los en deinsde achteruit. Op dat moment trok Marie een verborgen mes met een ivoren heft uit de plooien van haar rokken en stak het in Beltrans witte leren schoen, dwars door zijn voet en in het hout van de vloer.

Beltran brulde het uit en liet Pepe vallen, die met een zacht ploffend geluid op de grond terechtkwam. Beltran werd overmand door een hevige hoestbui.

Marie rukte zich los uit de greep van de andere bewakers. Ze wees met een gestrekte wijsvinger op de twee mannen die haar hadden vastgehouden en de woede in haar ogen was voldoende om hen op de vlucht te jagen.

Antoines moordenaar liet eveneens zijn mes vallen en zocht door een van de deuren een veilig heenkomen.

'Eruit!' schreeuwde ze en de overgebleven bedienden vluchtten de gang op.

Verrassend genoeg bleven alleen de prostituees achter en zij keken in stille verwondering naar de voodookoningin die in rondjes om de hoestende Beltran heenliep, die op de grond geknield zat en probeerde zijn voet los te maken van het lemmet. Zijn longen verkrampten en een sliert slijm hing aan zijn hijgende lippen.

Maar Marie raakte hem met geen vinger aan. In plaats daarvan liep ze naar Antoines levenloze lichaam toe en trok het kussensloop van zijn hoofd. Het gezicht van de jongen was vertrokken van angst.

'Die man die je heeft betaald om mij te doden, hoe heette hij?' vroeg Marie op zalvende toon.

Beltran ademde met moeite en hij graaide naar zijn zakdoek die doordrenkt was van eucalyptus. Maar Marie haakte een teen onder de zakdoek en schopte hem naar de andere kant van de kamer. Toen bukte ze zich en fluisterde: 'Hoe heette hij, *houngan*?'

Beltran probeerde van haar weg te kruipen, maar hij gilde het uit toen zijn voet onder het mes draaide. Hij keek haar bang aan, met een hand tegen zijn borst gedrukt. 'Da-Darian.' Beltran hoestte krampachtig. Toen hij eindelijk weer een beetje lucht kreeg, voegde hij eraan toe: 'Meer weet ik niet, Ye-ye.' Maar nu was het te laat voor beleefdheidsfrasen.

Marie torende boven hem uit. Zijn handen kwamen samen in een gebaar van gebed en genade, maar dat zou tevergeefs blijken. 'Darian? Heet hij zo?'

'*Oui, mam'zelle.*'

'*Merci.*' Marie glimlachte toen ze schrijlings op Beltrans borst ging zitten en met haar dijen zijn armen tegen de grond drukte. Ze trok het kussensloop, dat nog warm was van Antoines lichaam, over zijn hoofd. De oude man spartelde wanhopig toen ze het kussensloop strakker aantrok en toekeek hoe de omtrekken van Beltrans mond tevergeefs naar lucht hapten.

Binnen enkele seconden was hij dood. Marie liet hem los en stond, overmand door emoties, even te wankelen op haar benen. Toen voelde ze dat er naar haar werd gekeken en ze draaide zich om naar de tienerhoertjes in de deuropening, Ze glimlachten niet en fronsten evenmin hun wenkbrauwen; ze staarden haar slechts onbewogen aan.

Marie gooide haar hoofd in haar nek en deed een beroep op het laatste restje kracht dat ze in zich had. 'Ik heb nu al jullie gezichten in mijn geheugen gegrift staan. Ga dus naar huis naar jullie moeders en vaders en kom hier nooit meer terug, tenzij jullie Marie Laveau in jullie nachtmerries willen tegenkomen.' Ze deed een stap naar voren en ze stoven uiteen als een zwerm angstige duiven en snelden de voordeur uit en de straat op.

Intussen zocht Marie steun bij de deurpost en barstte uit in een stort-vloed van warme tranen.

22

'Niemand is enthousiaster over de terugkeer van het Arcanum dan ik, Arthur. Maar ik vrees dat het te weinig is en dat het te laat komt.' A.E. Waite nipte van zijn Darjeeling terwijl een ober in smoking een schone asbak op hun tafeltje zette.

Doyle had met Waite – een van de voornaamste kabbalisten en een vermaard mysticus van zijn tijd – afgesproken in de Union League Club op de hoek van Thirty-seventh Street en Park Avenue. Arthur Edward Waite was voorganger geweest van de Isis-Urania Tempel van de Gouden Dageraad in Londen. Hij had tientallen occulte boeken geschreven en de meest gebruikte tarotkaarten op aarde ontworpen. De mysticus had een dikke warrige bos zwart, naar links gekamd haar en een krulsnor. Zijn zwarte overjas en broek waren onberispelijk geperst.

'Duvall heeft altijd met eerbied over je gesproken,' zei Doyle.

Waite knikte bij het horen van het compliment. 'We zullen hem missen. En niet alleen vanwege zijn vriendschap. Dit zijn gevaarlijke tijden, vrees ik. Er is sprake van een verschrikkelijke dissonantie in de occulte wereld. Blavatsky is dood, evenals Westcott en Woodman. Duvall was een van de laatsten met zijn vinger in de dijk. Ik weet zeker dat zijn dood gepaard gaat met anarchie. In zijn plaats zal een kankergezwel ontstaan.'

'Crowley,' zei Doyle zonder nadruk.

'Een wanstaltig gedrocht,' beaamde Waite met opeengeklemde lippen. Of hij wel dan niet persoonlijk verantwoordelijk is voor de dood van Duvall weet ik niet. Maar wel weet ik dat hij alles in het werk heeft gesteld om hem te ondermijnen, te isoleren en hem voor de fatale klap in stelling te brengen.' Waite stak een sigaret in zijn pijpje. 'Nu is er geen enkele instantie meer die hem kan tegenhouden. Hij heeft ze allemaal uitgeschakeld.'

'Maar de Vrijmetselaars dan –' begon Doyle.

'Die hebben geen invloed, Arthur; die staan te zeer in de schijnwerpers. De Rozenkruisers zijn lamgelegd door onderlinge twisten. En als die zuil omvalt, god mag weten welke geheimen er dan worden prijsgegeven. Je zult het misschien belachelijk vinden, maar soms denk ik dat Crowley het in de loop der jaren zo heeft geregeld, dat er geen enkel gezag was om hem te weerstreven. De Gouden Dageraad bestaat niet meer. En de O.T.O. is niets anders dan een kweekvijver voor Crowleys occulte terroristen. Het spijt me, Arthur, maar het Arcanum is het enige dat is overgebleven tussen onze wereld' – Waite blies een kringetje rook uit dat zich tot een halvemaan vormde – 'en de zijne.'

'En het Boek van Enoch?' vroeg Doyle.

'Dat baart me het meeste zorgen. Dat is Crowleys werkterrein, weet je. Mijn god, hij denkt dat hij de incarnatie is van Edward Kelly, Dees medium. Hij ziet zichzelf als goddelijk uitverkoren om Enochs woorden te interpreteren.'

'Maar bezit zelfs Crowley de brutaliteit om zo'n schaamteloos voornemen uit te voeren? Hij weet toch zeker wel dat hij in de gaten wordt gehouden.'

'Zou het? Door wie? Duvall was Crowleys enige rivaal.'

'We staan er dus helemaal alleen voor.'

'Het spijt me, Arthur. Ik ben noch een strijder, noch een speurder. Ik ben slechts een nederige navorser van de mysteriën. Ik kan je evenwel,' Waite tilde een rond voorwerp op van de grond en legde het voorzichtig op het tafelblad, 'dit aanbieden.'

Waite haalde er een gehavend, met rood leer bekleed houten kistje uit tevoorschijn, met een patroon van sterren erop. Hij tilde het tere deksel op en onthulde een voorwerp dat qua formaat en vorm aan een tennisracket zonder handgreep deed denken. Het was zwart, glad en onopvallend, hoewel het niet van staal of van steen leek te zijn gemaakt.

Doyle keek Waite met een vragende blik in zijn ogen aan.

Waite glimlachte. 'De vulkanische spiegel van John Dee.'

Doyles ogen glinsterden en hij staarde met hernieuwd respect naar het voorwerp. 'Duvall heeft er jaren naar gezocht.'

'Ja, maar op het verkeerde continent. Het is jaren geleden per ongeluk als ruilobject naar de Nieuwe Wereld gebracht en aan de inboorlingen verkwanseld. Om je de waarheid te zeggen, heb ik nog niets van zijn geheimen kunnen ontdekken. Maar zijn krachten zijn legendarisch. Ik hoop dat jij meer geluk zult hebben.'

Er fonkelde iets in Doyles ogen toen hij het kistje van Waite overnam. 'Ik weet precies wie ik daarvoor moet hebben.'

Lovecraft voelde zich opgesloten. De nabijheid van Crowley had altijd een verontrustend effect. Hij voelde een zekere beklemming op zijn borst en zijn handen waren klam. En Crowley leek van de spanning te genieten en die te gebruiken om Lovecraft onder de duim te houden.

Een timide serveerster kwam naar hun tafeltje toe. Crowley bestelde voor hen beiden, zijn ogen strak op Lovecraft gericht. 'Twee koffie, graag.'

In het boekwinkelcafé aan Church Street was het warm en benauwd van de sigarettenrook. Er waren slechts een paar klanten – New Yorkse studenten voornamelijk, en een of twee zwervers. In een vitrine lagen gebakjes en pasteitjes en een koffiemolen sputterde luid terwijl het meisje achter de toonbank hun koffie klaarmaakte.

Ten slotte opende Crowley zijn mond. 'Van harte gecondoleerd, Howard. Het moet je erg hebben aangegrepen.'

'Waarom zou je daar nog adem aan verspillen?'

'Ik ben niet geheel verstoken van gevoelens. Het verlies moet verschrikkelijk zijn.' Crowley fronste zijn voorhoofd en schudde zijn hoofd alsof hij het zelf voelde.

'Geen zorgen. Zijn dood zal worden gewroken,' zei Lovecraft met een zelfverzekerdheid die hem verbaasde.

Crowley trok spottend een wenkbrauw op. 'Gesproken als een rechtgeaarde Duvalliaanse volgeling, met alle bravoure die erbij hoort.'

'Zit jij erachter?' vroeg Lovecraft.

'Brave jongen, als ik erachter zat, wat zou je daar dan in hemelsnaam aan kunnen doen?'

'Je kunt mij beter niet onderschatten.' Lovecraft beet op een vingernagel terwijl hij dat dreigement uitsprak.

Crowley lachte.

Lovecraft bloosde. 'Misschien was jij ook wel degene die me heeft laten opsluiten, om je sporen uit te wissen?'

De serveerster bracht de koffie naar hun tafeltje. Toen ze weer weg was, nipte Crowley er duidelijke vergenoegd van. 'Als ik jou iets zou willen aandoen, Howard, dan zou ik daar geen misverstand over laten bestaan.' Hij tikte met zijn puntige nagels tegen het kopje. 'En hoe amusant het ook mag zijn om jou een beetje in het luchtledige te laten bungelen, ik ben nu eenmaal een drukbezet man met een volle agenda.' Crowley zweeg even. Lovecraft had het gevoel dat hij wat volgde met tegenzin opmerkte. 'Ík heb Duvall niet gedood,' voegde Crowley er met vonkenschietende ogen aan toe, 'hoewel ik het nieuws met gejuich heb ontvangen.'

'Wie heeft het dan gedaan?'

'Ik heb geen flauw idee. Maar wie het ook was, hij behoort heilig te worden verklaard.'

'Volgens mij lieg je,' hield Lovecraft vol, hoewel hij wist dat hij hoog spel speelde.

'En ik denk dat jij een slapjanus bent geworden,' antwoordde Crowley honend. 'Je had het in je om een ware meester te worden, maar in plaats daarvan verkoos jij het om die zot van een Duvall te dienen.'

'Duvall was een magiër,' kaatste Lovecraft terug.

'Duvall was een verzamelaar,' siste Crowley. 'Een hamsteraar van kostbaarheden waarvan hij de betekenis in de verste verte nooit zou kunnen doorgronden.'

'Waarom ben jij dan hier? Waarom heb je het zelfs maar over hem?'

'Ik heb zo mijn redenen.'

Plotseling begreep Lovecraft hoe de vork in de steel zat. 'Jij verkeert ook in gevaar,' zei hij.

Crowley keek hem vol minachting aan. 'Doe niet zo belachelijk.'

'Nee, zo is het wel degelijk. Hij beschouwt iedereen die enige weet heeft van Enoch als een bedreiging. Duvall, mij, jou...'

'Je slaat er maar een slag naar,' snauwde Crowley.

'O ja?' Lovecraft boog zich over de tafel naar voren. 'Je bent bang dat jij de volgende bent.'

Crowley sprong zo heftig op van zijn stoel dat zijn koffiekopje omviel en hij boog zich dreigend over de demonoloog heen. 'Hoe lang voordat ze allemaal zijn opgespoord, nou? Ben jij zo'n duivelskunstenaar dat je denkt dat je een spelletje met mij kunt spelen? Jij ruikt rook terwijl het hele bos in brand staat!'

'Zeg me wie het is,' drong Lovecraft aan, hoewel hij ontdaan over Crowleys woede-uitbarsting achteruitdeinsde.

'Wil jij de moordenaar? Ik wil het Boek,' beet Crowley hem toe, zijn tot in punten geslepen hoektanden ontblotend.

Lovecraft kreeg een wee gevoel in zijn maag. 'Jij wéét wie hij is.'

'Misschien.' Crowley ging weer zitten. 'Nu, wat doen we? De keuze is aan jou. Gooi het met mij op een akkoordje. Verraad je vrienden. Spoor een moordenaar op.'

Lovecraft dacht koortsachtig na in een poging de meesterstrateeg bij te benen. Het was geen toeval dat Crowley een schaakgrootmeester was. Lovecraft ging er op dat moment maar even van uit dat Crowley de waarheid sprak en inderdaad niets met de moorden van doen had. Maar als hij niet geïnteresseerd was in de Verloren Stam, wat wilde hij dan met het Boek van Enoch? Welke andere geheimen zou het kunnen bevatten? Die gedachte verontrustte hem zeer.

'En waarom zou ik jou vertrouwen?' vroeg Lovecraft, zichzelf hatend vanwege zijn trillende stem..

'Om de beste reden die er bestaat. Je hebt geen andere keuze.'

'Maar je hebt me geen enkel bewijs getoond.'

'En jij hebt al voldoende van mijn tijd in beslag genomen.' Crowley stond opnieuw op. Hij passeerde Lovecraft die nog steeds in tweestrijd verkeerde.

Plotseling gleed Crowleys hand om Lovecrafts keel en de tovenaar siste in zijn oor: 'Bedenk echter wel: terwijl jij je hersens pijnigt, krijsen de hemelen.' Zijn nagels kramden in Lovecrafts huid.

'Zeg me zijn naam,' zei Lovecraft, snakkend naar adem.

'"Wat koopt men voor een naam, riep de verspieder uit"?' fluisterde Crowley en het volgende ogenblik was hij verdwenen.

23

De kaarsen brandden helder achter de glas-in-loodramen van Crow's Head.

'Je had er nooit in je eentje naartoe moeten gaan,' zei Doyle, zich van Marie afwendend om in het vuur te staren.

Marie kwam net uit bad, met haar haar in een dikke paardenstaart die tussen haar schouderbladen neerhing. Ze droeg een jurk van groene zijde die onder haar borsten met een blauw lint was ingesnoerd en ze had een rode sjaal omgeslagen. Als ze die afwezige blik in haar ogen niet had gehad zou iedereen haar hebben aangezien voor een wispelturige bakvis in onmin met een van haar ouders. Ze reageerde niet op Doyles tirade. Hij had haar op dit punt al vaker terechtgewezen.

'Ze kan heel goed op zichzelf passen,' bracht Houdini Doyle in herinnering terwijl hij achter de divan langsliep om een handdoek met ijsblokjes erin tegen Maries gekwetste schouder te drukken. 'Is dit te koud?'

'*Non. Merci*, Harry,' zei Marie terwijl ze het ijs naar precies de zere plek verschoof.

Houdini stroopte zijn hemdsmouwen op. 'Maar ze heeft ons een naam bezorgd. En dat is tenminste iets.'

Doyle fronste zijn voorhoofd. 'Dat is waar. Maar we zijn nog steeds geen stap verder.'

Houdini zuchtte. Hij wendde zich tot Lovecraft die ineengedoken en half in het donker in zijn stoel zat en voornamelijk oog had voor het peilloze vulkanische glas van Dees spiegel.

'En hoe heb jij het eraf gebracht?' vroeg Houdini hem.

Na een ogenblik keek Lovecraft op. 'Hè?'

Op bittere toon zei Houdini tegen Doyle: 'Je weet toch hoe hij is als hij een nieuw speeltje heeft.'

'Hoe zit het met Crowley, Howard. Heb je hem kunnen vinden?' vroeg Doyle.

Lovecraft dacht, zijn ogen nog steeds strak op de spiegel gericht, na over zijn antwoord. 'Inderdaad.'

'Heb je hem gesproken?'

'Ja.'

'En?' drong Marie aan.

'Wat zei hij?' voegde Doyle eraan toe.

Lovecraft vertelde het een en ander over zijn ontmoeting met Crowley, maar repte met geen woord over de voorgestelde koehandel om het Boek van Enoch en Crowleys bekentenis dat hij op de hoogte was van de identiteit van de moordenaar. 'Aan het einde van het gesprek maakte hij wel een merkwaardige opmerking. "Wat koopt men voor een naam, riep de verspieder uit."'

'En dat is alles?' vroeg Houdini, met een bezorgde blik in zijn ogen.

'Natuurlijk,' antwoordde Lovecraft, iets te rap. Hij richtte zijn aandacht opnieuw op Dees spiegel.

'Mooi zo,' zei Houdini. 'Hoe minder we met Crowley te maken hebben hoe liever het me is.' Hij hield de demonoloog onafgebroken in het oog. Toen voegde hij eraan toe: 'Hoe werkt dat ding trouwens?'

'Er wordt geen gebruiksaanwijzing bij geleverd,' antwoordde Lovecraft op enigszins gemelijke toon. 'Ik heb tijd nodig om hem te bestuderen – zonder pottenkijkers.'

'Houdini, heb jij de krant van vandaag?' vroeg Doyle op gereserveerde toon, een onmiskenbaar bewijs dat hij diep in gedachten verzonken was.

Het jasje van Houdini's pak hing over de rug van de stoel waarop Marie zat. Hij trok een opgevouwen krant uit de binnenzak en reikte die Doyle aan.

Doyle begon de krant door te bladeren. 'Crowley probeert ons iets duidelijk te maken.' Hij speurde de pagina's af. 'Waarom een "verspieder"? Wat doet zo iemand?'

Houdini wendde zich tot Marie om steun. 'Spieden?'

'Hij ziet, is het niet?' Doyle bleef de bladzijden omslaan. 'Eigenlijk is hij een ziener. Maar een ziener is tevens een medium, en als ik me niet vergis geurt "een Roos" ongeacht haar naam even zo zoet!'

Plotseling vouwde Doyle de krant in tweeën en smeet hem met een klap op de salontafel zodat iedereen het kon zien: een door Barnabus Tyson geplaatste advertentie voor een optreden van het spirituele medium Madame Rose.

24

De aderen in de nek van Madame Rose zwollen op. Haar hoofd schoot van links naar rechts en ze schudde haar zwarte manen gevaarlijk dicht bij de flakkerende kaarsen. Haar lippen bewogen en produceerden een gestage stroom van onverstaanbaar gebrabbel. Er ging iets erotisch uit van de wijze waarop haar borsten op en neer deinden en haar lichaam kronkelde tijdens de trance.

Marissa Newlove voelde dat het bloed haar naar de wangen steeg. Ze keek naar Patrick, haar echtgenoot, die op een kwijlende herdershond leek terwijl hij met zijn ogen de boezem van Madame Rose verslond. Het had Marissa weken delibereren gekost voor hij bereid was zijn naam op de wachtlijst te plaatsen voor een seance van Rose – met afstand de populairste attractie in New York City. Vervolgens had Marissa zes maanden gewacht en haar kledinggeld van een heel seizoen opgeofferd voor het voorrecht en ze was vastbesloten het onderste uit de kan te halen.

De gastenlijst bevestigde haar vermoedens. Marissa keek sluiks naar de andere aanwezigen, verheugd dat ze in zo'n doorluchtig gezelschap werd gezien. Links van Patrick zat de zwaarlijvige Gerald William Balfour, de tweede graaf van Balfour en een voormalige voorzitter van de M.P.O. , de Maatschappij voor Psychologisch Onderzoek. Naast Gerald zat zijn onaantrekkelijke zuster, Eleanor, die ook heel actief was binnen de Spiritistische Beweging.

Degene die Eleanors hand vasthield was Sarah Winchester, de erfgename van het Winchester-gewerenfortuin. De dood van haar man en haar babydochtertje hadden Sarah bewogen tot een levenslange zoektocht naar spirituele vergiffenis. Daar zij zichzelf beschouwde als de recipiënt van spirituele vergelding, uitgaande van iedereen die ooit door een Winchester-geweer was gedood, had Sarah een huis gebouwd in San Francisco dat nu al alom in den lande werd bewierookt. Het huis, dat in een voortdurende staat van renovatie verkeerde, besloeg 24 duizend vierkante meter en bezat honderdzeventig kamers, tweeduizend deuren, en een ontelbaar aantal geheime gangen. Trappen liepen dood op blinde muren en deuren boden nergens toegang toe. En Sarahs groeiende obsessie met het getal dertien had haar ertoe bewogen erop te staan dat alle kamers dertien ramen hadden en dertien kroonluchters elk met dertien lichtjes. Haar aanwezigheid bij de seance van Rose zou de populariteit van het medium zelfs nog doen stijgen.

De enige dissonant was de Man met de Verkoudheid, aan wie Marissa al vanaf het eerste moment een hekel had. Hij had een warrige dos grijs haar en een benepen, gerimpeld gezicht, en al zijn gesnotter en gekuch vormden een onwelluidende afleiding. Met zijn niesbuien had hij al twee keer de dichtstbij staande kaarsen uitgeblazen.

Verder zaten nog rond te tafel de Britse antropoloog Margaret Murray, en Rose Fitzgerald Kennedy, de dochter van de burgemeester van Boston. Voorwaar een uitgelezen gezelschap.

'Donder op!'

Bij het horen van die woeste, hese stem die lager was dan van welke man ook, draaide Marissa zich met een ruk om.

'Kolerewijf!'

Marissa's adem stokte in haar keel toen ze zich realiseerde dat de stem uit de mond van Madame Rose kwam. Rose zelf was nog steeds diep in trance.

Toen sprong de tafel minstens dertig centimeter omhoog en ontlokte de aanwezigen gilletjes van schrik. De stoel van Madame Rose bonkte tegen de vloer, de ene poot na de andere en ze kreunde, waarbij haar hoofd slap naar voren hing.

Marissa begroef haar nagels in Patricks onderarm, maar hij was te bang om het te merken. In de kamer was een soort mist op komen zetten. Marissa voelde dat zich aan de onderkant van haar rug zweetdruppeltjes vormden en haar hijgende ademhaling deed haar korset spannen.

'Wie ben jij?' vroeg Sarah Winchester gespannen.

Madame Rose glimlachte. 'Ach, Sarah, fijn dat je bent gekomen,' grauwde de afschuwelijke stem. 'Verwacht hier geen medelijden, ellendig vrouwspersoon.'

In de ogen van Sarah Winchester blonk verzet. Het had er alle schijn van dat dit niet de eerste geest was die haar de mantel uitveegde. 'Zeg ons je naam,' beval Sarah.

Het enige antwoord was een oorverdovend gebrul. Madame Rose huiverde en ze hapte naar lucht. De tafel bokte opnieuw en een doodsbange Rose Kennedy sloeg haar handen voor haar ogen. Verschillende kaarsen werden uitgeblazen toen een onverklaarbare donderslag door de kamer golfde.

Patrick trok Marissa dicht tegen zich aan om haar te beschermen. Een grote kleerkast wankelde tot tweemaal toe en viel toen op slechts enkele centimeters afstand van de tafel met een klap op de grond. Gerald Balfour schreeuwde als een vrouw, waarbij het wit van zijn ogen zichtbaar werd.

'Maak jezelf kenbaar!' gilde Madame Rose met haar eigen stem. Toen zuchtte ze diep en een slijmerige draad van ectoplasma stroomde uit haar mond en over de tafel.

Gerald Balfour sloeg een hand voor zijn eigen mond, schoot achteruit en snelde naar de deur.

Madame Rose boog haar hoofd achterover toen meer ectoplasma een schuimkraag rond haar hals vormde.

Marissa hield haar neus dicht.

Margaret Murray boog zich naar voren om de hoop ectoplasma te bestuderen. 'Is het een gezicht? Kun je iets zien?'

Eleanor Balfour boog zich eveneens naar voren, maar de Man met de Verkoudheid snoot enkel luidruchtig zijn neus.

Marissa hoorde Patricks tanden vlak bij haar oor klapperen en ondanks haar angst was ze in staat te genieten van de gedachte dat hij voortaan haar liefhebberijen niet zo snel meer zou bespotten.

'Grijp haar! Verkracht haar! Verkracht haar, nu dadelijk!' Het was opnieuw de afschuwelijke stem, woedend en schor.

Marissa bedekte haar oren met haar handen om de stroom vloeken die, gelijk met de stank van rottend vlees, de kamer vulde buiten te sluiten. Terwijl Madame Rose trilde, staken druipende ectoplasmavingers omhoog uit haar schoot. Tot ieders verbijstering strekte de stoffelijke hand zich over de tafel uit en beefde als de buitendimensionale handdruk van een onbeschrijflijke monstruositeit. Toen spatte de reusachtige hand van slijm in een spetterende slotapotheose uiteen – en doordrenkte colbertjasjes, jurken en gezichten met koud, kleverig ectoplasma. Madame Rose zeeg uitgeput op de tafel ineen.

Even kon je een speld horen vallen.

Toen klonk er uit de monden van de gasten een salvo van opgewonden vragen op: 'Wat had dat te betekenen?' 'Wie denken jullie dat het was?' 'Hij wees naar jou.'

'Schitterend! Werkelijk schitterend!' riep Margaret Murray op geëxalteerde toon. Patrick en Marissa applaudisseerden, meer van opluchting dan om enige andere reden.

Madame Rose leunde achterover in haar stoel en knikte sereen terwijl het applaus wegstierf tot er nog maar één paar klappende handen over was. Madame Rose keek tussen haar verwarde lokken op, evenals Rose Kennedy en Eleanor Balfour. Het klappen hield aan. Marissa wist dat ze de Man met de Verkoudheid niet aardig vond en dit versterkte dat gevoel nog eens. Wat was er loos met die man?

'Een prachtvertoning. Absoluut onovertroffen,' kraaide de Man met de Verkoudheid en hij bleef maar doorklappen.

Madame Rose boog haar hoofd. 'Dank u, monsieur.'

'Heel indrukwekkend. Echt,' zei hij, terwijl zijn handen eindelijk stilhielden.

Opnieuw knikte Madame Rose minzaam. 'De geesten waren heel begerig. Zo fortuinlijk zijn we niet altijd.'

'Is het heus?' De Man met de Verkoudheid keek de andere aanwezigen beurtelings aan en toen weer naar Madame Rose. 'En is dit ook eetbaar?'

Madame Rose aarzelde. 'Pardon?'

De Man met de Verkoudheid boog zich over de tafel, trok een vinger door de dikke hoop ectoplasma en voor acht paar verbijsterde ogen stak hij de vinger in zijn mond en likte hem schoon.

Rose Kennedy's adem stokte in haar keel. De mond van Patrick Newlove viel open van verbazing en Madame Rose ging ontsteld rechtop zitten. 'Dat kun je niet eten.'

'Bah, wat walgelijk.' Eleanor Balfour keek als een beledigde pauw de andere kant op.

De Man met de Verkoudheid huiverde en knikte instemmend. Toen slikte hij moeizaam.

Margaret Murray nam namens het groepje het woord. 'Wat een grofheid!'

De Man met de Verkoudheid snoot zijn neus als een trompet, stond pardoes op en liep om de tafel heen. 'U produceert prima ectoplasma, Madame Rose. De beste die er bestaat. Vooral die zwevende hand; heel goed gedaan. Ik durf te wedden dat u met die bloem en dat natriumzout heerlijke cakejes kunt bakken.'

'Waar hebt u het over?' beet Madame Rose hem toe. De Man met de Verkoudheid was inmiddels bij haar stoel aangekomen en het medium verstijfde. 'Blijf uit mijn buurt. Waarom staat u daar?'

'Dit doet helemaal geen pijn,' zei de Man met de Verkoudheid, toen knielde hij neer en stak zijn hand onder haar stoel.

Madame Rose sprong op. 'Maak dat u wegkomt!'

'Schoft!' schreeuwde Eleanor Balfour.

'Een ogenblikje. Ja. Aha! Daar gaat-ie.' De Man met de Verkoudheid zat voor de helft onder de stoel van Madame Rose.

De tafel schoot omhoog. De aanwezigen gilden in koor.

De Man met de Verkoudheid keerde met een dramatisch gebaar de stoel om en onthulde daarmee een systeem van katrollen en draden die verbonden waren met kleine ringen onder de armsteunen. 'Kijk toch eens, dames en heren, hoe grof u in de maling bent genomen.'

Margaret Murray hapte naar adem en Eleanor Balfour stond houterig op.

'Maak dat je wegkomt, rotvent,' krijste Madame Rose. 'Wie verbeeld je je wel dat je bent?'

De Man met de Verkoudheid antwoordde daarop door zijn grijze pruik door de kamer te smijten en de gegrimeerde rimpels van zijn gezicht te vegen.

'O mijn god, het is Houdini,' riep Patrick Newlove uit.

Madame Rose stond op, terwijl Rose Kennedy en Margaret Murray giechelden als bakvissen. Ze dromden om Houdini heen, die zijn armen spreidde als een gulhartige vader.

Madame Rose had zich inmiddels enigszins hersteld. 'En hoe heb ik dan dat ectoplasma op tafel geproduceerd, Houdini?'

Houdini signeerde Rose Kennedy's programma en gaf ondertussen antwoord. 'Buisjes taartdeeg in uw bustehouder, Madame, bediend door het spannen van uw buikspieren. Maar we hebben allemaal wel een bijzonder talent.' Houdini liep de kamer door, rukte de gordijnen die voor de muur hingen opzij en onthulde een dertienjarige jongen met een blaasbalg in zijn handen. Naast de jongen bevond zich een tafel met daarop een schaal rottend vlees vermengd met uitwerpselen, klokjes in verschillende maten en een doorboorde trompetschelp om het stemgeluid mee te versterken.

'*Bonjour, monsieur,*' zei Houdini.

De jongen keek Madame Rose aan. 'Krijg ik toch mijn dollar, mevrouw?'

'Houd je kop!' siste Madame Rose.

Houdini keerde zich weer naar haar toe. 'Ik heb vroeger het vaudevillecircuit afgereisd in gezelschap van een buikdanseres uit Arabië, en zij kende de meest wonderbaarlijke trucjes: zo kon ze stokjes oppakken, kwartjes wegschieten, door een rietje drinken en dat allemaal met haar…' Houdini keek op zijn horloge. 'Hemeltje, is het al zo laat?' Hij draaide zich om en wees de bewonderende seancebezoekers de deur. 'Mijn lieve vrienden, ik zou wel willen dat deze avond eeuwig kon duren, maar ik heb nog het een en ander te verhapstukken met Madame Rose, dus als u zo vriendelijk zou willen zijn om u naar de gang te begeven, dan weet ik zeker dat de meneer die uw kaartjes in ontvangst heeft genomen u uw vijf dollar zal willen terugbetalen. Dank u zeer. En vergeet niet, dit najaar komt *Terror Island* in de bioscopen. Zegt het voort. Ik weet zeker dat u ervan zult genieten. Het is een heel spannende rolprent en alle stunts zijn echt.'

Toen de laaste gasten de deur uit waren geschuifeld, wendde Houdini zich tot Madame Rose. 'Je zou beter moeten weten dan hier in mijn stad de kluit te belazeren.'

'Vind je? En wat heb je hiermee bereikt, Houdini? Het is jouw woord tegen het mijne. Er was geen pers bij aanwezig en mijn seances zijn tot februari uitverkocht. Je bent gewoon jaloers.'

'Jaloers?' Houdini keerde zich om naar de dertienjarige jongen die nog steeds ineengedoken tussen de gordijnen stond. 'Ga maar gauw naar huis, jongen.'

'Jawel, meneer.'

'En als ik je nog eens bij een seance aantref, krijg je een draai om je oren.'

'Jawel, meneer Houdini.'

Toen de deur opnieuw gesloten was, stapte Houdini op Madame Rose af. 'De kranten volgen mij op de voet; de hele wereld zit te wachten tot ik een seance authentiek verklaar. En jij? Jij maakt er een potje van.'

'Wat wil je eigenlijk van mij, Harry Houdini?' Madame Rose boog zich opzettelijk naar voren zodat een bandje van haar jurk over haar schouder omlaag gleed. 'Een bijzondere regeling, wellicht? Er wordt beweerd dat jij je vrouw niet zo trouw bent als je beweert…'

Houdini pakte de arm van Madame Rose in een ijzeren greep.

En op dat moment klonken paardenhoeven op het plaveisel buiten. Het hoofd van Madame Rose schoot opzij en haar ogen werden groot van schrik.

'Wie zit er in dat rijtuig?' vroeg Houdini die haar doodsangst voelde.

'Ga alsjeblieft weg,' zei ze fluisterend.

'Jij mag kiezen,' zei Houdini. 'De politie of je vriend in het rijtuig.'

'Dat kan ik niet,' zei ze op smekende toon, terwijl ze probeerde zich aan Houdini's greep te ontworstelen.

Het portier van een rijtuig werd dichtgesmeten. Houdini hoorde voetstappen de lobby van het theater betreden.

Madame Rose wendde zich wanhopig tot Houdini. 'Ze mogen je niet zien. Je begrijpt het niet.'

Houdini rammelde haar door elkaar. 'Wie is het?'

'Je begrijpt het niet; hij zal ons allebei doden.' Haar ogen schoten naar de deur van de seancezaal.

'Vertel op.'

De plankenvloer kraakte onder het gewicht van de nieuwkomer. De kruk rammelde toen de deur krakend openging en Morris het zaaltje betrad. Hij was gekleed in een slecht zittend antracietgrijs pak.

Madame Rose stond alleen en bevend in het midden van de kamer. De gordijnen bolden op door de wind die van buiten naar binnen blies.

Morris keek kwaad naar het raam, terwijl Madame Rose haastig haar tasje en haar sjaal pakte. 'Ik ben klaar, Morris.'

Hij negeerde haar en schoot op het open raam af. Hij stak zijn hoofd naar buiten en keek omlaag naar het zwarte rijtuig en de twee paarden die briesend in de kou stonden.

'Ik zei dat ik klaar was,' herhaalde Madame Rose op vinnige toon.

Morris trok zijn hoofd naar binnen zonder Houdini te zien, die met ingehouden adem platgedrukt tegen de muur op de richel stond.

Morris sloot het raam en vergrendelde het onwillekeurig, toen leidde hij Madame Rose de salon uit. De deur sloeg achter hen dicht.

Vanaf de richel keek Houdini toe hoe ze het gebouw verlieten. Madame Rose stapte in het rijtuig, geholpen door de witgehandschoende hand van een heer wiens gelaat door een diep over de ogen geplaatste hoge hoed onzichtbaar was. Morris ging op de bok zitten en bracht de paarden met een fluitsignaal in beweging. En heel even meende Houdini een glinstering van blauw glas achter het raampje van het rijtuig te zien, toen het in de straat keerde en langzaam in de mist wegreed.

25

De hoge gouden deuren gaven toegang tot het spelonkachtige verblijf van William Randolph Hearst. De uitgever stond voor een van de vloer tot het plafond reikend venster en achter hem ontvouwde zich de stad. Met een brandende sigaar tussen zijn tanden en de omhoogkringelende rook leek hij een soort halfgod, die New York omspande, ongeveer zoals de Colossus de haven van Rhodos omspande.

'Kom binnen, heren.'

Houdini en Doyle wisselden een blik van verstandhouding toen ze de drempel overschreden.

Hearsts uitnodiging baarde Houdini zorgen. Hij had er nadrukkelijk op aangedrongen dat Doyle bij het onderhoud aanwezig was, maar Doyles verblijf in Amerika werd geacht geheim te zijn. Er waren brieven bezorgd bij Houdini's patriciërshuis in Harlem, bij zijn studio in Hoboken en bij het Penn Hotel. Men had zijn uiterste best gedaan om een bepaalde thematiek voor te stellen in tegenstelling tot zomaar een informele ontmoeting.

Wat de toestand nog merkwaardiger maakte was de aanwezigheid van Barnabus Wilkie Tyson, de excellente promotor en populairste impresario van het moment. Houdini wist dat Tyson een onfeilbare neus had voor beroemdheden.

Houdini merkte de enigszins nonchalante wijze waarop Tyson uit zijn stoel opstond om de nieuwe gasten te begroeten. Het was niet de gebruikelijke gespeelde ongedwongenheid van pluimstrijkers in de aanwezigheid van beroemdheden, maar een doelbewuste vorm van onbeleefdheid. Houdini had onmiddellijk een hekel aan de man.

Maar een uitnodiging van Hearst negeren was geen optie. William

Randolph Hearst wás New York City. Iedereen kwam de man eer bewijzen – zelfs de burgemeester en de hoofdcommissaris van politie. Want zij wisten dat Hearst het beeld dat niet alleen de stad maar de gehele natie van zichzelf had, bepaalde. Hij was een regelmatige gast op het Witte Huis, onverschillig of de hoofdbewoner een Democraat of een Republikein was; het verlangen naar een gunstige pers bleef niet tot één partij beperkt. Met één enkel woord kon Hearst de aandelenbeurzen in Tokio en Berlijn beïnvloeden, verheven reputaties verwoesten en de publieke opinie naar zijn hand zetten. In deze tijd van partijbonzen en politieke machinaties voelde Hearst zich als een vis in het water. Bedrijfsleven en politiek bedienden zich van dezelfde methodologie als de georganiseerde misdaad en in dat milieu deelde Hearst de lakens uit.

Het kantoor stonk naar muffe sigarenrook, die in de mahoniehouten boekenkasten en bureaus en de lederen, uit Parijs geïmporteerde fauteuils was doorgedrongen. Vanaf de daksparren hingen roodfluwelen gordijnen in weelderige praal omlaag.

Hearst nam Doyle van top tot teen op. 'Waarom heb je deze man voor ons verborgen gehouden, Houdini? Je moest je schamen.' Hearst schudde Doyle de hand. 'Sir Arthur, New York City heet u welkom.'

'Dat is heel vriendelijk van u, meneer Hearst,' antwoordde Doyle.

'En ik spreek namens haar, meneer; daar kunt u van op aan.' Hearst glimlachte flauw. 'Hebt u al eens eerder kennisgemaakt met Barnabus? Hij is de laatste tijd een impresario om u tegen te zeggen.'

'Dank u, meneer Hearst,' zei Tyson gladjes. Hij grijnsde met zijn mond open en bracht daarbij een onaangenaam hees gegrom ten gehore. Hij gebaarde in de richting van de salontafel en enkele daaromheen geplaatste stoelen.

'Een whisky, Sir Arthur? Een glas wijn? Waaraan geeft u de voorkeur?'

'Niets, dank u.' Doyle ging naast Houdini zitten. Ze wisselden nogmaals een blik van verstandhouding; Houdini haalde zijn schouders op over de aanwezigheid van Tyson.

Hearst wees op een reusachtige humidor in de hoek van het kantoor. 'Sigaar? Ik heb een paar geweldige Monte Cristo's. Die smaken uitstekend bij een glas port.'

'Ik heb mijn eigen tabak bij me, meneer Hearst.' Doyle haalde zijn pijp en blikje tevoorschijn.

'Doe mij een plezier en noem mij toch William. Houdini? Waaraan geeft de Grote Man de voorkeur?'

'Je kent me. Eén borrel en ik zit tegen het meubilair te zwammen.'

Tyson lachte grommend terwijl hij terug kwam lopen met zijn eigen klotsende glas whisky. Toen hij ging zitten werd de lucht met een ploffend geluid uit de kussens geperst.

Hearst ging niet zitten; hij gaf er de voorkeur aan rond te lopen. 'Barnabus heeft me de laatste tijd versteld doen staan. Hij heeft een neus voor publiciteit, Houdini, en hij weet hoe hij er gebruik van moet maken. Wie weet? Misschien kan hij jou nog eens een goede dienst bewijzen.'

'Nee, Houdini is nog steeds de ongekroonde koning van de promotie,' zei Tyson tactvol.

Houdini grinnikte en sloeg zijn benen over elkaar.

'Barnabus heeft een heel interessante clientèle opgebouwd. Hij heeft heel strategisch gekozen en Hearst Incorporated heeft in sommigen van hen voor het theater en de speelfilm geïnvesteerd. Maar het zijn moeilijke tijden. Het publiek heeft de tijd nodig om die lui door middel van onze kranten en tijdschriften, door openbare lezingen en dat soort dingen te leren kennen. Daar valt flink aan te verdienen.' Hearst knikte naar Tyson. 'Maar dat hoef ik jou niet te vertellen, Houdini.'

'Nee, dat klopt.' Hij keek Doyle aan met een vragende uitdrukking op zijn gezicht.

Hearst was opgehouden met rondjes lopen en achter Houdini's stoel stil blijven staan. 'Ik heb gehoord dat jij een interessante ontmoeting hebt gehad met Madame Rose, de helderziende.'

Houdini keek Barnabas Tyson recht in de ogen toen hij antwoord gaf. 'Ja, we hebben gezellig wat bijgepraat.'

Tyson keek met een lome, uitdagende blik voor zich uit en nam een slokje van zijn whisky.

'Ik heb gehoord dat er mogelijk sprake was van een misverstand,' vervolgde Hearst.

'Dat was er ook, William. Dat was er zeker. Zie je, het probleem was dat Madame Rose in de mening schijnt te verkeren dat zij een soort doorgeefluik is voor geestelijke stemmen van gene zijde, terwijl ik toch duidelijk de indruk had dat zij een laffe bedriegster en een schaamteloze dievegge was. En ik geloof dat op dat punt onze paden zich scheidden.'

'Wat heb jij daarmee te maken, als ik vragen mag?' grauwde Tyson.

'Dat mag je best vragen, maar ik zou het je bepaald afraden,' beet Houdini hem toe.

'Heren, heren; kom nu toch,' vermaande Hearst hen. 'Wat ben je toch gauw op je teentjes getrapt, Houdini.' Hearst begon weer te ijsberen en deed zijn best gemoedelijk over te komen. 'Je kunt toch moeilijk volhouden dat ik in mijn bladen geen aandacht heb besteed aan jouw mediumontmaskeringen, beste vriend.'

'Nou, en?' Houdini voelde zich nooit verplicht iemand te bedanken voor de publiciteit die hij had gegenereerd.

Hearst glimlach verflauwde. 'Dit is een bijzonder geval. We hebben de nodige tijd en energie in Madame Rose geïnvesteerd en we zouden het heel vervelend vinden als dat allemaal verspilde moeite zou blijken. Bovendien zijn we bezig haar uit de mediumbranche terug te trekken en als actrice te lanceren. Haar filmrollen bezorgen, dat soort dingen. Dus dan zal ze je gevoelens toch niet meer kwetsen.'

'Als ik nu eens overal openbaar maakte hoe jij je van die handboeien ontdeed, hè?' deed Tyson een nutteloze duit in het zakje.

Houdini wierp Tyson een verachtelijke blik toe. 'Mijn beste man, van mij mag je. Sterker nog: ik daag je uit dat te doen. Maar ik voel me wel genoodzaakt je eraan te herinneren met wie je hier te maken hebt. Misschien ben je gewend geraakt aan je rol als grote vis in een klein vijvertje, maar daardoor zou je wel eens de juiste verhoudingen uit het oog kunnen hebben verloren. Ik ben Houdini. Daar is er maar één van. Wie mijn ergernis opwekt, en je komt aardig in die richting, maakt zich een zeer angstwekkende vijand.'

'Barnabus bedoelde het niet zo, Houdini. Wees genadig.' Hearst legde een hand op zijn schouder. 'Wat ben je van plan te gaan doen?'

'Waaraan?'

'Aan Madame Rose, natuurlijk.'

'Ik ben van plan de waarheid te vertellen.'

Tyson ging rechtop zitten en drukte zijn sigaar uit in de asbak. 'Ik hoef dit toch niet allemaal aan te horen,' snauwde hij.

'Nee, dat hoef je zeker niet. En laat mij je niet ophouden.' Houdini knipoogde naar Tyson.

Ongetwijfeld om van gespreksonderwerp te veranderen, gebaarde Doyle naar het van de vloer tot het plafond reikende raam. 'Wat een prachtig uitzicht.'

'Het mooiste in de hele stad,' antwoordde Hearst trots. Toen liep hij weg van Houdini's stoel en ging naar het raam, zijn gezicht een masker van bezorgdheid. 'Ze is mijn tuin, weet u. Ik beheers de kennis die haar doet gedijen en ruk het haar vijandige onkruid uit. Ik voed haar met geld.

Maar ongeacht hoeveel omheiningen je ook plaatst...' Hearst zuchtte. Na een ogenblik keerde hij zich om en keek Doyle en Houdini aan. 'Er waart een perverse moordenaar rond in mijn stad, Sir Arthur. Even hadden we hem te pakken, maar hij is ontsnapt uit het Bellevue Gesticht voor Gevaarlijke Geesteszieken – met de hulp van handlangers, is mij verteld.'

Houdini trok een wenkbrauw op.

'Het vinden en voor het gerecht sleuren van deze gek... Nou ja, om eerlijk te zijn... dat is een obsessie voor me geworden,' vervolgde Hearst.

Tyson knikte ernstig en in zichzelf gekeerd.

'Een paar flinke krantenkoppen en je voelt je weer een stuk beter,' zei Houdini.

Hearst wendde zich met een frons tot Houdini. 'Jouw cynisme vind ik stuitend. Deze misdaden zijn weerzinwekkend en de slachtoffers zijn liefdadigheidswerkers, nota bene – burgers die hun best doen de meest onfortuinlijke zielen van de stad te redden. En de moordenaar is klaarblijkelijk een occultist. Een verdorven misbaksel. Lovecraft heet hij.'

Houdini's slokje water schoot in het verkeerde keelgat. Hij hoestte en bracht Hearst daarmee uit zijn concentratie.

'Het verhaal steekt heel grillig in elkaar. Het vreemdste is wel dat men beweert u, Sir Arthur, in de woning van de verdachte te hebben gesignaleerd.' Doyle leek net op het punt te staan te antwoorden, maar Hearst sneed hem de pas af. 'U bent natuurlijk des duivels, en dat kan ik u niet euvel duiden. Het slaat uiteraard nergens op. Maar zoals u heel goed weet hebben de meest belachelijke roddels de neiging in feiten te veranderen, zodra het publiek eenmaal de geur van een verhaal heeft opgesnoven.' Hearst schudde meewarig zijn hoofd. 'Helaas gaat dat nu eenmaal zo in het nieuwsbedrijf.'

'Ik heb het verhaal niet gevolgd,' merkte Doyle op zakelijke toon op en hij nam een trekje van zijn pijp.

'Tja, ach, ik ben ervan overtuigd dat de zaken waarvoor u hier bent gekomen, wat die ook mogen zijn, heel belangrijk en zeer tijdrovend zijn. Maar ik moet u toch waarschuwen dat enige associatie met iets van dien aard – ook al is het onterecht – uw reputatie kan schaden. Dat is momenteel wel het laatste waaraan uw nog prille Spiritistische Beweging behoefte heeft.'

'De Beweging kan wel voor zichzelf zorgen, daar maak ik me geen zorgen over,' antwoordde Doyle op afgemeten toon.

Maar Hearst wist hoe hij zijn troeven moest uitspelen. 'Vroeg of laat zou ik me genoodzaakt kunnen zien deze geruchten te publiceren, of ze nu geverifieerd zijn of niet. Het verhaal gaat zijn eigen leven leiden, begrijpt u. En het publiek smacht naar nieuwtjes. Op zeker moment zou ik wel eens meer brandstof nodig kunnen hebben om het vuur brandende te houden.'

'Is dat een bedreiging?' vroeg Doyle.

'Maar wellicht is er,' vervolgde Hearst, Doyles vraag ontwijkend, 'een manier om deze informatie een gunstige draai te geven.' Hearst liep door de kamer naar zijn bureau. 'Ja, ik geloof dat gebeurtenissen zich niet bij toeval manifesteren in een bepaalde orde – een goddelijke orde.' Hij pakte een krant op, keerde terug naar de salontafel en boog zich naar Doyle toe. 'Wat zegt u hiervan, Sir Arthur? Laten we zelf eens wat nieuws creëren.' Hearst legde de *Daily Journal* op tafel en de kop op de voorpagina luidde:

SHERLOCK HOLMES OPENT JACHT OP OCCULTE MOORDENAAR

'Zelf nieuws creëren, hè?' zei Doyle ongeïnteresseerd. 'Ik kan me voorstellen dat dat de voorkeur verdient boven verslaggeving.'

Hearst glimlachte koeltjes. 'De kop van de krant van morgen. Als de veiligheid van de grootste stad op aarde wordt bedreigd, dan moet men een beroep doen op de grootste detective op aarde om haar te beschermen.'

Doyle trok zijn wenkbrauwen op en hield een brandende lucifer bij de kop van zijn pijp. 'Is het in Amerika de gewoonte om verslag te doen van het nieuws voordat het zich heeft voorgedaan?'

Hearst fronste zijn voorhoofd. 'Het is teleurstellend te merken dat u zo achteloos reageert op een zo ernstige kwestie.'

'En u wilt beweren dat dit een serieuze benadering is?' kaatste Doyle terug.

Tysons lippen krulden zich. 'Arthur, jij bent een groentje op dit gebied.' Hij wendde zich tot Houdini. 'Heb je hem uitgelegd hoe de zaken in New York City er voorstaan.'

'Voor jou is het altijd nog "Sir" Arthur, waardeloze flapdrol,' antwoordde Houdini. 'En jij bent het nog niet eens waard in zijn schaduw te staan.'

Hearst zuchtte. 'Ik moet zeggen dat het me verbaast. Er is geen betere valuta op de wereld dan wat gunstige publiciteit. Ik had gedacht dat u die kans onmiddellijk zou grijpen, in het licht van de schrobbering die u van de Britse pers hebt gehad, Sir Arthur.'

'Dan hebt u zich vergist. Ik leen noch mijn naam, noch de naam van Sherlock Holmes aan een leugenachtig onderzoek. En als u dat zonder mijn toestemming toch probeert dan zal ik u in de *New York Times* publiekelijk aan de schandpaal nagelen.'

'Ach, ik kan me altijd bij het eerste verhaal houden. Misschien is dat sowieso de beste aanpak. Ik heb een rechercheur van politie als getuige en je vindt geen betere bron zonder ervoor te betalen. Ik ben niet gewend "nul" op mijn rekest te krijgen.'

'Nee.' Doyle stond op en bood Hearst zijn hand aan. 'Zo. Dat viel toch wel mee, hè? Dank u voor het uitzicht, meneer Hearst.' En Doyle liep in de richting van de deur.

Ook Houdini stond op. 'Als u dat verhaal publiceert, dan lachen ze u in uw gezicht uit,' zei hij.

'Misschien. Of anders zou je wellicht je meningen eens voor je kunnen houden, dan is er helemaal geen probleem.'

De spieren in Houdini's kaak spanden zich.

Hearst wendde zich tot Doyle terwijl hij wegliep. 'Het is verfrissend om iemand te zien die zich zo weinig aantrekt van wat anderen van hem denken.'

Doyle weifelde.

'Ik neem mijn petje voor u af. Mocht u nog spoken of kobolden of elfjes in New York tegen het lijf lopen, dan hoop ik dat u me dat laat weten. Ik overweeg een kinderkatern in mijn *Sunday Journal* op te nemen. Uw spiritistische commentaren zouden daar beslist niet in misstaan.'

Doyle wilde hem nog van repliek dienen, maar Houdini legde zijn hand op zijn arm en belette het hem.

In de stilte die volgde sloop Tyson dichterbij en sprak op gedempte toon. 'Ik vind het vreselijk om iets zo te zien aflopen, heren.' Hij overhandigde hun een gekalligrafeerde uitnodiging. 'Beschouw dit maar als een zoenoffer van Madame Rose. Het betreft een gekostumeerd bal, in het kader van de naderende Allerheiligenavond. Het is aanstaande zaterdag op haar landgoed. Ze zei dat het vooral voor jou bijzonder onderhoudend zou zijn, Houdini.'

'O ja?' zei Houdini, terwijl hij de uitnodiging betastte. 'Ik zal mijn agenda raadplegen om te zien of ik een gaatje vrij heb die avond.'

'We drinken een paar glaasjes en laten heel deze onverkwikkelijke kwestie achter ons.'

Doyle, die evenals Houdini zowel de mogelijkheden zag als een valstrik vermoedde, gaf Tyson een hand. 'Wilt u zo vriendelijk zijn Madame Rose te laten weten dat ik me erop verheug haar te ontmoeten.'

26

Madame Rose deed haar oorringen uit en legde ze op het blad van haar bureau terwijl ze in de spiegel keek. Haar paarse nachthemd ging schuil onder een paisley kamerjas. De stof golfde als water over haar lichaam. Haar ogen dwaalden af naar het bed in de spiegel en toen zag ze plotseling een gestalte die zich in het duister van de deuropening ophield. Madame Rose bleef doodstil staan. Hij liep, geruisloos als de schaduwen die hem omhulden, de kamer in en bleef niet stilstaan voor hij zo dichtbij was dat ze zijn adem in haar nek kon voelen. Onwillekeurig greep ze het marmeren bureaublad zo stevig beet dat haar knokkels wit werden.

'Darian,' fluisterde ze met een ijl stemmetje.

Zijn vingertoppen beroerden de topjes van haar heupbeenderen en streelden voorzichtig de zachtheid van haar buik.

'Darian,' zei ze nogmaals, op waarschuwende toon.

Met zijn duim en wijsvinger trok hij aan de dunne ceintuur van haar kamerjas en de ademhaling van Madame Rose werd jachtig terwijl ze innerlijk ineenkromp. De kamerjas viel open. Hij reikte met zijn linkerhand om haar heen en pakte haar rechterborst, waarbij hij haar linkerborst plette met zijn onderarm.

'Darian.' Haar stem klonk schril.

Met zijn andere hand greep hij haar in haar kruis en betastte al haar intieme delen onder de zijde.

'Nee, Darian, niet doen. Dat kan nu niet,' drong Madame Rose aan.

Hij beet in en zoog op de blanke huid van haar schouders en achter in haar nek, zonder zich iets van haar woorden aan te trekken. Ze verzette zich tegen zijn avances, maar voelde zich week en krachteloos worden.

'Alsjeblieft… alsjeblieft, niet doen,' smeekte ze.

Hij duwde haar hardhandig naar voren tot haar borsten tegen het koude marmer van het bureaublad drukten. Plotseling was haar nachthemd tot rond haar middel opgetild en reageerde ze ontsteld op het gevoel van zijn ruwe handen op haar billen,

'Houd daarmee op! Darian, kap daarmee!' Ze draaide zich met een ruk om om hem aan te kijken.

Toen stak hij opeens zijn hand in haar mond, greep haar onderkaak beet en ramde haar hoofd achterover tegen de spiegel. Madame Rose hoorde het glas breken toen hij met zijn andere hand haar nek vastpakte. Ze kon slechts met de grootste moeite ademhalen. Ze dacht dat ze zijn tanden kon horen knarsen toen zijn duim haar keel dichtdrukte. *Zo gemakkelijk,* kon ze hem bijna horen denken.

Toen liet hij haar plotseling los, stormde haar slaapkamer uit en sloeg de deur zo hard achter zich dicht dat de muren ervan beefden.

Madame Rose sloeg de kamerjas met trillende handen strak om zich heen en zeeg met bonzend hart neer op de grond.

Vier uur later lag ze, nog steeds klaarwakker, in bed. Ze was bang om te gaan slapen. Ze kon niets anders horen dan het gebonk van haar hart in haar trommelvliezen. De houten vloerplanken in de gang voor haar slaapkamerdeur kraakten onder het gewicht van een man.

Hij stond voor haar deur.

Madame Rose kneep haar ogen stijf dicht. De afgelopen weken had haar angst voor Darian een geheel nieuwe vorm aangenomen. Maar bang was ze zeker voor hem. Voor zijn stilzwijgen. Voor zijn afstandelijkheid. Voor de koortsachtige blik in zijn ogen. Het was een blik die ze zich maar al te goed herinnerde.

Kaarslicht viel onder haar slaapkamerdeur naar binnen. Madame Rose wachtte en voelde de kramp in haar spieren van de uren gespannen afwachting. Maar geleidelijk aan verflauwde het licht op haar vloerkleed en werd het weer donker. Darian was haar deur voorbijgelopen. Ze meende hem op de trap te horen. Zijn hakken klakten in de verte; hij had zijn laarzen aan. Madame Rose keek opnieuw op haar klok. Het was vijf voor half drie in de ochtend.

Berustend in haar slapeloosheid ging ze rechtop zitten en streek haar haar achter haar oren. Ze liet haar voeten met de volmaakt gepedicuurde tenen in muiltjes glijden en gooide haar kamerjas om haar schouders.

Vanaf de overloop op de eerste verdieping kon ze zien hoe de voordeur zich zachtjes sloot. Madame Rose liep snel de trap af, waarbij de rankheid van haar figuurtje weinig klachten van de trap opleverde. Ze glipte door de voordeur naar buiten en vroeg zich onmiddellijk af of ze daar wel verstandig aan deed. De oktoberwind raasde fel en bezorgde haar kippenvel op armen en benen. Ze klappertandde. Ze kon het gekraak horen van de bomen die zich bogen naar het uit het westen opkomende front. Donkere wolken pakten zich boven haar hoofd samen en dreven voor de maan. De wind gierde over de glooiende heuvels van het landgoed en joeg over de groene klippen die boven het Willow Grove Kerkhof uittorenden.

Madame Rose zag een glimp van lantaarnlicht dat verdween rond de zuidelijke vleugel van het landhuis en ze liep er achteraan, waarbij haar muiltjes trippelden over de enorme cirkelvormige, met grind bedekte oprijlaan. Ze verschool zich achter de grote in geometrische vormen geknipte heesters en tuurde om het hoekje van de muur. Het grote marmeren zwembad was tot de zomer afgedekt en het tuinmeubilair was ingeklapt en tegen de achtermuur van het huis geplaatst, vlak bij de gigantische stapels brandhout.

Ze zag dat de gewoonlijk vergrendelde deur van de tuinschuur klapperde in de gure wind. Madame Rose meende het licht van een vuurtje achter een vuil raam te zien schitteren. Hoewel ze wilde dat ze weer terug was in de warmte en de geborgenheid van haar bed, snelde ze over het natte gazon naar het schuurtje en trok de deur open.

De geur van aarde en spinnenwebben vulde haar neus. De tuinman hield zijn gereedschappen netjes gerangschikt; harken, schoffels en spaden stonden langs de muren opgesteld. De enige wanorde was waar een kruiwagen opzij was gegooid en een oppervlak van ongeveer één vierkante meter vloer was vrijgemaakt en een grote ring zichtbaar was geworden die aan de vloer was vastgeklonken. Met beide handen eraan trekkend, wrikte Madame Rose het luik open en onthulde een ladder die omlaag leidde naar een geheime ondergrondse ruimte. En toen ze zich vooroverboog en in de duisternis tuurde, flakkerde het schijnsel van Darians lantaarn vaag als een baken in de verte.

Madame Rose kreeg een wee gevoel in haar maag bij de gedachte dat ze dit hol zou betreden, maar tegelijkertijd had angst altijd een bepaalde aantrekkingskracht op haar uitgeoefend. Verschrikking was een afrodisiacum, en sinds haar prille jeugd had ze de grenzen ervan opgezocht – in belangrijke mate dankzij de familie waarin zij was geboren. De spookverhalen en bloedige legenden over kobolden en ontvoerde kinderen bezorgden haar niet alleen nachtmerries, maar stimuleerden tevens haar seksualiteit en gevoelsleven en geest op een wijze die de loop van haar leven voor altijd zou bepalen.

En sinds haar bakvisjaren had ze een voorkeur gehad voor mannen die haar als seksuele partner angst inboezemden.

Toch was Darian de grens die ze nooit had gedacht te overschrijden. Maar in zekere zin hadden ze langzaam in kringetjes om elkaar heen gedraaid als satellietmanen, door een onweerstaanbare aantrekkingskracht gedreven tot een trage elliptische dans die gedoemd was in een fatale botsing te eindigen.

Dat was waarom ze de ladder afdaalde naar de kwalijk riekende stilte van een ondergrondse gang.

Dat was waarom ze zijn raadselachtige gedrag en wrede stemmingen verafschuwde en er tegelijkertijd opgewonden van werd, ervoor wegvluchtte maar er altijd weer naar terugkeerde, biddend dat er een einde zou komen aan zijn gewelddadigheid en niettemin hopend dat zulks nooit zou gebeuren.

Dat was waarom elke vezel van haar lichaam tintelde onder haar dunne zijden gewaad en wellust zich van haar meester maakte toen de gang zich in angstwekkende duisternis voor haar uitstrekte.

Dat was waarom ze zich niet Darians strelingen van uren geleden herinnerde, maar het gevoel van zijn hand die haar keel omklemde.

Madame Rose liep in nagenoeg volkomen duisternis en tastte met haar vingers de aarden wanden af om de weg te kunnen vinden. Een brommerig geluid ergens diep in de tunnels begon langzamerhand de vorm van een zingende stem aan te nemen en het geluid ervan deed haar voorwaarts snellen.

De tunnel ging omlaag en maakte een bocht, eerst naar rechts, dan naar links, dan weer naar rechts, totdat ze het spoor dat ze oorspronkelijk had gekozen bijster begon te raken. Toen liep de tunnel steiler omlaag en moest ze haar snelheid inhouden om niet voorover te vallen. Haar hart voelde aan als een gebalde vuist in haar borstkas.

Heel langzaam begon een ander geluid – een dissonerend gejammer – de gang te vullen en het gezang te overstemmen. Madame Rose voelde het gebrom in haar slapen kloppen. Het was een buitenaards geluid dat zowel vanbinnen als vanbuiten kwam.

Om zich te oriënteren keek ze op naar het lage plafond en onderscheidde met moeite de schimmige vormen van boomwortels die als tentakels door de aarde omlaag reikten. Haar rug werd nat van het zweet toen ze zich realiseerde dat ze zich vlak onder het Willow Grove Kerkhof – onder de graven zelfs – bevond. Haar knieën knikten. Ze kon niet verder gaan en ze kon evenmin rechtsomkeer maken. Ze stond als aan de grond genageld en huiverend in de donkere tunnel, en hoorde geluiden die ze aanzag voor het kreunende gesnik van de doden. Ze voelde dat ze haar, net buiten het bereik van haar handen, in de gaten hielden, haar observeerden.

Toen raakte een wortel haar schouder en ze gaf een gil. Het voelde als de vinger van een skelet, en gedesoriënteerd draaide ze zich met een ruk om. Ze zette het op een lopen, zonder een hand voor ogen te zien, waarbij haar angstkreten een zwak contrast vormden met het jammerlijke gekreun achter haar slapen, dat alleen maar diepere en luidere trillingen veroorzaakte.

Het gezang weergalmde door de tunnel en nu herkende Madame Rose de stem als die van Darian. Zijn toon was haatdragend en triomfantelijk. Hij veranderde de woorden van een vreemde maar mooie taal in een bittere brij van gal.

Een hobbel op het pad maakte dat Madame Rose haar enkel verzwikte en ze languit voorover viel, waarbij ze een bloedende lip opliep en het laatste beetje lucht dat haar restte uit haar longen werd geperst. Toen drong tot haar door dat er verderop in de gang licht brandde.

Twee zwartgeschilderde kerkdeuren wachtten haar aan het einde van de tunnel. Daarvoor flakkerde een armkandelaar die op een smalle stenen richel stond die uit de muur naar voren stak. De deuren leken te ademen op het ritme van de stemmen en het dissonerende gegons dat ze nog steeds in haar tandvlees en botten en maag kon voelen. Ze krabbelde overeind op één blote voet omdat ze een muiltje was kwijtgeraakt en strompelde in de richting van de kerkdeuren. Het gegons werd luider dan ooit tevoren – zo luid, zo onmogelijk, zo diep onder de grond.

Darians stem verhief zich en ze voelde een kramp in haar hart omdat hij zo allesoverheersend, zo indrukwekkend klonk. Misschien zou alles nu anders worden. Misschien was er een uitweg uit deze duisternis.

Madame Rose zag het vuil onder haar nagels toen ze met haar handen tegen de deuren drukte.

Ze gingen open.

En daar stond Darian achter het altaar, zijn glimlach oogverblindend, zijn ogen extatisch en glinsterend, zijn huid witter dan kalk.

Hij had een heel oud en dik boek in zijn handen en las daaruit voor in een merkwaardige taal, waarbij hij zijn lippen in allerlei bochten plooide om de prachtige en vreemde nieuwe woorden uit te kunnen spreken.

Toen hij haar zag kwam er een intense glimlach om zijn mond, maar de vreemde woorden bleven over zijn lippen rollen, omdat hij verkeerde in een extatische trance.

Tranen van vreugde biggelden over Madame Roses wangen. Ze had hem nog nooit zo paradijselijk en beangstigend vitaal gezien, en ze vroeg zich af welke gezegende aanwezigen de eer hadden deze geïnspireerde rede aan te horen.

Ze draaide zich om om naar hen te kijken, om haar blijdschap met hen te delen. En op hun beurt zwermden ze op haar toe: een deinende, haveloze verzameling robijnrode ogen en reikende omzwachtelde handen. De mond van Madame Rose ging open om te schreeuwen, maar er kwam geen geluid uit. De wezens krijsten als varkens op de slachtbank en nu zag ze ook dat zij de bron waren van dat misselijkmakende gejammer dat haar de stuipen op het lijf had gejaagd.

Die doordringende, akelige kreten vermengd met Darians woorden werden haar te machtig. Haar ogen draaiden weg en ze raakte buiten bewustzijn. En alles was weer vredig en stil en duister.

27

Tegen de tijd dat Doyle en Lovecraft waren doorgedrongen tot in het omgebouwde Chinese Theatre, dat nu een thuis bood aan de New Yorkse Maatschappelijke Hulpverlening, waren ze nat tot op het hemd. De regen ranselde het dak toen ze het ijskoude water van hun jassen schudden. Het was een lange nacht geweest waarin zij missieposten en kerken hadden afgelopen op zoek naar getuigen en informatie. Toen zij eenmaal in staat waren namen en signalementen te vergaren, leken alle sporen naar dit gebouw te voeren. De lucht was muf en vol van de kakofonie van bijna veertig snurkende zwervers. De gecombineerde geur van ranzige adem en zweetsokken was overweldigend.

Het gebouw was lang en cilindervormig, met aan weerszijden banken die als bedden dienstdeden en een lang middenpad. Meer mensen lagen hier en daar uitgestrekt op de grond en Doyle en Lovecraft verplaatsten zich voorzichtig om te voorkomen dat ze op de slapenden trapten. Boven hun hoofden slingerden kale lichtpeertjes. De wanden waren beschilderd met in hoofdletters geschreven vragen als: HOE LANG GELEDEN HEB JE JE MOEDER VOOR HET LAATST GESCHREVEN? en DE HEER ZAL ZICH OVER U ONTFERMEN. WEND U TOT HEM NU HIJ NA IS.

'Ik vrees dat we helemaal vol zitten,' sprak een strenge stem van achter uit het gebouw. Die behoorde toe aan een lange, gladgeschoren kerel met grijs achterovergekamd haar die een wit overhemd en bretels droeg. Hij had een haviksneus en een hoekig gezicht. Doyle nam nota van de revolver die achter zijn broeksband stak.

'We zijn niet op zoek naar een slaapplaats,' zei Doyle, zijn handen openend om te laten zien dat hij ongewapend was.

'Mooi zo. Dat is meer dan ver genoeg.' Lovecraft en Doyle waren pas halverwege het middenpad toen de man het woord tot hen richtte. 'Als jullie geen slaapplaats willen, hebben jullie hier niets te zoeken. Wegwezen dus.'

'We wilden u graag even spreken over –' begon Doyle.

'Wat jullie journalisten niet schijnen te begrijpen is dat we in de rouw zijn. Het enige dat we verlangen is met rust te worden gelaten. We hebben familie verloren en dit is noch het moment noch de –'

'Wij zijn geen journalisten en we zijn niet van de politie,' zei Doyle, hem in de rede vallend. 'Je zou kunnen zeggen dat wij onderzoekers zijn, en dat deze zaak onder onze aandacht is gebracht. We vragen slechts tien minuten van uw tijd.'

Enkele minuten later zaten Doyle en Lovecraft rond de tafel met de man die zich voorstelde als Joe. Judith, zijn echtgenote, een elegante vrouw, in simpele kleding, voegde zich bij hen. Zij ging zo zeer gebukt onder verdriet dat het lopen haar moeite leek te kosten. Toch was zij een attente gastvrouw en ze zette thee om hun door de storm verkilde lichamen te verwarmen. Maar toen ze verstrooid aan een porseleinen vlinderbroche frunnikte was haar nervositeit evident.

Om het eenvoudig te houden had Doyle voor zichzelf en Lovecraft een schuilnaam en een achtergrondverhaaltje verzonnen, waaraan noch Joe noch Judith leek te twijfelen. De problemen waren niet te overzien bij de New Yorkse Maatschappelijke Hulpverlening en als er vreemdelingen waren die aanboden te helpen, waarom zouden ze dan dwarsliggen?

'Iedereen is dus present?' vroeg Doyle op vriendelijke toon.

Joe en Judith wisselden een radeloze blik. 'Voorzover mogelijk,' antwoordde Joe.

'Zijn er nog anderen?'

'Onhandelbare kinderen,' zei Judith onzeker.

'Vervloekte misdadigers,' snauwde Joe. Zijn vrouw knikte. Ze was het duidelijk met haar echtgenoot eens hoewel ze zijn taalgebruik afkeurde. 'Maar wat kunnen we eraan doen?' vroeg Joe alsof hij ergens van werd beschuldigd. 'We hebben niet voldoende personeel. Ik heb een hele zwik boven waarvoor ik moet zorgen. Ik kan hen toch niet voortdurend achter hun vodden zitten, of wel soms? We hebben al iemand verloren die probeerde hen te vinden. Dexter.' Joe fronste zijn voorhoofd, alsof hij nog steeds verbaasd was over de hevigheid van zijn verdriet. Judith zuchtte slechts en pakte Doyles lege theekopje.

'Nog een kopje, meneer?' vroeg ze.

'Nee, nee, dank u zeer.' Doyle boog zich naar Joe toe. 'Ik begrijp dat het u zwaar valt, maar draagt een van uw pupillen of een van de personen die voor de organisatie werkzaam zijn,' Doyle stak zijn hand in zijn zak en haalde de amuletmunt tevoorschijn, 'iets dergelijks?'

De munt draaide rond in het kaarslicht.

'Dat is Matthews hanger,' zei Judith onmiddellijk.

'Matthew? Waar is hij?' vroeg Doyle.

'Ik zei zojuist al –' begon Joe gebelgd.

'Nee. Vannacht, bedoel ik. Nu het zo regent. Er moeten bepaalde onderkomens zijn als het noodweer is. Ergens waar zwervers bijeenkomen.'

Joe knikte begrijpend. 'Tja, als ze hier niet zijn of in het opvanghuis tussen Twenty-third en Lexington Avenue...' Hij wendde zich tot Judith.

'Dan zitten ze waarschijnlijk in de spoortunnels,' stelde ze vast.

'Welke?'

'Ik zou beginnen met die bij het City Hall-station,' antwoordde Joe.

28

'Parijs,' zei Abigail, tussen twee slokjes uit de wijnfles. 'En dan zou ik danseres worden.' Ze strekte haar armen wijduit en wervelde in het rond, waarbij haar lach weerkaatste tegen de tegels van het City Hall-station – een gotisch labyrint van gewelfde plafonds, duistere trappenhuizen en met spinrag bedekte kroonluchters. Dankzij al die vertakkingen en kruisingen, onderverdelingen en doorgangen kon je daar dagenlang rondlopen zonder ooit twee keer dezelfde route te volgen. Op dit late uur was het station een rustig toevluchtsoord tegen de hevige regenval.

'Saai, hoor,' zei Matthew terwijl hij probeerde Abigail de wijnfles te ontfutselen. 'Daarbij komt dat je niet kunt dansen.'

'Dat kan ik wel,' zei Abigail pruilend. 'Zie je wel?' Ze ging als een ballerina op haar tenen staan, totdat haar benen het begaven en ze viel.

Nu was het Matthews beurt om te lachen. Abigail hield de wijnfles scheef en goot uit wraak de inhoud langzaam uit over de grond.

'Hé!' schreeuwde Matthew, terwijl hij naar de fles graaide.

'Zeg dat het je spijt.'

'Het spijt me.'

Abigail bleef schenken.

'Ik heb gezegd dat ik er spijt van heb,' gilde Matthew met dubbele tong.

'Je moet het ook menen.'

'Ik meen het,' riep hij uit, terwijl hij haar vastpakte en omhelsde en haar plat tegen de grond drukte.

Ze spartelde onder hem. 'Je stinkt uit je mond.' Ze zwaaide met een hand voor haar neus terwijl Matthew haar probeerde te zoenen.

Matthew beroerde haar neus met zijn lippen. 'Wat zou je zeggen van

Hongkong? Dan gaan we als verstekeling mee op een vrachtboot.'

'Vind je dat ik er Chinees uitzie?' vroeg Abigail. Matthew lachte en ze kuste hem.

'Zolang ik bij jou ben kan het me niet schelen waar we naartoe gaan,' zei Matthew.

'En hoe zit het met de anderen?' Maar Abigail had onmiddellijk spijt van die vraag, want Matthews gelaatsuitdrukking veranderde ogenblikkelijk.

'In hemelsnaam, hebben wij soms geen recht op een eigen leven?' Hij rolde van haar af, ging rechtop zitten en sloeg het laatste beetje wijn uit de fles achterover.

'Ik weet het,' zei Abigail, die ook rechtop ging zitten.

'Als jij je hele leven een baby wilt blijven, ga dan gerust je gang! Laat hen maar vertellen wat je moet doen en laten.' Matthew kon zich heel erg druk maken als hij had gedronken en Abigail voelde dat er een woede-uitbarsting zat aan te komen. Ze probeerde hem te kalmeren door zijn haar te strelen, maar hij duwde haar weg. 'Ik weet niet waarom ik mijn tijd met jou verspil. Jij verandert nooit.'

'Dat is niet waar,' zei Abigail. 'Ik wil met je meegaan.'

Matthew stond wankelend op. 'Vergeet het maar. Ik wil mijn eigen leven leiden.'

'Ga niet weg,' smeekte Abigail.

Matthew keek haar dreigend aan. 'En waag het niet achter me aan te komen. Ga maar terug naar mammie en pappie. Ik vind wel een echte vrouw.' Zijn nadruk op het woord 'echt' deed Abigail ineenkrimpen.

Matthew struinde een andere gang in. Abigail kon hem horen mopperen en wist dat zijn verongelijkte woede zou bekoelen zodra hij nuchter werd. Maar voorlopig was ze alleen, en Abigail vond het vreselijk om alleen te zijn. Ze trok haar hoge hoed over haar oren en keek met knipperende ogen naar de flakkerende kroonluchters. Ze gleed langs de wand en ging, met haar armen om haar knieën geslagen, naast de plas wijn zitten. Ze kon de regen de straten boven haar horen ranselen, en het geluid vervulde haar van een onbestemde droefheid. De tranen biggelden over haar wangen, maar ze besteedde er geen aandacht aan. Die kwamen altijd als ze alleen was. Het waren tranen die Matthew nooit had gezien en ook nooit zou zien als zij het voor het zeggen had. Zij waren haar geheim, een persoonlijke smart die haar al zo lang ze zich kon herinneren vergezelde. Ze sloot haar ogen en liet haar hoofd op haar knieën rusten en probeerde een uiltje te knappen, waarbij de regendruppels in de verte haar in slaap susten, toen er plotseling een sidderende gil door de tunnels weergalmde.

Abigail hief haar hoofd op en tuurde de lange tunnel naar beide kanten in. 'Matthew?'

Elders, net onder het straatniveau, snelden vier gestalten over de stenen vloer van het City Hall-station.

Houdini zette zijn hoed af en sloeg de regendruppels eraf.

Doyle stapte naast hem voort en trachtte zich een indruk te vormen van zijn omgeving.

Marie klapte haar paraplu in en keek onderzoekend naar de overwelfde galerijen. Er is hier iets niet in de haak,' zei ze.

Lovecraft volgde als laatste en liep te slepen met een gehavende schoudertas die bij elke stap een luid rammelend geluid veroorzaakte.

Marie hield een bevende hand voor haar gezicht.

Doyle liep bezorgd op haar toe. 'Marie, wat scheelt eraan?'

'Ik weet het niet,' fluisterde ze. 'Ik heb het gevoel dat ik geen adem kan halen.'

'Claustrofobie, misschien?' vroeg Houdini.

'Nee,' antwoordde Marie. 'Het is iets in de atmosfeer hier.'

Doyle wendde zich tot Lovecraft. 'Het is zover.'

Lovecraft zette zijn tas op de grond. Hij maakte de gespen los en opende haar, daarmee een set quasi-wetenschappelijke instrumenten onthullend – een draagbare werkplaats voor demonologisch onderzoek. De meeste instrumenten dienden geen duidelijk doel, doch Lovecraft betastte ze allemaal met de doelmatigheid van een chirurg en woog duidelijk hun bruikbaarheid. Hij zette zijn zwarte gleufhoed af en deed een bolvormige veiligheidsbril om zijn nek. Toen wrong hij zijn arm in een kaphandschoen die gesneden leek uit een groot dierenbot, en bevestigde die met leren riemen en gespen aan zijn pols en elleboog. In de handschoen leken symbolen gekerfd en door de beenderen waren veelkleurige draden geregen als aderen. Ze liepen van de handkap van jade tot in het besturingsmechanisme dat bestond uit een kleine stoommachine aan iets dat leek op het eind van een vishengel. Lovecraft plaatste de veiligheidsbril voor zijn ogen en liet de katrol op het besturingsmechanisme haastig vieren. Vergezeld van rondspringende vonken, begonnen kleine zuigers op en neer te bewegen. Er rees een huiverend gezoem uit op toen de stroom door de gebundelde draden voer en maakte dat de slangachtige symbolen begonnen te gloeien.

180

Doyle keek in welwillende verwondering toe hoe, rondom Lovecraft, spookachtige mathematische symbolen als fonkelende vuurvliegjes in de lucht opdoken, afkomstig van de met transistors uitgeruste kaphandschoen. Toen de spoel uit eigener beweging begon te wentelen, draaide Lovecraft met zijn vrije hand aan een schijf op het door stoom aangedreven apparaat en keek aandachtig hoe sommige spookcijfers oplichtten en werden vervangen door andere zwevende formules. 'Fascinerend,' mompelde Lovecraft binnensmonds.

'Is dat ding gevaarlijk?' vroeg Houdini, wijselijk een stapje achteruit doende toen een groenachtig licht Lovecraft omhulde.

Doyle schraapte zijn keel. 'Howard?'

Lovecraft maande hem stil te zijn.

Doyle probeerde het nogmaals. 'Waar is dat instrument voor?'

Lovecraft sprak snel en op gedempte toon, alsof hij de werking van zijn werktuig niet wilde verstoren. 'Het is een Eltdown Schild, dat door Duvall is ontwikkeld. De symbolen die je ziet behoren tot de Grote Wedkamp van Yith.'

Houdini vroeg fluisterend aan Doyle: 'Word je daar echt wijzer van?'

Doyle fronste zijn wenkbrauwen. 'Zeg, Howard, welke functie heeft het?'

Zichtbaar geërgerd wendde Lovecraft zijn blik af van de zwevende symbolen. 'Ik ben bezig een kleine etherische brug te slaan, zoals iedereen kan zien, maar ik heb nog heel even nodig om die te voltooien, wees dus stil.'

Terwijl Lovecraft wegliep, keerden Doyle en Houdini terug naar Marie, die rillend tegen een zuil ineengedoken zat.

'Kun je verklaren wat je voelt?' vroeg Doyle haar.

'Koud. Kouder dan ijs. Binnen in me.' Marie sloeg een sjaal om. 'Gewoonlijk kan ik de adem van de geesten rondom me voelen, maar hier niet. Hier is niets dan leegte.'

'Ik heb iets gevonden,' riep Lovecraft uit. Hij rukte zijn veiligheidsbril omlaag. Zijn gezicht was nat van de hitte van het instrument. 'Er is interferentie, maar ik vang duidelijk een bovenauditief gebabbel op.'

'Een wat?' Houdini sprak ook namens de anderen.

'Het is eigenlijk heel fascinerend en bevestigt een relatief nieuwe theorie van mij over de bandbreedte waarover een buitendimensionale signaalstructuur zich zou moeten verplaatsen om een zekere coherentie op ons materiële vlak te verkrijgen.'

Drie paar ogen keken Lovecraft wezenloos aan.

Hij zuchtte. 'Misschien kan ik het wat eenvoudiger formuleren. Er is bijvoorbeeld geponeerd dat walvissen op een veel lagere frequentie met elkaar communiceren dan wij in onze dagelijkse gesprekken. En waarom? Omdat geluid zich door water anders verplaatst dan door de veel ijlere atmosfeer tussen onze lichamen. Stel je nu eens een buitendimensionaal universum voor dat, in tegenstelling tot onze vier, over, pakweg, zestien dimensies beschikt. Wanneer een levensvorm die gewend is zich door middel van trillingen in die omgeving kenbaar te maken, opeens in onze wereld opduikt, dan zegt mijn theorie dat hun diepere frequenties in de lucht aanwezig blijven als een soort voetafdruk. Een geluidsopname.'

'En als je dat nu eens in gewone mensentaal vertaalde, Howard?' vroeg Doyle.

Lovecraft glimlachte luguber. 'Het betekent dat we hier niet alleen zijn.' Hij wees naar de flakkerende, veranderende formules in de groene nevel rondom de kaphandschoen. 'Binnen een straal van driehonderd meter neem ik een stuk of vijf, zes energiebronnen waar.'

Doyle bestudeerde de symbolen, maar kon er geen touw aan vastknopen. 'Hoe weten we dat het geen zwervers of politiemensen zijn?' vroeg hij.

'Dat leid ik af uit de wijze waarop ze praten, Arthur. Die is duidelijk niet menselijk.'

Op dat ogenblik rees, diep uit de ingewanden van het tunnelcomplex, een ijzingwekkend gegil op dat hen allemaal de stuipen op het lijf joeg.

'De trap!' schreeuwde Doyle, al voor de anderen uit rennend. Marie en Houdini renden achter hem aan, op hun beurt gevolgd door Lovecraft, die nog steeds met zijn apparatuur liep te zeulen.

'Kunnen we ze traceren, Howard?' riep Houdini, terwijl hij met drie treden tegelijk de trap naar de lagere perrons af snelde.

'Ik kan het proberen,' stamelde Lovecraft, die poogde zich onder het rennen van zijn kaphandschoen te ontdoen. Hij deed hem terug in de tas en haalde er een ander instrument uit dat deed denken aan een op batterijen werkende eierklopper met de handgreep van een pistool. Het had ook iets van een kruising tussen geavanceerde technologie en een primitief relikwie. Toen Lovecraft de trekker overhaalde, spoog het blok salvo's vonken uit en begon het eierkloppergedeelte – gemaakt van houten stamfetisjen – te draaien en hoorde men de erin gevangen kralen ratelen. 'Ze zijn vlakbij,' zei Lovecraft.

Onder het rennen greep Doyle de knop van zijn wandelstok, drukte op een geheim knopje en trok een lang lemmet uit de schede.

Houdini, verreweg de snelste van het gezelschap, had de leiding overgenomen, toen Lovecraft opeens 'Wacht!' riep.

De anderen bleven stilstaan en draaiden zich om.

Lovecraft stond op een kruispunt en bestudeerde zijn instrument. Als hij zijn werktuig de noordelijke tunnel in wees, begonnen de fetisjen aanzienlijk trager te wentelen. Als hij de zuidelijke tunnel in wees, versnelden zij. Hij keek op naar de anderen. 'Deze kant op.'

'Kan dat ding ze voelen?' vroeg Doyle, de zuidelijke doorgang in turend.

'Jazeker. Het zijn demonen.'

'Volgens wie?'

Lovecraft hield de wervelende fetisjen omhoog. 'Volgens de Krankzinnige Arabier Abdoel Alhazrad. Dit is zijn demonratel, ontdekt in de Naamloze Stad. Het ontwerp is met behulp van de moderne technologie aangepast en verbeterd door Duvall en mijzelf.'

'Demonen,' mopperde Houdini. 'Ik haat demonen.'

Doyle deed een stap opzij en gebaarde naar Lovecraft. 'Ga ons maar voor.'

Lovecraft liep, bleker dan gewoonlijk, voor hen uit. Stoom steeg op van het instrument toen Lovecraft en het Arcanum zich verspreidden over het eerste ondergrondse perron. De fetisjen wervelden wild in het rond en de kralen erin ratelden luid. Vonken spatten van het batterijblok. Lovecraft hield het instrument op armlengte afstand en toen explodeerde het hele apparaat en regende het hout- en staalspaanders. En toen was het stil.

Doyle keek naar de rokende stukken van de demonratel op de grond en dacht na over een kwaad dat puurder was dan alles wat de krankzinnige Arabier Abdoel Alhazrad, schrijver van het *Necronomicon*, zich ooit had voorgesteld.

Langzaam keerde Lovecraft zich om naar de anderen. 'Daarbinnen.'

Abigail bereikte op zo'n dertig meter onder straatniveau, via een van de voetgangerstunnels, het perron. De stormwind loeide nog steeds, zelfs zo diep onder de grond, in de ingang van de tunnels.

'Matthew?' riep ze en vervolgens keek ze achterom in de lange gang die ze zojuist achter zich had gelaten. Bij wijze van antwoord klonk er van ergens dichtbij opnieuw een veelmondig gekrijs op dat haar bloed deed stollen. 'Mattthew!' riep ze nogmaals, dichter naar de rand van het perron lopend. 'Matt…?'

Een hand schoot uit het duister beneden haar omhoog en pakte haar enkel. Abigail gilde het uit, terwijl Matthew lachend uit de spoorschacht opdook.

'Waarom deed je dat?' riep ze, terwijl ze haar tranen terugdrong en opstond van de vieze stenen vloer. 'Ik haat je!'

Matthew klauterde uit zijn schuilplaats. 'Wat ben je soms toch een kuiken.'

Abigail gaf Matthew met haar vuist een stevige ram op zijn kin en sloeg hem daarmee tegen de grond.

'Waarom maakte je die geluiden?' vroeg Abigail.

'Welke geluiden? Ik ben hier naartoe gegaan en heb op je gewacht.' Matthew wreef over zijn kin en stond op. 'Het was waarschijnlijk de wind maar.'

Plotseling klonk er opnieuw een hoog gegil op vanaf het voetgangerspad aan de overkant van de spoorbaan en een vreemde, vogelachtige schaduw spreidde zich uit over het perron.

Matthew slikte. 'Jezus.'

Abigail greep de achterkant van Matthews jas, maar hij schudde haar van zich af. 'Maak dat je wegkomt,' fluisterde hij.

'Nee.'

Matthew keerde zich, serieuzer dan ze hem ooit had gezien, met een ruk naar haar om. 'Maak dat je wegkomt. Nu meteen!'

Abigail draaide zich om om weg te lopen, maar een aantal in mantels gehulde gestalten dook op in de doorgang voor haar. Hun hoofden bewogen op groteske wijze op en neer en ze krijsten eensgezind terwijl ze op haar af snelden. Abigail zag hun robijnrode ogen en dunne lippen en voelde haar knieën knikken.

'Abby!' schreeuwde Matthew, zich met een ruk omdraaiend.

Nog eens drie wezens verschenen op het tegenoverliggende perron. Zij droegen messen bij zich. Ze wachtten loerend af. Ze haalden gierend adem en knipperden niet met hun robijnrode ogen.

Matthew greep Abigails mantel en trok haar naar de rand van het perron. 'Maak je klaar om te springen.'

'Waarom? Wat zijn dat?' wilde ze, haar paniek ternauwernood bedwingend, weten.

'Ik weet het niet,' antwoordde Matthew. 'Maar ik denk dat het degenen zijn die Martha hebben vermoord. Op de spoorbanen schudden we ze wel van ons af.' Hij probeerde zelfvertrouwen uit te stralen maar slaagde daar niet in.

De wezens achter hem jammerden en haalden glinsterende sikkels uit hun gerafelde mouwen tevoorschijn.

'Nu!' brulde Matthew, terwijl hij Abigail met een zwaai over de rand van het perron tilde en haar op de spoorbaan liet zakken.

Ze kwam terecht in een plas water en ratten stoven weg. Matthew landde naast haar. 'Rennen!'

Het was net een nachtmerrie. Abigails benen voelden aan als rubber en ze kon niet snel genoeg vooruitkomen. Ze keek achterom en zag de wezens over het perron zwermen en op de spoorbaan springen.

Matthew wendde zich naar hen toe en Abigail trok aan zijn arm. 'Matthew, nee!'

Rottende steigerbalken stonden tegen de tunnelwanden geleund, vergeten materiaal van een in onbruik geraakte bouwplaats. De grond aan beide kanten van de rails lag bezaaid met klinknagels en hout.

'Zo heb jij wat meer tijd om weg te komen,' zei hij, zijn stem hees van angst. Hij pakte een houten balk van de stoffige grond en maaide er dreigend mee om zich heen.

Abigail deed een paar stappen achteruit. 'Alsjeblieft, Matthew…'

'Kijk niet om. Ren alleen weg en kijk niet om.' Matthew doorkliefde de lucht met zijn geïmproviseerde knuppel.

De tranen biggelden over Abigails wangen. 'Dat kun je niet doen. Alsjeblieft, kom met me mee!'

De wezens wiegden en krijsten en beloerden hun prooi.

'Rennen,' brulde hij. Hij keek de wezens woedend aan en verstevigde zijn greep op het stuk hout.

Toen sloegen ze, met een vloeiende precisie die in schrille tegenstelling stond met hun onbeholpen manier van lopen, gezamenlijk toe en drongen hun sikkels diep in zijn vlees.

Abigail gilde en stormde op hen af.

Matthew schokschouderde van de pijn, met één sikkel die zich in zijn borst had geboord en een die onder zijn ribben haakte. Hij keek naar Abigail op, met een smekende blik in zijn ogen en zijn lippen nat van het bloed. 'Ik houd van je. Ga!'

Abigail stond als aan de grond genageld terwijl de wezens hun aanval op Matthew voortzetten. Zij scheurden zijn jas aan flarden toen nog eens twee sikkels werden opgeheven en diep in zijn vlees haakten. Maar toen een van hen zich in Abigails richting keerde, werd ze door een schok van angst uit haar trance gewekt. Ze strompelde achteruit en toen het wezen zijn sikkel, nat van Matthews bloed, ophief, draaide ze zich om en vluchtte.

Ze probeerde over het ongelijke oppervlak tussen de rails te rennen, maar de wezens waren snel. Drie van hen maakten zich los van de anderen en snelden, met achter zich aan wapperende gewaden, achter Abigail aan. Ze bewogen zich veel te snel voort en haalden haar langzaam maar zeker in. Ze hoorde het geruis van hun mantels links en rechts van haar en het borrelende gekrijs dat achter haar aanzwol. Ze vergde het uiterste van haar benen, maar de duisternis slokte haar alleen maar steeds dieper in haar peilloze keel op. Er hing een stank van bederf in de lucht, een zware, hardnekkige knekelgeur. Ze kon niet verder vluchten. Ze hadden haar ingehaald.

Met een snik bleef Abigail stilstaan. Haar lichaam schokte hevig onder de zware mannenoverjas die ze aanhad. Haar ogen waren nat van tranen toen ze naar de wezens keek. Hun armen waren bovenmatig lang en de sikkels die zij meedroegen schraapten over de grond. Toen een van hen naar haar toe schuifelde, haalde ze intuïtief met een schreeuw uit. Dat veroorzaakte een salvo van sidderend gekrijs, dat een beetje op gelach leek. De wezens speelden een spelletje met haar, zwermden binnen en weer buiten haar bereik en krijsten honend als zij vergeefs de lucht rondom haar met haar vuistjes bewerkte. Maar het volgende moment was het gedaan met het spel en werden de sikkels gezamenlijk geheven. De wezens huilden en toen wierp een verblindende uitbarsting van vuur en rook hen achteruit.

Abigails oren tuitten van de klap en ze voelde hoe warme, gespierde armen haar omklemden. Als dit de dood was, dacht ze, dan moet iemand medelijden met haar hebben gehad.

Doyle joeg, met een fakkel in zijn hand, achter de schimmen aan. In zijn andere hand had hij zijn degen. Toen een van de demonen zijn sikkel ophief, dreef hij hem terug met zijn degen en hakte ver boven een elleboog op zijn knokige arm in.

Door de gelederen van demonen ging een gebrul van verwarring.

Toen kwam Lovecraft uit het duister naar voren en smeet geïmproviseerde toortsen in een halve cirkel naar de demonen. 'Dit zal ze niet lang op een afstand houden,' waarschuwde hij.

Op enige afstand van de strijd zette Houdini de verbijsterde Abigail neer op de grond. Zijn hand raakte haar wang aan. 'Je bent veilig.'

'Marie,' riep Doyle.

De glimlach van de voodookoningin was vreemd en beangstigend. Haar ogen glinsterden. Ze begon haar tanden op elkaar te klakken en uitte een hoge doordringende kreet. In haar gebalde vuisten zaten kleine dierenbotjes die ze als dobbelstenen op de maat van haar bizarre geroep heen en weer schudde.

Meer demonen hadden zich verzameld en verspreidden zich om aan te vallen.

Marie bleef, nog steeds kreten slakend, op hen toe lopen.

Lovecraft greep Doyles arm. 'Jezus, wat doet ze nu?'

Doyle stond op het punt Marie achteruit te trekken, toen hij beweging rondom hem voelde. 'Terugtrekken!' Hij duwde Lovecraft in de richting van de duisternis en zwaaide met zijn degen naar Houdini. 'Terugtrekken!'

'Waarom? Wat is er aan de hand?' vroeg Lovecraft, over zijn toeren.

'De muren,' antwoordde Doyle.

Een ware waterval van ratten golfde langs de muren omlaag. Krioelende lijven maakten zich kronkelend los uit kieren in het gewelfde plafond, hun glibberige zwarte vacht glansde in het licht van de fakkels. Ze maakten zich los uit holen in de grond en glibberden vanonder de rails tevoorschijn. De tunnel trilde van het gezamenlijke gepiep en geritsel toen de ratten naar voren stormden en een wand van ongedierte vormden tussen het Arcanum en de horde demonen.

Het demonische gekrijs van woede ging in het tumult teniet, maar net voordat de toortsen puur door de massaliteit aan ratten werden gedoofd, zag Doyle dat de demonen zich omdraaiden en de aftocht bliezen, waarbij hun gewaden verzwaard waren door tientallen kleine lichamen die zich eraan vastklampten.

29

Toen de regen eindelijk verminderde, rook de stad fris en glommen de gebouwen. De hemel ontwaakte langzaam in een palet van blauwtinten.

Na een Dodge personenauto te hebben geregeld die hen ophaalde, zond Houdini, via zijn assistent Franz Kukol, een anonieme tip naar de politie van het Vierde District, met de precieze plaats waar zich Matthews lijk bevond. Nu was het enige dat hun nog te doen stond de vrouw die zij hadden gered, en die had gezegd dat ze Abigail heette, terug te brengen naar de New Yorkse Maatschappelijke Hulpverlening voordat de shock haar in een gevaarlijke toestand van katatonie zou brengen.

Tijdens de rit deden ze er het zwijgen toe en was de stemming grimmig. Wat ze die avond hadden gezien bevestigde veel van hun angstigste vermoedens maar verschafte nauwelijks nieuwe antwoorden.

Houdini hield Abigail tegen zijn borst terwijl zij uit het raampje staarde. Haar ogen waren half geloken, maar ze sliep niet en was evenmin wakker.

Doyle liet zijn hoofd in zijn handen rusten en deed nog steeds zijn uiterste best nieuwere, betere strategieën te ontwikkelen, omdat hij zich steeds meer rekenschap gaf van de afschuwelijke gevolgen als zij er niet in zouden slagen de moordenaars te pakken te krijgen.

Marie was volkomen uitgeput in een diepe slaap gevallen.

Doyle had in de gaten dat het Lovecraft moeite kostte zijn ogen van Abigail af te houden, maar zijn blik was niet vorsend als die van een wetenschapper. In plaats daarvan had Lovecrafts gezichtsuitdrukking iets naïefs. Zijn lippen weken enigszins uiteen. Doyle vroeg zich af of hij dezelfde schoonheid zag in de vettige blonde lokken die langs Abigails wangen neerhingen en in haar delicate gelaatstrekken, die zich op dat moment hadden samengetrokken tot een kinderlijke frons.

Toen sperde Abigail haar grote groene ogen opeens wijdopen. Ze keek Lovecraft aan met een blik die zowel verwilderd als doodsbang was. Hij sloeg bedroefd de ogen neer – en keek pas weer op toen Abigail was teruggekeerd tot haar staat van halfbewustzijn.

Hoewel het pas half acht in de ochtend was, wemelde het in Orchard Street van de karren volgeladen met slakroppen, wortelen en aardappelen. Kruiwagens liepen over van pasgeslachte kippen en verse eieren. Vanuit Dodge pick-uptrucks werden vaatjes appelen en versgeperste appelwijn aangeboden. Klanten krioelden door elkaar en goederen werden, onder het voortdurende marktgedruis, in bruine zakken gepropt. Wasgoed hing als overwinningsvlaggen aan de brandladders en de raamkozijnen.

Kukol, die achter het stuur zat, drukte op de claxon om de weg vrij te maken. Maar de voetgangers weigerden uit principe te wijken voor automobielen, dus kropen zij met een slakkengangetje vooruit. En het was niet alleen het marktverkeer dat voor vertraging zorgde. In de verte klonken bellen en Kukol stak zijn hoofd uit het raampje. Boven de daken kon je een kleine kolom rook omhoog zien kringelen.

'Franz, wat is het probleem?' vroeg Houdini van de achterbank.

'Brand,' antwoordde Kukol.

Na de trauma's van de avond kon iets zo futiels hen niet uit hun evenwicht brengen. Even later kwam er weer wat schot in de verkeersstroom en konden zij hun weg vervolgen door Orchard Street en door de Bowery, richting Chinatown. In Canal Street reed Kukol vlak naast brandweerwagens volgeladen met somber kijkende vrijwilligers. De bellen klonken nu aanhoudend.

Doyle schoof onrustig heen en weer op zijn plaats.

'Franz, zet de wagen aan de kant,' beval Houdini.

Kukol trapte op de rem en Houdini maakte Abigails armen, die ze om zijn nek had geslagen, los, en sprong op het trottoir. Doyle volgde hem en zei tegen Lovecraft: 'Zorg dat ze hier blijft, begrepen?'

Lovecraft knikte.

Doyle en Houdini doken een steeg in. Boven de gebouwen hing een ongezonde wervelende zwarte rookwolk. Ze staken een speelplaats over en liepen Doyers Street in, waar zich een menigte had verzameld en een aantal schots en scheef geparkeerde brandweerwagens het kruispunt blokkeerde. Houdini en Doyle laveerden tussen de brandweerwagens, toeschouwers, politieagenten en vrijwilligers door totdat ze bij hun doel waren aangekomen.

Het Chinese Theatre, domicilie van de New Yorkse Maatschappelijke Hulpverlening, stond in lichterlaaie, opgenomen in een gierend, door de wind opgezweept inferno. Het vuur reikte gulzig naar de hemel, opgestookt door de felle rukwinden. Goud, oranje, geel en rood speelden met elkaar terwijl de vlammen langs de muren lekten en door de ramen naar buiten sprongen.

'Nee,' was het enige dat Doyle kon uitbrengen.

Verkoolde lichamen, verstild in houdingen van opperste pijn, lagen in een rij op het trottoir aan de voeten van de met emmers zwaaiende brandweerlieden. De politie duwde de starende menigte naar achteren. Doyers Street stond stampvol met ambulances, brandweerauto's en dergelijke. Ondanks het gebulder van de vlammen konden kreten van doodsangst nog steeds van binnen uit het gebouw worden gehoord. Op vijftien meter afstand blakerde de hitte de huid, maar toch drongen de brandweerlieden steeds meer op. Maar het was tevergeefs. Het huis van de dienst was een ziedende oven.

Doyle trok aan Houdini's mouw. 'Schiet op, ze mag dit niet zien.'

Houdini knikte en juist op dat moment onderscheidde Doyle een bekend gezicht in de menigte. Inspecteur Mullin keek hem van een kleine twintig meter afstand recht in de ogen, zijn gezicht zat onder de roetvlekken. Hij kneep zijn ogen tot spleetjes en greep in zijn jas naar zijn revolver. 'Staan blijven!'

Doyle duwde Houdini door de menigte en de doolhof van karren en automobielen voor zich uit.

Mullin gebruikte zijn ellebogen en vuurwapen om zich een weg te banen, waarbij hij wateremmers uit de handen van de brandweerlieden stootte en toeschouwers omvergooide.

Houdini en Doyle kwamen aan de andere kant van Doyers Street tevoorschijn en wenkten Kukol. 'Starten die kar! Snel!' riep Houdini.

Mullin stormde tussen de menigte door en zag nog net hoe Doyle achter in een wegsnellende Dodge personenauto sprong.

Julie Karcher, de persoonlijke assistente van de Houdini's en Bess' hartsvriendin van kindsbeen af, opende de deur en Doyle stormde naar binnen met in zijn armen een bewusteloze Abigail. Achter hem volgde de rest van het Arcanum.

Bess ging hen voor naar een behaaglijk warme kamer op de begane grond van hun herenhuis in Harlem. In de open haard brandde een vuur.

'Alles goed met je?' vroeg Bess.

Houdini gaf haar een kus op haar voorhoofd. 'Ze heeft een traumatische ervaring achter de rug,' antwoordde hij. 'We rusten hier wat uit en brengen haar vanavond ergens anders heen. Dat is het veiligste.'

Julie Karcher haastte zich langs hen en was wel zo wijs om geen vragen te stellen. 'Er staat soep op het fornuis en ik zal wat thee zetten met citroen.'

'En nog wat dekens, Julie. Pak die maar van de tweede verdieping,' voegde Bess eraan toe.

'Komt voor elkaar.'

Bess wendde zich met een bezorgde uitdrukking op haar gezicht tot haar echtgenoot. 'Waar ben je bij betrokken?'

'Het is Arthurs schuld,' antwoordde Houdini.

'Verkeer je in gevaar?'

'Natuurlijk niet.'

'Je bent een verschrikkelijke leugenaar.' En Bess gaf hem een zachte stomp in zijn maag.

Houdini zuchtte. 'Dit is een heel ernstige kwestie, schat.'

'Maar waarom –?'

Houdini schudde zijn hoofd. 'Dat kan ik je niet vertellen, honnepon.'

'Goed dan,' zei Bess ernstig, terwijl Houdini zich bij Doyle in de gang voegde.

'Alles in orde?' vroeg Doyle hem.

Houdini keek met onverhulde aanbidding om naar zijn vrouw. 'Zij bekommert zich wel om het meisje. Hier is ze veilig. Waarom nemen jij en de anderen geen kamer boven? We slapen overdag en gaan daarna aan het werk.'

'Ik vrees dat we vandaag meer hebben verloren dan we ons zelfs maar kunnen voorstellen,' zei Doyle. 'Ik weet dat jij geen hoge pet op hebt van Lovecrafts theorieën...'

'Ik sta voor veel meer open dan jij bereid bent toe te geven, Arthur.' Houdini keek op zijn vestzakhorloge. 'Over acht uur gaan we er dus weer tegenaan. Waar gaan we dan heen, meneer de detective?'

'Naar het lijkenhuis,' klonk Doyles sinistere antwoord.

30

De stalen slede schoof te voorschijn uit de wand en toonde twee opgezwollen, paarsachtige benen en een ijskoude fles melk die daartussen geklemd stond. Ray Bozeman pakte de melk op en deed een scheutje ervan
in zijn koffie. Vervolgens zette hij de melk terug op zijn plaats en keek
een ogenblik aandachtig naar de benen van de dode man. Willekeurig
plukte Ray een gekrulde zwarte haar van de ingevroren dijen. Toen nam
hij nog een flinke slok koffie en smeet de deur van de vriesruimte dicht.

Rays bureau lag bezaaid met paperassen. Formulieren en nog eens formulieren. Het was een drukke nacht geweest. De brand op Chatham
Square had het mortuarium van het St. Johannes genoodzaakt een deel
van de patiënten af te staan aan het St. Lucas, helemaal aan 116th Street.
Welgeteld vijfentwintig verkoolde lijken, om nog maar te zwijgen van alweer een slachtoffer van de Occulte Moordenaar, dat was gevonden in de
tunnels van de ondergrondse bij het City Hall-station.

Ray geeuwde en pakte het eerste het beste formulier van de stapel. Gelijktijdig reikte een slanke hand van achter hem om hem heen en drukte
een zakdoek tegen zijn mond. Ray verstijfde en verzette zich enkele seconden voor hij van zijn stoel en op de grond gleed.

Marie stak de van chloroform doordrenkte zakdoek in Ray Bozemans
borstzakje, haalde de sleutels van zijn riem en keerde terug naar de achterdeur van het mortuarium waar ze de deur opende voor de overige leden van het Arcanum.

Het St. Johannes Ziekenhuis aan de Lower East Side was een mistroostig
oord, dat zich ontfermde over het noodlijdendste, ziekste en armste deel

van de bevolking van Manhattan. En het was ideaal voor wat het Arcanum die avond voorhad, daar het tevens jammerlijk onderbezet was en hun geheimhouding zodoende verzekerd was.

Doyle had de vrieskasten al snel gevonden. Midden in de ruimte, die werd verlicht door omlaag hangende elektrische peertjes, bevonden zich metalen tafels die gelukkig leeg waren. Naast de tafels stonden emmers en rekken met chirurgische instrumenten. De linkerkant van de kamer werd in beslag genomen door kasten vol met schoonmaakmiddelen, zeep, en chemicaliën en twee gootstenen naast elkaar. Helemaal rechts bevond zich een grote vriesruimte waarvan de motor luid ronkte. De vriesruimte telde veertig metalen deuren. Op elk daarvan bungelde een klembord aan een spijker.

Ze verspreidden zich door het mortuarium en lazen de gegevens van de stoffelijk overschotten die op de klemborden vermeld stonden.

Lovecraft trok zijn neus op. 'Ze zijn allemaal verbrand.' Hij wendde zich tot de anderen. 'Je kunt het ruiken.'

'Laat je niet afleiden,' raadde Doyle hem aan, en hij kneep zijn ogen samen om de kleine lettertjes op de klemborden te lezen.

'Hier is hij,' zei Marie, achteruitdeinzend.

Doyle bekeek het medische dossier nogmaals. 'Goed dan. Zet jullie maar schrap. Dit wordt geen pretje.' Hij gaf een stevige ruk aan de hendel. De stalen slede schoof snel naar voren over zijn kogellagers en hield met een klap stil.

Houdini sloot zijn ogen en wendde zich 'jezus christus' mompelend af.

Marie sloeg een kruis en deinsde achteruit tot ze met haar rug tegen de muur stond.

Lovecraft boog zich gefascineerd naar voren. 'Wat is er met zijn gezicht gebeurd?'

Doyles ervaringen als veldarts tijdens de Boerenoorlog kwamen hem hierbij goed van pas. 'Ratten,' zei hij.

'Aha,' antwoordde Lovecraft.

'Laten we hem op de tafel leggen,' zei Doyle. Hij trok zijn colbertje uit en stroopte zijn hemdsmouwen op.

Enkele ogenblikken later zette Doyle zijn medicijntas op de sectietafel. Hij keek naar Matthews verminkte lichaam. Hoewel het meeste van zijn donkerblonde krulhaar nog intact was, was het gezicht van de jongen aangevreten door de ratten en was er een donkerrood, zenig masker overgebleven, waar de witte botten van zijn schedel doorheen staken. Ook de nek was weggeknaagd tot er alleen nog een gapend, draderig moeras van vlees en gerafeld spierweefsel over was. Zijn borstkas was grotendeels on-aangetast, maar zijn buik lag open en zijn ingewanden lagen er in een slordige hoop bovenop. Het leed geen twijfel dat een of andere klungelige medische assistent de organen van de grond had opgeraapt en had gepro-beerd ze terug te stoppen in het lichaam. Matthews benen waren ook overdekt met rattenbeten, en in zijn rechterheup zat een diepe steek-wond.

Doyle opende zijn tas en haalde zijn vergrootglas tevoorschijn. Hij be-studeerde het lijk op zoek naar aanwijzingen.

'Iets bijzonders?' vroeg Lovecraft.

'Deze slachting spreekt voor zichzelf,' antwoordde Doyle. Hij rechtte zijn rug en zuchtte van frustratie. 'Laten we hem omdraaien.'

Met tegenzin pakte Houdini Matthews koude voeten beet, terwijl Doyle zijn schouders omklemde. 'Een, twee, drie…'

Ze keerden het lichaam om.

'*Mon Dieu*,' riep Marie uit.

'Wat in hemelsnaam…?' fluisterde Doyle.

Matthews rug was volledig aan stukken gereten. Gevild. Met geweld tussen de schouderbladen opengescheurd. Doyle sprak hardop terwijl hij de verwondingen met zijn scalpel onderzocht. 'Trauma aan de muscula-tuur van de bovenste ribben via de rugspieren en de schouderspieren. De ruggengraat ontbreekt vanaf de vijfde bovenwervel tot aan de zevende onderwervel. 'Wat… wat is dit?' Doyle bestudeerde twee dikke spierkno-pen ter hoogte van de schouderbladen. 'Het zouden zwellingen kunnen zijn, neem ik aan. Merkwaardig.'

Houdini deed een stap vooruit. 'Wat is er?'

Doyle liet zijn vergrootglas over de verwondingen gaan. 'Uitzonderlij-ke dikte van de grote ronde spier en van de kleine ronde spier. Kijk hier, moet je de massa van de onderdoornspier zien. Het is net alsof…'

'… hij misvormd is,' maakte Lovecraft zijn zin af.

'Hoe bedoel je?' vroeg Houdini.

Doyle aarzelde. 'Zonder de ruggengraat kan ik dat niet precies zeggen. Een verkromming wellicht. De musculatuur compenseerde op de een of andere manier –'

'Je weet dat dat niet alles is,' viel Lovecraft hem in de rede.

'Verklaar jullie nader,' commandeerde Houdini.

Doyle veegde het zweet van zijn voorhoofd. 'Iets aangeborens. Een misvorming –'

'Laat je rationele geest de waarheid niet vertroebelen, Arthur, hoe moeilijk die zich ook laat absorberen,' berispte Lovecraft.

Doyle werd boos. 'Ik ben arts en ik ken de menselijke anatomie. En dit hier klopt niet.' Hij zocht naar woorden. 'Als ik een fysiologie zou moeten ontwerpen die in staat zou zijn… een musculatuur die geschikt zou zijn om…' Hij aarzelde opnieuw.

'Te vliegen,' zei Lovecraft met stelligheid.

'Goed dan, om te vliegen, Howard, als je me dat dan zonodig wilt horen zeggen. Ja. Een musculatuur bestemd om te vliegen.' Doyle liet zijn schouders hangen.

'Je wilt dus…?' Houdini keek naar het lichaam. 'Je beweert dus…' Hij gniffelde zenuwachtig. 'Wil je beweren dat deze jongen *vleugels* had? Is dat wat je probeert duidelijk te maken?'

'Het is geen jongen,' vermaande Lovecraft hem, 'maar een schepsel van de Mythos. Iets dat eruitziet zoals wij en heeft geleerd zich te gedragen als wij. Maar een van ons is het niet.' Lovecraft wendde zich met een glinstering in zijn ogen tot de anderen. 'Zet je schrap. Want dit is een openbaring die onze geesten maar slecht kunnen verdragen.'

'Ze stelen de vleugels,' zei Doyle met een trilling in zijn stem. Plotseling moest hij terugdenken aan zijn gesprek met aartsbisschop Hayes en hij greep Lovecrafts arm. 'Dat is het mechanisme.'

'Wat bedoel je?' vroeg Lovecraft.

Doyles stem sloeg over van emotie. 'Het doorsnijden van de navelstreng. Het amputeren van de vleugels. De scheiding van materie en geest. God heeft zijn vleugels afgenomen…'

Lovecraft begreep waar hij heen wilde. 'En nu wil de duivel ze terug.'

Met een ruk keerde Doyle zich om naar de vrieskasten en begon de deurtjes een voor een te openen en de laden met lijken naar buiten te schuiven. Verkoolde lichamen schoten tevoorschijn.

'Doyle, wat doe je nu?' Houdini snelde erop af om hem achteruit te trekken, maar Doyle ontworstelde zich aan zijn greep en ging door met het openen van deurtjes en het naar buiten halen van lijken. De stank van verschroeid vlees verspreidde zich door de ruimte.

'Waarom heb ik dat niet eerder ingezien?' mompelde Doyle. 'We moeten ze onderzoeken,' zei hij met luidere stem. 'Allemaal.'

In totaal lagen er twaalf lijken uitgestald. Houdini kneep zijn neus dicht tegen de stank, boog zich voorover en voelde dat zijn maag zich omkeerde.

Marie en Lovecraft verspreidden zich over de ruimte, keerden de lijken aan hun verschrompelde, verkoolde armen om en bestudeerden hun ruggen op zoek naar verwondingen.

Doyles stem beefde. 'Mijn god, wat is dit voor gruwelijk kwaad?'

'Zij is het, Arthur!' zei Lovecraft.

Doyle snelde toe.

'Zij is het. Hoe heet ze ook al weer?' Lovecraft wees.

Doyle keek neer op het verminkte en verkoolde lichaam van een vrouw. Haar schedel en gezicht waren zwartgeblakerd van het vuur, haar haar was weggebrand en haar gelaatstrekken waren versmolten tot een kleverige klomp.

'Judith. Was dat niet haar naam?' vroeg Lovecraft.

Doyle kon geen specifieke gelaatstrekken onderscheiden. 'Hoe kunnen we weten dat zij het is?'

'De broche,' antwoordde Lovecraft. Zijn vinger wees op de keel van het lijk, waar Judiths porseleinen vlinderbroche een schroeiplek in haar vlees had gebrand. 'Kijk nu eens hier.' Op nogal boude wijze draaide Lovecraft het lichaam op zijn zij zodat Doyle een gapend gat kon zien op de plek waar Judiths ruggengraat had gezeten.

'En Joe, haar echtgenoot, eveneens,' zei Doyle op gedempte toon.

'Ja. En nog heel wat anderen in het andere mortuarium in de binnenstad, durf ik te wedden,' antwoordde Lovecraft. 'We hebben de Verloren Stam van Enoch gevonden.'

Doyle was volkomen aangeslagen. 'Wat is dit voor gruwelijk kwaad?' fluisterde hij nogmaals.

31

Lovecraft krabbelde aantekeningen in zijn dagboek, terwijl het in Houdini's woning om hem heen gonsde van bedrijvigheid. Heel even sloot hij zijn vermoeide ogen, maar tijd om te slapen was er niet. Als dit het Einde der Tijden was, dan was Lovecraft vastbesloten er geen minuut van te missen. En hoewel zijn wil sterk was, liet zijn lichaam het afweten. Hij voelde zijn hart zwakjes onder zijn schriele borstkas kloppen. Zijn handen beefden en hij voelde een brandende pijn in zijn maag.

Uren tevoren waren ze teruggekeerd uit het mortuarium en hadden ze hun reisje naar Crow's Head uitgesteld om Abigail het verschrikkelijke nieuws te vertellen over het lot dat de Hulpverleningsinstelling beschoren was geweest. Of eigenlijk hadden Doyle en Houdini dat gedaan; Lovecraft was in de gang blijven staan en had toegehoord. Hij was onder de indruk geweest van hun fijnbesnaardheid. Lovecraft zelf zou er nooit aan hebben gedacht Abigail al die gruwelijke details te besparen. Toch zou het bijna een opluchting zijn geweest als het meisje had gereageerd – ongeacht hoe. In plaats daarvan onderging ze het nieuws met een onnatuurlijke gelatenheid. Het enige dat ze zei was: 'Ik denk dat ik even moet gaan rusten.'

Dat was uren geleden. Lovecraft kon Houdini en Doyle in de keuken horen delibereren over het lot van het meisje – ze overwogen of ze haar wel in een avontuur mochten betrekken dat haar haar leven kon kosten. Aan de andere kant, waar moesten ze haar anders onderbrengen als ze haar niet meenamen naar Crow's Head?

Lovecraft leunde achterover in zijn stoel, strekte zijn benen en keek met een huivering naar het bizarre behang in Houdini's logeerkamer. Hij nam aan dat de kamer speciaal was bedoeld voor bezoekjes van kleine nichtjes en neefjes, hetgeen een verklaring zou zijn voor het ondermaatse meubilair en de ergerlijke circusmotiefjes. Maar het deed niets om Lovecrafts afkeer te beteugelen. De dekens, tapijten en muren waren bezaaid met radslagen makende dwergen, aapjes op eenwielers, trompet spelende olifanten en ongure circusdirecteuren.

Lovecraft gaf de voorkeur aan een gecapitonneerde cel.

Toen hoorde hij stemmen voor de deur van de kamer. Het waren Houdini en Julie Karcher.

'... Ik wilde u alleen maar even op de hoogte stellen, meneer. Ze heeft het tafelzilver gepikt.'

'En waar heeft ze het gestopt?' vroeg Houdini.

'In de zakken van haar jas. Ik hoor het rinkelen als ze loopt.'

'Laat die arme drommel het maar houden. We kopen wel nieuw tafelzilver.'

'Ja, zo denk ik er ook over, meneer. Ik wilde alleen dat u het wist.'

'Dank je, Julie.'

Lovecraft boog zich weer over zijn dagboek en stootte per ongeluk met zijn elleboog tegen de inktpot. Een zwarte plas spreidde zich uit over het bureaublad. 'Verdikkeme.' Hij kon geen doek vinden en liep daarom naar de gang van de eerste verdieping en de badkamer in. Ze was tweemaal zo groot als Lovecrafts kamer. In feite was ze nog groter dan zijn oude appartement en het was de eerste badkamer die hij ooit had gezien met een levensgrote sofa en een stel fauteuils erin. Er stond ook een badkuip op klauwpoten die groot genoeg was voor drie personen. Lovecraft liep het kledingkabinet in, zocht tevergeefs naar een lichtschakelaar, botste vervolgens tegen een plank op en werd bedolven onder een lawine van tientallen handdoeken. Toen hij zich ervan had bevrijd, hoorde hij dat de kranen van de badkuip werden opengedraaid en dat er water de badkuip in stroomde. De kastdeur was netjes gesloten, maar er was nog steeds een brede kier die licht doorliet. Lovecraft trok zijn schoen terug uit het licht en maakte zich, zonder goed te weten wat hem te doen stond, klein achter in de kast.

Uit de badkamer stegen stemmen op:

'Leg je kleren maar op die stoel, dan zal ik ze meteen wassen. Ik heb je handdoeken en een badjas naast de wastafel gelegd en naast de badkuip staat warme melk.' Julie Karcher klonk nerveuzer dan gewoonlijk.

Lovecraft zag door de kier van de deur schaduwen bewegen, maar verder niets.

'Heb je verder nog iets nodig, schat?'

Er klonk geen antwoord.

'Nou ja, mocht dat toch zo zijn, dan geef je maar een gil en ik kom er-aan gerend, oké? Maar voel wel regelmatig even of het water niet te heet wordt.'

De badkamerdeur werd krakend gesloten. Lovecraft voelde plotseling iets van paniek in zich opkomen. Hij overwoog te vluchten, maar in plaats daarvan bleef hij daar, als aan de grond genageld, zitten. Door de kier in de deur zag hij Abigail naar de badkuip toelopen.

Eigenlijk zonder het zelf echt te willen kroop hij over de gevallen handdoeken heen en drukte zijn gezicht tegen de smalle spleet licht naast de scharnieren van de deur.

Abigail zat op de rand van de badkuip en had haar vuile jas nog aan. De altijd aanwezige hoge hoed lag op de grond. Haar haar was een wir-war van vettige blonde lokken. Terwijl haar hand het water beroerde stond haar blik op oneindig. Stoom rees op uit het bad. Ze draaide zich om en stond een beetje slaperig op, toen schoot haar hand naar haar voorhoofd, wankelde ze en viel ze op handen en knieën.

Het scheelde niet veel of Lovecraft was haar te hulp geschoten, maar toen hij in de gaten kreeg dat ze huilde bedacht hij zich. Ze lag ineengedoken op de grond, haar ogen open en star voor zich uit kijkend, terwijl de tranen vrijelijk langs haar neus, lippen en wangen stroomden. Lovecraft wist zich geen raad, doch uiteindelijk richtte ze zich tot hurkstand op en ging weer staan. Ze deed de badkamerdeur op slot en klemde een stoel onder de knop. Toen liet ze haar mantel van haar schouders glijden.

Abigail droeg een lange trui die tot haar knieën reikte, en smerige, donkerrode laarzen. Ze veegde verstrooid de tranen van haar wangen en trok de trui over haar hoofd uit, waarbij haar mouwen nog even in de knoop dreigden te raken.

Lovecraft kreeg een hoofd als een boei en was ervan overtuigd dat Abi-gail zijn hart kon horen bonzen. Hij probeerde zo licht mogelijk adem te halen.

Onder de trui droeg ze een smoezelig herenoverhemd, waaraan zowel de kraag als de manchetten ontbraken en daar onder een lange herenon-derbroek.

Ze knoopte de veters van haar laarzen los, schopte ze uit en bewoog haar tenen in sokken die ooit wellicht groen waren geweest maar nu groe-zelig waren en vol gaten zaten.

Vervolgens liet Abigail de lange onderbroek tot rond haar enkels zakken en stapte eruit. Ze droeg nog steeds een onderjurk die tot halverwege haar kuiten reikte. Met haar vieze vingers maakte ze de knoopjes van het overhemd los en liet ook dat op het stapeltje vallen.

Toen ze naar de badkuip toeliep en de kranen dichtdraaide, droeg ze alleen nog een onderjurk en een merkwaardig korset. Ze was gereduceerd tot weinig meer dan een schim in de stoom die nu de badkamer vulde.

Het zweet brak Lovecraft uit en de stilte deed zijn oren suizen. Hij kneep zijn ogen halfdicht om haar in de nevel te kunnen onderscheiden. Af en toe zag hij haar even heel scherp maar toen ze van de kast naar de wastafel liep vervaagde ze weer tot een schimmige vlek.

Maar zelfs de stoom kon de glinstering van de schaar in Abigails hand niet verbloemen en één afschrikwekkend ogenblik vreesde Lovecraft dat ze de hand aan zichzelf zou slaan. In plaats daarvan schoof ze alleen de bandjes van haar onderjurk van haar schouders en liet ook die op de grond vallen.

Lovecraft beet op zijn lip. Abigails onderlichaam was nu naakt en het was de eerste keer dat Lovecraft met een naakte vrouw in één kamer verkeerde. Hij wist niet zeker of hij de overweldigende gevoelens die dat in hem wakker maakte wel het hoofd kon bieden. Het duizelde hem en hij had een brok in zijn keel.

Maar wat hem het meest in verwarring bracht was de wijze waarop Abigail het korset met de schaar te lijf ging en er stukjes afrukte die erop gespeld leken te zijn. Eigenlijk was het niet zo zeer een korset als wel een serie zwachtels die onder Abigails aanvallen geleidelijk werden afgestroopt.

Deze bezigheid dreef Abigail verder weg van de kast en dieper de nevel in. Lovecraft kon niet zien wat er gebeurde. Toen deed iets het water klotsen en Lovecraft kon slechts met de grootste moeite Abigails silhouet tussen de wolken witte stoom door onderscheiden. Ze stond over de badkuip gebogen en spetterde water over haar blote armen en haar kleine witte borsten. Ze knielde en liet zich langzaam in het warme water zakken. Er klonk een merkwaardig *plof, plof*-geluid, alsof nat canvas werd verschoven en toen strekte Abigail haar armen uit terwijl twee donkere vormen zich achter haar ontvouwden.

Lovecrafts ogen vielen bijna uit hun kassen en zijn adem stokte in zijn keel.

Er klonk geplons van water, en Lovecraft deinsde wild achteruit in de kast terwijl de deur openvloog.

Op de derde verdieping legde Houdini net een knoop in de ceintuur van zijn badjas toen een ijselijke gil het huis deed opschrikken. Hij rende de gang op.

Doyle was daar al, slechts gehuld in een onderhemd, bretels, een lange broek en op het puntje van zijn neus stond nog zijn bril, terwijl hij in verwarring gebracht om zich heen keek.

Een ogenblik later was ook Bess er.

'Waar is ze?' vroeg Houdini.

'Op de eerste verdieping,' antwoordde Bess. 'Julie, kom, snel!'

Julie en Marie stonden hen in hun kamerjassen op de tweede verdieping op te wachten en voegden zich snel bij hen.

'Ik heb een warm bad voor haar gemaakt, ik kan me niet voorstellen –'

Julie werd de mond gesnoerd door een luide klap en een deur die met kracht werd dichtgeslagen.

Houdini en Doyle bereikten gelijktijdig de overloop van de eerste verdieping. Lovecraft stond verstijfd en lijkbleek tegen de muur naast de badkamer.

Houdini zag de verbijsterde uitdrukking op zijn gezicht. 'Wat is er gebeurd?' blafte hij.

'Ze is die kant op gerend,' antwoordde Lovecraft wijzend.

'Je overhemd is doorweekt, Howard,' zei Doyle. 'En je bril is beslagen. Wat had je daar binnen te zoeken?'

Houdini drukte Lovecraft tegen de muur. 'Was je haar aan het bespioneren?'

'Ik kon er niets aan doen,' stamelde Lovecraft.

Van woede kon Houdini niet uit zijn woorden komen. Hij stak alleen een waarschuwende vinger onder Lovecrafts neus en snelde vervolgens de gang door.

Doyle ijlde achter hem aan.

Bij de deur naar de personeelstrap bleef Houdini stilstaan. 'Deze geeft toegang tot de keuken, maar beneden aan de trap zit hij op slot.'

Doyle opende de deur en tuurde in het duister van een wenteltrap. 'Abigail?'

Het bleef stil. Toen hoorde hij geschuifel onder aan de trap en een radeloos gekras over hout.

'Abigail, wat is er gebeurd?' vroeg Houdini op vriendelijke toon.

Toen een antwoord uitbleef, begon Houdini de trap af te dalen. Doyle schuifelde achter hem aan, op de voet gevolgd door Marie, met een kaars in haar hand.

Fanatieker gekrabbel van beneden klonk op.

Houdini keek om het hoekje.

'*Kom niet dichterbij!* gilde Abigail.

Haar stem was hoog en paniekerig en haar ademhaling moeizaam, als van een dier. Er klonk meer gekrabbel van onder aan de trap, hetgeen duidde op Abigails wanhopige pogingen de deur te openen.

'Maar lieve kind, wat is er gebeurd?' vervolgde Houdini.

Abigail snikte het uit.

Houdini deed een stap dichterbij. Hij kon Abigails contouren onderscheiden. Ze zat tot een kleine bal ineengedoken aan de voet van de trap. 'Maak je geen zorgen...'

'Niet doen! Blijf uit mijn buurt. Jullie allemaal,' gilde ze.

Aan de manier waarop Abigail zich bewoog, aan de wijze waarop haar lichaam op het ritme van haar ademhaling op en neer deinde, kon Houdini zien dat er iets niet in de haak was. In het duister was het moeilijk te onderscheiden, maar hij werd overvallen door een stekelig gevoel. De haren op zijn armen stonden rechtop en de vloerplanken kraakten onder zijn gewicht toen hij behoedzaam naderbij kwam.

Abigail zat strak gewikkeld in iets diks en zachts, dat haar lichaam bedekte. Haar snikken weergalmden pijnlijk in het duister.

Achter Houdini zei Doyle met een zucht: 'Marie, geef mij je kaars eens.' En toen Marie deed wat haar werd gevraagd, voegde hij eraan toe: 'Zet jullie schrap.'

Abigail probeerde zich nog kleiner te maken.

Weer kreunde een traptree toen Doyle Houdini passeerde, naast Abigail op zijn hurken ging zitten en de kaars liet zakken.

In de gloed van het kaarslicht keek Abigails betraande gezichtje op vanachter twee enorme vleugels van zijdewitte veren. Ze trilden zenuwachtig, zelfs toen ze de naakte Abigail als een enorme deken omvouwden. Haar vochtige ogen smeekten om begrip, aanvaarding en vergiffenis. Geen woord werd of kon worden gesproken.

In dat vochtige hoekje op de begane grond van Houdini's herenhuis in New York City spatten de barrières tussen fantasie en realiteit uiteen.

32

De volgende morgen bezat de hemel, na een frisse en heldere dageraad, dat stralende blauw dat zo uniek is voor oktober in Manhattan.

Op het eerste gezicht een volmaakte dag, zij het dat Lovecraft werd vermist. Marie en Doyle hadden beiden het herenhuis en de omliggende straten afgespeurd, maar de demonoloog was nergens te vinden. Of het nu een permanente aftocht of slechts een tijdelijke afwezigheid ingegeven door zijn eigen verlegenheid en schaamte betrof, wist niemand. Lovecraft was voorspelbaar onvoorspelbaar. Maar hoe belangrijk dat op zichzelf ook mocht zijn, het was toch niet Doyles eerste zorg.

Abigail had het grootste deel van de nacht bibberend, ineengedoken aan de voet van de trap doorgebracht. Houdini en Doyle hadden haar, ervan overtuigd dat hier de hand van een vrouw geboden was, overgelaten aan de goede zorgen van Julie en Bess. Die gooiden al hun charmes in de strijd om haar uit haar tent te lokken met versgebakken broodjes, kippensoep, hete thee en brokken karamel. Maar het werd al snel duidelijk dat Abigail met lekkernijen niet te paaien was.

Uiteindelijk slaagde Marie waar de anderen faalden. De priesteres ging op de tweede tree van de trap zitten, met een pot kruidenthee en een kaars, en vertelde Abigail verhalen uit haar jeugd. Vooral één daarvan had het beoogde effect.

Het koele water van de vijver rimpelde weg van haar blote benen. Met een zachte plons komt ze, met haar ogen open, boven en staart in de groene duisternis van het water. Marie is dertien jaar oud. Haar ledematen zijn lang, maar nog onbeholpen en stakig, op de drempel tussen kind en bakvis. Ze draait zich met haar gezicht naar de zon en sluit haar ogen. Hier is ze veilig.

Dit is het moeras van haar moeder. Zelfs de slangen vrezen de Voodookonin- gin van New Orleans.

De jonge Marie grijpt een gladde tak van een levende eik die zich als de vinger van een oude vrouw over het water heeft gekromd, en trekt zichzelf omhoog. Ze vlijt haar naakte lichaam in de glooiing van de tak en laat de zon haar huid verwarmen.

De vogels doen er het zwijgen toe.

Het moeras doet er het zwijgen toe.

Marie opent haar ogen en als ze haar hoofd opzij wendt ziet ze dat een zil- vervos haar vanaf de oever van de vijver observeert. Het dier hijgt maar drinkt niet.

Als Marie blootsvoets door het moeras naar huis wandelt, volgt de vos haar. Ze draagt geen hemd en haar rok heeft ze om haar jongensachtige heu- pen gebonden.

'Ga naar huis,' zegt ze tegen de vos.

Hij gaat liggen en drukt zijn snuit onderdanig tegen de grond.

Marie loopt op de vos toe, knielt en steekt haar hand uit om zijn zilveren vacht te aaien. De vos laat haar haar gang gaan en schuifelt naderbij om aan Maries tenen te snuffelen.

Marie wil de vos als beschermengel. Dit moet een teken van de geesten zijn. Haar moeder heeft heel wat beschermengelen: een bijtschildpad, drie cyperse katten en een kraai die niet kan vliegen. En nu Marie haar kinderja- ren achter zich heeft gelaten, behoort ook zij in haar moeders voetsporen te treden.

Haar moeder besteedt geen aandacht aan de vos als Marie, met het dier als een stola om haar schouders geslagen, thuiskomt.

'Maak even een kip klaar voor het avondeten,' is het enige wat ze zegt.

Maries gevoelens zijn gekwetst. Zij is een voodoopriesteres en verdient res- pect.

De zilvervos wacht met gespitste oren voor het deurtje van de kippenren. Marie komt eruit met een geelbruine hen die ze bij haar nek vast heeft. Ze pakt het slagersmes van de spijker aan de buitenkant van de kippenren, drukt de kip met haar hand en voet tegen een boomstronk en slaat de kop er met één klap af. De vos kijkt met trillende neusvleugels toe.

'Wat heb je daar nou, meid?' Maries oom Toto heeft een lui oog en is traag van begrip. In zijn vuist houdt hij een kapmes en het zweet staat op zijn ge- spierde borst. 'Is me dat even een mooi vosje.'

Marie ontwijkt de verlekkerde blik in Toto's goede oog en gaat door met het plukken van de kip. 'Je doet alsof je er nog nooit een hebt gezien,' antwoordt ze.

De vos ligt tussen Maries voeten, met zijn kop op zijn voorpoten en kijkt Toto met heldergroene ogen aan.

'Dit is de mooiste die ik ooit heb gezien,' zegt Toto weer, terwijl hij zijn blik over Marie laat glijden.

Die nacht staat de Voodookoningin niet toe dat haar dochter met de zilvervos bij zich slaapt.

'Als hij jouw beschermengel is, komt hij morgen wel terug,' zegt ze tegen haar dochter.

Marie is ontroostbaar. Haar kussen wordt nat van haar tranen. De scheiding van de vos veroorzaakt een onverklaarbare pijn in haar borst.

De vos zit hijgend op de stoep als de Voodookoningin de deur voor hem dichtgooit. De vos keert zich om en loopt over het trapje de veranda af en over het grasveld. Hij blijft in de schaduw en draaft drie kilometer diep het woud in, over een platgetreden zandpad naar een schaars verlichte blokhut, diep in het moeras. De vos krabt met een voorpoot aan de deur.

Ten slotte doet oom Toto open. 'Wat moet jij hier?'

De zilvervos kijkt met heldergroene ogen naar Toto op.

Toto verstijft van schrik. 'Hoe flik je dat?'

De vos houdt zijn kop schuin.

Toto sist: 'Hoe kun je zo praten?'

Marie heft haar hoofd op van het kussen. 'Mama?' Er hangt een merkwaardige muntgeur. De gordijnen wapperen in de warme bries. Marie gaat op haar rug liggen en schopt de lakens weg om haar huid koelte te bezorgen.

Dan snuift ze de geur van whisky op.

Een hand wordt tegen haar mond gedrukt. Haar gil besterft in haar keel terwijl Toto zich over haar heen buigt. Zijn goede oog vlamt rood op.

'Is dat geen mooi vosje?' zegt hij met dubbele tong. Zijn andere hand klauwt naar haar trappelende benen. Marie krabt hem als hij op het bed klimt en haar onder zijn gewicht bedelft. Toto frunnikt aan het trekkoord dat zijn broek omhooghoudt.

Marie knijpt haar ogen stijf dicht en wenst dat ze ergens anders is. De whiskydampen branden in haar neus. Ze krijgt geen adem.

Dan slaakt oom Toto een gil. Zijn gewicht valt van haar af en Marie opent haar ogen net op tijd om te zien hoe vlammen langs zijn lijf lekken en zijn armen op en neer zwaaien als brandende spaanders. Marie kijkt naast

haar bed en ontwaart een kristalachtig stof: engelwortel. Dat verklaart de
geur van mint.

De Voodookoningin zelf staat in de deuropening. Ze heeft de zilvervos in
zijn nekvel gegrepen en het dier krijst met tien verschillende stemmen – som-
mige lachend, andere schreeuwend, weer andere jammerend. Zo'n geluid
heeft Marie nog nooit gehoord en ze zal het ook nooit meer vergeten.

De wapperende gordijnen vatten vlam wanneer oom Toto uit het raam
tuimelt en nog steeds brandend de nacht in rent.

De Voodookoningin neemt de snuit van de vos in haar vuist en sist in zijn
oor: 'Je moet met mij de strijd aanbinden, duivel. Laat mijn dochter met
rust.' Vervolgens snijdt ze met een mes in één snelle beweging de keel van de
vos door. Hij jankt nogmaals met die afschuwelijke stem, ontworstelt zich
aan de greep van de Voodookoningin en snelt de gang door en het huis uit.

Marie Laveau werpt zich snikkend in de armen van haar moeder.

Marie vouwde een deken uit en hield die met beide handen voor zich.
'Begrijp je, lieve kind? We kunnen niet altijd weten wat het beste voor
ons is. Zo nu en dan moeten we vertrouwen hebben, hoe moeilijk dat
ook mag zijn.'

Na een langdurige stilte klonk een ijl stemmetje op uit het trappenhuis. 'Heb je die vos ooit nog teruggezien?'

'Dat was geen vos, Abigail, dat was de duivel in eigen persoon. Daar
schept hij behagen in, daar is hij toe in staat. Corrumperen, begrijp je?'

De traptreden kraakten zacht en Abigail kwam uit het duister tevoorschijn als een mythisch wezentje, met haar porseleinen huid en haar vleugels strak op haar rug gevouwen. Ze nestelde zich in Maries armen en onder de deken en probeerde haar tranen te bedwingen.

'Kom, kom, lief wonderkindje. Maak je maar geen zorgen. Stil maar.
Alles zal goed komen.'

'Wij vormen het Arcanum.' Doyle zat op een stoel met een notenhouten
leuning en Houdini stond naast hem.

Abigail zat op het bijpassende tweezitsbankje, met een kopje thee tussen haar handen geklemd. Zolang haar kleren nog niet waren gewassen
droeg ze een van Bess' witte pluchen badjassen. Marie zat naast haar en
had een geruststellende hand op haar been gelegd.

'Je zou ons onderzoekers naar het Buitenissige kunnen noemen,' vervolgde Doyle. 'Wij vieren zijn bijeengebracht door een mysticus die wij

kennen als Konstantin Duvall, een man met vele geheimen. Zijn opdracht en onze missie waren dezelfde: op te treden als vorsers zowel als verdedigers van het onbekende. Want zoals Hamlet heeft gezegd: "Er is meer tussen hemel en aarde, Horatio, dan in jouw wijsbegeerte kan worden gedroomd." En jij, Abigail, bent daar het levende bewijs van. Duvall wist beter dan wie ook dat er behoefte was aan een geheim genootschap van lieden die bij uitstek op die taak waren berekend, om ervoor te zorgen dat die geheimen niet in verkeerde handen zouden vallen. Kort gezegd, Abigail: jij bent onze verantwoordelijkheid.'

'Je vergist je, oude man. Ik ben niet bijzonder,' zei Abigail op effen toon. 'Ik ben een gedrocht. Net als die baby's die zonder armen of met twee hoofden zijn geboren. Daarom hebben mijn ouders mij afgestaan.'

'Is dat wat Judith je heeft gezegd?'

'Dat hoefde ze niet. Het doet er trouwens niet toe. Ik kan wel op mezelf passen.'

'Aha. En hoe lang heb je bij Judith gewoond?'

'Een eeuwigheid, lijkt het wel.'

Doyle wachtte even en vroeg toen: 'Hoe oud ben je?'

Abigail haalde haar schouders op.

'Hoe lang heb je in New York gewoond?'

'Niet lang.'

'En waar woonde je voordien?'

'In Boedapest.'

'En daarvoor?' bleef Doyle doorvragen.

'In Nanking.'

Houdini nam het over. 'En waar woonde je het liefst?'

'Nergens,' zei Abigail smalend. 'Hoewel ik de boeddhistische grotten in Mandalay wel leuk vond.'

Later, toen Abigail sliep, beraadslaagden Doyle, Houdini en Marie in de hal op de begane grond.

'Behoorlijk bereisd voor een tienerweesmeisje,' zei Houdini.

'Zeg dat wel. Er zijn er maar weinig die de Hangende Tuinen van Babylon als een prettig plekje om te picknicken kunnen aanbevelen.'

'Ze denkt dat ze geen menselijk wezen is,' zei Marie.

'Dat schijnt zo,' beaamde Doyle. 'Ergens, voorbij de oceaan des tijds, is Abigail haar oorsprong kwijtgeraakt.'

'Misschien wilde Judith niet dat ze het wist. Misschien wilde ze niet dat ze zich een buitenbeentje zou voelen,' zei Marie.

'Hoe dan ook, het stelt ons voor een uniek dilemma. Als je bedenkt wat zij al allemaal heeft moeten meemaken, ben ik er nauwelijks toe geneigd haar nog zwaarder te belasten. Maar als zij de rol die ze in dit alles speelt niet begrijpt, heeft ze geen reden om zich verder nog door ons te laten beschermen.'

'Dan is er sprake van vluchtgevaar,' beaamde Houdini.

Doyle en Marie keken hem meewarig aan.

Houdini glimlachte. 'Jullie begrijpen best wat ik bedoel.'

'Maar je hebt inderdaad gelijk. Op het ogenblik lijkt ze ons te vertrouwen – en vooral jou, Marie – maar daar kan elk moment verandering in komen. We moeten onze jonge Abigail scherp in de gaten houden.'

'Dan rest mij nog maar één vraag,' zei Houdini. 'Waar hangt Lovecraft in hemelsnaam uit?'

Crowley opende de deur van de atelierwoning in Greenwich Village, gekleed in niets dan een losjes dichtgeknoopte kimono. Zijn gezicht en onbehaarde borst waren nat van het zweet. 'Grutjes nog aan toe, iemand heeft een baby'tje voor mijn deur te vondeling gelegd.'

Lovecraft keek hem vanonder de rand van zijn gleufhoed aan. 'Als ik het Boek weet te bemachtigen mag jij het hebben. Vooropgesteld dat je helpt hen tegen te houden.'

Crowley tuitte zijn lippen om zijn glimlach te verbloemen. 'Arme Howard.' Hij deed zijn deur verder open en sloeg toen de demonoloog binnentrad een arm om zijn schouder. 'Zo erg kan het toch allemaal niet zijn, wat?'

In het slecht geventileerde atelier hing een ranzige geur, alsof er ergens in een hoekje vlees lag te rotten, maar tegelijkertijd was de geur ook zoet van de vanillewierook. Net als Crowley zelf, met zijn afstotende, weerzinwekkende aantrekkingskracht.

'Je komt precies op het juiste moment. Ik ben net klaar met mijn yogaoefeningen en heb water op staan voor een kopje thee.'

Lovecraft keek om zich heen en zijn oog viel dadelijk op een zwartmarmeren beeld van Baphomet – een demon met een stierenkop, een vrouwelijke torso en bokkenpoten. Het was een weergave die beroemd was gemaakt door Eliphas Levi. De ongepleisterde bakstenen muren waren gedeeltelijk bedekt met Crowleys aquarellen: voorstellingen van hallucinatoire werelden en mismaakte zelfportretten.

Crowley vouwde zijn meditatiedekentjes op en liet ze in de hoek vallen, naast een ceremoniële schaal die gebruikt werd voor bezweringen. Modepoppen zonder hoofd droegen de magische gewaden van Crowleys talloze mystieke connecties, en onder het enige raam dat het atelier telde stond een ronde Oost-Indische tafel – een altaar – waarop alle gebruiksvoorwerpen van een praktiserende tovenaar waren uitgestald: de slangenkroon, het toverstokje, het zwaard, een eenvoudige kom, gewijde olie en Crowleys Boek met Toverformules.

'Je draagt het hart op de tong, jongen,' waarschuwde Crowley, terwijl hij twee vuile kopjes uit de gootsteen pakte. 'Je boft dat ik deze week vegetariër ben.' En hij glimlachte.

Lovecraft moest wel blijven staan want een stoel was er niet. Hij draaide zijn hoed rond in zijn handen. 'Geen raadseltjes meer. Ik wil duidelijke antwoorden.'

'Beataat er zoiets?' kaatste Crowley terug.

'Wie is hij? Wie is Darian?' wilde Lovecraft weten.

'Hij is een begaafde jongeling die bezig is in diep water te verdrinken.'

'En hoe weet je dat? Is hij een van jouw studenten geweest?' drong Lovecraft aan.

'Niet alleen van mij,' zei Crowley zelfvoldaan, terwijl hij kokend water in het zeefje schonk, 'maar ook van Duvall.'

Lovecraft was van afschuw vervuld. 'Van Duvall?'

'Darian was een wonderkind. Zoiets heb ik sinds jouw veelbelovende jongenjaren, voordat je de veilige weg koos, niet meer gezien.'

Lovecraft huiverde.

'En het waren niet louter zijn geleerdheid en ambitie die mij imponeerden. Hij was ook een zeldzaam bekwame telepaat. Die combinatie duidt op de talenten van een ware magiër. Uiteraard kwam hij, zodra hij Duvall en zijn bedillerigheid beu was, naar mij toe.'

'En?' Lovecraft deed een kleine stap vooruit.

'Aanvankelijk leek hij veelbelovend. Maar uiteindelijk was hij niet bereid de ketenen van zijn opvoeding af te schudden en kreeg ik genoeg van hem.' Crowley hield Lovecraft een kopje thee voor.

Hij nam het aan. 'Ik begrijp het niet.'

'Natuurlijk begrijp je het niet,' sneerde Crowley. 'De volledige naam van de jongen luidt Darian Winthrop DeMarcus.'

Lovecrafts stem zakte tot een gefluister. 'De zoon van Thorton DeMarcus, de staalmagnaat?'

'Jij kent hem dus?'

'Uitsluitend uit de archieven. De DeMarcus-familie heeft een van de oudste en meest gevreesde satanistische bloedlijnen op aarde,' stamelde Lovecraft. 'Maar dat was voordat ik…' Zijn stem stierf weg.

'Werd uitgenodigd toe te treden tot het Arcanum?' voltooide Crowley zijn zin. Maar klonk daar niet een zweem van afgunst of verachting in de stem van de tovenaar?

'Ja. Thorton DeMarcus was een van hun meest gevreesde tegenstanders.'

'Afgezien van mijzelf, mag ik hopen.' Crowley blies in zijn thee.

'Hij zat achter die moorden in Arkham, die heksencultus.'

'En het geval van exorcisme in Boston, en het oproepen van de djinn. En, voor we dat vergeten, de geschriften van Nyarlathotep,' zei Crowley, moeiteloos drie van de meest beruchte onderzoeken van het Arcanum opsommend.

'Duvall heeft hem gedood, is het niet?'

Crowley glimlachte.

'Maar ondanks dat ging Darian toch bij hem in de leer?'

'Hij hield zijn achternaam geheim; dat bewonderde ik in de jongen. Zo jong en toch zo berekenend. Hij wist door te dringen tot Duvalls heiligste der heiligen en gebruikte de verwaandheid van die ouwe zak tegen hem tot hij hem van al zijn geheimen had beroofd.'

'Jij bent dus ook misleid?'

'Misschien.' Crowley nam een slokje van zijn thee. 'Of wellicht is de vijand van mijn vijand mijn vriend.'

Lovecraft smeet zijn thee op de grond, waarbij het kopje aan gruzelementen viel. Hij draaide zich met een ruk om, trok een ceremoniële dolk uit een schede die aan de wand hing en sprong op Crowley af. 'Denk niet dat ik er niet toe in staat ben!'

Crowley zette grote ogen op en schoot toen in de lach. 'Zo zo. De jongen heeft toch nog wat pit.'

'Jij hebt hem de weg gewezen. Jij bent een van de grootste geleerden op het gebied van de Enochiaanse magie ter wereld. Hoe kon Darian anders hebben geweten dat het Boek zich in de Relikwieëngalerij bevond?'

'Niets zou mij meer genot schenken dan mijzelf verantwoordelijk te weten voor Duvall's dood, maar de jongen was me te vlug af. Van begin af aan was duidelijk wat hij beoogde. Hij zou Duvall het Boek van Enoch afhandig maken en Aleister Crowley gebruiken om te weten te komen hoe hij ermee moest omgaan.' Crowley staarde een ogenblik voor zich uit. 'Hij is echt een wezen naar mijn hart.'

Lovecraft fronste zijn voorhoofd. 'Waar gaat het hier dus allemaal om? Wraak?'

'Heb je watten in je oren, jochie?' Ongeacht het mes in Lovecrafts hand liep Crowley om het keukenaanrecht heen en drukte hem louter met de kracht van zijn aanwezigheid achteruit tegen de muur. 'Neem afstand! Gebruik je hersens en niet dit…' hij tikte met een scherpe nagel tegen Lovecrafts borstkas '… nutteloze orgaan.' Met een snelle beweging griste Crowley de dolk uit Lovecrafts hand en zette hem die op de keel. 'Wraak was pas een latere overweging. Deze jongen is ambitieus. Hij is uit harder hout gesneden dan zijn vader.'

Lovecraft stond als verlamd onder de druk van zowel het mes als Crowleys blik.

De hete adem van de tovenaar brandde in zijn gezicht. 'Hij dient slechts één meester; de ware Heer der Duisternis. Hij beoogt het einde van de wereld te bewerkstelligen en beschikt over de middelen en de wil om daarin te slagen.' Crowley schoof weg van Lovecraft en liep de kamer door. 'Je bent al net zo geworden als die sukkel van een Doyle: een verachtelijke slapjanus.'

Lovecraft masseerde zijn keel. 'Ik heb jouw goedkeuring niet nodig, Aleister, en die wil ik ook niet. Dit is een eenvoudige transactie: het Boek in ruil voor Darian.'

'En waarom wil jij het opeens zo graag op een akkoordje gooien? Komt hij soms te dichtbij? Worden er hier en daar wat jongens en meisjes een kopje kleiner gemaakt? Hoeveel zijn er nog over, nou? Kom op, je kunt het mij best zeggen. Vertel oom Aleister maar eens hoeveel vogeltjes er nog over zijn.'

'Je kunt naar de hel lopen,' snauwde Lovecraft.

Crowley lachte. 'Jij danst naar zijn pijpen en je hebt het zelf niet eens in de gaten. Hij heeft je al in zijn val gelokt.'

'Hoe bedoel je? Er is geen…' Lovecraft knipperde met zijn ogen en maakte zijn zin niet af. 'Het feest. De uitnodiging.'

Crowley maakte met het lemmet van het mes zijn nagels schoon.

'Maar die komt van Madame Rose. Zij was degene die…' Opnieuw aarzelde Lovecraft toen hij zich Crowleys eerdere uitspraak herinnerde. '"Een roos is ongeacht haar naam"…'

'Die beste brave Thorton heeft niet alleen een zoon op de wereld gezet,' zei Crowley.

'Zij is zijn zuster,' luidde Lovecrafts gevolgtrekking.

'Madame Rose is in werkelijkheid Erica DeMarcus. En haar galabal ter viering van Allerheiligen zal worden gehouden op het familielandgoed. Dus begeef je je in het hol van de leeuw. Hij zal je opwachten, samen met zijn trawanten.'

'Hoe kunnen we hem tegenhouden?'

'Door hem te geven wat hij verlangt.'

'Maar dat is –'

'Dat is het enige antwoord dat je nodig hebt,' siste Crowley. 'En nu opgedonderd.'

Lovecraft maakte aanstalten weg te gaan, maar aarzelde toen. 'Verlang je geen garanties aangaande het Boek?'

Crowley richtte zijn omfloerste blik op de demonoloog. 'Jij hebt het me beloofd op je woord van eer; dat acht ik voldoende. Ik heb middelen om af te rekenen met hen die zich niet aan hun woord houden.' Toen maakte hij een wegwuivend gebaar en keerde Lovecraft zijn rug toe.

Lovecraft opende de deur en stapte de gang in.

'Howard…' riep Crowley hem na.

Lovecraft draaide zich om.

Crowley stond met zijn gezicht naar het raam aan de andere kant van het atelier. 'Er is nog iemand die in dit spel een rol speelt.'

Lovecraft deed, met een vraag brandend op zijn lippen, een stap in de richting van het atelier, maar de deur kraakte plotseling in zijn scharnieren en werd uit eigener beweging in zijn gezicht dichtgesmeten.

33

'Waar heb jij in hemelsnaam gezeten?' vroeg Houdini toen Lovecraft het huis in Harlem binnenkwam.

'In de bibliotheek om bronnenonderzoek te doen,' mompelde hij toen hij de salon betrad om zijn handen bij het haardvuur te warmen.

Doyle en Marie voegden zich daar bij hem, met Houdini in hun kielzog.

'En?' vroeg Houdini.

Lovecraft zuchtte. 'Doe de deur dicht.'

Marie sloot de openslaande deuren die de salon scheidden van de hal op de begane grond.

'Jij hebt heel wat uit te leggen, Howard,' beet Doyle hem toe.

'Hoe haal je het in je kop om Abigail te begluren, ontaarde smeerlap?' wilde Houdini weten.

'Ik heb haar niet beg –'

'Je zat in de kast.'

'Dat was per abuis. Ik had inkt gemorst en...' Lovecraft keek hen beurtelings aan en zag niets dan misprijzen. 'Jullie denken er maar van wat jullie willen, hoor,' snauwde hij. 'Het maakt toch niet uit wat ik zeg, is het wel?' Lovecraft keek Doyle kwaad aan. 'Is het wel?'

'Dat is niet wat we –'

'Ja hoor, ik kom goed van pas, hè? Bruikbaar doch nimmer geaccepteerd. Nimmer vertrouwd.'

Houdini maakte een wegwuivend gebaar. 'Alsjeblieft.'

'Waar zouden jullie zijn zonder de ontaarde, onbetrouwbare smeerlap van een Lovecraft, vraag ik me af?' Lovecrafts ogen waren donker en hardvochtig.

'Aan jouw waarde binnen het Arcanum is nooit getwijfeld,' merkte Doyle op.

Lovecraft lachte schamper. 'Het Arcanum. Die naam heeft voor jou altijd meer betekend dan voor mij, Arthur. Duvall beschikte over kennis die ik mij eigen wilde maken, dat is alles. En nu hij dood is, zie ik weinig reden om hier nog langer te blijven.'

Houdini keerde zich met een ruk om. 'Wij vertikken het om het slachtoffer te worden van jouw kinderachtige strapatsen,' snauwde hij. Hij wendde zich tot Doyle. 'Stuur hem weg, en hoe eerder hoe liever.'

Maar Doyle hield zijn blik strak op Lovecraft gericht. 'We missen Duvall allemaal – en niemand meer dan jij, daar ben ik van overtuigd.'

Lovecraft wendde zich af om te voorkomen dat iemand zijn reactie zou zien.

'Maar dit is de route die hij voor ons heeft uitgestippeld,' vervolgde Doyle. 'Het was zijn laatste wens. Wij zouden hem in ere houden door onze meningsverschillen uit het verleden terzijde te schuiven en eensgezind deze laatste queeste te ondernemen. En ik geloof dat ik namens allen spreek als ik zeg dat het Arcanum zonder H.P. Lovecraft zou ophouden te bestaan.'

'Het is waar, Howard,' beaamde Marie.

Lovecraft wreef in zijn ogen, maar draaide zich niet om om hen aan te kijken. Toen zei hij, nog steeds in de richting van het venster sprekend: 'Darian is Darian Winthrop DeMarcus, de enige zoon van Thorton DeMarcus.'

Houdini werd asgrauw. 'DeMarcus?'

'Hoe weet je dat?' wilde Doyle weten.

Lovecraft negeerde hem. 'Madame Rose is zijn zuster, Erica. Het bal wordt gegeven op het landgoed van DeMarcus.' Lovecraft stapte weg van het raam, draaide zich om en zeeg ineen op een van de fauteuils bij de haard. 'Men zegt dat er een oud gangencomplex onder het huis bestaat dat in verbinding staat met de plaatselijke begraafplaats. De legende wil dat er zich een kerk in die tunnels bevindt, een Satanskerk waarin Thorton zijn Zwarte Mis opdraagt.'

'De zoon wreekt dus de vader,' zei Doyle nadenkend.

'Meer dan dat,' zei Houdini. 'Hij wil voltooien waar de vader niet aan toe is gekomen. We kunnen onmogelijk zijn bal bezoeken.'

'O, nou en of we dat kunnen,' bracht Doyle ertegenin. 'Sterker nog, Abigail gaat met ons mee.'

Lovecraft keek in zijn richting.

Marie pakte Doyles arm. '*C'est fou* om haar mee te nemen, Arthur.'

'Precies. Laten we hopen dat dit wel het laatste is wat hij verwacht. We lokken hem in de val, net zoals hij ons in de val tracht te lokken. We dwingen hem een fout te maken. We stellen hem schoppend en gillend aan de kaak.'

'En dan?' vroeg Lovecraft.

'En dan…' Doyle dempte zijn stem '… dan wreken we Duvalls dood en roeien het geslacht DeMarcus voor eens en altijd uit.'

Houdini's Silver Ghost Rolls-Royce zweefde over een smalle weg, aan weerskanten geflankeerd door hoge berken, met knokige knoesten en boven hen in elkaar verstrengelde takken als drakenklauwen. De koplampen van de automobiel doorkliefden maar nauwelijks de duisternis en wekten de indruk dat ze zich in een onderzeeër in een diepe oceaantrog bevonden.

In de auto zat Lovecraft achter het stuur in chauffeursuniform, met een op zijn bovenlip geplakte borstelsnor. Zijn ogen schoten voortdurend in de richting van de achteruitkijkspiegel waarin hij Abigail kon zien die ongemakkelijk in haar Roodkapje-kostuum naast Houdini zat.

'Blik op de weg, Howard,' waarschuwde Doyle die naast hem zat.

Lovecraft wierp een zijdelingse blik op Doyle, die zijn jachtpet en Engelse mantel droeg. De uitmonstering werd gecompleteerd door een lange gebogen pijp die de schrijver tussen zijn tanden geklemd hield.

'Een subtiele vermomming,' merkte Lovecraft op.

'Allesbehalve dat, en dat is precies de bedoeling,' riposteerde Doyle.

Door een open plek tussen de bomen bespeurde Lovecraft een uitgestrekte begraafplaats in de kom van de vallei. Het terrein was bezaaid met grafstenen als uitgevallen tanden, een verdord veld van troosteloosheid dat zich uitstrekte tot aan de knoestige bomen van het woud in de verte.

'Het Willow Grove Kerkhof,' zei Lovecraft.

Alle ogen richtten zich op het kerkhof op de bodem van de vallei, tot aan de punt van de klip waarop het huis van DeMarcus zich bevond: een veertig kamers tellend bouwwerk in Tudorstijl dat baadde in het licht van talloze kaarsen.

'Ik wil deze cape niet aan,' klaagde Abigail vanaf de achterbank. 'Hij kriebelt.'

Doyle draaide zich om en richtte het woord tot haar. 'Wat zeg je, als iemand vraagt wie je bent?'

'Ik ben uw nichtje uit Californië,' antwoordde Abigail afwezig.

'Heel goed. En wat mag je vanavond in geen geval doen?'

'Van uw zijde wijken,' antwoordde Abigail, op enigszins geërgerde toon.

'Zo is dat. Dat is van het grootste belang. Wij zijn hier met het oogmerk onze vijanden uit hun tent te lokken. En op jou hebben ze het gemunt, Abigail. Heb je dat goed begrepen?'

'Ik ben niet doof,' bitste Abigail.

'Netjes met twee woorden spreken, Abigail,' berispte Houdini haar.

'Ik hoef niet naar jullie te luisteren: jullie zijn mijn ouders niet. Het zal mij een zorg zijn hoe beroemd jij denkt dat je bent.' En Abigail sloeg haar armen over elkaar.

Doyle wisselde een blik van verstandhouding met Houdini.

'Howard, denk je dat je hiertegen opgewassen bent?' vroeg Houdini.

Lovecraft reed een ogenblik zwijgend voort alvorens hij antwoord gaf. 'Zonder het Boek is Darians toverkracht ernstig verminderd. Als het zich in dat huis bevindt, dan zal ik het weten te vinden.'

Doyle haalde een zakhorloge tevoorschijn uit de binnenzak van zijn mantel. 'Ongeacht hoe ver we zijn gekomen, we verzamelen ons om half elf bij de hoofdingang.'

Lovecraft keek op zijn eigen zakhorloge. 'Half elf; uitstekend.'

Op de achterbank sloeg Houdini Abigail gade. Het was hun allen duidelijk dat er onder haar gemok een oprechte angst schuilging. Lovecraft wist hoe zij zich voelde. Wie was ooit eerder in staat gebleken haar te beschermen? En waarom zou ze, op dit onzalige uur, het Arcanum haar vertrouwen schenken?

Hij wist niet hoe hij haar kon helpen – maar Houdini leek dat wel te weten. Plotseling trok de illusionist een roze zakdoekje uit zijn borstzak en nieste demonstratief, hetgeen iedereen in de auto deed opschrikken. Abigail keerde zich geschrokken naar hem toe. Houdini verfrommelde de zakdoek in zijn vuist tot een prop en reikte die Abigail aan.

'Wil je dit even voor me vasthouden?' vroeg Houdini en hij legde de zakdoek in haar hand.

Abigail keek ernaar. 'Dat is smerig.'

'Nee, hoor,' zei Houdini gekwetst. 'Maak maar open.'

Met gefronst voorhoofd vouwde Abigail de roze zakdoek open en ont-

hulde daarmee een piepkleine kanarie. Abigails gilletje van blijde verwondering was oprecht en het bracht een glimlach op ieders lippen.

De kanarie tjilpte en bibberde.

'Hij heeft het koud,' zei Abigail.

'Het is een zij, geloof ik. Verwarm haar maar tussen je handen.' Houdini deed het haar voor en Abigail vormde met haar handen een beschermend kommetje om het vogeltje heen. Doyle keek achterom en Houdini
gaf hem een knipoog.

'Hoe ga je haar noemen?' vroeg Doyle.

Abigail streek met haar duim over de vleugeltjes van de kanarie. 'Isabella,' zei ze, met plotselinge vastberadenheid.

'Bravo,' zei Doyle, toen wendde hij zijn hoofd af en keek weer naar de
weg voor hem.

Abigail keek Houdini aan. De woorden lagen op haar tong maar ze
had moeite ze over haar lippen te krijgen. Houdini gaf een klopje op haar
knie en knikte. 'Ik weet het: het is in orde.'

Abigail glimlachte en richtte haar aandacht weer op Isabella.

'Er is iets wat u behoort te weten, heren,' verklaarde Lovecraft na enige
overweging. 'Darian is een telepaat.'

'En wat koop ik voor die informatie?' snauwde Houdini.

'Zorg er alleen voor dat je je gedachten voor je houdt,' waarschuwde
Lovecraft.

'"Hij is mijn geest binnengedrongen,"' mompelde Doyle binnensmonds alvorens hij zich weer naar Houdini omdraaide. 'Duvalls laatste
woorden.'

Houdini fronste zijn wenkbrauwen. 'Nou, bedankt voor de tip, Howard,' zei hij op schampere toon.

Lovecraft trapte op het rempedaal toen ze de smeedijzeren toegangs-
poort van het buitenverblijf van de DeMarcussen bereikten. De motor
van de automobiel draaide stationair terwijl ze keken naar het duistere
woud en de onheilspellende waterspuwers boven op de punten van een
hoge poort.

'Wees van nu af aan op jullie hoede,' ried Doyle hen aan.

De Silver Ghost reed langzaam over de oprijlaan. Maar het huis leek
totaal niet op de vampierachtige vesting die ze hadden verwacht. De in
smoking gehulde parkeerwachters en de grote toortsen die de grintweg
flankeerden, verstoorden die illusie. Het enige dat hen in verwarring
bracht was de onthutsende geometrie van het gebouw. Het huis strekte

zich over het terrein uit alsof het was ontworpen door een dolgedraaide architect. Er waren in de drie eeuwen dat het gebouw bestond heel wat niet-verenigbare stukken aangebouwd, waardoor de grandeur langzaam verloederde tot een chaotisch geheel.

Dure automobielen stonden in zilver en zwart glinsterend in rijen langs de weidse, cirkelvormige oprijlaan. Er leken heel wat mensen op het evenement te zijn afgekomen.

Parkeerwachters met duivelsmaskers op openden de portieren van de Rolls-Royce. Doyle, Houdini en Abigail stapten in de kille avondlucht.

Houdini gaf een van de parkeerwachters een muntje. 'Mijn bediende parkeert de wagen zelf.'

'Jawel, meneer Houdini,' antwoordde de parkeerwachter, duidelijk diep onder de indruk van de man en zijn automobiel.

Met een meewarige blik gaf Lovecraft gas en reed naar het verste, meest in de schaduw gelegen deel van de oprijlaan, het dichtst bij de zich naar alle kanten uitstrekkende gazons van het landgoed. Hij stapte uit de auto en liep eromheen om de kofferruimte te openen. Met een zucht van verlichting, stapte Marie eruit en bleef op haar hurken achter de auto zitten. Ze overhandigde Lovecraft zijn leren koffertje, en zodra ze zich ervan hadden verzekerd dat niemand aandacht aan hen besteedde, snelden zij over het gazon naar de beschutting van een groepje bomen.

Een butler met hagedissenogen, verkleed als musketier, compleet met een krullende pruik, hield de deur open voor Doyle, Houdini en Abigail. Ze raakten onmiddellijk verstrikt in namaakspinnenwebben die waren opgehangen om het effect te verhogen, terwijl een strijkkwartet melancholische melodieën speelde. Honderden gekostumeerde gasten bewogen zich voort door een zestal zalen.

'Heren!' Madame Rose snelde door de eetzaal. Ze droeg een oogverblindende zwarte jurk zonder schouderbandjes en haar ravenzwarte haar golfde over haar blanke schouders. Haar ogen fonkelden achter haar zwarte vlindermasker. 'Wat opwindend om zulke doorluchtige gasten te mogen ontvangen.' Ze glimlachte vluchtig en gaf hun een hand. Er ging een zekere intensiteit van haar uit, een samengebalde spanning die Doyles argwaan opwekte.

'Ach, uw uitnodiging bezorgde ons ook de nodige opwinding,' zei Houdini, zorgvuldig zwijgend over de gebeurtenissen die hen samen hadden gebracht.

Madame Rose deed alsof ze het niet begreep en richtte haar aandacht in plaats daarvan op Doyle. 'Is dit de eerste keer of draagt u dit op elk gekostumeerd bal?'

Hij tikte tegen zijn jachtpet. 'Maar u ziet een subtiele nuance over het hoofd, Madame Rose. Het kostuum van Sherlock Holmes maar...' Doyle sloeg zijn overjas open en klopte op zijn buik '... helaas het figuur van Watson.'

Madame Rose lachte – te luid. Toen wendde ze zich tot Houdini.

'En u. Waar is uw kostuum?'

Houdini stak zijn armen omhoog en toonde de handboeien die om zijn beide polsen bungelden. 'Maar, Madame Rose, vanavond ben ik niemand anders dan de Grote Houdini.'

'Maar natuurlijk. Wat dom van mij dat ik dat niet had opgemerkt.'

Vervolgens keerde ze zich met een zekere roofdierachtige belangstelling tot Abigail, die achter Doyle ineenkromp en haar kanarie in haar tot een kommetje gevouwen handen beschermde.

'En wie is dit schattige wezentje?'

'Ik ben zijn nichtje,' antwoordde Abigail van achter de mouw van Doyles overjas.

'Een neef van mijn vrouw in Los Angeles nota bene, heeft haar naar me toegestuurd om me een beetje in het oog te houden,' legde Doyle met een knipoog uit. 'Ze heet Abigail.'

'En wat een snoezig pakje heeft ze aan. Roodkapje, hè? O, en je hebt zelfs een picknickmandje voor oma bij je. Misschien kunnen we later nog wat koekjes voor je vinden, schatje.'

Madame Roses gedrag maakte een ongewoon geforceerde indruk. De teint van haar huid, de verbeten uitdrukking in haar ogen, de rimpels in haar voorhoofd wezen er allemaal op dat zij onder een vreselijke spanning gebukt ging.

Toen het uitwisselen van beleefdheden achter de rug was, verdween Madame Rose weer in de menigte na de opmerking: 'Walter bekommert zich wel om jullie jassen. Veel plezier. En ik ben heel dankbaar dat jullie zijn gekomen.'

Ondertussen had de aanwezigheid van beroemdheden meer feestgangers naar de hal gelokt. Deuren van de keuken gingen open en vanuit een grote chaletachtige salon kwamen de gasten binnenlopen. Maar omdat het nu eenmaal New Yorkers waren liet niemand blijken dat hij Houdini of Doyle herkende. De kunst was alleen bij hen in de buurt te komen.

Doyle omklemde, ondanks haar protesten, Abigails hand en gedrieën baanden ze zich een weg naar de salon, waar het meubilair uit was verwijderd en vervangen door tafels die kraakten onder het gewicht van de lekkernijen die erop stonden uitgestald. Er stonden dampende schalen met cider, pompoentaart, druipende karamel, emmers om appels in te dopen en versgebakken taarten geleverd door Ferrara's in Brooklyn.

Een ober met een opvallend wit masker op dat zijn gezicht een uitdrukking van plechtstatige onbewogenheid gaf, serveerde de mannen een glas martini en Abigail een cider.

'Met de complimenten van de gastvrouw,' zei hij.

Het viel Doyle op dat de olijven in dezelfde kleur waren geschilderd als de uitgeholde pompoenen.

'Wel heb ik jou daar,' bulderde Barnabus Tyson, die er gelikt uitzag in zijn Teddy Roosevelt-kostuum. 'Twee ontmoetingen in één week.'

'Hoe hadden we het beter kunnen treffen?' vroeg Houdini aan Doyle toen Tyson hun handen tussen zijn zweterige handschoenen klemde.

In Tysons gezelschap bevond zich ook officier van justitie, Paul Caleb, in een eenvoudige bruine pij, bijeengehouden met een touw, en met op zijn hoofd een tonsuur die midden op een bos steil zwart haar prijkte.

Voordat Tyson de gelegenheid had zijn wellustige blikken over Abigail te laten glijden, zei Doyle: 'Mijn nichtje.'

Meteen daarna verloor Tyson alle interesse. In plaats daarvan vroeg hij: 'Heeft een van u Paul Caleb, onze nieuwe officier van justitie, al ontmoet? Dat monnikenpakje van hem is geen vermomming dus pas op jullie woorden.'

Caleb zuchtte en deed alsof hij het niet had gehoord.

Houdini stak zijn hand uit. 'Dat genoegen heb ik nog niet gehad.'

'Meneer Houdini.' Caleb drukte hem stevig de hand. 'Ik ben een geweldige bewonderaar van u. Gelooft u mij, het genoegen is geheel aan mijn kant.'

Houdini glimlachte stralend en wees op Doyle. 'Mag ik u voorstellen aan mijn goede vriend Sir Arthur Conan Doyle?'

Caleb aarzelde slechts een ogenblik. 'Nou, nou, meneer Doyle, de schepper van legenden.'

'Dat is te veel eer,' antwoordde Doyle.

'Zeg mij eens, Sir Arthur, ik vraag dit puur uit nieuwsgierigheid, mede omdat ik zie welk kostuum u voor vanavond hebt gekozen... verwart de schepper zichzelf wel eens met zijn creatie?'

Doyle dacht een ogenblik na voor hij antwoordde. 'Ik ga ervan uit dat wij allemaal wel zo onze grillen hebben.'

'Maar bezit de schrijver de bovennatuurlijke deductieve talenten van zijn detective?' voegde Tyson eraan toe, zijn vraag benadrukkend met een nodeloze klap op Doyles rug.

Doyle deed een stap opzij. 'Wis en waarachtig niet,' wierp hij tegen.

'Kletskoek, man,' zei Houdini tussen twee slokken van zijn martini. 'Hij is nog veel beter.'

'Onzin. Jij krijgt geen martini's meer, Houdini.'

'Wees toch niet zo'n zeurpiet, Doyle. Geef ze eens even een kleine demonstratie,' zei Houdini uitgelaten.

Caleb glimlachte. 'Ja, alstublieft. Dat zou fascinerend zijn.'

'Ach, nu er blijkbaar toch niet aan te ontkomen valt…' Doyle keek om zich heen op zoek naar een slachtoffer en leek elke mogelijkheid met de precisie van een chirurg te beoordelen voordat zijn blik uiteindelijk op Tyson bleef rusten. Na enkele ogenblikken zei Doyle: 'U heb zojuist een karamelappel gegeten.'

'Hoe weet u dat?'

Doyle wees op Tysons vest. 'Omdat u het grootste deel ervan nog steeds bij u draagt.'

Houdini grinnikte. Caleb applaudisseerde en Tyson probeerde – zonder succes – de vlekken weg te poetsen.

Maar zelfs toen Doyle Tyson van top tot teen opnam, bleef hij zich bewust van alles om hem heen. En opeens besefte hij dat ook hij in de gaten werd gehouden.

De man stond bij het venster, gekleed als een sjeik, met een zwarte hoofddoek die hij zo had omgeslagen dat hij zijn neus en zijn mond bedekte en alleen zijn donkere, van onomfloerste haat vervulde ogen zichtbaar waren. De man had niets te eten of te drinken gepakt en niemand sprak met hem. Maar zijn blik was zo fel dat Doyle zijn ogen afwendde en zich afvroeg of hij een blik had opgevangen die voor een ander bestemd was. Maar al een seconde later realiseerde hij zich dat de blik wel degelijk voor hem was bedoeld. Doyles blik dwaalde weer terug in de richting van het venster, maar de sjeik was verdwenen.

'Abigail?' Doyle draaide zich met een ruk om en morste bijna met zijn martini.

'Ik vind er niks aan,' zei ze.

Maar Doyle was met zijn gedachten elders. Onwillekeurig trok hij haar dichter tegen zich aan en sloeg een beschermende arm om haar schouders terwijl zijn ogen het gezelschap nogmaals monsterden.

34

Het vrolijke doch ingetogen feestgedruis weergalmde over het landgoed, maar de gloed van de kaarsen en toortsen reikte niet erg ver. Het grootste deel van het buiten was gehuld in duisternis – hetgeen ideaal was voor Marie en Lovecraft, toen ze over de uitgestrekte glooiende gazons en langs een serie fonteinen slopen die waren omzoomd door wanden van gesnoeide sparren. Het enige bewijs van hun aanwezigheid was het klik-kende geluid van Lovecrafts lederen schoudertas. Als ze stemmen in de buurt hoorden, verscholen zij zich even, maar het waren de parkeerwach-ters maar die een sigaretje rookten en in de nasale tongval van Brooklyn met elkaar praatten. Marie en Lovecraft kropen op handen en voeten achter een grote dennenboom en wachtten totdat de parkeerwachters hun werkzaamheden hadden hervat. Toen sprongen ze op en snelden naar de in het duister gehulde noordelijke vleugel van het huis.

Marie zag geen honden en geen bewakingspersoneel. Het gebied was ontdaan van alle leven. Er tjirpte geen krekel en er kwaakte geen kikker. Dat kwam door het huis. Marie kon zijn kwaadaardige uitstraling voelen, als een getijdenstroom onder kalm water. Het beïnvloedde alles. De bo-men waren tot in de kern verrot en elk vogelnest tussen hun takken was leeg – en was dat al tientallen jaren. Maar een geestelijk kankergezwel van dit formaat kon niet gedijen op één enkele gebeurtenis. Nee, dit huis – dit landgoed – was gedrenkt in diverse eeuwen bloed, wreedheid en ver-twijfeling.

Toen Lovecraft haar rug aanraakte, schrok ze even. Hij wees op een raam op de eerste verdieping. Ze stonden aan de zijkant van het huis, naast een rozenlatwerk dat vol hing met klimop. Marie knikte om aan te geven dat ze het begreep. Ze pakte een van de gekruiste latten en trok zichzelf omhoog, waarbij ze op haar lippen moest bijten toen doornen in haar vingers staken en splinters zich in het zachte vlees van haar handpalmen boorden. Toen ze bij het raam op de eerste verdieping was aangekomen, waagde ze een blik omlaag. De gazons bevonden zich zestien meter onder haar. Lovecraft maakte een fragiele en weinig capabele indruk toen hij de riem van de tas om zijn schouder sloeg en zo hevig bibberde terwijl hij het latwerk pakte dat Marie er bijna door omlaag viel.

Marie klemde zich stevig vast. Onder haar bungelde en zwaaide Lovecraft heen en weer, waarbij zijn tas nog steeds klakkende geluiden maakte. Zijn voeten zochten naar steunpunten en de bladeren ruisten luid onder zijn wanhopig graaiende handen. Marie slikte en bad toen Lovecrafts voet losschoot en hij langs het latwerk omlaag glibberde en zichzelf op het laatste moment nog net wist te herstellen. Hij was bijna zijn tas kwijt geweest en dan zouden al zijn demonologische instrumenten over het gazon uitgespreid hebben gelegen. Tegen de tijd dat zijn zwetende, bleke gezicht Marie had bereikt, was ze des duivels.

'De volgende keer vermoord je me maar gewoon,' siste ze. 'Je hebt de souplesse van een hond met één poot.'

Lovecraft was niet in staat om te reageren; hij had het te druk met happen naar lucht. Marie schudde haar hoofd en keerde zich naar het raam. Ze probeerde te wrikken, te duwen en het slot te forceren, maar uiteindelijk sloeg ze simpelweg met haar elleboog de ruit in, stak haar hand naar binnen en schoof de grendel terug. Het raam ging open. Ze wrong zich naar binnen en kwam op haar hurken op een zacht tapijt terecht, van waaruit ze de situatie in zich opnam. Witte lakens bedekten het meubilair als lijkwaden. Het was een logeerkamer die niet werd gebruikt. Marie richtte zich op en legde haar oor tegen de deur. Toen ze niets hoorde, keerde ze zich om om Lovecraft een teken te geven.

Hij tuimelde even geruisloos door het raam naar binnen als een man in volle wapenrusting, krabbelde vervolgens overeind en stak merkwaardige gereedschappen terug in zijn tas.

'Niks aan de hand; ik ben er al,' fluisterde hij luidkeels.

'Houd nou maar je mond en kom hier, voordat het ons allebei de kop kost,' siste ze nogmaals.

De eerste verdieping van het huis was zo stil als een graftombe. Geluiden van het bal in de oostelijke vleugel drongen maar nauwelijks tot hen door. Wat de meeste argwaan wekte was de relatieve steriliteit van de kunstwerken en het meubilair. Dit was het thuis van diverse generaties krankzinnigen – een geslacht van toegewijde satanisten – en toch was er niets te ontdekken dat daarop wees. Geen schilderijen, talismannen, geen verdachte spiegels, niets aan de muur dat zelfs maar verwees naar de meest onschuldige vorm van symbolisme. Het huis hield zijn eigen geheimen verborgen. En om de een of andere reden verontrustte dat Marie meer dan als er rissen kinderschedeltjes als trofeeën aan de muren hadden gehangen. Het duidde op volwassenheid, discipline en een zwarter hart dan ze durfde vermoeden.

De slappe vilthoed zweefde langs een dozijn ongelovige ogen en maakte een looping voor de neus van Doyle. Vervolgens zeilde hij over de grote dansvloer, terwijl Houdini er als een trotse vader naast draafde. Zijn handen maaiden door de lucht en dirigeerden op onverklaarbare wijze de vlucht van de hoed. Onder de gasten klonk een blij bewonderend gemompel op. De hoed hopte van het ene hoofd naar het andere en liet een spoor achter van verbluft gelach voor hij met een triomfantelijke slotsprong tot stilstand kwam op de kalende schedel van Paul Caleb.

Applaus klonk op. Een kaartje voor dit soort optredens kostte normaal tien dollar en op Broadway had je dan nog alleen maar een staanplaats.

Houdini boog diep en het gefluit en gelach en applaus duurden voort.

Paul Caleb nam de vilthoed van zijn hoofd en deed schertsend een vruchteloze poging de hoed te doen zweven.

'Een borrel. Een glaasje voor deze man,' riep Madame Rose tot de menigte terwijl ze Houdini meetrok naar de bar. Haar glimlach vervaagde geen moment maar ze dempte haar stem tot een bevend gefluister. 'We moeten praten. Je verkeert in vreselijk gevaar.'

Houdini knikte naar de enthousiaste toeschouwers, maar antwoordde haar. 'Waar kunnen we heen?'

'Naar beneden. Naar de wijnkelder.' Madame Rose liet zijn arm los en liep de hal door waar zij op een andere deur wees. 'Ga jij maar via de keuken.'

Aan de andere kant van de kamer glimlachte Doyle en hij nam een slokje van zijn Laphroaig whisky, terwijl hij Abigail in de gaten hield die tegen de muur zat en Isabella iets influisterde. Toen voelde hij een bepaalde aanwezigheid achter zich, een priemende blik achter in zijn nek.

Een afgemeten stem zei: 'Als kind was ik verzot op Sherlock Holmes. Ik denk dat ik al zijn verhalen heb gelezen.'

Doyle draaide zich om om de sjeik aan te kijken.

'Je hebt de ogen van je vader, Darian,' antwoordde hij.

'Maar niet zijn zwakheid,' kaatste Darian terug.

'Hij was niet zwak.' Doyle nam nog een slokje van zijn whisky. 'Alleen krankzinnig.'

Darians ogen schoten vuur. 'O, daar ben ik van overtuigd.'

'Welk Holmes-verhaal was jouw favoriet?' Doyle moest wat tijd zien te winnen om zijn strategie te bepalen.

'Er zijn er zoveel om uit te kiezen. Iets wat bij deze gelegenheid past, wellicht. *A Scandal in Bohemia* misschien? Er verscheen een schalkse glinstering in zijn ogen. "Het is een fatale fout om een theorie te ontwikkelen alvorens men de feiten kent. Dan verdraait men onbezonnen de feiten om die aan de theorie aan te passen, in plaats van een theorie te bepalen op grond van de feiten."'

'Heel goed. Woord voor woord. Edoch…' Doyle kwam een stap dichterbij. '"Ik denk dat er bepaalde misdaden zijn waar de wet geen greep op heeft en die daarom, tot op zekere hoogte, eigen vergelding rechtvaardigen."'

'Over vergelding zul je snel genoeg het een en ander leren, Arthur. Jij en de kleine meid.'

Doyle stak zijn arm uit en greep Darians vuist. 'Je zult je eigen bloed proeven alvorens je haar ook maar een haar krenkt.'

Darian rukte zijn arm los. 'Voor ik je alleen laat nog één laatste citaat uit *The Hound of the Baskervilles*. "Mijn beste Watson, op mijn eigen bescheiden wijze heb ik het kwaad bestreden, maar het opnemen tegen de Vader van het Kwaad in eigen persoon zou misschien wat al te overmoedig zijn."' En hij draaide zich op één hiel om en liep weg.

Doyle keerde zich met een ruk om om te kijken hoe Abigail het maakte en liep daarbij pardoes tegen Houdini op.

'Ho ho, een beetje rustig aan, Doyle,' waarschuwde Houdini hem.

'Darian is hier.'

Houdini verstijfde. 'Waar is hij?'

'Hij gaat verkleed als bedoeïen. Ik ben bang dat ik hem verkeerd heb beoordeeld. Misschien is hij vanavond toch in het voordeel.'

'Madame Rose wil met me praten.'

'Het is te gevaarlijk.'

Houdini hield zijn jasje open en onthulde daarmee een revolver met een parelmoeren kolf die hij achter zijn broeksriem had gestoken. 'Ik kan wel op me zelf passen.'

'Maak dan voort, want ik geloof dat de fuik al bezig is zich te sluiten.'

Terwijl Houdini zich verwijderde schoten zijn blikken van Abigail naar Doyle. 'Houd haar goed in het oog.'

'Dat zal ik doen. Wees voorzichtig, Houdini.'

Toen Houdini opging in de menigte, keek Darian hem na. Hij keek toe en wachtte.

Marie sloot zachtjes en geërgerd de deur die toegang gaf tot de zoveelste slaapkamer. 'Dat gaat ons de hele nacht kosten,' fluisterde ze.

De tweede verdieping was enorm uitgestrekt. Lovecraft was in verrukking over de veertien meter hoge plafonds, de eindeloze gangen en de gigantische, in vergulde lijsten gevatte, portretten van de voorouders van DeMarcus, die met een sinistere blik in hun ogen neerkeken op de indringers.

Lovecraft ging op een van de vele honderden onbetaalbare kleden op zijn knieën zitten en opende zijn tas. Hij gooide de leren klep naar achteren en graaide er een poosje in rond. Maar toen ze zag wat hij uiteindelijk tevoorschijn haalde, trok ze haar neus op.

'Wat moet je daar nu toch mee, Howard?'

Lovecraft hield een verschrompelde, grijsbruine, geamputeerde linkerhand omhoog. De nagels waren lang en afgebrokkeld. Met een bijl of met een scherp mes was dwars door het bot van de arm heen gehakt, waarbij een weerzinwekkend stompje was overgebleven. Pezen, verdord als twijgen, strekten zich door de opgezwollen knokkels uit naar de versteende vingers.

'De Hand van de Roem,' zei Lovecraft eerbiedig. 'In de vijftiende eeuw van de arm van een dief afgehakt. Als je er goed mee weet om te gaan, kan het een heel nuttige relikwie zijn. Hij moet in staat zijn onze –'

De vingers van de lijkenhand kromden zich plotseling uit zichzelf en van schrik liet Lovecraft hem vallen.

Marie probeerde zich klein te maken tegen de muur. 'Hij leeft!'

'Nee, hij weet alleen wat wij zoeken.' Lovecraft bestudeerde glimlachend de Hand van de Roem, die als een onbehaarde vogelspin op de grond lag te kronkelen. Toen wierp de hand zich, met de vingers tot een vuist gebald, op zijn rug – alleen de verdorde wijsvinger bleef gestrekt en wees naar de deur aan het einde van de gang.

'Allemachtig, zo goed doet hij het lang niet altijd.'

'Blijf uit mijn buurt met dat ding,' snauwde Marie.

Lovecraft plukte de Hand van de Roem aan zijn stompje bot van de grond en liep snel in de richting van de deur.

'Hij wijst ons de weg,' stelde hij Marie gerust. 'Hij weet wat wij zoeken.'

Lovecraft en Marie betraden, voorgegaan door de Hand van de Roem, een twee verdiepingen beslaande bibliotheek. De collectie van Thorton DeMarcus was in alle opzichten indrukwekkend. Lovecraft had er best een maand – nee, zelfs een jaar – willen blijven. Reeksen notenhouten kasten bevatten een selectie van titels die achter afgesloten glazen deuren werden bewaard. Op de galerij boven hun hoofden stonden nog meer boekenkasten die zo te zien eerste edities bevatten.

Langs alle vier de muren hingen grote veertiende-eeuwse wandtapijten tussen de boekenkasten en in het midden stond een enorme eikenhouten tafel die minstens vijf meter lang was.

Een kandelaar met vier lange kaarsen vormde de enige lichtbron in de kamer.

En midden op de tafel, in het kaarslicht, lag een eenvoudige codex. Geen tekstrol en evenmin een gedrukte tekst, maar vele honderden velijnbladen die eenmaal waren dubbelgevouwen en aan elkaar waren genaaid. Het droge leer dat als omslag had gediend was al lang tevoren gebarsten en afgebladderd, maar over de inhoud hoefde niet te worden getwijfeld. Voor hen lag het Boek van Enoch.

Lovecraft likte zijn lippen af toen hij de tafel naderde en zijn tas van zijn schouder liet glijden. Hij smeet de Hand van de Roem terug in de tas en legde een serie gevoeliger instrumenten op tafel: een pennenmesje, een rekenliniaal, een reageerbuisje met een heldere vloeistof erin, een druppelaar en een schuifmaat. Toen zette hij zijn bril af en verving die door de loep van een edelsmid. Hij mat de dikte van het papier door het velijn tussen de schuifmaat te klemmen. Vervolgens liet hij met de druppelaar een paar druppeltjes van de heldere vloeistof op een gerafeld hoekje van de pagina vallen.

'We hebben geen tijd voor –'

'Houd in Godsnaam je mond,' snauwde hij.

Zijn antwoord was een hoog trillend gekrijs.

Lovecraft keek op en trok de lens weg voor zijn oog. 'Marie?'

Marie stond doodstil en als aan de grond genageld. 'Dat deed ik niet,' zei ze met hese stem.

Met een collectief gekrijs doken vier demonen op vanachter de vier wandtapijten.

Lovecraft griste het Boek van Enoch weg en kroop met Marie aan zijn zij op de tafel.

De demonen haalde sikkels uit hun mouwen tevoorschijn en maaiden om zich heen. Lovecraft voelde de wind die hun gezwaai veroorzaakte.

Hun robijnrode ogen weerkaatsten het licht van de kaarsen terwijl ze de tafel omsingelden.

Lovecraft en Marie krabbelden overeind en stonden midden op de massieve tafel. Lovecraft drukte het Boek stevig tegen zijn borst.

'Doe iets,' blafte Lovecraft.

'Jij bent de demonoloog, Howard,' kaatste Marie terug.

'Kun je niet wat ratten laten aanrukken?'

'Er is totaal niets dat leeft in dit huis.'

Een van de sikkels scheerde langs Lovecrafts been en reet zijn broekspijp open.

Op dat moment greep Marie de kandelaar, keerde zich met een ruk om en stak die in het gezicht van de dichtstbijzijnde demon. Het wezen deinsde achteruit en krijste verschrikkelijk terwijl zijn kap vlam vatte.

Marie maakte van de gelegenheid gebruik om op de dichtstbijzijnde ladder te springen en zich aan de galerij op te trekken.

De overige demonen vielen op de tafel aan toen Lovecraft Maries voorbeeld volgde en zijn lichaam stuntelig tegen de ladder aan smeet. De riem van zijn tas sneed in zijn hals toen benige handen hem aan zijn enkels omlaag trachtten te trekken.

Lovecraft gaf een gil en schopte naar de krijsende wezens onder hem, terwijl hij met één arm de ladder omklemde en met de ander het Boek tegen zich aangedrukt hield.

Ten slotte was hij dicht genoeg bij, zodat Marie omlaag kon reiken en hem bij zijn kraag kon grijpen en over de reling van de galerij kon trekken.

Toen snelden ze allebei naar de deur, Marie voorop, terwijl de demonen beneden hen gefrustreerd krijsend rondrenden.

35

Iets prikkelde Houdini's geheugen. Een waarschuwing die hij in de wind had geslagen en vergeten.

De lucht gonsde.

Hij stond aan de voet van de trap naar de wijnkelder; een catacombe van hoge houten stellingen waar hij ook keek. Hij tastte in de lucht voor zich, bijna alsof hij een glazen ruit verwachtte tussen hemzelf en de rest van de kelder. Die plek had beslist iets eigenaardigs.

Het gegons viel hem opnieuw op.

Hij wist dat er iets niet in de haak was, maar toch begreep hij niet van welke kant het gevaar zou kunnen komen.

'Mij neem je niet in het ootje,' hoorde Houdini zichzelf zeggen.

'Erich... vielleicht bin ich nicht... da wenn du zurück... kommst...'

Vlak voor Houdini, op zo'n dertig meter afstand, kwam het doorgroefde gelaat van een oude vrouw uit de duisternis naar voren en trok zich weer terug.

'Moeder?' Houdini deed aarzelend een stap naar voren.

'Haal Herr Dock... in Gottes Nahmen...'

'Moeder!' Houdini rende op haar af, het duister tegemoet.

... in Gottes Nahmen...'

Houdini bereikte een oude opslagruimte die vol stond met melkkratten en groentekisten. Hij zag nog net het laatste stukje van een grijze jurk over de laatste treden van een keldertrap glijden.

'Moeder, ik ben het,' riep Houdini.

'... in Gottes Nahmen...'

Houdini snelde met twee treden tegelijk de trap op totdat hij de overloop op de begane grond bereikte.

Alleen was het de overloop van zijn herenhuis in Harlem.

Houdini was thuis.

Achter hem viel de deur in het slot. Er brandden geen lichten, alleen het maanlicht viel door de eetkamerramen naar binnen en bescheen de tafel.

De avondmaaltijd stond op tafel te bederven. Vliegen kropen over een rottend varkensbraad.

'Hij is mijn geest binnengedrongen.'

De woorden klonken gedempt en intiem, alsof er een sinister geheim werd gedeeld.

Met een ruk draaide Houdini zich om. Uit zijn ooghoeken zag hij iemand de keuken in komen.

'Julie?' Houdini sloop, terwijl zijn hart in zijn keel klopte, de gang door. 'Julie?' Hij duwde de keukendeur open.

'Hij is mijn geest binnengedrongen.'

Een vrouw snelde door een ander klapdeur aan de overkant van de keuken naar de eetkamer.

'Julie, is alles in orde met je?' Houdini kon vanwege de doordringende stank van rottend voedsel nauwelijks spreken. Maden en zilvervisjes krioelden over het aanrecht en de hompen vlees lagen daartussen opgestapeld. Het leek niet op voedsel; het leek op –

'Hij is mijn geest binnengedrongen.'

Ze bevond zich achter hem.

Houdini draaide zich om en keek Julie Karcher aan. Ze stond in de deuropening en kauwde op haar vingers. Haar lippen en kin glommen van het bloed dat uit haar afgebeten vingertoppen en over haar onderarmen droop en de geplisseerde mouwen van haar blouse besmeurde. Maar Julie kauwde gewoon door. In haar angst was haar niet opgevallen dat haar nagels waren verdwenen en dat ze bezig was haar eigen handen te verslinden.

Houdini had een brok in zijn keel en stamelde met moeite enkele woorden. 'Julie, houd op. Je vingers.'

'Hij is mijn geest binnengedrongen,' zei ze en toen trok ze zich terug achter de klapdeuren en was even plotseling verdwenen als ze was gekomen.

Houdini ging haar achterna. 'Wacht!'

Julie zat bij het venster van de eetkamer en staarde, op haar wijsvinger kauwend, de straat in. Haar huid maakte een zuigend geluid tussen haar tanden.

'Julie, waar is Bess?'

Julie keek Houdini een ogenblik aan en zei toen: 'Ze slaapt.'

Houdini liep langzaam achteruit naar de eetkamer, toen draaide hij zich om en sprintte de trap op. 'Bess! Bess!' Hij ijlde door de slaapkamerdeur.

Bess keek met slaperige ogen naar hem op. 'Hallo, knulletje.' Ze liet haar hoofd terugvallen op het kussen. 'Kom naar bed.' Bess' hand klopte op de ruimte naast haar en Houdini zag dat ze haar nachthemd niet aan had. 'Kom bij me in bed, lieverd.'

Houdini ontdeed zich van zijn stropdas en zijn jasje en liet die op de grond vallen. 'Er is iets mis met Julie.'

'Ze is alleen maar oververmoeid.'

Houdini ging op de rand van het bed zitten om zijn broek uit te trekken. In T-shirt en onderbroek kroop hij tussen de lakens en staarde naar het plafond.

'Ik meende dat ik moeder zag…'

Bess stak haar hand uit en streelde zijn borst. Haar warme borsten drukten tegen zijn arm. Ze ademde in zijn oor.

Houdini keerde zich naar haar toe en kuste haar, terwijl hij haar naakte heupen tegen de zijne perste.

'Mmm, eerst krabben.' Bess schopte de dekens van hen af en onthulde haar lichaam. Ze rolde zich op haar buik. Trouwhartig begon Houdini haar nek te krabben en toen lager.

'Schouderbladen,' mompelde Bess.

Houdini krabde haar schouderbladen.

'Harder.'

'Als ik je nog harder krab krijg je rode striemen, honnepon.' Houdini liet een hand over de welvingen van haar achterste glijden.

'Valsspeler.'

'Wat had je dan gedacht.' Houdini glimlachte en ging door met zijn gekrab.

Maar hij mocht tenminste naar haar kijken en zag de handafdruk op Bess' achterste, donker in het maanlicht. Hij raakte hem aan; het was bloed.

'Bess?' Houdini ging rechtop zitten en keerde zich naar zijn vrouw toe. Ze wilde geen antwoord geven. Haar nek was in een vreemde hoek gebogen, haar ogen levenloos. Haar rug zat onder het bloed. Woest geklauwd, in het vlees uitgehakt tussen haar schouderbladen, stonden de woorden:

Houdini slaakte een jammerende kreet en hij sprong van het bed op de grond.

'… *in Gottes Nahmen…*'

Houdini draaide zich om en zag in de deuropening een verschrompeld vrouwtje, met haar haar strak in een knot en haar handen naar voren uitgestrekt.

'… *in Gottes Nahmen…*'

Maar haar gezicht was dat van Darian DeMarcus.

'Nee!' brulde Houdini. Hij trok de revolver met de ivoren kolf vanachter zijn broeksband vandaan en vuurde – een, twee, drie keer.

De schoten werden door de muren van de spelonkachtige kelder weerkaatst. Wat volgde was een oorverdovende stilte. Houdini veegde met trillende hand zijn voorhoofd af; het was nat van het zweet. Hij hoorde het getik van hoge hakken.

Toen de kruitdamp was opgetrokken strompelde Madame Rose uit het duister naar voren.

Houdini staarde haar vol afschuw aan.

Ze stond even te waggelen, alsof ze dronken was, en deed toen twee stappen naar voren. Ze probeerde iets te zeggen, maar in plaats daarvan gutste er een stroompje bloed over haar lippen en druppelde op haar zwarte jurk.

De revolver viel uit Houdini's hand.

'M-M-Madame?'

Madame Rose sloeg haar ogen neer en keek naar het rode gaatje in haar linkerborst net boven de rand van haar strapless jurk. Ze keek verbaasd weer op naar Houdini, toen zeeg ze ineen en sloeg met haar hoofd tegen de betonnen vloer.

'God!' Houdini liet zich naast haar op zijn knieën zakken. Hij nam haar in zijn armen. 'Madame Rose?'

Maar haar ogen staarden wezenloos in de oneindige ruimte.

Doyle wisselde een blik van verstandhouding met Paul Caleb toen de revolverschoten weerklonken. Beide mannen snelden naar de keuken, gevolgd door een man in een kerstmannenkostuum. Tyson volgde op korte afstand. Maar de meeste mensen leken de mening toegedaan dat de schoten – en het gegil dat erop volgde – de zoveelste onschuldige creatieve uiting in de geest van Allerheiligen waren.

Voor het eerst die avond keek Abigail op van haar plekje en zag Doyle nergens.

Isabella tjilpte in haar hand.

Abigails ogen speurden de zaal af die zich nu leek te vullen met een groeiend gevoel van onbehagen. De meeste gesprekken werden hervat, maar toch bleef het storende gevoel dat er iets niet in de haak was. Abigails ogen bestudeerden beurtelings de gezichten van alle vreemdelingen totdat ze de ogen van de sjeik die haar gadesloeg in haar vel voelde prikken.

Abigail stond op van haar stoel.

De sjeik liep op haar toe.

Abigail draaide zich om en rende in tegenovergestelde richting de gang in. Ze botste tegen een man aan in een gorillakostuum, en stootte zijn gin-tonic uit zijn hand waarna ze voortsnelde in de richting van het trappenhuis. Ze had net de trapleuning beetgepakt toen ze een demon over de trap op zich zag afkomen.

Abigail gilde, maakte rechtsomkeer en voelde zich omsloten door anonieme armen. Vlakbij ging een deur naar buiten open en Abigail werd tegenspartelend de nacht in gedragen.

Doyle stond onder aan de trap van de wijnkelder, samen met Paul Caleb en de man die zich als kerstman had verkleed.

Houdini zat op zijn knieën. Madame Rose – Erica DeMarcus – lag dood in zijn armen. Houdini's handen waren rood van het bloed toen hij radeloos naar Doyle opkeek.

'Doyle? Wat heb ik gedaan?' vroeg hij.

Barnabus Tyson kwam hobbelend de trap af en bleef als door de bliksem getroffen stilstaan.

Doyle en Caleb keerden zich om in de richting van het geluid en zagen andere feestgangers boven aan de trap omlaag staan kijken. 'Doe die deur dicht,' beval Caleb. 'Niemand mag hier komen.'

Tyson knielde naast Houdini en nam de levenloze hand van Madame Rose in de zijne. 'Lieve god,' zei hij, en de tranen welden op in zijn ogen.

Doyle kon niets anders doen dan naar Houdini toe lopen en hem op de been helpen.

'Harry…' Doyles stem stierf weg.

De man in het kerstmannenpak plukte verstrooid aan zijn baard en muts en onthulde daarmee het bullebakkensmoelwerk van inspecteur Mullin.

Een grimmige vastberadenheid tekende zich af op Calebs kaken toen hij een stap vooruit deed en Mullins aanwezigheid opmerkte. 'Inspecteur, zoek een achteruitgang om dit pand te verlaten. Er mogen geen getuigen van zijn, begrepen?'

'Ja, meneer.' Inspecteur Mullin haalde een stel handboeien tevoorschijn en klemde die om Houdini's polsen, na de nephandboeien te hebben verwijderd die Houdini altijd bij zich droeg. De boeienkoning gaf geen krimp.

'Meneer Houdini, u wordt hierbij gearresteerd op verdenking van moord,' zei Mullin.

Tyson keek met betraande wangen naar Houdini op. 'Hoe kon je?'

Houdini probeerde het uit te leggen. 'Ik dacht dat ik iets zag dat...'

Instinctief stelde Doyle zich op tussen Mullin en Houdini. 'Ik vind niet dat we zulke overhaaste conclusies kunnen trekken, meneer Caleb.'

'Wat? Wat heb ik nu aan mijn pet hangen, meneer Doyle?' snauwde Mullin.

'Ik verzeker u dat er een verklaring voor is,' benadrukte Doyle.

'Laat me eens raden. Hij is toch niet toevallig uw maatje, hè? Ga toch opzij, meneer.' Mullin duwde Doyle met zijn ellebogen weg, greep Houdini bij zijn kraag en sleurde hem mee tot achter in de wijnkelder.

'Houd hem in de gaten, inspecteur. We willen niet dat hij zich van die handboeien ontdoet,' waarschuwde Caleb.

'Ik heb nog een extra paar in de auto, meneer,' verzekerde Mullin hem alvorens hij met Houdini in het duister verdween.

'De situatie lijkt me zo klaar als een klontje,' zei Caleb, zich weer tot Doyle wendend. 'We voeren Houdini af via de achterdeur en proberen alles onder de pet te houden tot er een gedegen onderzoek kan worden ingesteld. Ik heb al even weinig zin om zijn naam door het slijk te halen als u, en het laatste waar we hier behoefte aan hebben is verslaggevers.'

'Ik ga met hem mee.'

Caleb stak een arm uit om Doyle de doorgang te beletten. 'Ik vrees dat daar niets van in komt. Als ik u was, meneer, zou ik me zoetjesaan maar eens over mijn eigen verhaal bekommeren. Want u begint langzamerhand een prominente rol te spelen in een nogal smerig zaakje.' Caleb haalde een zakdoek tevoorschijn en plukte de revolver met de ivoren kolf van de grond. 'Misschien kunt u me in de stad een bezoekje brengen nadat u uw nicht hebt thuisgebracht.'

'Mijn –?'

Doyle schoot als een pijl uit een boog de trap op.

Marie en Lovecraft renden over het glooiende gazon, langs de oprijlaan en sloegen toen de hoek van de zuidelijke vleugel van het landhuis om waar het feestgedruis luider was en de ramen baadden in het licht.

Toen klonk er een ijselijke kreet gevolgd door een dodelijke stilte.

'Dat was Abigail,' riep Lovecraft uit.

Ze zetten het allebei op een lopen en sprintten tegen een heuveltje op. Voor hen ontvouwde zich een adembenemend uitzicht op Westchester – helemaal tot de verre flakkering van de skyline van New York. En veel dichter bij, aan de voet van een steile beboste heuvel, de verwaarloosde graven op het Willow Grove Kerkhof.

Marie verhief haar stem zo luid als ze durfde. 'Abigail?'

Geen antwoord. Het enige dat zij hoorden waren de gedempte tonen van het strijkkwartet.

Voorbij het met een zeil toegedekte zwembad en de leigrijze patio bevond zich een uitzichttoren. Aan het eind van het gemaaide gazon was een tuinschuurtje. De deur klapperde met de klink los in de wind.

'Daar,' wees Marie. 'Kom mee!'

Ze bereikten het schuurtje en trokken de deur open. Het rook er naar rottende aarde. Het was er donker en vochtig, er hingen spinnenwebben. Aan roestige spijkers hingen harken en schoffels. Een grote roestige snoeischaar stond in een emmer en naast een tuinslang die was opgerold als een slapende ratelslang lagen half opgerolde tuinhandschoenen. Een kruiwagen lag op zijn zij. Midden op de vloer bevond zich een met mos bedekt luik van ongeveer één vierkante meter. In het midden zat een zware ijzeren ring. Twee grote triplex planken die het ideale formaat hadden om het luik aan het zicht te onttrekken waren terzijde geworpen. Maar het bewijs dat Abigail hier kort tevoren was geweest, werd gevormd door Isabella die tegen de plafondbalken fladderde en in paniek probeerde te ontsnappen.

Marie greep de ijzeren ring en trok eraan. Het luik kreunde in zijn scharnieren en een klamme, ranzige geur walmde op uit het gat.

Lovecraft verbleekte. 'Het is de toegang tot de tunnels.'

Ver beneden hen hoorden ze een onderdrukt gegil.

Marie zette de eerste stap. 'Ze is daar beneden.'

Maar Lovecraft stond als aan de grond genageld.

'Howard, kom als de donder hierheen,' gebood Marie terwijl ze in het gat afdaalde.

Lovecraft schudde, plotseling door doodsangst verlamd, zijn hoofd.

'Ach, krijg dan ook de kolere,' galmde Maries stem omhoog uit de tunnelschacht.

'Marie?' Lovecraft deed een stap naar voren en draaide zich toen met grote angstogen om. 'Marie, laat me niet alleen.'

Maar er kwam geen antwoord. Lovecraft keek omlaag in het gat. Toen daalde hij er, met een gekweld gekreun, in af.

36

De trap voerde Lovecraft en Marie tot ruim een meter of dertig onder de grond naar een smalle, dompige tunnelschacht die uit aarde en massief gesteente was gehouwen en door verweerde, oude steunbalken werd geschraagd. Het plafond was nog geen een meter tachtig hoog en de doorgang was smal, hetgeen Lovecraft en Marie ertoe noodzaakte achter elkaar te lopen. Ze trokken toortsen los van de muur en staken die aan, maar het licht van het vuur drong niet ver door in de vormloze duisternis. Angstkreten weerklonken in de verte. Terwijl ze voorwaarts strompelden, passeerden ze zijtunnels die naar nog diepere en geheimere oorden leidden.

Lovecraft strekte zijn hals uit en deed zijn uiterste best om de route langs de vertakkingen in zijn geheugen te prenten toen ze weer bij een splitsing kwamen.

'Zijn we zojuist rechtsaf geslagen?' vroeg hij.

'Sssst!' maande Marie hem en toen bleef ze even stilstaan om te luisteren.

Maar het enige dat zij hoorden was hun eigen gejaagde ademhaling – totdat een spookachtig gejammer het schaarse licht doorkliefde.

'*Va!*' Marie sleurde Lovecraft voorwaarts.

De smalle doorgang splitste zich in drie richtingen, en Lovecraft raakte in paniek.

'Het is een doolhof. We komen hier nooit meer uit.'

'Ik zie licht,' antwoordde Marie.

Ze gingen behoedzaam verder, zich ervan bewust dat ze het hart van het onbekende naderden.

'Wat is er met de anderen gebeurd? Als Abigail bij hen is –'

Een afgrijselijke gil sneed door de tunnels. Een van die wezens was dichtbij – al te dichtbij. Maar of het zich voor hen of achter hen bevond kon Lovecraft niet zeggen. In plaats daarvan sloeg hij dubbel en had hij de grootste moeite adem te halen.

'Ga jij maar verder,' zei hij hijgend. 'Ik kan niet meer.'

'Wat heb je nou weer, Howard?'

Lovecraft werd nog bleker terwijl hij naar adem hapte. 'Ik ben te ver gegaan. De blootstelling aan de Mythos... het is te veel.' Hij beefde, maar toen hij zijn hand uitstak om steun te zoeken, voelde hij iets nats en glads. Lovecraft draaide zich om en keek in het slijmerige gelaat van een dode vrouw. Geschrokken trok hij zijn hand terug. Het witte haar van het lijk zat nog in een knoetje.

Overal om hen heen bevonden zich lijken – vijf en zes rijen dik. Zoals in de Romeinse catacomben waren de lichamen in gaten in de aarden wanden opgestapeld. De meeste waren vergaan tot skeletten, met haar en nagels uitgegroeid in plukken en als klauwen. Ze droegen vergane quaker-kledij. De meisjes hadden hun hoofddoekjes nog onder hun benige kaken geknoopt.

Lovecraft beet op zijn lip om te voorkomen dat hij het zou uitschreeuwen en Marie trok hem aan de revers van zijn jas mee.

'Abigail?' riep ze.

'Laat dat,' smeekte Lovecraft.

Maar de aarden wanden absorbeerden het geluid alleen maar. Opeens bleef Marie stilstaan.

Lovecraft botste tegen haar aan. 'Wat is er?'

Marie wees op een stel zwarte deuren aan het einde van de gang.

'De kerk,' fluisterde Lovecraft.

'O, god, nee!' Abigails doodsbange stem klonk op vanachter de zwarte deuren.

De ware betekenis van dat moment maakte dat Lovecrafts knieën knikten van ontzetting. Maar toen vielen alle verschillen, al zijn tekortkomingen – al dat andere dat hem van zijn medemensen onderscheidde – van hem af als de afgeworpen huid van een slang. Het enige dat overbleef was een eenduidige, stuwende wil om te overleven.

En de motor van die drang tot overleven was Abigail.

Lovecraft schoot Marie voorbij en snelde de gang door, zijn angsten verdrongen door woede en een primair verdedigingsinstinct. De zwarte deur doemde voor hem op: erachter klonk onmenselijk gekrijs op. Lovecraft gaf een luide schreeuw, en klemde zijn tanden op elkaar toen zijn schouder tegen de deur aan smakte en de oude planken uiteenweken.

De deur stortte binnenwaarts in en Lovecraft tuimelde languit de hel in.

De omvang en de afmetingen van de kerk waren overweldigend en elke vierkante centimeter was bedoeld als een visuele bespotting van de christelijke Kerk. Er waren een korte dwarsbeuk en een schip, geflankeerd door twee gangpaden en vierkante zijkapellen. Er waren voldoende kerkbanken voor een gemeente van tweehonderd zielen – op zichzelf al een ijzingwekkende gedachte – maar dat viel nog in het niet bij het cumulatieve effect. De machtige zuilen waren versierd met vroeg-gotische houtsnijwerken van ontweide zielen en copulerende wezens. En de standbeelden, die in elke andere kathedraal oud-testamentische koningen zouden zijn, waren in plaats daarvan groteske demonen: weerzinwekkende kruisingen van dieren en mensen met vlijmscherpe hoektanden en stekelige staarten. De vloeren waren overdekt met bloed en glinsterden in het licht van de flakkerende zwarte kaarsen. De lucht was zwaar en zwanger van de geur van duizenden zwarte rozen die aan de plafonds hingen en de stank van de rottende, gevilde dieren die op het altaar lagen, hun ingewanden druipend aan een ondersteboven hangende crucifix.

Elf monsterlijke demonen gehuld in monnikachtige pijen met kappen, sleurden Abigail naar het altaar, waarbij haar rode mantelje half van haar lijf was getrokken. Ze schopte vruchteloos in het rond. Ze trokken haar armen opzij en drukten haar op haar buik op het van bloed en lichaamssappen doordrenkte altaarblok. Glanzende stalen sikkels doorkliefden de lucht.

'Laat haar met rust,' bulderde Lovecraft terwijl hij opkrabbelde en de toorts weer vastgreep. Drie van de krijsende gedrochten keerden zich in zijn richting. Lovecraft maaide de toorts wild boven zijn hoofd in het rond. Terwijl een regen van kleine vonken in de ruimte neerdaalde, vatten de gedroogde rozen en de broze houten figuurtjes die de zuilen sierden vlam. Vlammen lekten in alle richtingen. De vlammen weerspiegelden zich in de robijnrode ogen van nog eens vier wezens die op Lovecraft afkwamen.

'Achteruit! Blijf uit mijn buurt!' Lovecraft haalde uit met zijn toorts. De demonen vormden tegen elkaar in rochelend een kring om hem heen. De van slijm doortrokken geluiden borrelden diep uit hun longen op.

Diverse sikkels boorden zich in een kerkbank op slechts enkele centimeters afstand van Lovecrafts arm en intuïtief maaide hij met de toorts in het rond en raakte een van de monsters aan de zijkant van zijn hoofd. Vuur explodeerde, gevolgd door hoge kreten van woede en pijn.

De kathedraal was inmiddels een inferno geworden.

Een arm als een boomtak smakte tegen de achterkant van Lovecrafts hoofd, waardoor de demonoloog voorover viel. Zijn toorts vloog de andere kant op.

Het legertje stoof naar hem toe om hem af te maken, toen een ijle kreet hen verrast deed omkijken.

Marie stond blootsvoets en wijdbeens tussen twee banken. Alleen het wit van haar ogen was zichtbaar. Ze prevelde onverstaanbare woorden en uit haar mond ontsnapte witte rook. Haar lichaam trilde terwijl haar handen in de lucht klauwden.

Voordat de demonen een stap dichterbij konden komen, verschenen er andere wezens in de deuropening van de kerk. Hoofden bewogen en geraamtes schommelden heen en weer toen het kaarslicht de lijken uit de catacomben bescheen die op skeletbenen voorwaarts strompelden – met de handen uitgestrekt naar voren, de monden open in verstild geschreeuw, de oogkassen zwart en leeg. Sommigen van hen waren kinderen in hun nu verteerde zondagse kleren. Een moeder met nog enkele plukken blond haar en de meeste tanden nog in haar mond stiet een griezelig gehuil uit terwijl ze het rottende handje van haar dode kind tegen haar schrale borst drukte.

Marie gilde en bewoog haar armen als een dirigent van een symfonieorkest, terwijl de witte rook nog steeds uit haar mond vloeide.

De demonen stortten zich op de binnendringende zombies, hakten hun hoofden en armen af en smeten hun lichaamsdelen door het dwarsschip.

Maar ze bleven komen – een marionettenleger. Sommigen sleepten zichzelf, zonder benen, vooruit over de vloer, grepen naar de gewaden van de demonen en beten met rammelende kaken in hun handen.

De demonen gilden en hakten wild om zich heen, reduceerden de moeder en haar baby tot een hoopje lijkenstof, onthoofdden een pelgrim met een witte baard en hakten een grootmoeder die haar gele bruidsjurk nog droeg doormidden.

Lovecraft ging rechtop zitten toen de schedel van een zes jaar oud meisje in zijn schoot belandde. Een stukje van zijn geest brokkelde af en hij voelde het gaan, als een losse tand die uitviel – alweer een klein stukje van zijn geestelijke gezondheid naar de knoppen. En vanaf dat ogenblik, wist Lovecraft, zou hij altijd een fobische angst hebben voor kleine blonde meisjes met een paardenstaart.

Hij gaf een schreeuw toen Marie hem bij zijn overhemd greep en een van de zijpaden in sleurde. Marie zag er nauwelijks florissanter uit dan de tot leven gewekte lijken.

'Howard…' Ze viel in zijn armen; haar lippen grauw, haar ogen wild in hun kassen ronddraaiend.

'Meneer Lovecraft,' riep een stem.

Abigail zat met beide armen zwaaiend op het altaar en wees op een zij-ingang.

Lovecraft wierp zijn tas, met daarin het Boek van Enoch, over zijn schouder en trok Marie overeind.

'Marie, alsjeblieft, lopen!'

Maar ze kon geen stap meer verzetten en dus nam Lovecraft haar in zijn armen en liep naar het altaar.

De demonen maakten korte metten met de lijken en kwamen nu massaal op Lovecraft af, een muur van graaiende armen en deinende hoofden met stokachtige neuzen. Ze krijsten als lastdieren. Lovecraft snelde achter Abigail aan op de deur af toen er achter hem een muur instortte. Vlammen, steen en balken stortten op hen neer en verpletterden een aantal demonen.

Lovecraft dook door de deuropening naar buiten, voortgestuwd door een hete windvlaag en een golf van vonken.

Doyle mopperde misnoegd toen de Silver Ghost de tunnel van bomen in schoot in de richting van de stenen poort en de daarop geplaatste waterspuwers die het eind van de oprijlaan markeerden. De Rolls kwam tot stilstand en bleef met draaiende motor op de van te voren afgesproken plaats staan, maar hoewel Doyle uit de auto sprong en naar de weg draafde, was er geen spoor van de anderen te bekennen. Hij keek nog eens op zijn horloge. Het was tien voor elf.

Hij rende het bos in. Droge bladeren knisperden onder zijn voetstappen. Zijn geroep ging verloren in een ijzingwekkende stilte, alsof het landgoed zijn metgezellen volkomen had verzwolgen. Hij vervloekte zijn eigenzinnigheid, zijn gebrekkige strategie. Darian had hen de maat genomen en hen met gemak verslagen. Ze hadden gehapt ook al wisten ze dat zij het aas waren. Hier was dan de grote Sir Arthur Conan Doyle en als een kind in paniek rende hij door het bos. Wat verbeeldde hij zich wel toen hij dacht dat hij in Duvalls voetsporen kon treden? Misschien was hij niet zo gehard tegen de kritiek van de pers en het Britse publiek als hij dacht. Misschien was het trots die hem terug had geworpen in het spel en met welk doel? Om de anderen te zien sterven, net zoals Duvall? Houdini, beschuldigd van moord? Het zweet stroomde van zijn gezicht en in zijn snor toen hij naar de open plek aan de zuidkant van het landgoed strompelde. Groene heuvels rezen op en liepen steil omlaag naar het Willow Grove Kerkhof zo'n zeventig meter beneden hem.

Links van hem hoorde hij twijgjes knappen.

Doyle verschool zich achter een boom. Hij hoorde hoe iets van grotere omvang zich tussen de struiken een weg baande. Wie of wat het ook mocht zijn, het snoof en spoog in het gras. Toen ving Doyle de geur van ammonia op – een geur die hij kort tevoren nog had geroken. Hij spiedde om een hoekje en zag Morris op luttele meters afstand, met een Winchester geweer. Hij was verkleed als een Italiaanse operaclown, met een wit-zwart gezicht en een gewaad als een circustent. Morris' misvormde hoofd draaide alle kanten op terwijl hij elke schaduw monsterde. In zijn hand knisperde een pakje sigaretten. Hij streek een lucifer af langs zijn tand en zoog de rook naar binnen. Doyle wilde net wegsluipen toen hij op een twijgje trapte en dat brak.

Morris draaide zich om en legde aan.

Doyle dook vooruit en stormde tussen de doornstruiken door. Houtsplinters explodeerden in zijn gezicht toen een kogel insloeg in een boomstam. Tussen de bonkende voetstappen door hoorde hij nog twee schoten en het inslaan van kogels.

Morris stormde, veel sneller dan je van hem verwachtte, achter hem aan. Met elke pas haalde hij Doyle iets meer in. Doyle zwenkte naar links, dook onder een omgevallen boom en schoot vervolgens naar rechts. Morris vermorzelde de dode boom gewoon onder zijn gewicht en daverde er pardoes overheen.

Doyle bereikte de zoom van het woud en zag een open plek voor zich. Het tuinschuurtje stond nog geen twintig meter verderop. Zelfs vanuit zijn positie zag hij zwarte rook langs de randen van de ramen lekken en door de voordeur naar buiten komen. Doyle rende naar het schuurtje toe en smeet de deur open. Hij zag het gat in de aarde, het oude grenen luik en wist meteen hoe de vork in de steel stak.

Iets denderde van achteren tegen hem op en Doyle knalde vooruit tegen de verste muur, waarbij de gereedschappen op hem neervielen. Morris torende boven hem uit en klapte het geweer open om het opnieuw te laden. Doyle vond een spade, haalde ermee uit en sloeg het vuurwapen uit Morris' handen. Hij haalde nogmaals uit en de spade spleet in tweeën tegen Morris' onderarm. De reus greep op zijn beurt Doyle bij zijn kraag, tilde de meer dan negentig kilo zware man moeiteloos op en smeet hem tegen de muur. Doyles handen klauwden naar het gezicht van de verpleeghulp, terwijl Morris zich losrukte en hem tegen de andere muur wierp. Er klonk een oorverdovend gekraak en Doyle landde in het gras.

Hij keek net op tijd omhoog om te zien hoe Morris door een enorm gat in de zijkant van het schuurtje naar buiten kwam. Doyle probeerde op te staan, maar Morris ramde een vuist tegen zijn kaak. Toen tilde hij hem overeind en smeet hem nogmaals tegen de zijkant van het schuurtje. Doyle zakte, happend naar adem en met sterretjes voor zijn ogen, in elkaar. Hij tastte wanhopig om zich heen in het gras en vond het houten handvat van een roestige heggenschaar. Toen Morris zijn handen nogmaals naar hem uitstak, klapte Doyle de schaar open, haalde uit naar Morris' vingers en klapte hem dicht.

Morris brulde het uit en trok zijn hand terug, minus drie halve vingers. Het bloed spoot uit de stompjes en de reus deinsde doodsbang achteruit.

Doyle sprong op en liep trekkebenend over de open plek, terwijl Morris' kreten van pijn in de verte vervaagden.

37

Marie en Abigail waren aan hun lot overgeleverd. Het plafond van de tunnel leek een zwarte oceaan van golvende rook. Het vuur verspreidde zich. Lovecraft was nergens te zien; Marie kon niet anders dan aannemen dat hij dood was, omgekomen in het tumult van hun ontsnapping. Ze zou wel rouwen om de excentrieke demonoloog als ze het er zelf levend had afgebracht. Het vuur had al de meeste zuurstof in de lucht opgeslokt. Maries longen brandden en ze merkte dat Abigail te veel rook had ingeademd. Haar gezicht was zwart van het roet, haar ademhaling moeizaam. En zij hadden niets om zich mee te beschermen tegen de demonen, behalve een lange houten staak die Marie van een van de versplinterde kerkbanken had weten los te trekken.

Wat nog erger was, haar inspanningen in de kathedraal hadden een averechts effect – niet alleen hadden ze haar uitgeput, maar ze hadden hun nog een onverwacht nieuw obstakel bezorgd.

Want de lijken van de doden dwaalden nog steeds door de tunnels en ook zij stonden nu in brand.

Het lijk van een oude vrouw, haar grijze haar in vuur en vlam, kwam wild met de armen zwaaiend uit het duister op hen afstormen. Marie weerde haar af met de staak, en de oude vrouw liep zich te pletter op een aarden muur, barstte in stukken uiteen en stortte neer in een hoopje smeulende botten.

Abigail rukte angstig aan Maries pols. In de nevel van rook hadden ze al hun gevoel voor richting verloren.

'Deze kant op,' stelde Abigail voor.

'Daar zijn we al geweest,' bracht Marie er tegen in.

Uit de tunnel die Marie had gekozen klonk gekrijs op en vlak achter het gordijn van vlammen glinsterden robijnrode ogen.

'Schiet op, Marie!' Abigail rende de tunnel van haar keuze in.

Inmiddels was de rook zo dik dat ze zelfs de wanden niet meer konden onderscheiden. Het vuur raasde bulderend door de tunnels – deed balken knappen, stak lijken in brand, vervuilde de lucht.

Juist toen Marie vreesde dat haar laatste ademtocht zich aandiende, stootte ze met haar voet tegen een steen. De pijn schoot door haar been omhoog en ze tuimelde in een grote, ronde crypte. Het hogere plafond zoog de rook weg van de vloer. Marie stortte neer, sleepte zich op handen en voeten voorwaarts en hoestte heftig.

Abigail probeerde Marie overeind te helpen, maar slaagde daar niet in. In plaats daarvan liep ze naar de andere kant van de grafkelder en vond een massieve monoliet van steen die in de muur was gemetseld – de deur scheidde de doden van de levenden. Ze gaf een gil en krabde vruchteloos aan de steen, terwijl haar kracht wegebde.

Elders in de ondergrondse doolhof snakte Lovecraft naar adem. Het gebrek aan lucht maakte hem duizelig, en hij rende alleen maar door omdat stilstaan een wisse dood betekende. Hij had geen idee waar hij zich bevond; geen fut meer om na te denken terwijl de vlammen hem omringden. Hij zeeg neer op een knie en vond nog maar amper de wilskracht om weer op te staan.

Een peuter, in een mantel van vlammen, stommelde, nog steeds met een teddybeer in zijn armpjes, uit het duister naar voren, stuiterde dwaas heen en weer tussen de muren en sjouwde weer voort, een andere tunnel in.

Lovecraft moest lachen om de absurditeit van de situatie – een hoog, maniakaal geluid.

Toen krijsten de demonen, dicht bij hem.

Hij wilde niet door hun klauwen worden geveld. Het was beter te stikken in de rook dan uiteen te worden gereten door een bende demonen, of levend te worden verbrand als een ketter. Hoewel hij met enig gevoel voor ironie besefte dat het wel typisch iets voor hem zou zijn: om te sterven in een graf. Waarom zou hij zijn tante nu nog met een begrafenis opschepen? Hij was immers al begraven en als hij eenmaal gecremeerd was, was een kist ook overbodig.

Plotseling viel hij volkomen uitgeput neer op de tunnelvloer. Hij wilde – hij kon – niet meer. De aarde was koud. Daar was hij dankbaar voor. Een gegons vulde zijn oren, een gegons dat het geknisper van de vlammen overstemde, en Lovecraft vroeg zich af welke visioenen hij enkele ogenblikken voor de dood intrad te zien zou krijgen. Toen zijn bewustzijn het dreigde op te geven zweefde de gerafelde zoom van een versleten bruin gewaad binnen zijn gezichtsveld.

Lovecraft keek op en zag de glinstering van een sikkel. Toen gleed zijn blik verder omhoog naar de lange houten snavel en ten slotte de fonkelende ogen.

Het wezen had hem nog niet gezien.

Nog zo'n wezen dook op uit de vlammenzee en voegde zich bij zijn kameraad. Ze spraken hees rochelend met elkaar en knikten met hun koppen als kraaien. Toen draaide een van hen zich om en heel even ging de achterzijde van zijn gewaad uiteen en moest Lovecraft zijn vingers diep in de aarden wand slaan om een gil te onderdrukken.

Want onder die versleten mantels zag Lovecraft de gevederde punten van met bloed bevlekte witte vleugels.

Toen de demonen terug naar de vuurzee ijlden, vond Lovecraft het een schrale troost te weten dat als hij stierf, de wereld met hem zou ondergaan.

Het kettingslot sprong aan flarden en de stalen hekken werden uit hun scharnieren gerukt toen de Silver Ghost door de poort het Willow Grove Kerkhof op scheurde. Na twee grafstenen omver te hebben gereden kwam de auto eindelijk zwoegend tot stilstand. Doyle trapte het portier aan de kant van de bestuurder open en rende het veld in. De maan was achter de wolken vandaan gekomen en verspreidde een heiig licht.

'Howard! Marie!' Doyles kracht en daadkracht begonnen af te nemen, het volle gewicht van zijn meer dan zestig levensjaren drukte op hem.

'Marie!'

Hij bleef stilstaan en keek om zich heen. Het enige dat hij kon zien waren stille grafstenen en zo nu en dan een witmarmeren mausoleum. In de verte krasten kraaien, hun roep gedragen door de wind. Doyle maakte aanstalten terug te keren naar de auto, toen de kraaien nogmaals krasten en hem deden aarzelen. Kraaien waren dagdieren. Doyle bleef stilstaan en hield zijn hoofd schuin om te luisteren.

Daar was het opnieuw, maar nu klonk het helemaal niet als gekras van kraaien. Hij zette het op een lopen. Graven schoten aan hem voorbij, terwijl het kraaiengekras veranderde in schelle kreten van angst...

'Arthur!'

Doyle rende op een mausoleum af. 'Marie?'

Zijn roep werd zwakjes beantwoord van binnenuit de crypte. 'Arthur!'

Nu kon hij de rook zien die van tussen de smalle kieren rond de deur omhoogkringelde. 'Marie?' riep hij nogmaals.

Er kwam geen antwoord. Hij bonsde met zijn vuisten op de deur; hij wrong zijn vingers in de smalle groeven, haalde zijn huid open, maar er kwam geen beweging in. Doyle probeerde zelfs zijn afgetobde lichaam er met volle kracht tegenaan te smijten, maar tevergeefs.

Hij bonsde nog een paar keer. 'Marie, geef antwoord!'

Meer zwarte rook ontsnapte uit de graftombe. De rook leek dikker te worden.

Doyle deed een paar stappen achteruit en dwong zichzelf logisch na te denken.

'Geheime onderaardse tunnels,' mompelde hij terwijl hij peinzend naar het mausoleum keek. Zijn vingers tastten de randen af en vonden afgeronde groeven, die enigszins aan rails deden denken. Boven in het blok marmer bevonden zich gaten en toen hij daar zijn vingers in stak voelde Doyle staal. Er moest dus ergens een mechanisme zijn om deze deur te openen.

Hij keek om zich heen. Een rechthoekig graf op zo'n tien meter afstand was gesierd met een marmeren standbeeld van een geblinddoekte vrouw die een zwaard in haar hand had. Het viel Doyle op dat het zwaard precies wees op een grafsteen in de vorm van een kruis. Hij liep naar het kruis toe, dat niet in de grond verankerd stond maar in een stalen voetstuk was gevat. Nog vreemder was de inscriptie die luidde: KEER U TOT HEM WANT HIJ IS NABIJ.

'"Want Hij is nabij,"' herhaalde Doyle.

Hij greep de armen van het kruis en tilde het uit zijn voetstuk. Vervolgens keerde hij, hijgend onder het gewicht, het kruis om en plaatste het terug in de stalen houder.

Er klonk een klik en de toegangssteen van de graftombe schoof moeizaam open. Abigail en Marie vielen door de opening naar buiten op het gras.

Doyle snelde hen te hulp.

'Marie? Marie!' Hij gaf haar klappen op haar wangen en controleerde haar polsslag, die te zwak was om voelbaar te zijn. Toen haalde hij diep adem, boog haar hoofd ver achterover, drukte zijn mond op de hare en blies lucht diep in haar longen.

Uit zijn ooghoeken zag hij Abigail hevig hoestend en proestend het mausoleum uit kruipen.

Doyle drukte zijn vingers opnieuw tegen Maries nek en ging door met het blazen van lucht in haar longen. Uiteindelijk rees Maries borst en haalde ze zelf weer adem.

Haar ranke hand streelde Doyles wang, gleed rond zijn hals en ze kuste hem. Na een langgerekt ogenblik maakten hun lippen zich van elkaar los. Maries vinger veegde een traan van Doyles wang. Even later kreeg ze een hevige hoestbui.

Abigail zei van korte afstand op gedempte toon: 'Meneer Lovecraft is daar nog.'

Doyle stond op en keek naar de zuil zwarte rook die nog steeds uit de graftombe omhoogkringelde.

'Nee, Arthur. Niet doen,' zei Marie.

Doyle trok zijn overjas uit, smeet zijn jagerspet op de grond, haalde heel diep adem en stormde de crypte in.

Zijn ogen brandden van de rook en de tranen biggelden over zijn wangen. Hij kon geen hand voor ogen zien, hoewel de gloed van de vlammen een vaag spookachtig schijnsel verspreidde. De lijken – in ieder geval de lijken die in hun graven waren gebleven – glansden als kolen. Oude steunbalken kraakten en Doyle hoorde een ervan verderop instorten – een geluid dat weinig goeds beloofde voor de rest van het gangenstelsel.

'Lovecraft!' schreeuwde hij, maar er kwam geen antwoord. Hij wachtte een paar seconden, maar hoorde niets dan het geknisper van de vlammen. Hij drong dieper door in de tunnel en schermde zijn gezicht af tegen de vuurtjes verspreid over de grond. Hij klom over een ingestorte draagbalk heen en dook net op tijd weg toen er rechts van hem weer een naar beneden kwam. Zijn uitweg uit de tunnel werd stukje bij beetje meer afgesneden.

Hij veegde het zweet uit zijn ogen. 'Lovecraft, kun je me horen?'

'Wat? Kan een mens hier nou nooit eens rust vinden?'

Doyle draaide zich met een ruk om. Lovecraft zat met zijn rug tegen de muur geleund en zijn arm om het skelet van een oude vrouw geslagen, zijn tas op schoot.

'Wat doe jij in mijn droom?' vroeg Lovecraft, maar Doyle zei niets en trok hem met een ruk overeind.

'Houd je kop en spaar je adem.'

Opeens trilde de tunnel en stortten er kluiten aarde omlaag. Doyle viel op zijn knieën toen nauwelijks zes meter voor hen het plafond instortte. Een vloedgolf van zwarte aarde en lijken spoelde de tunnel in, en de balken die hem ondersteunden knapten overal rondom hen als luciferhoutjes. Lovecraft boog zich beschermend over zijn tas toen de aarde van alle kanten op hem neer regende.

Doyle greep zowel Lovecraft als zijn tas en smeet hem letterlijk door een gat van het tunneldak.

Achter hen zwol een gehuil aan toen de demonen zich verzamelden.

Terwijl Doyle achter Lovecraft aan snelde, begaf de laatste steunbalk het en rond hen stortte een lawine van aarde omlaag.

'Maak voort, Howard! Niet omkijken,' brulde Doyle toen ze opkrabbelden uit de aarde.

Marie en Abigail stonden bij het mausoleum op hen te wachten, maar van opluchting in hun ogen was geen sprake.

'Arthur –!' begon Marie.

'Wegwezen,' beval hij. 'Rennen, verdomme!'

Doyle duwde haar en Lovecraft voor zich uit. 'Rennen, Abigail!'

Elf demonen – omgeven door vlammen – sprongen in een schitterende en afschuwelijke uitbarsting van licht tevoorschijn. Ze rezen achter hun prooi op, vormden koppels, zigzagden tussen de grafstenen door, voortgedreven door een onzichtbare macht – een dik en dansend spoor van vonken in de lucht achter zich latend.

Doyle wist dat ze verloren hadden en besloot zichzelf op te offeren ten bate van Abigail, zoals Matthew dat voor hem had gedaan.

Maar vlak voorbij een groepje bomen openbaarde zich een laatste sprankje hoop.

Aan de rand van het kerkhof bevond zich een kleine, witte kapel.

'Vlug, naar het kerkje toe,' riep Doyle.

Marie en Abigail gehoorzaamden en sleurden Lovecraft tussen hen in met zich mee.

De demonen kwamen dichterbij. Doyle hoorde het geklapper van hun wapperende mantels in de wind en voelde de hete adem van het vuur.

Ze krijsten als rondcirkelende haviken.

Marie bereikte als eerste de deur van de kapel. Ze gaf een ruk aan de deurknop, maar de deur was op slot.

Lovecraft gebruikte zijn tas om een klein glas-in-loodvenster naast de deur in te slaan en duwde Abigail daar vervolgens doorheen. Ze werd gevolgd door Marie, die van binnenuit door Abigal werd geholpen.

'Opschieten!' schreeuwde Doyle terwijl hij de demonen met niet meer dan zijn vuisten op een afstand trachtte te houden.

Lovecraft zat schrijlings op de vensterbank. 'Arthur doe niet zo belachelijk,' zei hij. En toen was ook hij binnen.

Toen de anderen eenmaal veilig in het kerkje waren, wendde Doyle zich af van zijn belagers en stortte zich door het raam naar binnen, juist toen zes gekromde lemmeten zich in de wand van de kapel boorden.

De kapel ademde de geruststellende geur van een lege stal. Er was één middenpad en daar kwam het Arcanum bijeen. Doyle sloeg zijn armen om Marie en Abigail heen, terwijl zij op de koude stenen vloer knielden. Het gekrijs buiten hield aan, en ze konden de vage oranje gloed van de demonen zien als ze voor de ramen langs scheerden.

Alle ogen waren gericht op de deur en de dunne houten balk die hem op zijn plaats hield.

'Die houdt het nooit,' zei Lovecraft.

Doyle stond op en sleepte een kerkbank naar de deur toe. Hij gooide een andere op zijn kant en smeet die op de eerste, zo van binnenuit een barricade vormend.

Een regen van glasscherven daalde neer toen een van de sikkels een ruit insloeg, maar nog steeds bleven de demonen rondcirkelen, alsof ze zelf niet goed wisten wat hen te doen stond.

Toen knielde Doyle weer naast de anderen en zag opeens het eenvoudige stalen kruis boven het altaar, en begreep het.

'Dit is een gewijde plaats,' zei hij fluisterend.

'Ze kunnen ons hier geen kwaad doen,' besefte Lovecraft.

Doyle strekte zich op een van de kerkbanken uit en gaf zichzelf gelegenheid om op adem te komen, om uit te rusten. Voorlopig waren ze allemaal in veiligheid.

Geleidelijk aan verminderde het gekrijs van de demonen en vervaagde hun gloed, totdat de kapel volkomen in het duister was gehuld – met uitzondering van een naar binnen vallende straal maanlicht. Doyle zat op de koude stenen en hield de wacht, totdat de hemel oplichtte tot een schemerig blauw en er een nieuwe ochtend aanbrak op het Willow Grove Kerkhof.

38

Houdini zat, met zijn handen in de boeien geslagen voor zich, in een piepkleine cel in de kelder van het politiebureau, net één straat ten zuiden van Bleecker Street in de Bowery.

Ze hadden hem daar om twee uur 's nachts via een steegje achter St. Patrick's Avenue gebracht en haastig, met Mullins jas over zijn hoofd, naar binnen geloodsd. Ze hadden hem onmiddellijk veilig opgesloten in een cel in de kelder, waar behalve Mullin niemand toegang toe had.

Terwijl dat allemaal gebeurde bleef Houdini passief en versuft toekijken.

Inspecteur Mullin zat buiten zijn cel op een rechte houten stoel en was ten dele nog verkleed als kerstman. Op zijn schoot lag een doorgeladen Enfield .38 pistool. Houdini had een geweldige reputatie en Mullin was bereid hem neer te knallen als hij dreigde te ontsnappen. Houdini zag eruit als een verslagen man. Een verbijsterde man. Mullins enige andere noemenswaardige observatie die avond was dat Houdini kleiner was dan hij hem zich had voorgesteld.

De klank van voetstappen op de metalen trap achter de deur bracht Mullin terug naar het heden. Hij hield zijn pistool in de aanslag en wierp een blik op Houdini, die bewegingloos bleef zitten.

Paul Caleb kwam de kelder binnen. Afgezien van de twee donkere vlekken onder zijn bruine ogen – de enige tekenen van zijn vermoeidheid – zag hij er nog steeds onberispelijk uit. Hij had zijn monnikspij uitgetrokken en verruild voor zijn gebruikelijke kledij. Mullin liet zijn .38 zakken.

'Inspecteur.'

'Meneer Caleb.'

'Heeft hij al iets gezegd?'

'Nee, meneer. Hij heeft daar al die tijd zo gezeten.'

Caleb keek naar Houdini.

'Wilt u ons een ogenblik alleen laten, alstublieft?'

Blij even van zijn taak verlost te zijn maar zich bewust van zijn verantwoordelijkheid bood hij Caleb zijn pistool aan.

'Dat is niet nodig.'

'Zoals u wilt, meneer. Als u me nodig hebt hoeft u maar te kikken,' zei Mullin en hij vertrok.

Toen de deur achter hem dicht was gevallen, pakte Caleb Mullins stoel, keerde die om en ging er vlak bij de celdeur schrijlings op zitten.

Op dat moment hief Houdini zijn hoofd op, sloeg zijn handen in elkaar en liet zijn kin op zijn vuisten rusten, nog steeds zonder Caleb aan te kijken.

'Zou je me willen vertellen wat er is gebeurd, Harry?' vroeg Caleb op zachte toon.

'Houdini,' mompelde de boeienkoning.

'Pardon?'

Houdini sloot zijn ogen. 'Niemand noemt mij Harry.' Hij kneep even in de brug van zijn neus en streek toen met zijn geboeide handen door zijn weerbarstige haar. 'Zelfs mijn vrouw niet.'

'Aha.' Caleb beet nadenkend op zijn onderlip.

Houdini leunde achterover zodat zijn schouders de muur raakten, zijn blik op oneindig.

'Ik ben bang dat de "Boeienkoning" vannacht, toen je die vrouw doodschoot, ter ziele is gegaan,' zei Caleb. 'Je roem, je bekendheid – daar is niets meer van over. In mijn ogen ben je gewoon een verdachte van een misdrijf. Een heel schuldige verdachte. Dus noem ik je Harry als ik dat wil. Want dat ben je voor mij: een gewone, alledaagse, ordinaire kerel. Ik wil je niet kwetsen maar dat is de realiteit van de situatie waarin we ons bevinden. En het is nog maar een voorproefje van wat je te wachten staat. En hoewel jouw reputatie me weinig kan schelen, zal ik wel alles in het werk stellen om je in leven te houden.' Caleb legde zijn armen op de rugleuning van de stoel. 'Tenminste, als je me daartoe de gelegenheid geeft.'

Houdini keek Caleb voor de eerste keer aan. Zijn ogen waren rood doorlopen en vermoeid en zijn wangen hol en uitgemergeld.

'Nu dan, ik weet dat deze moord meer om het lijf heeft dan een vendetta vanwege een seance,' vervolgde Caleb. 'En ik weet dat er anderen bij betrokken zijn. Ik heb deze functie misschien nog niet lang, Harry, maar ik ben niet op mijn achterhoofd gevallen.'

Er sprak angst uit Houdini's ogen, hoewel hij zijn best deed daar niets van te laten blijken.

'Ik zie een samenzwering, mannetje – een weidse en ijzingwekkende samenzwering. Sterker nog, ik ben de mening toegedaan dat Madame Rose die samenzwering ook in de gaten had en om die reden is vermoord. Ik zie een kankergezwel van occultisme dat zich uitspreidt over de stad, en ik zie dat het bloed van onschuldigen in onze straten vloeit ten gevolge van de rituele moorden die daar zijn gepleegd door occultisten die heel machtige vrienden lijken te hebben. En ik geloof dat jij deel uitmaakt van die samenzwering.' Caleb wachtte even tot zijn woorden waren bezonken voordat hij zijn relaas vervolgde. 'De gezagshandhavers van deze stad hebben een oogje dichtgeknepen voor het morele verval en de decadentie waaronder de machtselite gebukt gaat. Maar nu is het welletjes.'

Houdini wendde zijn hoofd af.

'Vertel ons wie je vrienden zijn, Harry,' drong Caleb aan. 'Red je eigen ziel, man. Stel deze kuiperij aan de kaak. Leid me naar hen toe en ik beloof je dat we genadig zullen zijn.'

Houdini balde zijn vuisten en boog zich naar voren zodat zijn ellebogen op zijn knieën steunden. Hij wreef in zijn vermoeide ogen.

'Met dit stilzwijgen bewijs je jezelf een slechte dienst, Harry. We kunnen dit ook volgens het boekje afhandelen, als je daar de voorkeur aan geeft. Je kunt ook je advocaat bellen, maar zodra je dat doet staat je naam op de voorpagina's van de kranten van hier tot Tokio, dat beloof ik je. En je bent snugger genoeg om te weten hoe zelfs een zweem van een schandaal een carrière kan schaden. Dus de uitweg die ik je bied is de enige uitweg, dat weet je verdomd goed.'

'Ik wil mijn vrouw spreken,' was het enige dat Houdini daarop zei.

'Dat spreekt vanzelf.' Caleb stond op, keerde de stoel weer om en zette hem tegen de muur. 'En als ik dat voor je regel, wat krijg ik daar dan in ruil voor terug?'

'Dan krijg je het antwoord op je vraag. Nadat ik met mijn vrouw heb gesproken,' snauwde Houdini.

'Het zij zo.' Caleb knikte toen hij de deur van het slot deed.

Mullin rechtte zijn rug en drukte zijn sigaret uit tegen de zool van zijn schoen toen Caleb de deur achter zich dichtdeed. Hij wuifde de rook weg en maakte aanstalten terug te keren naar de cel, maar Caleb hield hem tegen.

'Luister eens, inspecteur, ik weet dat onze eerste ontmoeting niet bepaald geslaagd was. Ik had mijn twijfels jegens jou, dat moet ik toegeven.' Mullin krabde het stoppelige vlees onder zijn kin.

'Maar dit is het soort zaak waarmee mannen als jij roem kunnen oogsten. En nu reken ik op je. Stel me niet teleur.' Caleb gaf Mullin zelfs een bemoedigend schouderklopje. 'Wij kunnen grote dingen verrichten.'

'Als u het zegt, meneer,' antwoordde Mullin onaangedaan.

Caleb bleef een ogenblik knikkend en glimlachend staan en blies toen abrupt de aftocht. 'Ja, nou ja, houden zo, inspecteur.'

'Jawel, meneer Caleb.' En Mullin ging de cel weer binnen, Caleb in een wolk muffe rook achterlatend.

Bess Houdini zat in de bibliotheek van Crow's Head, met haar handen gevouwen in haar schoot. Het zonlicht stroomde door de ramen naar binnen en hulde de kamer in een gouden gloed. Ze was ingetogen gekleed, haar haar strak bijeengehouden onder een met bloemen getooide pothoed, haar taille strak ingesnoerd onder een beige jurk die tot haar enkels reikte. Het afgelopen uur had ze bewegingloos zitten luisteren toen de gebeurtenissen van die avond haar uit de doeken werden gedaan en zij ook op de hoogte werd gesteld van het feit dat haar echtgenoot al twintig jaar lang deel uitmaakte van een geheim speurdersgenootschap – iets dat ze altijd al had vermoed maar nooit bevestigd had gekregen.

Doyle en Lovecraft zaten tegenover haar, verfomfaaid en gehavend als krijgsgevangenen. Doyle was net aan het einde van zijn relaas gekomen:

'Ze willen ons niet bij hem toelaten. Ik vermoed dat ze hem afgezonderd houden in de hoop dat hij ons verlinkt. En ik ben bang dat dit van begin af aan Darians oogmerk was: het Arcanum de moorden in de schoenen schuiven. Wellicht om zichzelf in te dekken voor het geval zijn missie zou falen, of eenvoudigweg als wraak vanwege de dood van zijn vader. Hoe dan ook, jouw echtgenoot kennende, zou zijn overweldigende schuldgevoel zijn oordeel wel eens kunnen vertroebelen. Maar hij mag niet aan wanhoop ten prooi vallen. Dat is nu juist wat Darian wil. Houdini is niet verantwoordelijk voor de dood van Erica DeMarcus. Ze is vermoord door haar broer omdat ze te veel wist. Het moge duidelijk zijn dat we onze toevlucht zullen moeten nemen tot uitzonderlijke maatregelen om dit te kunnen bewijzen. Maar ondertussen heeft hij jou nodig om hem kracht te geven.' Doyle slaakte een diepe zucht. 'Het spijt me ontzettend, Bess. Kunnen we je ergens mee van dienst zijn?'

Bess schraapte haar keel. 'Met iets te drinken, misschien?'

'Natuurlijk.' Doyle stond op. 'Koffie? Thee?'

'Whisky.'

'Komt voor de bakker.'

Na enkele ogenblikken keerde Doyle terug met een vol glas dat Bess in één teug leegdronk. Ze sloot haar ogen toen de alcohol in haar keel brandde en toen ontspande haar gezicht. Ze stond op en streek haar rok glad.

'Je bent een ontiegelijke klootzak, Arthur Conan Doyle.'

Doyle knikte zonder haar tegen te spreken.

In het spiegeltje van haar poederdoos controleerde Bess of haar lippen nog netjes gestift waren. 'Kom maar op met die boodschap die ik aan hem moet overbrengen.' Ze klapte de poederdoos dicht. 'En wat ben je van plan te ondernemen om Darian tegen te houden?'

Doyle streek met een hand over zijn hoofd. 'Daar wordt aan gewerkt.'

'Jullie zullen versterking nodig hebben,' zei Bess met de zelfverzekerdheid van een veldmaarschalk. 'En ik weet precies wie jullie zouden kunnen helpen.'

Toen de koortsachtige wedren om het vege lijf te redden eenmaal voorbij was, voelde Doyle zijn pijnen en kwalen terugkeren. Zijn bretels hingen op zijn enkels en zijn overhemdsmouwen waren tot zijn ellebogen opgestroopt. Zelfs het scheren en een sponsbad waren een foltering. Zijn onderrug speelde hem parten. Halverwege de gang van de stoffige tweede verdieping bleef hij stilstaan toen zijn gekneusde ribben hem pijnscheuten rond zijn middenrif bezorgden. Op dat moment hoorde hij achter een op een kier staande deur vlak tegenover hem water stromen. Hij ving een glim van een natte huid op.

Marie kwam, uitsluitend gehuld in een dunne kamerjas, de badkamer uit. Haar natte haar was achter haar oren gekamd en hing langs haar rug omlaag. Ze wendde zich met getuite lippen tot Doyle, alsof ze een reactie verwachtte. Haar wenkbrauwen gingen vragend omhoog en Doyle trok een grimas – ogenschijnlijk vanwege de pijn in zijn rug.

'Ik denk dat ik toch echt te oud ben voor dit soort dingen,' grapte hij, terwijl hij zijn pijnlijke spieren strekte.

'Laat mij maar even,' zei Marie, terwijl ze hem met zijn rug naar zich toe draaide. Haar krachtige handen drukten diep in zijn vlees en door de plotselinge pijn verkrampte hij. 'Ontspan je,' zei ze. De muizen van haar handen streken over zijn wervelkolom en toen spanden haar vingers zich rond zijn schouders. Hij boog zijn hoofd naar voren toen Maries duimen persend langs de rand van zijn broeksband gleden en zijn spierknopen te lijf gingen.

Maar zelfs toen zijn lichaam ontspande, voelde Doyle de hitte langs zijn nek oprijzen en zijn wangen in vuur en vlam zetten. Hij was zich al te zeer bewust van zijn eigen ademhaling en de spanning die de sfeer rond-om hen beheerste. Maries handen spreidden zich over zijn ribbenkast en waar haar vingers masseerden, liefkoosde de rest van haar. Hij voelde de warmte van haar adem door zijn overhemd en haar vingers kropen lang-zaam van zijn ribben naar zijn onderarmen en omhoog naar zijn biceps.

Hij draaide zich om en zag haar heel dicht tegen zich aan, haar kin ge-heven. 'Marie…' zei hij met hese stem.

Haar natte haar bevochtigde zijn overhemd toen ze haar hoofd erte-genaan legde. 'Wij zullen dat geluk nooit smaken, hè?'

Zijn armen omvatten haar, zijn kin rustte boven op haar hoofd. 'Ik houd van mijn vrouw.'

'Het is heel natuurlijk om van meer dan één persoon te houden.'

'Jean gaf blijk van grote moed toen ze me toestemming gaf deze reis te ondernemen. Ik kan die generositeit niet met verraad terugbetalen. We hebben de afgelopen jaren samen te veel doorgemaakt. De oorlog heeft ons zoveel ontnomen. Mijn zoon…' Zijn stem stierf weg.

Marie hief haar hoofd op en drukte toen beide handen tegen zijn borst als of ze hem zegende.

'Het spijt me,' zei hij.

Marie legde een vinger tegen zijn lippen. 'In een volgend leven.'

'In een volgend leven,' antwoordde hij.

Lovecraft wilde sterven. Er waren de voorgaande dagen en weken mo-menten geweest dat hij zich ertegen teweer had gesteld, maar nu niet meer. Nu wilde hij er waarlijk een einde aan maken. Zijn hoofd deed vre-selijke pijn en zijn haar was bedekt met een korst van geronnen bloed. Een van zijn voortanden zat los. Hij kon hem met zijn tong naar voren en naar achteren bewegen, en dat vond hij verschrikkelijk – want sinds zijn jeugdjaren had hij al nachtmerries waarin zijn tanden uitvielen. Hij kon niet slapen ten gevolge van die zinderende migraine achter zijn ogen –

een gevolg van het feit dat hij enorme hoeveelheden lijkenstof had binnengekregen, vermoedde hij. De gehechte, god mocht weten waardoor veroorzaakte snijwond onder aan zijn schedel brandde en jeukte.

En dat was alleen nog maar zijn hoofd.

Louter gekleed in zijn smerige, gescheurde broek ging hij rechtop op het logeerbed zitten. Zijn knokige bovenlichaam was gewikkeld in gaasverband. Elke ademtocht, ongeacht hoe oppervlakkig ook, deed zijn longen branden. De gestaag terugkerende hoestbuien brachten de tranen in zijn ogen.

Een zacht gejammer vanachter de muur leidde hem af. Geërgerd greep Lovecraft zijn kaars, sloeg een deken over zijn schouders en stapte de gang in.

Het geluid kwam uit Abigails kamer, die aan de zijne grensde.

Lovecraft gluurde om het hoekje van de deur en zag haar voorovergebogen aan het cilinderbureau zitten huilen.

Lovecraft deed een paar stappen achteruit en kuchte.

Abigail keek hem met rood doorlopen ogen aan en stond op. Ze deed haar deur helemaal open en keek hem kwaad aan.

'Waarom kijk jij altijd zo naar me?' wilde ze weten, de tranen van haar wangen vegend. 'Wat wil je van me?'

'Ik weet het niet goed,' antwoordde Lovecraft in alle eerlijkheid.

'Nou, houd daar dan mee op.'

'Dat kan ik niet.'

'Waarom niet?' In weerwil van haar woede maakte een sprankje nieuwsgierigheid dat Abigail bleef staan waar ze stond.

'Het spijt me,' stamelde Lovecraft. 'Wat er is gebeurd, bedoel ik. Kortgeleden.'

Abigail haalde haar schouders op. 'Het maakt niet uit. Ik heb allerlei soorten smeerlappen ontmoet. In Parijs was een vent die de gewoonte had mijn vuile broekjes te pikken.'

'Ik was niet… Ik ben geen… Het was gewoon dat…' Toen zuchtte Lovecraft alleen nog maar en keerde zich om om weg te lopen.

Abigail keek een ogenblik toe hoe hij wegschuifelde en vroeg toen: 'Maar zeg eens, wat wilde je eigenlijk van me?'

Lovecraft bleef stilstaan, maar hij draaide zich niet om. 'Ik begrijp het,' zei hij.

'Wat begrijp je?'

'Jouw eenzaamheid,' antwoordde hij op gedempte toon. 'Beter dan de anderen dat ooit zouden kunnen begrijpen.'

Abigails ogen glinsterden van argwaan. 'Ik weet niet waarover je het hebt.'

'Jawel. Dat weet je wel. Ik heb het ook gevoeld. Sinds mijn prilste jeugd was ik al anders. Ik werd door de andere kinderen gemeden. Ik begreep hun spelletjes niet; ik kon niet voetballen of met een bal gooien. Ik vond hun conversatie stompzinnig en primitief. Echt, ik had het gevoel dat ik van een verre planeet afkomstig was, dat ik op de een of andere manier als weeskind beland was in een wereld van gewelddadige apen.' Hij bloosde, in verlegenheid gebracht door zijn eigen openhartigheid over wat er diep in hem omging.

Maar Abigail luisterde en dus vervolgde Lovecraft zijn verhaal.

'Ze wilden niets met me te maken hebben en dientengevolge wilde ik niets met hen te maken hebben. En mijn wereld zou een heel lege zijn geweest als ik geen boeken had ontdekt. Het was net alsof ik door een venster van papier en woorden mijn ware thuis zag. Alleen via mijn gedachten kon ik ermee in contact komen, maar toch wist ik dat ik de plaats had gevonden waar ik waarlijk thuishoorde – in werelden waar tapijten konden vliegen en toverzwaarden het lot van koningen bepaalden. En kijk jij nou eens. Tot een paar dagen geleden was jij niets dan een abstractie, een vooronderstelling gebaseerd op bizarre wetenschappelijke principes en mythen. En nu ben je hier.'

De intensiteit van zijn blik moest afschrikwekkend zijn geweest, maar Abigail vertrok geen spier.

'Abigail, jij bent een verschoppeling net als ik, afkomstig uit die landen achter de woorden en achter het papier – een manifestatie uit het universum, geboren uit de verlangens van kinderen en wanhopige mensen. En je moet beseffen dat jouw bestaan een saaie, grauwe wereld opeens heel bijzonder maakt.'

Abigail deed één enkele stap naar Lovecraft toe en plotseling deed een denderende gongslag de muren van Crow's Head beven.

'Howard?' hoorde hij Doyle roepen.

'Ik ben boven,' riep hij terug.

'We liggen onder vuur,' klonk Doyles stem van beneden.

Nog steeds met de deken om zich heen geslagen, duwde Lovecraft Abigail met zachte drang de trap af terwijl de gongslagen bleven klinken. Het geluid werd veroorzaakt door een achttiende-eeuwse grootvadersklok, die door Duvall was omgebouwd tot een occult alarm.

Doyle kwam hem, een cavaleriesabel in zijn ene en een Colt.45 in zijn andere hand, tegemoet.

'Marie, ik heb licht nodig,' zei hij.

Marie kwam in haar badjas de grote salon uitlopen met twee gaslantaarns in haar handen.

'Ze hebben een bres geslagen in de binnenste afrastering,' zei Doyle tegen Lovecraft terwijl hij zijn keuze maakte uit een bos sleutels. Hij opende een zware deur en gooide die open, een klein maar dodelijk wapenarsenaal onthullend.

'Houd haar weg van de ramen,' beval Doyle Marie terwijl hij een .22 Winchester-geweer naar haar toe wierp. Ze ving het met één hand op, omklemde met de andere Abigails arm en trok haar de salon in.

'Howard.' Doyle wierp een geladen machinegeweer in Lovecrafts handen. De demonoloog liet zijn deken vallen om het wapen op te kunnen vangen.

'Gelijk schieten,' drukte Doyle hen op het hart toen hij de .45 in zijn broekzak stak.

Lovecraft en Doyle lieten Marie en Abigail in de grote salon achter, doofden de overige lichten en slopen door de keuken naar de personeelsvertrekken, waar zich in de muur van een van de slaapkamers een geheime deur bevond. Ze gingen er doorheen en betraden het terrein rond Crow's Head.

Een koude wind deed de droge bladeren op de gazons knisperen. Voorbij een rij esdoorns zagen ze de zwarte, met klimop beklede poorthekken. Zo te zien was er niets aan de hand, doch de gedempte gongslagen van Duvalls alarm hoorden zij nog steeds. Ze bleven dicht in de schaduw van de heggen en liepen langzaam naar de voorzijde van het huis.

'Een dier misschien? Een wasbeer?' fluisterde Lovecraft.

'Duvalls tovergong was ingesteld om uitsluitend te reageren op indringers. Ze zijn hier, Howard; we kunnen ze alleen niet zien,' antwoordde Doyle.

Ze sloegen de hoek om en bevonden zich nu tegenover de cirkelvormige met grind bedekte oprijlaan en de Romeinse fontein, waar een zwerm witte duiven vanuit de dichtstbijzijnde esdoorn opvloog en wegfladderde.

Een onstoffelijke stem siste plotseling: '*Wij hebben geen kwaad in de zin.*'

Doyle draaide zich met een ruk om toen een man met strak achterovergekamd grijs haar, gekleed in een witte smoking, kalmpjes over het gras kwam aanlopen.

'Staan blijven!' beval Doyle terwijl hij zijn .45 trok.

'*Laat jullie wapens vallen*,' siste de spookstem nogmaals.

'*Lovecraft.*'

'*We hebben geen kwaad in de zin.*'

'*Zwijg.*'

'*Arthur.*'

De stemmen kwamen tegelijkertijd van overal en nergens.

Er landde iets zwaars op Lovecrafts schouders. Hij gaf een gil en schoot met zijn machinegeweer in de lucht.

Een zwarte kat sprong blazend van Lovecrafts schouder en zocht ijlings een veilig heenkomen achter de heg.

De man in de witte smoking verdween toen Doyle in de lucht schoot. 'Maak jullie zelf kenbaar,' riep hij.

Lovecraft draaide zich om en deinsde achteruit. 'Arthur?'

Een geheel in het zwart geklede vrouw leek tegen de muur van het huis gekleefd, alsof zij de zwaartekracht tartte. Ze siste naar Lovecraft, kneep haar katachtige ogen halfdicht en klauterde toen tegen de muur op naar het dak.

'*Vrees ons niet,*' zei de spookachtige stem.

Op dat ogenblik vlogen de vuurwapens uit hun handen en bleven drie meter boven hun hoofden in de lucht zweven.

Doyle omklemde zijn zwaard krampachtig en staarde naar de .45. 'Wat zijn dit voor toverkunsten?'

Lovecraft keek over zijn schouder. 'Achter ons!'

Doyle draaide zich om en zag een onder een kap schuilgaand monster op hen toe komen.

'*Blijf staan.*'

'*Laat jullie wapens vallen,*' drong de spookstem aan.

'Zeg ons wie je bent, anders rijg ik je aan mijn zwaard,' waarschuwde Doyle de naderbij komende gestalte.

Maar die liep onverstoorbaar door. Doyles sabel doorkliefde de lucht, hoewel het lemmet ergens midden in zijn beweging met twee reusachtige reuzenhanden werd vastgegrepen.

De kap viel naar achteren en onthulde een imposante man met een kaal hoofd, een dikke snor en een zeeroversoorring. De reus brak de sabel met zijn blote handen in tweeën.

'Zo is het wel genoeg, Otto,' zei een kordate stem.

De reus liet de sabel op de grond vallen en trok zich terug.

Lovecraft en Doyle wendden zich tot de man in de witte smoking die, dat drong nu tot hen door, ongeveer anderhalve meter boven de grindweg zweefde. De najaarswind deed de panden van zijn smokingjasje wapperen.

'Wees gegroet, broeders van het Arcanum. Wij komen tot jullie in deze tijden van nood en ten behoeve van onze voorzitter, Harry Houdini. Ik ben Sebastian Aloysius. Wij zijn –'

'Het Amerikaans Genootschap van Illusionisten,' maakte Doyle met meer dan een ondertoon van achterdocht de zin af.

Nog geen twintig minuten later, hadden de betrokkenen zich verzameld rond de haard in de enorme bibliotheek. Sebastian Aloysius stelde het Arcanum voor aan de regerende raad van commissarissen van het A.G.I.

'Purrilla, de katvrouw van India, hebben jullie al ontmoet,' zei Sebastian met een gebaar in de richting van de eng uitziende dame in het zwartsatijnen kostuum, die ineengerold voor het vuur lag.

'Dan is er nog dr. Faustus, Meester van het Hypnotische Oog.'

Faustus was een erudiete heer van in de vijftig, met een grijze baard, die net als een zigeunerkoning was gesierd met talrijke amuletten en ringen.

'En Otto hebben jullie natuurlijk ook al gezien; hij is de sterkste man ter wereld.'

De monsterlijke gigant pakte een kleine hoedendoos van de stoel naast zich en reikte die Lovecraft aan.

'Ik heb meer dan vijftig kanonskogels met mijn buik opgevangen,' zei hij opschepperig.

'Wat attent van u,' antwoordde Lovecraft zwakjes.

'Dit is voor jou, mijn vriend.' Otto hield hem de doos voor.

Lovecraft aarzelde. 'Dank je.'

Otto plaatste de kleine hoedendoos op Lovecrafts schoot, en de demonoloog trok zijn wenkbrauwen op. 'Het is zwaarder dan ik had gedacht.'

Otto grinnikte. 'Het is een goed geschenk.'

Lovecraft maakte de strik los, opende de hoedendoos en keek vol afgrijzen naar een menselijk hoofd. Toen opende het hoofd de ogen en gaf Lovecraft een gil.

De leden van het Amerikaanse Genootschap van Illusionisten proestten het uit om zijn reactie.

'Haal dat ding bij me weg!' krijste Lovecraft.

Een kleine hand dook op uit de hoedendoos en bewoog een waarschuwende vinger onder Lovecrafts neus. De hand werd gevolgd door een glibberige voet en toen nog een. Langzaam begon een volledig mens zichzelf te ontvouwen. Hij sprong uit de hoedendoos en landde op het tapijt.

'En Popo,' besloot Sebastian. 'De grootste acrobaat in geheel China.'

Met één sprong zat Popo op Otto's brede schouders en rolde zich daar behaaglijk op.

Sebastian zelf behoefde geen introductie. Doyle kende hem als een van de grootste illusionisten ter wereld. Bovendien was hij een beruchte oplichter en charlatan. Jaren geleden hadden de Houdini's die zelf geen kinderen hadden, Sebastian zowat geadopteerd en Houdini had de jongeman zelfs als zijn leerling aangenomen.

In ruil daarvoor had Sebastian Houdini tegen het Arcanum opgezet, zijn paranoia gevoed en een toch al gevaarlijk groot ego opgeblazen. Houdini had loftuitingen harder nodig dan voedsel en dat maakte hem juist zo gemakkelijk te beïnvloeden door lieden als Sebastian. Houdini's goedkeuring gaf elke associatie legitimiteit en volgens Doyle was het Sebastian daarom te doen – om zijn vroegere liefhebberijen te bedrijven onder een paraplu van respectabiliteit. Ondanks Houdini's aandringen was Doyle er niet van overtuigd dat de man zijn vroegere levensstijl vaarwel had gezegd. Integendeel, Sebastians kortelings ontdekte talenten maakten hem tot een geduchte dief en het was juist die reputatie die het A.G.I. aan de periferie van de occulte wereld hield. Maar Houdini liet zich door het genootschap nog steeds aanspreken met voorzitter, ook al wist hij totaal niet wat zij uitspookten.

Alsof hij Doyles gedachten kon lezen zei Sebastian: 'Het verplicht tot niets, Arthur. Laten wij onze krachten bundelen. Wat je hier voor je ziet is slechts een fractie van ons vermogen. Je hoeft maar te kikken of binnen een halve dag heb ik een leger opgetrommeld en bij je op de stoep staan. En heus niet alleen maar zakkenrollers en goochelaars, hoor, maar monteurs. Technici, scherpschutters, je kunt het zo gek niet bedenken.'

'Neem me niet kwalijk, Sebastian, maar ik ben een oude man, en moe. Misschien maakt dat me cynisch, maar waarom zou ik je vertrouwen, na alles wat we hebben meegemaakt?'

'We zijn geen van allen lieverdjes,' antwoordde Sebastian, klaarblijkelijk niet gevoelig voor de ironie. 'Ik kan niet zeggen dat ik weet wat er in je omgaat, net zo min als jij dat van mij weet. Maar als het je op je gemak stelt, wil ik je wel vertellen wat mijn motief is: ik doe dit uitsluitend voor de enige vader die ik ooit heb gehad. En laten we het daarop houden.'

Er viel een ongemakkelijke stilte.

'Tja, als dat het geval is,' zei Doyle, opstaande uit zijn stoel, 'neem ik je genereuze aanbod namens het Arcanum aan.'

De twee mannen schudden elkaar de hand.

'Heb je al een plan?' vroeg Sebastian.

'Dat is in wording, ja. En daarbij kunnen we jullie talenten heel goed gebruiken.'

39

Paul Caleb opende de deur om Bess Houdini binnen te laten. 'Misschien kunt u hem tot rede brengen.'

Zodra ze haar echtgenoot zag, voelde Bess haar vastberadenheid aan kracht inboeten. 'O, nee.'

Houdini stond op. 'Het spijt me,' zei hij. 'Het spijt me ontzettend.'

Bess strekte haar armen tussen de tralies van de cel naar hem uit. Houdini nam haar gehandschoende handen in de zijne en kuste ze herhaaldelijk, terwijl zij trachtte haar tranen terug te dringen en het haar dat voor zijn vermoeide ogen hing weg te strijken.

'Wat hebben ze je aangedaan?' vroeg ze op fluistertoon.

Inspecteur Mullin knipperde slaperig met zijn ogen en keek naar Caleb, die in de deuropening van het trappenhuis stond. De officier van justitie gebaarde Mullin hun wat privacy te gunnen. Mullin stond op en liep Caleb voorbij.

'Ik ga maar eens een rokertje opsteken,' mompelde Mullin.

'Ja, doe dat,' antwoordde Caleb. Na een ogenblik sloot hij de deur, de Houdini's alleen achterlatend.

Houdini kuste Bess tussen de tralies door en verloor toen zijn zelfbeheersing. Hij ging langzaam en snikkend door zijn knieën. Bess knielde voor hem, met haar handen de zijne omklemmend.

'Wat heb ik gedaan?' wist Houdini tussen twee snikken uit te brengen. 'Wat heb ik gedaan?'

'Lieveling, luister –'

'Noem me niet zo.'

'Houdini –'

'Noem me…' Houdini maakte zich van haar los en zeeg, wild met zijn ogen draaiend, half ineen op de grond, …niet zo!'

Bess deed haar uiterste best een kalmerende toon aan te slaan. 'Arthur heeft gezegd dat –'

'Naar de hel met Arthur!' Houdini krabbelde overeind. 'Ik heb het gedaan. Ik heb gedaan wat ze zeggen.'

Toen ze opstond om dichter bij hem te zijn biggelden de tranen over haar wangen. 'Luister nu goed –'

'Nee.'

Bess gaf hem tussen de tralies door een klap. 'Houd daarmee op,' zei ze en toen klemde ze zijn hoofd tussen haar handen zodat hij onmogelijk een andere kant op kon kijken. 'Denk aan Duvalls laatste woorden. Dat is wat Arthur zei: "Denk aan Duvalls laatste woorden."'

'"Hij is mijn geest binnengedrongen,"' fluisterde Houdini.

'Arthur vindt hier wel een oplossing voor,' drong Bess aan.

'Hoe?' wilde Houdini weten.

'Heeft Duvall zichzelf voor de wielen van die auto geworpen?'

'Ik weet niet of –'

'Nou, heeft hij dat?' vroeg ze.

'Dat is niet waar het om –'

'Haatte je die vrouw?' vroeg Bess op snijdende toon.

'Nee. Ik –'

'Wilde je haar dood?'

'Nee, natuurlijk niet.'

'Waarom heb je haar dan vermoord?'

'Dat heb ik niet gedaan.'

'Dat weet ik. En als jij dat niet hebt gedaan, dan heeft iemand anders het gedaan.'

Houdini trok aan zijn haar. 'Wat wil je dat ik doe?'

'Jij bent Harry Houdini,' snauwde ze. 'Moet je die tralies zien.'

'Nee.'

'Ja!' De vonken sloegen uit haar ogen. 'Welke andere keuze heb je?'

'Dat is geen keuze,' siste hij. 'Dat is zelfmoord. Binnen enkele uren zou de wereld erachter zijn. Dan zou Arthur volgen, de anderen –'

'Laat Sebastian dan opdraven om je te bevrijden.'

'Nee.'

'Wat dan? Wat wil je dan doen?'

Houdini kneep zijn ogen stijf dicht. 'Als ik mezelf opoffer, kan hij niet achter de anderen aan gaan.'

Bess kon zien dat Houdini zijn laatste restje wilskracht aansprak en het ontstelde haar. Ze kende die blik in zijn ogen. 'Alsjeblieft, lieveling. Er moet een andere oplossing zijn.'

'Nee. Ik mag de anderen niet in gevaar brengen. Dat doe ik niet. Er staat te veel op het spel.'

Toen Bess haar mond opendeed om te protesteren, ging de deur naar het trappenhuis open. Paul Caleb kwam binnen.

'Het is tijd, mevrouw Houdini. Het spijt me.'

Bess veegde haastig haar tranen weg. Houdini omknelde haar handen stevig tussen de tralies door. Hij kuste haar handschoenen.

'Ik houd meer van je dan van het leven zelf,' verzuchtte hij.

Bess beroerde zijn wang en keerde zich toen om. Ze snelde langs Caleb de trap op.

Toen de deur achter haar sloot, liep Caleb dichter naar Houdini toe. 'Nou, Harry? Ik ben meer dan geduldig geweest. Wat wordt het?'

Houdini's blik brandde in Calebs ogen. 'Ik ga niet liegen om mijn hachje te redden.'

Caleb fronste zijn voorhoofd. 'Je hebt te veel bereikt, mijn vriend, om dat nu allemaal te grabbel te gooien. Dat is het niet waard. Je hebt een carrière die wellicht nog gered kan worden. Wat is er beter voor een verblekend idool dan een schandaaltje om een beetje leven in de brouwerij te brengen? Doe wat je moet doen.'

Houdini balde zijn vuisten rond de tralies. 'Misschien hebben mijn daden in het verleden de indruk gewekt dat ik mijn dierbaren zou willen opofferen voor mijn reputatie, maar dat kan ik dan mooi even rechtzetten. Wil jij iemand aan je kruis van gerechtigheid nagelen?' Houdini stak zijn vuisten naar voren. 'Doe dan wat je niet laten kunt.'

Doyle betrad de bordeauxrode salon op de eerste verdieping, het vroegere heiligdom van Konstantin Duvall, en sloot de deur zachtjes om Lovecraft niet te storen. De laatstgenoemde ijsbeerde, diep in gedachten verzonken, door de kamer.

'Ik heb meer tijd nodig,' klaagde Lovecraft.

John Dees vulkanische spiegel bevond zich op een van de bureaus, zo opgesteld dat hij naar het midden van de kamer was gericht. Elk beschikbare hoekje lag vol met boeken, papyrusrollen en handboeken, evenals een koeienbel, een triangel en een fluit.

'Tijd is nu precies waar het ons aan ontbreekt,' kaatste Doyle terug.

'Hij reageert op bepaalde vibraties, zoveel kan ik je wel vertellen. Kijk.' Lovecraft pakte de triangel van de armleuning van de stoel en hield die op ongeveer zeven centimeter afstand van het oppervlak van de spiegel. Hij tikte er met zijn vinger tegenaan en het zachte geluid bleef diverse seconden rondzingen.

'Wat –'

'Sssst!' snauwde Lovecraft.' Hij wees op de spiegel.

Doyle deed een stap naderbij. Toen de klank wegstierf trilde een rimpeling – nagenoeg onzichtbaar voor het menselijke oog – heel even in het centrum van de spiegel.

'Wat was dat?' fluisterde Doyle.

'Het is een venster,' zei Lovecraft.

'Een venster? Waarheen? En wat bevindt zich aan de andere kant?'

'Voor John Dee en Edward Kelly was het een manier om met engelen te spreken. Ik vermoed dat het afhangt van de frequentie van het geluid dat men gebruikt. Het kan ook worden gebruikt om in contact te komen met…' Lovecraft aarzelde '… andere entiteiten.'

Daar moest Doyle niets van hebben. 'Wat bedoel je met "andere entiteiten"?' Toen zag hij een grote massief eiken dossierkast achter in het studeervertrek. Hij was beveiligd met een stuk of twaalf sloten, die evenzovele sleutels vereisten, maar ook met waarschuwingen in symbolen in zeven verschillende magische talen in het hout gegrift.

De deuren stonden open.

'Howard, dat is Duvalls archief.'

'Dat weet ik.'

'Jou is verboden je daar ooit toegang toe te verschaffen.'

'O ja?'

Doyle herkende plotseling de aard van de boeken die hen omringden – en die al even verboden waren.

'Ben je nou helemaal stapelkrankzinnig geworden?' riep Doyle uit.

'Nog niet,' antwoordde Lovecraft.

'Dat zijn de boeken van de Cultus van Cthulhu.'

'Ik weet wat het zijn.'

'En je riskeert meer dan waanzin als je dat zegel verbreekt. Ben je werkelijk van plan een poort naar de Onderaardsen en hun soort te openen?'

Lovecraft draaide zich met vlammende ogen naar Doyle om. 'Darian is op zoek naar oude kennis. Nou, ik ben van plan hem te geven wat hij verlangt.'

'Tegen welk persoonlijk offer?'

'Laat me nu maar,' antwoordde Lovecraft, zich weer op de spiegel richtend.

'Howard –'

'We mogen niet toestaan dat ze in hun opzet slagen, Arthur.' Lovecrafts stem klonk emotieloos, zelfverzekerd. 'Koste wat kost.'

Doyle overpeinsde de woorden en knikte toen kordaat, geroerd door Lovecrafts bereidheid zichzelf op te offeren.

Toen Doyle de studeerkamer verliet, riep Lovecraft hem na: 'Doe de deur op slot. En barricadeer hem. Wat je ook mag horen, kom niet binnen. Heb je dat goed begrepen?'

Doyle wachtte even en knikte nogmaals. 'Zoals je wilt.'

'Dank je.'

Doyle wierp een laatste blik op Lovecraft voor hij de deur afsloot. Er waren drie mannen aan de ene, en Otto aan de andere kant voor nodig om de notenhouten kleerkast uit de bibliotheek de trap op te dragen om Duvalls studeerkamer van buiten te barricaderen. De kleerkast bedekte niet alleen de deur maar ook een groot deel van de muur, en dat was precies zoals Doyle het verlangde.

Otto werd als wachtpost opgesteld, met de strenge orders alles wat hij vanachter de deur van de studeerkamer hoorde te negeren. Dezelfde orders kregen de nieuw aangekomen leden van het A.G.I., die zich in koortsachtige energie en dadendrang over Crow's Head hadden verspreid.

De kakofonie van gezaag en gehamer vulde het huis, vergezeld door een wolk van zaagsel. De begane grond van het landhuis krioelde van dwergen, degenslikkers en ander kermisvolk en lag bezaaid met stapels henneptouw, ijzerdraad, spanschroeven, ketenen, scharen, katrollen en ankers.

Tegen drie uur in de ochtend was het merendeel van het timmerwerk gereed en namen de arbeiders enkele uren rust.

Ook Otto viel in slaap, rechtop zittend op een van de fluwelen eetkamerstoelen die voor de kleerkast was geplaatst. Aan zijn vinger bungelde een lege chiantifles. Hij snurkte en zijn neus veroorzaakte een pijnlijk gravend geluid.

Toen klonk de knal van een geweerschot en zijn ogen vlogen open. Hij knipperde een aantal keren en probeerde zich te herinneren waar hij zich bevond.

Toen klonk er een afschuwelijke kreet vanachter de deur – gevolgd door een ademloos hikkend geschater dat wel een halve minuut duurde en noch humoristisch noch blij klonk.

Er verstreek minder dan een minuut voordat de volgende afschrikwekkende kreet opklonk.

Terwijl Otto wachtte op de volgende uitbarsting werd de stilte dreigend. Het was een diepe langdurige en pure stilte. Hoewel Otto niet precies onder woorden kon brengen wat hem het meest verontrustte, had hij het gevoel dat die stilte op de een of andere manier weloverwogen was, iets van een oerintelligentie had.

De volgende kreet was nog ijzingwekkender. Ditmaal klonken er woorden in door: onverstaanbare keelklanken.

Vervolgens weer stilte.

Otto schoof in angstige afwachting heen en weer op zijn stoel. Hoe langer de stilte aanhield, hoe meer hij verlangde dat er een einde aan kwam. En hoe meer hij het volgende geluid vreesde. Hij keek op zijn zakhorloge en stak het juist zorgvuldig terug in zijn vestzak toen een gejammer dat alle andere geluiden verre overtrof uit de studeerkamer opwelde. Het was een onzegbaar droef geluid en het hield een eeuwigheid van enkele seconden aan. Smekend, zonder mededogen.

Otto wierp zich tegen de kleerkast in een poging die te verplaatsen, toen Doyle aan het eind van de gang opdook.

'Laat dat,' beval hij.

'Het is niet in de haak,' riep Otto terug.

Na het afschuwelijke gejammer volgde een uitzinnige constante stroom van fluisteringen, alsof Lovecraft aan een vriend alle geheimen van de wereld vertelde en hem maar heel weinig tijd ter beschikking stond. Zijn stem werd hysterisch, sloeg zelfs een paar keer over en kroop toen omhoog naar de ijlere registers – totdat het klonk alsof hij tegelijkertijd snikte en sprak. Alsof hij niet op kon houden. Alsof zijn mond zich had losgemaakt van zijn geest en hij die niet kon bijbenen.

Plotseling stormde Abigail uit haar kamer de gang in en rende naar de kleerkast. Doyle ving haar op en hield haar tegen.

'Nee! Laat me gaan,' kreunde ze.

'Alsjeblieft, Abigail. Het is noodzakelijk.'

'Maar er gebeurt daar iets vreselijks.'

'Daar kunnen wij niets aan doen. Abigail.' Doyle draaide zich om en greep haar stevig bij haar schouders. 'Dit is voor ons. Voor jou. Als we nu naar binnen gaan, bestaat het gevaar dat wij hem doden. Is dat wat je wilt?'

Abigails ogen waren groot van verwarring en paniek.

'Luister naar me.' Doyle nam haar handen in de zijne. 'Geen man op aarde is beter toegerust om deze woelige wateren te bevaren dan H.P. Lovecraft. Als we hem in onze harten kunnen vasthouden, dan durf ik te wedden dat hij zijn weg terug wel weer zal weten te vinden. Ben je daartoe in staat? Kun je hem in je geest aanroepen?'

Abigail knikte bevend en Doyle kuste haar op haar voorhoofd.

'Dan zal dat zijn baken zijn.'

Ook de werklieden waren zenuwachtig bijeengekomen voor de gebarricadeerde deur. Daar stonden ze, met starre blikken in hun ogen. Sommigen bedekten hun oren met hun handen om de kreten en het aanhoudende, bizarre gebral buiten te sluiten. Maar het ergste waren toch de langdurige, onheilszwangere stiltes die in ieder van hen een onbeschrijflijke angst ontketenden.

Eindelijk brak de nieuwe dag aan – in een huiveringwekkende stilte.

Doyle en Marie stonden bij de kleerkast, samen met Sebastian, Otto en dr. Faustus. Ze waren die nacht allemaal jaren ouder geworden. Dat was te zien aan hun ogen en hun holle wangen en hun gelaatskleur. Doyle had zulke effecten eerder gezien, een blootstelling aan de Mythos, noemde hij het – als een door de zon verschroeide ziel. En hoe indirect deze blootstelling ook was, hij veranderde een persoon voor immer. Hoe moest de persoon in het epicentrum er dan niet aan toe zijn?

'Toe maar,' zei Doyle op grimmige toon.

Otto greep de bodem van de kleerkast en schoof die meter voor meter over de vloer, waardoor de deur naar Duvalls studeerkamer weer zichtbaar werd. Doyle stak de sleutel in het slot en draaide de kruk om. Vlak voordat hij de deur opende zei hij: 'Laat mij als eerste naar binnen gaan.'

Marie en de anderen knikten en deden een stap achteruit.

Doyle stapte de studeerkamer binnen en deed de deur achter zich dicht.

De kamer was een slagveld; omgevallen stoelen, schoongeveegde planken, papyrusrollen en boeken overal in het rond gesmeten. Aanvankelijk was er nergens een spoor van Lovecraft te bekennen en Doyle vreesde dat de vulkanische spiegel de demonoloog op de een of andere manier had opgeslokt – met huid en haar.

Maar toen ontwaarde hij een arm die achter het cilinderbureau uit-stak.

'Howard?

De hand bewoog niet.

Doyle liep om het meubel heen en zag dat Howard onderuit en ge-knakt tegen het bureau aan lag.

'Howard!'

Doyle liet zich op zijn knieën zakken en nam de man in zijn armen. Lovecrafts kleren waren nat van het zweet en zijn brilmontuur was kapot en hing aan één oor. Aan zijn lippen plakte een zuur ruikende ge-stolde brij. Zijn huid was zo bleek dat hij haast blauw leek. Doyle duwde zijn oogleden omhoog en onderzocht zijn pupillen, die star en verwijd waren.

'Jezus,' mompelde hij. Hij voelde zijn pols en tot zijn grote opluchting constateerde hij een polsslag, zwak, als het trillen van een vlindervleugel. Hij kneep een buisje reukzout kapot en hield dat onder Lovecrafts neus en het hoofd van de man schoot met een ruk achterover. Maar Doyle hield vol totdat Lovecraft hem wegduwde.

Wat volgde was een regelrechte attaque.

Lovecraft schopte en sloeg in wilde paniek om zich heen, terwijl Doyle zijn uiterste best deed hem in bedwang te houden.

'Howard? Howard, ik ben het. Arthur.'

Lovecraft krabbelde, zijn ogen wezenloos voor hem uit starend, op, draaide zich om en viel met een klap over het bureau. De dreun leek hem enigszins bij zijn positieven te brengen.

Doyle keek toe hoe Lovecraft zich, ditmaal met meer energie, trachtte op te richten.

'Ik ben blind,' zei hij.

Doyle pakte Lovecrafts hand en legde die op zijn arm zodat hij hem kon leiden.

'Welke dag is het vandaag?' vroeg Lovecraft.

'Maandag. Je bent hier maar één nacht geweest.'

'Zie jij mijn dagboek ergens?'

'Nee. En ik vind dat je hard aan een bad toe bent. Je bent ijskoud.'

'Ik moet deze dingen eigenlijk opschrijven voordat ze me ontvlieden.'

'Ik vind dat je voorlopig voldoende hebt gedaan,' zei Doyle vastbera-den, terwijl hij hem naar de deur leidde.

'Denk je dat ik voorgoed blind ben geworden?'

'Als ik een gokker was, zou ik zeggen dat het een tijdelijke aandoening is tengevolge van shock. Ongeveer hetzelfde als de artikelen die je leest over oorlogsoverlevenden en hun periodiek optredende psychosen.'

'Werkelijk? Buitengewoon interessant,' antwoordde Lovecraft.

40

De aartsbisschop van New York liep met haastige passen in vol ornaat door het middenpad van de kathedraal van St. Patrick: met een rode robe, een rood ambtsgewaad en een rood kalotje. Zijn haast was veroorzaakt door een telefoontje vroeg in de ochtend van Sir Arthur Conan Doyle aangaande een dringende kwestie van het grootste belang.

De wenkbrauwen van de aartsbisschop gingen omhoog toen Doyle en Marie, elke een handje van Abigail vasthoudend, de kathedraal binnenkwamen. Achter hen liep Bess Houdini, aan de arm van Sebastian Aloysius.

Hayes keek enigszins bedenkelijk toen hij de amuletten om Maries hals zag: een mengelmoes van christelijke, neo-heidense en voodootalismannen. Hij wendde zich met een vragende blik in zijn ogen tot Doyle.

'Uwe eminentie, ik dank u voor deze audiëntie,' was het enige dat Doyle zei.

'Tja. Dit is hoogst ongebruikelijk. Gewoonlijk draag ik de ochtendmis op, maar ik was nogal geschrokken van uw telefoontje, Sir Arthur. Hoewel ik moet zeggen dat het allemaal nogal vaag klonk.'

Doyle wees op Marie. 'Dit is Marie Laveau, uit New Orleans.'

Hayes werd bleek. 'De Voodookoningin?'

Marie boog eerbiedig. '*Bonjour*, monsieur aartsbisschop.'

'De enige echte,' zei Doyle en vervolgens stelde hij de anderen voor. 'Mevrouw Bess Houdini, en Sebastian Aloysius, waarnemend voorzitter van het Amerikaanse Genootschap van Illusionisten.'

Hayes keek Bess met een brede glimlach aan. 'Ja, mevrouw Houdini. Welkom.'

'Uwe Eminentie.' Ze schudde hem ernstig de hand.

Vervolgens schudde Hayes, nog steeds in verwarring, de hand van Sebastian. 'Dit is een uiterst onverwacht gezelschap, moet ik zeggen.'

Doyle legde zijn hand op Hayes' elleboog en Abigails hand en ging met hen apart van de anderen staan.

'We hebben heel veel te bespreken en heel weinig tijd, Uwe Eminentie, vergeeft u mij dus dat ik met de deur in huis val. Maar vanochtend belast ik u met de grootste verantwoordelijkheid die een man in uw positie ooit is toevertrouwd.'

'U hoeft de zaak niet zwaarder te doen klinken dan hij is, Sir Arthur. Ik heb me al bereid verklaard u aan te horen,' herinnerde Hayes hem.

'Vergeeft u mij mijn lompheid, maar het zou best kunnen dat mijn weging van de ernst van de zaak nog te licht is.'

Hayes keek hem nors aan. 'Waar gaat het eigenlijk precies om?'

'Uwe Eminentie, herinnert u zich ons laatste gesprek?'

'Wat? Over spiritisme?'

'Ik doel op het Boek van Enoch.'

'Ach ja, de apocriefe boeken. Wat is daarmee?'

'Ik heb u toen gevraagd of u in engelen gelooft.'

'En ik heb geantwoord dat zulks het geval was.'

'En toen vroeg ik wie hen beschermde.'

'En toen heb ik geantwoord dat die geen bescherming behoeven. Nu dan, ik heb een heel drukke dag en ik heb geen –'

'Uwe Eminentie, er is niemand anders tot wie wij ons kunnen wenden.' En Doyle trok Abigail naar voren en stelde haar voor aan de aartsbisschop. 'Dit is Abigail.'

Hayes glimlachte en van verwarring vormden zich rimpeltjes rond zijn ogen. 'Welkom, mijn kind.'

Abigail keek Doyle vragend aan en bij wijze van antwoord gaf hij een licht knikje.

Toen draaide Abigail zich om en liep langzaam door het middenpad van de nagenoeg verlaten kathedraal naar het altaar en de koorbanken. Haar ogen waren gericht op het enorme ijzeren en gouden kruis dat boven haar uittorende. Ze bleef stilstaan bij het trapje naar het altaar en liet haar overjas van haar schouders glijden.

'Wat krijgen we nu?' wilde Hayes weten. Doyle drukte alleen een wijsvinger tegen zijn lippen en maakte de aartsbisschop toen met gebaren kenbaar dat hij naar Abigail moest kijken.

Abigail stond onder aan de trap, haar rug naar hen toe en maakte langzaam de knopen van haar kraagloze herenoverhemd los. Ze trok het hemd open en liet het vervolgens op de grond vallen.

Hayes sloeg een hand voor zijn mond en deinsde achteruit, maar Doyle hield hem vast en dwong hem toe te kijken.

Abigail keerde zich verlegen om naar de anderen terwijl ze onder aan de trap knielde en haar borstjes met haar handen bedekte. Haar lange, gevederde vleugels ontvouwden zich van haar rug, bevend en de lucht aftastend als zijden vingers.

'Lieve god,' fluisterde Hayes en hij drukte zijn handen tegen zijn lippen in gebed.

'Zij is de enige overlevende van de Verloren Stam van Enoch. Zij en haar soort zijn opgejaagd en uitgemoord als onderdeel van een samenzwering die zelfs het rijk der hemelen bedreigt. Wij smeken u om onderdak.'

Darian DeMarcus lag, naakt en besmeurd met zijn eigen bloed, uitgestrekt op de stenen vloer van zijn persoonlijke meditatietempel verborgen onder de vloer van zijn slaapkamer. Het blauwe glas van zijn monocle lag koud op zijn borst. De wonden had hij zichzelf toegebracht, ingekerfd met een scheermes aan de onderkant van beide armen. Er bevonden zich meer snijwonden op zijn kuiten en buik. Hij gebruikte pijn als een instrument om zich te concentreren en ter zelftuchtiging, maar ondanks al dat gekerf kon hij de groeiende ongerustheid niet van zich afschudden. Hij had de zaak niet strak meer in de hand; er ontglipten hem dingen. Het was net alsof hij een aantal bloedzuigers gastvrijheid had verleend die nu zijn bloed opzogen, hem de illusie gevend dat ze hem voedden.

Het Arcanum had het Boek van Enoch terugveroverd. Toch was dat, ook al was het om razend van te worden, niet de doodklap voor hem die zij hadden gedacht dat het zijn zou. Darian had de geheimen er al lang uitgezogen en zijn plannen in werking gesteld voordat het Arcanum strompelend op het toneel verscheen. En Darian had wraak weten te nemen. Dat hij de Occulte Moorden in de schoenen had weten te schuiven van het Arcanum was even subtiel als vilein. Het verzekerde Darian van zijn positie als de onbetwiste hoofdrolspeler in dit spel. Zelfs Crowley zou spoedig worden gedwongen het hoofd te buigen. En als hij dat vertikte zou ook hij worden verzwolgen.

Die gedachten stelden hem gerust en hij voelde zijn twijfels wegebben.

Dus wat zou het als hij een paar kleine misrekeningen had gemaakt en zijn prioriteiten had veronachtzaamd. Wat zou het dat zijn ambitie zijn oordeel had vertroebeld. Het feit dat hij Duvall en het Arcanum had verslagen en de geheimen van Enoch had ontsluierd was toch meer dan voldoende om de overwinning op te eisen. De wereld stond tot zijn beschikking. De geheimen van de Relikwieëngalerij, het erfgoed van Konstantin Duvall, waren nu van hem. Hij zou het lot van koningen bepalen; hij zou de loop van de geschiedenis bepalen. Met zoveel macht binnen handbereik kon niets hem meer worden ontzegd, geen mystiek bondgenootschap hem nog tarten.

Maar de jacht op het laatste lid van de Verloren Stam leverde problemen op. Als hij wilde zou hij haar kunnen grijpen – maar misschien was dit niet het geschikte moment. Maar als niet Darian dat moment bepaalde, wie deed dat dan wel? Voorbij de laatste operatie, nadat het laatste paar vleugels was weggesneden, was de toekomst heel onzeker. Kijk eens wat hij tot dusverre had bereikt. Waarom zou hij dat opgeven voor een onzekere toekomst?

Opeens keerden zijn twijfels in alle hevigheid terug. Het was waar dat hij De Stem van begin af aan had gehoord, maar wat zou dat? Dat was immers slechts een manifestatie van zijn verlangens, geen entiteit in zichzelf.

Maar waarom had De Stem hem dan verlaten?

Waarom anders dan dat De Stem had ontdekt waar hij op uit was en hem niet langer nodig had?

Maar dat was absurd, onmogelijk.

Het is twee jaar eerder. Darians huid is glad van het koude zweet ondanks het laaiende vuur. Hij zuigt aan het mondstuk van zijn waterpijp en voelt hoe de rook door zijn mond speelt. Hij neemt een slok cognac. Maar zijn hart blijft doorjakkeren en de spanning heeft zijn leven ondraaglijk gemaakt.

Erica observeert hem zenuwachtig terwijl haar hoge hakken tegen de hardhouten vloer tikken. Haar parfum is prikkelend, als een olievlek op de lucht. Haar walging van hem gaat schuil achter haar angst; maar zelfs haar is hij bezig te verliezen. Als zij hem verlaat zal hij sterven. Hij zegt haar dat om haar aan het huilen te maken en zij smeekt hem haar niet te folteren. Maar evengoed verliest hij zijn macht over haar, over zijn lichaam, over alles.

Erica doet de deur achter zich dicht. Darian hoort haar koets over de op-

rijlaan rijden. Zijn ogen schieten naar het portret van zijn vader dat drei-
gend boven de open haard hangt. Een knagende woede knijpt zijn keel dicht
als hij de norse gelaatstrekken van zijn vader bestudeert: de brede kaak met
zijn stekelige zwarte baard; de lange neus met de trillende neusvleugels; de
rimpels alsof ze er met een mes in waren gekerfd; de vorsende donkere ogen.
   'Konstantin.'
   Zelfs in zijn bedwelmde toestand schrikt Darian zo dat hij opkrabbelt van
de sofa en koortsachtig zoekt naar de plek waar De Stem vandaan komt.
   'Wie spreekt daar?' schreeuwt hij.
   Er klinkt een geruis in de lucht, een geknetter van statische elektriciteit.
   'Spoor het op.'
   De stem is snijdend en emotieloos. Hij bevindt zich ergens in de kamer.
   Darian lacht en drukt dan zijn hand tegen zijn mond. Hij droomt van
een leven in dwangbuizen en het knabbelen op kakkerlakken in de een of an-
dere cel.
   'Wreek hem.'
   Darian geeft een gil en valt op de grond. Hij kijkt opnieuw naar het por-
tret van zijn vader. 'Ga weg!'
   'Wreek hem,' beveelt De Stem nogmaals.
   'Wreek…' Darian kruipt over de grond en huivert als hij zich realiseert
dat De Stem niet in zijn hoofd zit.
   'Vind het Boek,' beveelt hij.
   'Welk boek?' vraagt Darian snikkend.
   'Het Boek van Enoch,' antwoordt De Stem.

Nu was de gedachte dat hij bedrogen zou kunnen zijn hem gewoon te
machtig. Hij sloeg dubbel en kotste helder braaksel uit over de grond.
Hij keek naar de symbolen die hij met zijn eigen uitwerpselen op het plafond had getekend. Was het De Stem die hem van valse beloften vervulde? Was hij zo geobsedeerd geraakt dat hij geen andere opties meer kon
onderscheiden? Darian kon de haak in het weke vlees van zijn wang bijna
voelen.
   Van het urenlang prevelen van rituele bezweringsformules had hij
geen baat gehad en het had hem niet in contact gebracht met De Stem
die enkele dagen tevoren nog zoete woorden van aanmoediging had gesproken. Deze nieuwe leegte vervulde hem van ontzetting. Darian De-
Marcus was geen marionet.
   Hij hield dat zichzelf nog eens voor terwijl het koude zweet langs zijn

wangen en rug stroomde. Het zweet was giftig van de verdovende middelen: ether, peyote, heroïne, cocaïne en hasjiesj – een methodologie die rechtstreeks stamde uit de syllabus van Aleister Crowley. Maar hoe harder Darian zich inspande om De Stem terug te halen, hoe onheilspellender de stilte werd.

Voorwerpen gingen kapot, zijn logische geest gaf zich over aan door drugs geïnduceerde visioenen en zijn diepste, onuitgesproken angsten. Zijn gedachten versplinterden in geometrische basisvormen. Taal desintegreerde. Een stortvloed van bloederige beelden verjoeg de laatste overblijfselen van zijn identiteit, de bordkartonnen verlangens en grijnzende poppen van zijn persoonlijkheid. Zijn aangetaste geest visualiseerde magische symbolen om je te beschermen tegen de Helse waanzin, en hij richtte zijn concentratie op die beelden als een schipbreukeling op zijn reddingsvest.

En toen deed een enorme klap, als een explosie, het huis op zijn grondvesten schudden en werd Darian teruggedwongen naar het heden. Snakkend naar adem schoot hij overeind en veegde de wervelende watermonsters van de inktzwarte oceaan weg uit zijn geest. Kaarsen flakkerden, maar het elektrisch licht was uitgevallen. De kamer was in duisternis gehuld. De poging zijn gedachten te ordenen leek nog het meest op het boetseren van beelden uit natte spaghetti, maar op de een of andere manier slaagde Darian erin overeind te krabbelen.

In het huis van zijn vader was zojuist iets gebeurd.

Darian griste de zijden kamerjas van de grond, trok hem aan en knoopte de ceintuur om zijn middel. Hij streek met een bevende hand door zijn haar. En beklom toen de wenteltrap naar de geheime deur in zijn kleerkast en betrad opnieuw zijn slaapkamer. Daar brandde evenmin licht.

Een verwoed gekrabbel achter het plafond deed hem omhoogkijken. Het klonk alsof er een dier op het dak was. Een groot dier.

Darian veegde het zweet uit zijn nek en strompelde de gang in. 'Morris?' riep hij.

Opnieuw schuifelende geluiden boven zijn hoofd. Dieren scharrelden over het dak of wrongen zich tussen de muren. Zijn hart ging als een dolle tekeer en hij dwong het tot kalmte. Maar toch klonk zijn ademhaling steeds gejaagder en moeizamer.

Een donderslag doorkliefde het luchtruim en een plotselinge regenbui ranselde de ramen en kletterde op het dak. Bliksem drong kortelings de gang binnen en verlichtte weer een ander portret van Thorton DeMarcus, zijn vlammende blik strak gericht op zijn bevende zoon.

'Papa?'

Op dat ogenblik maakte een lichtflits het huis tot een wilde dans van schaduwen en de daaropvolgende donderslag deed de muren trillen.

Het portret van Thorton DeMarcus leek te groeien en op te zwellen, en zijn neerhangende mondhoeken krulden zich tot een grijns.

'*Moordenaar…*' zei een holle stem.

'Ik heb het niet gedaan,' brabbelde Darian als een kind, terwijl hij achteruitdeinsde.

'*Je zuster…*'

'Het was haar eigen schuld,' jammerde Darian. 'U kiest altijd partij voor haar!'

Toen schoot er een in bloed gedrenkte gil door het trappenhuis.

Erica.

De stilte die volgde was ijzingwekkend. Darian stond als aan de grond genageld en likte zijn droge lippen af met een nog drogere tong.

'M-Morris?' fluisterde hij.

Beneden sloeg een deur met een klap dicht. Meer bliksemflitsen lichtten op, toen nog meer en de donder deed de kroonluchters schudden. 'Morris?' Darians stem was hees van paniek. De regen kwam bonkend omlaag als een duizendtal vuisten. Een duizendtal demonen die popelden om binnen te komen. Hij schoot de slaapkamer in en snelde naar het venster waar hij de gordijnen met een woeste beweging wegtrok. De regen en de duisternis maakten het onmogelijk iets te onderscheiden, maar toen een splitsende vork van een bliksemschicht de wereld heel even in daglicht hulde, zag Darian een eenzame gestalte aan de rand van het gazon staan. Een gestalte gehuld in een tot de grond reikend gewaad.

Toen werd het huis opnieuw opgeschrikt door een ander geluid dat noch door de regen noch door het onweer werd veroorzaakt.

Darian sprong weg van het raam. Wat is dat in de naam des duivels? Het klonk als het klapperen van…

Darians vingers persten tegen zijn slapen.

'Ga weg!' schreeuwde hij.

Op de zolder bewoog iets, iets met scherpe klauwen. Darian rende terug de gang in. Meer wezens krabden langs de wanden en scharrelden over het dak.

Darian brulde uitdagend en werd op dezelfde manier beantwoord.

Ramen begonnen uit zichzelf te klepperen. Deuren sloegen dicht. Darian snelde naar het trappenhuis, sprintte om de balustrade heen en botste tegen Morris op. Door de klap viel hij plat op zijn rug.

Morris torende nat van de regen boven hem uit. De hand waaraan de vingers ontbraken zat dik in het verband; in de andere hield hij zijn Winchester-geweer. 'Juffrouw Erica is in huis,' zei hij onduidelijk, alsof zijn tong te groot was voor zijn mond.

'Zeg dat niet,' kreunde Darian, maar bij wijze van antwoord klonk Erica's stem zangerig op uit de oostelijke vleugel.

'*Darian?*'

Morris keek hem in verwarring aan. Hij wendde zich met een vragende blik in zijn ogen tot Darian. 'Wilt u juffrouw Erica niet zien?' vroeg hij.

Darian krabbelde overeind, wrong zich voorbij Morris en liep de trap af. Op een van de overlopen graaide hij een brede korte sabel van een Arabische wapenrusting mee.

Morris stond op het punt hem te volgen toen hij scharnieren hoorde kraken en de deur achter hem openging. Een paar smaragdgroene ogen knipperden in het duister als van een kat. In plaats daarvan strompelde Morris in de richting van de deur.

Toen Darian de begane grond bereikte, merkte hij dat de voordeuren van Huize DeMarcus uit hun voegen waren geblazen en nog nasmeulend op de grond lagen. Wind en regen bliezen de hal in en maakten de vloeren gevaarlijk glibberig. Toch bood het hem een ontsnappingsmogelijkheid en Darian maakte aanstalten om de tuin in te vluchten toen op zo'n vijftien meter afstand iets dat in het duister gloeide op het huis af kwam.

De naderende spookgestalte was meer dan twee meter lang en zijn mantel bolde op in de wind. In weerwil van de regen liep hij met lange en gestage passen en hij verspreidde een ziekelijk groene gloed. Meer bliksemschichten verschroeiden het hemelgewelf, maar het gezicht van het wezen kon hij nog steeds niet onderscheiden. Hoewel...

Darian meende de mantel te herkennen.

Hij deinsde achteruit van het gat waar eens de deuren hadden gezeten en een panische angst voegde nog een elektrische schok toe aan de chemicaliën die al door zijn bloedstroom raasden. De soliditeit van voorwerpen werd minder vanzelfsprekend. De muren bloedden; de vloer rekte uit als rubber. Darian kneep zijn ogen stijf dicht, maar kon het nog altijd zien.

'*Darian?*' klonk Erica's stem uit de aangrenzende kamer.

'Ga weg,' riep hij, happend naar adem.

De schaduw van een vrouw gleed op zo'n zeven meter afstand van waar Darian stond over de vloer. Hij vluchtte weg van de schim en snelde de deuren door naar de oude vleugel – waar hij normaliter niet durfde te komen.

De oude vleugel was honderd jaar ouder dan de rest van het huis en verbonden met de nieuwe vleugel door een gigantische gang, een rijk geornamenteerde galerij met ramen van twaalf meter die uitzicht boden op de tuin met de fonteinen. Darian haatte die gang en vreesde hem sinds zijn kinderjaren. Hij was halverwege de hoge gang voordat hij het bloed opmerkte en stokstijf bleef staan. Een spoor van bloederige schoenafdrukken tekende zich zwart af op de plavuizen vloer van de oude vleugel en glinsterde fragmentarisch in het licht van de bliksemschichten. Darian leek totaal verdoofd. Zijn oren suisden.

Erica's kinderlijke stem klonk achter hem. '*Darian?*'

Met een ruk draaide hij zich om.

'Nee!' Hij deinsde terug en gleed uit over de bloederige voetsporen. Op handen en voeten krabbelde hij achteruit door een plas bloed en slaakte een ijselijke gil toen Erica DeMarcus zich door de gang een weg naar hem toe baande.

Ze was overdekt met bloed en droeg nog steeds de zwarte jurk van het feest.

'*Bestraf me niet,*' smeekte zij.

'Lieverd,' stamelde Darian terwijl hij overeind kwam, 'lieveling, het spijt me zo,' terwijl hij zoveel mogelijk afstand trachtte te nemen van de bloederige schim van zijn zuster.

'*Bestraf me niet!*' kweelde zij op hoge toon als een opwindspeeltje.

'Je wilde me verraden,' protesteerde Darian. 'Waarom kon je me niet mijn gang laten gaan?'

Ze strompelde naar hem toe, ogenschijnlijk zonder beheersing over haar ledematen.

'Nee. Blijf weg van mij!'

'*Waarom, Darian?*' zei ze.

'Omdat jij niet van me wilde houden,' bekende hij, eindelijk de diepere waarheid toegevend. 'Jij hebt me verraden. Ik was je broer. Je hoorde mij trouw te zijn en in plaats daarvan heb je me gekwetst. Dus heb ik jou gekwetst.'

'*Je hebt me vermoord*,' zei ze.

Darian sloeg zijn handen tegen zijn oren. Onder het geroffel van de regendruppels op de ruiten en het geweld van de donder, kon hij niet nadenken. 'Houd op, Erica. Jij bestaat niet echt. Jij bent dood. Ik heb je vermoord!'

Darian sprong op haar af, maar op het moment dat hij zich op haar wilde storten werd zij door onzichtbare handen in tweeën gescheurd. Haar lijf werd tegen een van de ramen gesmakt en liet een bloedspoor op het glas na toen ze omlaag gleed. Haar benen sloegen met een luide klap tegen de muur en toen zeeg ze ineen tot een kleverig massa.

Darians knieën begaven het bij het horen van de jammerklacht uit zijn eigen mond en het geraas van de donder. Hij wendde zich af van het beeld van zijn afgeslachte zuster, maar stond toen oog in oog met de spookgestalte van het grasveld die, terwijl het regenwater langs zijn mantel omlaag gutste, aan het einde van de gang stond. Smekend hief Darian zijn handen op.

'*Ik heb je gewaarschuwd, Darian.*' De schim liep op hem toe, zijn stem leek direct vanuit de hemelen te schallen. '*Ik heb je gezegd welke prijs je zou moeten betalen...*'

Darian kon alleen nog een soort gesis ten gehore brengen toen de verschijning op hem af stormde. 'Duvall?'

De spookgedaante bleef op hem toelopen terwijl Darian zijn ogen afschermde. '*... als je het Boek zou stelen...*' vervolgde hij.

'Laat me met rust!'

'*Nu zul je boeten voor je verfoeilijke misdaden...*'

Darian bewoog zijn hoofd woest heen en weer. 'Donder op!'

De schim torende hoog boven hem uit.

'*Je zult je moeten verantwoorden tegenover je slachtoffers...*'

Toen klonk het gevreesde geluid weer op, boven de storm en boven het geraas van de donder uit – het gefladder van vleugels. De muren beefden onder het kabaal. Duvalls stem steeg boven het geluid uit. '*En je zult moeten betalen met je gebroken ziel!*'

Daarop stortten de opgezwollen gedrochten zich aan ontrollende kettingen van het dak omlaag om met een ruk tot stilstand te komen voor de weidse vensters van de gang. Opnieuw explodeerde de bliksem en bescheen het licht heel even de lichamen die aan haken bungelden, en met beroerd bevestigde vleugels tegen het venster smakten en het met bloed besmeurden. De een na de ander vielen zij neer, gewikkeld in smerige zwachtels. Lijk na lijk tuimelde uit de hemel omlaag, onder het geknetter van de donder, bloederige klokslingers die de ramen rood schilderden en dansten aan hun kettingen, begeleid door het gegil van Darian DeMarcus.

Overal om het huis klonk het geluid van klokken, als kerkklokken, die tegen elkaar in beierden.

Duvall liet zijn mantel vallen en Darian merkte dat hij in de donkere leegte van John Dees vulkanische spiegel tuurde. De klokken activeerden de spiegel, deden het oppervlak rimpelen en vervolgens raadselachtige beelden voortbrengen.

Een wezensvreemd landschap ontvouwde zich voor Darians verbijsterde ogen – een primitieve wereld van grillige, glimmende bouwsels omgeven door grillige bergtoppen onder een oranje firmament met vier manen.

Het beeld werd gedomineerd door een driehoekige cyclopische tempel in het hart van de buitenaardse stad – veel groter en uitgestrekter dan welke Egyptische piramide ook. Darian hoorde een bezeten gezang dat werd meegedragen op de warme winden terwijl de spiegel hem de duisternis van de tempel in zoog.

Daarbinnen bevond zich een ravijn van obscure schaduwen. En in die vochtige en gruwelijke duisternis ademde iets, en de gezwollen echo weergalmde door de eindeloze, eindeloze gangen.

Het licht meed de onbekende levensvorm die zich in het donker schuilhield. Aanvankelijk voelde Darian niets dan de omvang van het monster – het was wanstaltig, potsierlijk grotesk – en toch had het vaaglijk de vorm van een man, met een gele huid vol blaren.

Maar toen zijn ogen aan het donker gewend waren, zag hij vlezige stukken van kleine mannetjes die druipend aan ruwe haken uit zijn krabachtige mond hingen. De goliath bewoog zich uit het duister in de richting van het licht…

Maar de rest kon niet worden vastgelegd omdat Darians verstand het had begeven.

Zijn ogen rolden naar achteren terwijl zijn hart verkrampte en ophield met slaan, en hij viel ineengekrompen voorover op de stenen van de gedecoreerde gang.

Duvalls schim torende uit boven de gevelde Darian – allebei bewegingloos. In dit bevroren tableau vivant werd de enige beweging gevormd door de bebloede engelen die buiten de ramen slingerden.

De storm ging liggen.
Het hield op met regenen.

Boven stond Morris in een in duisternis gehulde balzaal, zijn geweer gericht op de gordijnen. Een snorrend geluid achter hem. Hij draaide zich pijlsnel om en zag een kleine vrouw gehurkt boven op een tafel zitten. Ze hief haar handen op in een gebaar van vroomheid. Morris sjokte naar haar toe, aangetrokken door het uit zijn jeugd stammende plezier dat hij schepte in het wurgen van katten. Maar toen hij dichtbij kwam, glinsterde er iets in de handen van de katvrouw. Ze blies in haar handpalmen en Morris werd omgeven door verstikkend stof. Het brandde als gloeiende sintels onder zijn oogleden en als blauwzuur in zijn keel. Zijn mond vulde zich met speeksel en een heldere vloeistof droop uit zijn neus toen hij kokhalsde – terwijl achter hem de gordijnen vaneen gingen en een gestalte tevoorschijn kwam. Een hand greep Morris bij zijn ballen en een andere omklemde zijn brandende keel. En voor het eerst in zijn leven werd Morris met lichaam en al opgetild.

Hij schreeuwde het uit toen de reus hem door een van de ramen van de balzaal smeet. Hij sloot zijn ogen toen zijn gezicht door het hout en het glas stiet en de rest van zijn kolossale lichaam volgde, door het raam zweefde en omlaag tuimelde. Hij voelde de koude winden en de bijtende ijsregen tegen zijn wangen en toen hij zijn ogen weer opendeed, zag hij de grond tollend op hem toesnellen. De val leek een lange tijd te duren. Toen sloeg Morris eindelijk te pletter op de betonnen binnenhof.

Nadien was er alleen nog maar pijn en duisternis – en toen helemaal niets meer.

Op de begane grond was de rust geheel weergekeerd.

Toen klonken er voetstappen als het getrippel van muizen.

Twee magiërs die deel uitmaakten van het A.G.I, doken, in het zwart gekleed, uit de schaduwen op en knielden bij het lichaam van Erica De-Marcus. Samen tilden zij haar op uit de plas glucosesiroop.

De spookgedaante van Duvall trok zijn capuchon omlaag en ontmaskerde daarmee Popo de acrobaat die gehurkt op een klein platform naast de kop van de ingenieus bestuurde marionet zat. Lovecraft zat op een ander platform halverwege en een dwerg die Bruce heette completeerde het trio en bediende de benen.

Lovecraft was uitgerust als een ruimtereiziger tussen de vulkanische spiegel en de met de hand aangezwengelde dictafoon die met een opnamehoorn over zijn schouder hing. Om nog maar te zwijgen van het groen oplichtende halogeen – zijn spookachtige schijnsel.

Doyle kwam de gang in lopen. 'Heb je het weten op te nemen?' vroeg hij aan Lovecraft.

'Ik geloof het wel,' antwoordde Lovecraft, kloppend op de dictafoon.

Engelenlichamen – in feite tot mummies samengebonden aardappelzakken gedoopt in glucosesiroop – werden met piepende lieren neergelaten.

Sebastian Aloysius stormde door de deur naar binnen. 'Schitterend, hè? Nog beter dan *Prince of Blood*.'

Doyle trok een wenkbrauw op. 'Is het terrein veiliggesteld?' vroeg hij.

'Natuurlijk,' antwoordde Sebastian, op gekwetste toon vanwege het gebrek aan waardering.

'En hoe zit het met die verpleger uit het Bellevue?'

Otto, die achter Sebastian stond, deed handenwrijvend een stap naar voren. 'Die is uit het raam gevallen.'

'Het is een glorieuze overwinning, Arthur,' benadrukte Sebastian. 'We hebben iets te vieren.'

Toen Doyle naar het lichaam van Darian DeMarcus keek dat aan zijn voeten lag, kraakte er iets onder zijn schoenzool. 'Neem me niet kwalijk, maar ik ben niet erg in de stemming voor een feestje.' Hij tilde zijn voet op en zag Darians blauwe monocle in scherven liggen.

Lovecraft richtte zich op uit zijn gedrongen positie toen de Duvallmarionet door leden van het A.G.I. werd gedemonteerd. Vervolgens legde de demonoloog de benen kap – het Eltdown Schild – over zijn arm en draaide aan de spoel van het bedieningspaneel. Nogmaals veroorzaakten piepkleine zuigers een wolkje stoom en vormden zich in de lucht eromheen spookachtige symbolen. Lovecraft bestudeerde de onwezenlijke tekens.

'En?' vroeg Doyle.

'Niets.' Lovecraft gaf een slinger aan de spoel en zette zijn beschermende bril af. 'Het terrein is schoon.'

'Dan moeten we de anderen op de hoogte brengen.'

41

Abigail keek neer op het Vanderbilt Mansion vanuit haar hoge positie in een van de torens van de St. Patrick-Kathedraal. Het was een koude nacht en de hemel was bezaaid met sterren en een smal streepje maan. Abigail hoorde de wind kreunen in de lange gangen van de kerk. Ver onder haar kromden piepkleine mensjes hun schouders tegen de koude en trokken hun kragen nog eens extra hoog op. Ze probeerde hen te tellen maar daar gaf ze al snel de brui aan. Het waren er te veel, ze bewogen te snel – te voet, met de tram, met paard en wagen. Honderden. Duizenden. Mannen en vrouwen die een avondwandelingetje maakten, kinderen die hun grootouders speelgoedwinkels in trokken. Kantoormensen die van hun werk kwamen en even stilstonden om op hun zakhorloges te kijken hoe laat ze aan tafel zouden verschijnen als ze eerst nog even een borreltje dronken met de collega's. Zelfs de mensen die in hun eentje liepen hadden een doel om naar toe te gaan. Een broer aan wie ze een brief moesten schrijven. Een moeder en vader op het platteland. Een geliefde die op hen wachtte. Ze hadden allemaal familie. Ze waren allemaal uit een moeder geboren. Allemaal, behalve zij.

Abigail dacht aan de levens van die mensen terwijl ze verstrooid de knokkels van haar vuistje langs de muur bewoog en zo haar huid schraapte. Ze dacht aan de echtgenote van meneer Houdini en de wijze waarop ze haar tranen verborg. Hoe moest het zijn om zo te worden liefgehad, iemand te hebben die bereid was alles voor je op te offeren? Meneer Lovecraft had zich voor haar opgeofferd en zij had alleen maar naar tegen hem gedaan. Net als tegen hen allemaal – en voorheen tegen haar familie. Familie. Zo had ze hen nooit in hun gezicht genoemd, hoewel Judith dat heerlijk zou hebben gevonden. In plaats daarvan had Abigail hen vervloekt. Was weggelopen. Had gestolen. Gelogen. Ze had nooit iemand de kans gegeven van haar te houden. In plaats daarvan had ze hun de schuld gegeven van haar woede over het feit dat ze anders was. Dat zij anders waren. Haar afzondering. Geen van de mensen beneden haar had zelfs maar een flauw vermoeden hoe fortuinlijk ze waren, en geen flauw idee waarom Abigail blindelings met elk van hen zou willen ruilen. Zij zagen de geur in hun zitkamers of het geluid van de muiltjes van hun moeder als zij de trap opliep niet als een kostbaar bezit. Zij droomde van de kleur van hun lakens en hun gesprekken aan het einde van de dag rond de eettafel. 'Hoe was het op het werk, schat?' en 'Wat heb je vandaag op school geleerd, Margaret?' Ze benijdde zelfs de wezens die zich tenminste nog tot de vreemde in het bed naast hen konden wenden en zeggen: 'Wij zijn hetzelfde, jij en ik.' Abigail benijdde alles en iedereen.

Ze keek uit over de wereld vanuit een onzichtbaar kistje zonder sleutel. En de kwestie was niet dat zij niet bij machte was lief te hebben, hield ze zichzelf voor ogen. Alleen kwetste ze degenen die ze liefhad steeds weer. Vraag maar aan Matthew. Of aan de Maatschappelijke Hulpverlening. Of aan het Arcanum. Dat waren allemaal fatsoenlijke mensen die hadden aangeboden haar te helpen en die allemaal van een koude kermis waren thuisgekomen. En vanavond was dat niet anders. Ergens daar buiten, waagden de leden van het Arcanum hun levens voor haar. En voor wat? Als Abigail was heengegaan, wie zou haar dan missen? Niemand. Ze was de mensen gewoon een last, en als zij uit de maatschappij was verwijderd konden ze hun levens voortzetten. En op een helder ogenblik kwam Abigail tot een besluit. Eindelijk, na al die tijd, zou ze eens iets goeds kunnen doen.

Bess Houdini zat op het trapje van het altaar en staarde naar het plafond van de kathedraal terwijl aartsbisschop Hayes op de voorste bank zat en zijn handen in gebed had gevouwen, maar geconcentreerd keek naar de twee goochelaars van het A.G.I. Ze speelden met het bedieningspaneel van een vierkante radiozender die op vier wankele poten stond. De radio kraakte en produceerde toen statisch geruis. Af en toe klonken er flarden van woorden op boven het lawaai, terwijl de mannen tevergeefs naar een helder signaal zochten.

De kleinste goochelaar – een gezette Ier van in de vijftig – haalde een schakelaar over en sprak in een microfoon. 'Met Smedley. Ontvangt u mij? Over.'

De langste goochelaar – een zweterige kerel met een gigantische buik – keek op van de wirwar van draden en bulderde: 'Een tikje meer naar links, Bob!'

Bob de roodbaardige man die de antenne vasthield, was met alpinistentouwen naar het hoogste punt van de kathedraal geklommen en hing nu in een geïmproviseerd stoeltje van touw aan de dakspanten te bengelen en probeerde een twee meter lange en acht kilo zware antenne omhoog te houden.

'Ik doe mijn best,' antwoordde Bob moedig en hij leunde achterover in zijn touwstoeltje om zijn positie aan te passen. De antenne schommelde.

Plotseling klonk er een heldere stem op uit de radiozender. 'Dit is Arthur Conan Doyle. Kunt u mij ontvangen?'

Verlicht gezucht, complimentjes en bedankjes gingen de kring rond. Bess schudde aartsbisschop Hayes de hand toen Smedley de schakelaar omhaalde en in in de microfoon sprak. 'Met Smedley, meneer Doyle. Maakt iedereen het goed daar? Over.'

Enkele ogenblikken was het stil. En even vreesde Bess het ergste. Toen klonk Doyles stem nog luider.

'Missie volbracht. We komen naar jullie toe. Over.'

De goochelaars sloegen boven de zender de handen ineen terwijl aartsbisschop Hayes opstond en zijn rozenkrans kuste. 'God zij geloofd.'

Bess veegde tranen van opluchting uit haar ogen toen Hayes haar bij haar arm pakte. 'Kom, zullen we Abigail het goede nieuws gaan brengen?' zei hij.

Het was niet eenvoudig om de kamer te bereiken die Abigail voor zichzelf had uitgekozen, de torentrap telde tweehonderd treden. En toen ze op de deur klopten en haar naam riepen, antwoordde ze niet. Het gezicht van de aartsbisschop betrok. Hij deed de deur open. 'Abigail?'

De kamer was verlaten, het raam stond open.

'O, mijn lieve god,' verzuchtte Hayes.

Bess keek overal om zich heen. 'Abigail?' Ze snelde, haar naam roepend, de trap af en was buiten adem tegen de tijd dat ze het hoofdgebouw van de kerk had bereikt.

Bezorgd schoten de goochelaars haar te hulp, maar Bess gebaarde hen dat ze geen ondersteuning behoefde.

'Abigail is verdwenen. Smedley, Bob, waarschuw de anderen. Vlug!' Ze zetten het op een lopen en in het voorbijgaan pakte Smedley zijn gaslantaarn van de grond op.

Buiten kwamen ze glibberend tot stilstand. Smedley stak de lantaarn omhoog, hield zijn hand voor het licht en begon een serie gecodeerde signalen door te seinen.

Boven op de tweelinghuizen van Vanderbilt las Johnny Spades – een meester in het goochelen met speelkaarten – de code en greep onmiddellijk zijn radiozender en begon aan de slinger te draaien.

De kabel was die middag afgerold en over het dak van het Vanderbilt huis gespannen, over Fifth Avenue, en zuidwaarts naar het gewelfde dak van Delmonico's op de hoek van Forty-fourth Street en Fifth. Daar gonsde het andere uiteinde van de zender/ontvanger. Chi-Chi, een buiksprekerspop in een smoking, nam de telefoon op met een sigaret bengelend tussen zijn houten lippen. Hij werd bediend door de vermaarde en meer dan een beetje excentrieke Carlos, de Braziliaanse buikspreker.

'*Alo?*' antwoordde Chi-Chi.

De stem van Johnny Spades kwam schallend uit de radio. 'Leg die pokkenpop neer. Abigail wordt vermist!' riep Johnny Spades uit.

Met een zuigend plofje schoof Carlos zijn zeekijker uit en speurde de straten af. Terwijl Carlos daarmee bezig was keek Chi-Chi over de dakrand van Delmonico's om te helpen met zoeken.

'Ik zie niks,' jengelde Chi-Chi.

'Ik heb haar in het vizier,' zei Carlos. 'Ze is op weg naar Grand Central Station.'

Door de kijker zag hij Abigail, met haar handen om zich heen geslagen tegen de koude en haar hoofd diep gebogen, haastig over de stoep voortsnellen. Toen liet Carlos zijn kijker over een stenen muur omhoogglijden naar een nabijgelegen dak waarop verschillende haveloos geklede wezens Abigail met fonkelende robijnrode ogen volgden.

Carlos liet de kijker zakken en knipperde twee keer met zijn ogen. 'Wat krijgen we verdomme nou?'

Maar toen Carlos nogmaals het dak bestudeerde, waren de wezens verdwenen. Hij liet de kijker naar links en naar rechts zwaaien. Hij vond ze terug in een steegje, maar ook daar bleven ze niet lang. Hij schrok toen een van de wezens als een mager spin tegen de aangrenzende muur op klauterde. De kijker viel uit zijn handen toen hij de radio greep.

'Ik geloof dat ze wordt gevolgd,' deed Carlos verslag.

Johnny gaf de boodschap door middel van lichtsignalen door aan Smedley en Bess, die nu met hem buiten de kerk stond te wachten.

Smedley trok een grimas toen hij de boodschap decodeerde. 'Ze wordt gevolgd,' zei hij tegen Bess.

Onmiddellijk begon Bess te rennen.

'Mevrouw Houdini,' riep Smedley en toen rende hij, met de lantaarn bengelend in zijn hand, achter haar aan.

De hal van het Grand Central Station was een kolossaal uit twee verdiepingen bestaand bouwwerk gedragen door imposante zuilen met vijfentwintig meter hoge vensters, dat vier straten en twee lanen overspande en Park Avenue ter hoogte van Forty-second Street doorsneed. En onder die hoge plafonds en geornamenteerde hallen lagen achtenveertig kilometer rails die de stad met de rest van de natie verbonden.

Zodra Bess het station binnenkwam werd ze opgenomen in een maalstroom van mensen – het staartje van de avondspits. Honderden mensen in anonieme pakken, grijs, zwart en bruin, zwermden om haar heen. Door al die lichamen was het onmogelijk iets te zien, dus liep Bess de trap op naar het balkon, waar ze de gehele massa kon overzien. Na een aantal minuten vruchteloos te hebben gespeurd en net toen ze wanhoopte Abigail nog ooit op te sporen, ontwaarde ze het meisje helemaal aan de andere kant van het hal, waar ze zich in een rij voegde van reizigers die al een kaartje hadden gekocht. Bess keek hoe Abigails hoge hoed in een trappenhuis verdween dat toegang bood tot de lager gelegen perrons.

Met zijn lengte van ruim één meter zestig zag Smedley enkel een zee van stropdassen. Hij baande zich een weg tussen de menigte door en hoorde toen een doordringende stem die van ergens uit de ingewanden van het station 'Abigail!' riep.

Abigail voelde een groeiende paniek, toen zij door de stroom lichamen over het perron werd meegevoerd. De lucht was warm en rokerig. Op het ene perron na het andere rees de stoom op en stonden de locomotieven driftig te blazen. De treinen stonden tegen het perron geperst als stieren binnen een omheining.

'Abigail!'

Abigail draaide zich om en zag Bess de trap afdalen.

Abigail dook snel de Empire State Express in.

Smedley rende over een aangrenzend perron en ontweek zuilen, zijn ogen gericht op de Empire State Express. De fluit klonk oorverdovend luid. Smedley bedekte zijn oren met zijn handen. Bess Houdini snelde nog steeds over het perron voort naast de trein en tuurde door de ramen naar binnen terwijl zuigers en stangen in beweging kwamen en de trein langzaam van het perron weggleed.

'Mevrouw Houdini!' riep Smedley.

Bess wendde zich met een koortsachtige blik in haar ogen tot Smedley. 'Haal hulp,' antwoordde ze, toen dook ze op het allerlaatste moment door een van de portieren de trein in.

Smedley streek bezorgd met zijn hand over zijn hoofd en keek de trein na. Toen de Empire State Express in de duistere tunnel verdween, klonk een bloedstollend gegil op waar de stoomfluit van de locomotief niet van terug had. Het geluid kwam van boven hem. Smedley tuurde tussen de wirwar van stalen balken boven de sporen.

Aanvankelijk dacht hij dat het ratten waren vanwege de manier waarop hun rode ogen glinsterden, maar toen drong het tot hem door dat ze daarvoor veel te groot waren. Maar ze bewogen evenmin als mensen, zoals ze als snel bewegende slangen tussen de balken door kronkelden en de Empire State Express najoegen.

Vol afschuw keek Smedley toe hoe de wezens zich op het laatste moment van de plafondbalken op het stalen dak van de trein lieten vallen.

42

Toen Smedley klaar was met het via zijn lantaarn doorgeven van het noodsignaal vanaf de hoek van Forty-second Street, richtte Carlos de Poppenspeler zijn lantaarn zuidwaarts en begon zijn eigen serie signalen door zijn hand beurtelings voor het verlichte glas te houden en weer weg te nemen.

Dat signaal werd opgevangen door Gilda de Slangenmens, boven op het gebouw van de Metropolitan Life op de hoek van Madison Avenue en Twenty-third Street. Ze liet haar salami en sinaasappelsap vallen, hief haar eigen lantaarn op en gaf het bericht door.

Het werd doorgegeven aan Buttons, de jonglerende clown op het dak van Clinton Hall, tussen de Bowery en Broadway, net toen hij op een waterspuwer stond te plassen. Maar Buttons gaf het signaal toch door, in de hoop dat zijn kameraden goed stonden op te letten.

Balthasar de Geweldige was de kleinste illusionist op aarde, met een verwaarloosbaar gewicht van nog geen tien kilo. Op hakken was hij minder dan een meter lang. Al dribbelend over het dak van het Hoofdbureau van Politie, één huizenblok ten zuiden van Bleecker Street, zag Balthasar een onooglijk lichtje in clusters van vier maten aan en uit knipperen. Toen hij de eenvoudige boodschap had gelezen, sprong hij op de dakrand van het drie verdiepingen tellende gebouw, klemde zijn armen om een afvoerpijp en gleed helemaal omlaag tot op de stoep. Toen snelde hij de straat over en een steegje in waar de Ratman op hem stond te wachten.

De Ratman luisterde ineengedoken in de schaduw zittend naar Balthasars gehaaste instructies. Toen likte de Ratman aan het puntje van zijn potlood en krabbelde iets op een papiertje dat hij als een sigaret oprolde. Hij haalde een spartelend muisje uit de zak van zijn overhemd, fluisterde

iets in het trillende oortje en stak het papiertje vervolgens tussen het halsbandje van touw en zette de muis op de grond.

De muis snelde de straat over en wist maar ternauwernood de wielen
van een aanstormende politiewagen te ontwijken. In plaats daarvan
schoot het diertje tussen de benen van een politieman door en de vier treden op naar de voordeur.

De muis rende langs aangifte en rapportage de trap af, door de kanto-
ren van de recherche, om de administratie heen, opnieuw een trap af en
voorbij een rij kluisjes en arrestantencellen naar een andere langere trap.
Die daalde hij haastig af en beneden aangekomen wrong hij zich onder
een gesloten deur door. Daarachter bevond zich een kleine kleurloze
ruimte met slechts één cel.

Inspecteur Mullin zat buiten de cel onderuit op een stoel en gromde in
zijn slaap. De Enfield lag, nog steeds geladen, op zijn schoot.

Houdini zat op zijn brits tegen de muur en staarde wezenloos, zonder
een greintje hoop, voor zich uit. Het duurde enkele ogenblikken voor
hij het gepiep tussen zijn benen zelfs maar hoorde of de druk van het
kleine lijfje tegen zijn enkel voelde. Eigenlijk knipperde hij ook eerst
nog een paar keer met zijn ogen voor hij zich bukte en het diertje zijn
vinger voorhield. De muis krabbelde langs zijn arm omhoog naar zijn
schouder.

'Jij bent me een tam beestje?' zei Houdini op gedempte toon.

De muis richtte zich op zijn piepkleine achterpootjes op en toonde zo
het rolletje papier dat tussen zijn halsbandje gestoken was.

Houdini fronste zijn voorhoofd en haalde de rol uit het kokertje. Hij
wierp een schuine blik op het diertje terwijl hij het papiertje uitrolde en
las. Zijn lichaam beefde toen hij het papiertje in zijn vuist verfrommelde.

Enkele minuten later schrok inspecteur Mullin met een ruk wakker uit
een nachtmerrie. Hij knipperde geschrokken met zijn ogen en streek zijn
snor glad, maar wat hem het snelst bij zijn positieven bracht was wat zich
voor zijn ogen afspeelde.

Harry Houdini's lichaam hing opgeknoopt met de deken van zijn bed
rond zijn hals aan het plafond. De koperen afvoerpijpen kreunden onder
het gewicht.

Mullin rende op de celdeur af en smeet die open. Houdini's lippen waren blauw. Zijn ogen puilden uit en zijn hoofd hing slap op zijn borst.

'Jezus, Maria en Jozef,' fluisterde Mullin terwijl hij zijn armen om Houdini heensloeg en probeerde de illusionist op te tillen.

Dat was het moment waarop Houdini zijn ogen opende.

Plotseling schoten Houdini's benen omhoog en klemde hij zijn dijen rond Mullins hoofd. Speeksel spatte van Mullins lippen terwijl hij aan zijn overweldiger trachtte te ontsnappen. Onverstoorbaar klemde Houdini zijn vuisten rond de koperen afvoerbuizen en verstevigde zijn greep totdat Mullins lichaam verslapte en hij bewusteloos op de grond viel.

Houdini slingerde met één hand aan de pijp terwijl hij zijn hals uit de strop bevrijdde, en sprong toen op de grond, Hij maakte de sleutelring los van Mullins riem en pakte het vuurwapen van het tafeltje naast de stoel. Toen opende hij de deur naar het trappenhuis en ijlde de trap op.

Er zaten mannen in de kleedkamer te praten, dus nam Houdini een andere trap, naar de burelen van de administratie. Hier zaten slechts twee mannen achter hun bureaus aan weerskanten van de grote kamer. Houdini kroop laag over de grond, totdat hij aankwam bij een kantoor dat uitkeek op de Bowery en het bordes voor het politiebureau, nu één verdieping lager.

Het schouwspel dat zich buiten afspeelde was typisch Lower Eastside-chaos. Voortdurend klonk het geluid van bellen. Politierijtuigen, motorfietsen en T-Ford-ambulances verdrongen zich in de straten terwijl de politie tientallen dronkaards en dansmeisjes het Hoofdbureau in dreven – de gevolgen van een messengevecht in een dansgelegenheid aan Chatham Square eerder op de avond. Te midden van het geduw en getrek en gekrakeel klonk het snerpende geluid van brekend glas en toen landde er iets met een harde klap op het dak van een ziekenwagen.

Politie en omstanders vingen een glimp op van een zich snel verplaatsende figuur in een gehavend linnen overhemd die met grote stappen van het dak van het ene voertuig op het andere sprong. De agenten die het aan de stok hadden met de dronkaards van Chatham konden slechts in verwarring toezien terwijl de gestalte – die sprekend op de Grote Houdini leek – op de grond sprong en plaatsnam op een imposante 36-inch V-Twin Scout-politiemotor.

De tweecilinder motor van de Indian sloeg aan en brulde toen de achterkant van de motor rondjes draaide voor hij als een pijl uit een boog vooruit schoot. Houdini zwenkte tussen vrachtwagens, paarden en de vuisten ballende prostituees door. Meer politiewagens kwamen tot stilstand, versperden Houdini de weg en maakten dat hij uitgleed. Houdini zette, terwijl de motor stationair draaide, zijn voeten op de grond en keek naar de massa politieagenten die achter hem aanzwol en de hele straat vulde. Hij gaf waarschuwend gas en keerde de motor in hun richting. De paar agenten die niet hun handen vol hadden aan de dronkelappen grepen naar hun wapenstok, stelden zich in een rij op en schreeuwden bevelen die Houdini boven het geraas van de motor niet kon verstaan.

Opeens gaf Houdini gas en de Scout spoot op de agenten af, smeet nog een vuilnisvat om toen hij langs het Hoofdbureau van Politie en de wanordelijke menigte raasde, reed slingerend door Prince Street en snelde toen West Avenue op. Houdini draaide het gas helemaal open en de snelheid van de Scout liep op naar zeventig, tachtig, negentig kilometer per uur. Links van hem kabbelde glinsterend het water van de Hudson toen hij rechts van hem de Gansevoort Markt en London Terrace passeerde. Houdini boog zich diep voorover, gezicht in de wind en met zijn benen de motor stevig omklemmend toen hij het Weehawken Veer voorbijreed.

De Empire State Express stormde een ondergrondse tunnel uit en raasde boven de stadsstraten over hoger gelegen rails.

In de trein bewoog Abigail zich steeds verder naar voren, steeds een paar stappen voor de conducteur die de kaartjes controleerde uit. Ze bleef even dralen in de lawaaiige en winderige plekken tussen twee rijtuigen waar kleine brugstukken de koppelingen overspanden, maar zodra ze een glimp van de conducteurspet opving, liep ze weer verder naar voren.

In een van de drukker bezette coupés, waar een heleboel reizigers moesten staan, greep iemand haar bij haar arm.

Abigail probeerde zich los te rukken maar Bess Houdini hield haar stevig vast. 'Wat denk jij in jezusnaam dat je aan het doen bent?'

'Laat me met rust,' beet Abigail haar toe, haar arm lostrekkend.

'We proberen je te helpen, Abigail.'

'Ik wil jullie hulp niet; ik wil met rust worden gelaten. Waarom kunnen jullie dat niet begrijpen? Als ik hier wegga, kunnen jullie allemaal jullie leven op de oude voet voortzetten.'

'Het is niet veilig,' hield Bess, haar stem dempend, vol.

Abigail trok een grimas. 'Ik dopte mijn eigen boontjes al toen jullie voorouders nog in beestenvellen rondliepen.'

'Kaartjes, alstublieft,' zei de conducteur vanachter hen en Abigail kromp schuldbewust ineen.

Bess opende bedaard haar beurs. 'Twee, alstublieft, meneer.'

Abigail bleef haar weldoenster woedend aankijken.

De conducteur knipte twee kaartjes en overhandigde die aan Bess die vervolgens Abigail verder tussen de mensen trok.

'Zullen we nu eerst eens twee plaatsjes zien te vinden?' zei ze.

Aan de voorzijde van de trein prijkte de machinist op een hoge gestoffeerde kruk aan de rechterkant van de cabine. Hij stak zijn hoofd uit het raam en gunde zich zo een ongehinderd uitzicht op het spoor voor hem. Met zijn linkerhand trok hij aan de lange hefboom waarmee hij gas gaf terwijl de trein voortraasde met zo'n zestig kilometer per uur.

Toen draaide de machinist zijn hoofd om om naar de achterkant van de trein te kijken. Normaliter zou hij in dit stadium van de reis een 'vaart minderen'- of een 'rij maar door'-teken hebben gekregen via een lantaarn van een van de twee remmers in de personeelswagon. Maar ditmaal was er geen signaal te bespeuren. De machinist fronste zijn voorhoofd.

Voor alle zekerheid trok hij aan de hendel van de luchtregelaar en minderde vaart tot hij had ontdekt wat het probleem was.

De personeelswagon van de trein lag ver van de locomotief vandaan en werd ervan gescheiden door dertien personenwagons. Drie ongebruikte lantaarns stonden boven op de kolenkachel. Achter in de coupé, die tevens dienstdeed als verblijfsruimte voor het personeel, bevond zich een koepeltje van waaruit de remmer de trein in de gaten kon houden en zijn signalen kon geven. Maar daar was nu niemand te bekennen.

In plaats daarvan gleden versleten bruine gewaden over het krijtwitte gelaat van een van de remmers en zat zijn grijze uniform onder de bloedspatten. De andere remmer zat in de hoek, met zijn handen zijn ingewanden vastklemmend. Hij maakte een slaperige indruk en ademde nog, maar daar was ook alles mee gezegd. Uit diverse hoeken van het personeelsrijtuig klonken bibberige ijle kreten terwijl elf demonen met robijnrode ogen en glanzende sikkels in hun klauwen meedeinden op de cadans van de trein.

43

Houdini's Silver Ghost snelde door de Hudson River Valley en deed bij het passeren wervelwinden bladeren hoog opwaaien.

Doyle was niet gewend aan de Amerikaanse wegen. Dus ondanks de tijdsdruk en Abigails verdwijning had hij bijna al zijn concentratie nodig om te voorkomen dat hij uitweek naar de baan van het tegemoetkomende verkeer.

Hij was zich ervan bewust dat Lovecraft verstijfd naast hem zat en krampachtig met zijn handen tegen het dashboard drukte. En toen Doyle een wel bijzonder scherpe bocht nam en voor de zoveelste keer op de verkeerde rijbaan terechtkwam, gaf Lovecraft een gil.

'Rechts rijden! Rechts rijden!' schreeuwde hij en Doyle gaf een ruk aan het stuur.

'Amerikanen moeten in alles altijd hun zin hebben,' mopperde Doyle.

'Ik begin hier achterin misselijk te worden,' klaagde Marie, met haar hand voor haar ogen.

Na Smedleys boodschap te hebben ontvangen had Sebastian aangeboden op het landgoed van DeMarcus orde op zaken te stellen zodat het Arcanum de handen vrij had om achter Abigail en Bess aan te gaan. Gedurende de gehele crisis had Sebastian zich voorbeeldig gedragen – hij was niet alleen al zijn beloftes nagekomen maar had ook blijk gegeven van enorme moed en altruïsme. En Doyle realiseerde zich dat hij die man dankbaar moest zijn en zelfs bij hem in het krijt stond. Zonder de hulp van het Amerikaanse Genootschap van Illusionisten had Darians waanzin wel eens de hele stad kunnen verwoesten om nog maar te zwijgen van de wereld. En hoewel hij vroeger toch zijn twijfels had gehad, moest Doyle nu toegeven dat het A.G.I een imposante organisatie was, die alle

298

vertrouwen en, wellicht, verantwoordelijkheid verdiende. Zelfs als ze zouden zegevieren, naderde het tijdperk van het Arcanum zijn einde. Weldra zou een andere geheime broederschap de fakkel moeten overnemen en de missie en de organisatie van Montalvo Konstantin Duvall moeten overnemen. Dat zou wel eens kunnen betekenen dat Sebastian Aloysius en het A.G.I. de erfgenamen werden van een angstaanjagender nalatenschap dan zij hadden kunnen bevroeden.

'Weten we waar die trein heen gaat?' vroeg Doyle, teruggeroepen naar het hier en nu door het tot hem doorgedrongen besef dat hij geen flauw idee had waar hij naartoe ging.

'Hij komt door Poughkeepsie, maar verder weet ik het niet,' zei Lovecraft. 'Rij maar naar de rivier. Ik weet dat de spoorlijn daar parallel aan loopt.'

'Bestaat er een weg naar de rivier?' vroeg Doyle.

'Zie ik eruit als een cartograaf?' kaatste Lovecraft bijtend terug.

'Godallemachtig,' grauwde Doyle terwijl hij van het plaveisel af schoot en op een zandweg terechtkwam die zich door de wouden en over de heuvels naar het hart van de vallei leek te slingeren.

Inspecteur Mullin klemde het kleine stukje papier tussen zijn worstachtige vingers en las de boodschap nogmaals:

Bess in Gevaar/Empire State Express

Zijn T-Ford politieauto zwoegde met vijftig kilometer per uur over Second Avenue, langs Jefferson Park, waar hij uiteindelijk linksaf 125th Street in reed. Het Alhambra Theater schoot rechts aan hem voorbij en vervolgens boog hij bij Nicholas Park rechtsaf, waarbij hij voortdurend claxonneerde om te zorgen dat de voetgangers en de tragere voertuigen zich uit de voeten maakten.

Met zijn rijstijl overtrad hij ongeveer alle regels van de wegenverkeerswet, maar zijn intuïtie dreef hem voorwaarts. Er was iets vreemds gaande. Mullin had zo'n donkerbruin vermoeden dat de echte hoofdrolspelers in deze duistere opera op het punt stonden het podium te betreden.

Manhattan Island achter zich latend hobbelde Houdini over de halfverharde straten van Spuyten Duyvil en keek omhoog naar de bogen van de High Bridge en de Washington Bridge. Hij ijlde in noordelijke richting door Bronxville naar Yonkers, waar de lucht was bezwangerd met de chemische geuren uit de vele tapijtfabrieken. De Scout begon te slingeren toen Houdini een zandweg opreed die parallel liep aan de stroom van de Hudson. De motorfiets bokte en slingerde over de kuilen en hobbels in de weg. Bij een open plek tussen de struiken schoof hij een talud op. De achterband spoot aarde de lucht in toen de Scout kreunde en de spoorbaan op reed. Toen hij in de verte een stoomfluit hoorde wegsterven, gaf Houdini gas en spurtte achter de Empire State Express aan.

Bess keek naar Abigail die naast haar in slaap was gevallen. Ze zat met haar gezicht tegen het raam aan gedrukt en haar adem deed het glas beslaan terwijl buiten door maanlicht beschenen valleien voorbijgleden. Ze zag dat er een leren buideltje om Abigails nek hing aan een draad die eruitzag als een mensenhaar. Bess stak haar hand ernaar uit, maar Abigail bewoog zich en keerde zich zo dat zij er niet meer bij kon. In plaats daarvan keek Bess hoe haar frambozenthee in het kopje klotste, terwijl zij probeerde te beslissen hoe ze Abigail veilig naar New York terug kon brengen. Ze kon proberen haar op het eerstvolgende station, waar dat ook zijn mocht, met geweld de trein uit te sleuren, maar was er bepaald niet van overtuigd dat haar dat zou lukken. Abigail leek verbazingwekkend koppig als ze zich eenmaal ergens in had vastgebeten. Toen overwoog Bess de hulp in te roepen van de treinconducteur, maar dat zou een litanie aan vragen opwerpen waarop zij geen bevredigende antwoorden had. De mogelijkheid die overbleef was Abigail gewoon te volgen totdat ze een manier kon vinden om contact op te nemen met Arthur.

Plotseling werd Bess overvallen door een panische angst. In tegenstelling tot andere vrouwen was ze er zo aan gewend geraakt te vrezen voor het leven van haar echtgenoot, dat het net een schakelaar leek die in haar geest werd omgedraaid. Het was net alsof de meedogenloze vaart van zijn bestaan en het gevaar van zijn stunts de norm waren geworden. Maar de gevangenis... De gevangenis was maar al te werkelijk en er stond nog veel meer op het spel. Tot op heden had Bess altijd geloofd dat haar echtgenoot tot alles in staat was – want dat had hij keer op keer aangetoond. Je kon het zo gek niet verzinnen of hij had het geflikt, hoe onwaarschijnlijk dat ook leek.

Verscheidene wagons voor hen stak de conducteur zijn hoofd om het hoekje van de locomotief en riep: 'We liggen achter op de dienstregeling!'

De machinist keek met een woedende uitdrukking op zijn gezicht om. 'Dat komt omdat we sinds we het station hebben verlaten geen enkel sein meer hebben doorgekregen. Doe me een lol en ga jij eens achteraan kijken wat er in vredesnaam loos is. Anders blijf ik in Tarrytown staan tot we precies weten hoe de vork in de steel zit. En als ze weer in werktijd hebben zitten zuipen, dan geef ik ze persoonlijk een pak op hun sodemieter.'

De conducteur behoefde verder geen aansporing. Hij verliet haastig de locomotiefcabine terwijl de machinist de luchtrem aantrok en de stoommachine luidkeels begon te protesteren. Toch minderde de Empire State Express vaart toen hij het station van Tarrytown, vlak bij de oevers van de Tappan Zee, naderde.

Abigail schrok met een ruk wakker. 'Waarom minderen we vaart?'

'Misschien moet er iemand uitstappen,' antwoordde Bess.

De conducteur kwam met een bezorgde uitdrukking op zijn gezicht aan de voorzijde de wagon binnen. Hij passeerde Bess en Abigail toen de trein net een tunnel in stormde en de gehele wagon, afgezien van de paar vonken van de rails, in duisternis werd gehuld.

Abigail sprong overeind. 'Wat is er aan de hand?'

'Ga zitten,' zei Bess op geruststellende toon. 'Het is gewoon –'

Een bloedstollende gil galmde door de wagon en een lichtflits voor het raam onthulde een drietal demonen die, met glinsterende robijnrode ogen en hun sikkels alles op hun pad neermaaiend, door het gangpad vlogen. Met afgrijzen zag Bess hoe er een mes onder de ribbenkast van de conducteur werd gehaakt en hij als een lappenpop naar voren werd geslingerd om boven op een vijf leden tellend gezin terecht te komen.

Abigail klauterde over Bess heen en tuimelde in het gangpad.

'Abigail!' schreeuwde Bess en toen kon ze zich wel voor haar kop slaan dat ze zo stom was geweest haar naam prijs te geven. Want te midden van het gegil van de reizigers klonk blij verbaasd gepiep van de demonen die hun prooi hadden gevonden.

Abigail liep, terwijl ze wegvluchtte, een kelner omver, waarbij de wijnglazen door de lucht vlogen. Toen ze bij de deur van de wagon was aangekomen, keek ze achterom en zag ze dat ze door wezens werd gevolgd en hoorde ze het gekrijs van doodsbange reizigers. Ze duwde de deur open en sprong in de tochtige ruimte tussen de wagons. Abigail zag de rails onder zich voorbijflitsen en de stoomfluit piepte om aan te geven dat de Empire State Express bij het station van Tarrytown was aangekomen. Abigail snelde over het voetgangersbruggetje boven het koppelmechanisme en schoot de volgende passagierscoupé binnen terwijl het gegier van de stoomfluit werd overstemd door het gebrul van haar achtervolgers toen die door de deur achter haar naar buiten stormden.

Abigail bleef doorrennen totdat ze bij de cabine van de locomotief aankwam en klapte tegen het ijzeren bedieningspaneel aan. Zo vlak bij de stoommachines was het kabaal oorverdovend.

De machinist keek haar woedend aan. 'Ga terug naar je plaats.'

Abigail bracht een hand naar haar bloedende voorhoofd. Ze opende haar mond om iets te zeggen, maar er kwam geen woord over haar lippen.

Iets in haar gezichtsuitdrukking moest de machinist hebben gealarmeerd, want hij boog zich naar haar toe. 'Wat is er aan de hand?'

Zijn antwoord kwam in de vorm van een lange nek die zich om de hoek van het deurtje boog en waarop een mager hoofd onder een juten capuchon prijkte met robijnen in plaats van ogen.

De ogen van de machinist schoten heen en weer tussen Abigail en het wezen. Hij liet de remstang schieten, stapte van zijn kruk en ging tussen hen in staan.

'Wat heeft dit in jezusnaam te betekenen –?' begon hij en toen hief de demon zijn mes op. Abigail zag de sikkel diep in de buik van de machinist dringen. Er plonsde iets op de grond. Toen werd er een natte rode haak geheven en zeeg de machinist in een hoekje van de cabine ineen.

'Water,' smeekte de machinist.

Toen stak het wezen zijn klauwen uit naar Abigail, die op de kruk van de machinist sprong en door het open raam naar buiten vluchtte, buiten bereik van die lange vingers.

De wind suisde in haar oren en rukte aan haar bovenmaatse jas. Ze keek omlaag naar de rails die onder haar voorbijflitsten. Als ze uitgleed zou ze onder de trein terechtkomen en tot gehakt worden vermalen.

Met bevende handen liep ze op de tast langs de buitenwand van de cabine en greep een onderhoudsreling toen de demon achter haar aan kwam. De helft van zijn lenige lijf bungelde uit de cabine, zijn armen graaiden maaiend naar Abigail die op de rondlopende hals van de K-4 locomotief klom – op de trillende, oververhitte, 242 ton zware energiekern. Ze gleed met haar kleine voetjes over de smalle richel, haar vuistjes stevig om de stalen reling, en stond boven de malende cilinders, de rookkast en de veiligheidsklep, de drijfstangen, de zuigerstangen en de luchtdrukremmen. Haar hoedje vloog van haar hoofd en ketste af op het lichaam van de demon die haar op de locomotief was gevolgd. Zijn lange gewaad wapperde in de wind terwijl hij aarzelend rochelde, zijn robijnen ogen neersloeg en met zijn verbonden voeten voorzichtig over de richel naar voren gleed.

In de machinistencabine bestudeerden twee andere demonen het ingewikkelde buizenstelsel op het bedieningspaneel. Hun hoofden slingerden heen en weer terwijl monotoon gegons door de ijzeren wanden werd weerkaatst. Toen greep een van hen de luchtrem die op dat moment omhoog wees waardoor de trein minder dan vijfenveertig kilometer per uur reed. Krijsend trok de demon de hendel omlaag en de machines kwamen in verzet. Kleppen schudden en cilinders trilden toen kokendhete stoom van de stoomkoepel in de stoomketel werd geperst, waardoor de zuigers door de zuigerstangen werden gedwongen die op hun beurt duwden en trokken aan de kleppen die meer stoom prijsgaven.

Terwijl nieuwe rook uit de schoorsteen omhoogkringelde begon de Empire State Express vaart te meerderen.

Zelfs met negentig kilometer per uur vreesde Houdini dat hij de trein niet zou inhalen. Uit het landschap aan weerszijden en de glooiende hooglanden maakte hij op dat hij Tarrytown naderde. De spoorlijn boog weg van de rivier en strekte zich uit in westelijke richting. Houdini wist dat de Empire State een bocht moest maken door Irvington alvorens hij in Tarrytown tot stilstand kwam. Zijn enige hoop hem in te halen was een route recht door het glooiende landschap te kiezen. Houdini zuchtte diep, gaf gas en verliet de gebaande weg, reed over een rotsachtig talud en kwam met een klap met zijn voorwiel terecht in een weiland in het rivierdal met enkel onverharde wegen. Houdini tuimelde van de Scout en landde een meter of zeven verderop op zijn rug. De Scout piepte en de wielen draaiden. Zijn ribben vastklemmend rende Houdini naar zijn motorfiets toe, zette hem rechtop, ging er schrijlings op zitten en scheurde door het weiland weg.

Toen hij twintig minuten later een heuveltop bereikte die aan alle kanten was omringd door grazige valleien en maïsvelden, zag Houdini in de verte de Empire State Express en de torenspitsen van de grootste kerk van

Tarrytown. De spoorlijn sneed dwars door het hart van het dorp en vanaf zijn hoge uitkijkpunt kon Houdini de dikke stoomwolken zien toen de trein vaart meerderde.

Houdini racete door de maïsvelden. De wielen van de Scout bonkten en beukten tegen de droge grond en lanceerden kluiten aarde en deden wielmoeren lostrillen, terwijl Houdini met gebogen knieën op de pedalen bleef staan om de klappen zo goed mogelijk op te vangen. Toen spleten de maïsvelden uiteen en reed Houdini met brullende motor de snelweg op.

Doordat hij een stuk had afgesneden was hij voor de trein in Tarrytown aangekomen. De Scout ijlde met gierende motor door een straat in een woonwijk. De fluit van de trein sneed door de lucht.

Geleidelijk aan maakten de buitenhuizen van Tarrytown plaats voor de dorpskern – voor restaurants, kruidenierswinkels, kledingzaken, allemaal voor de avond gesloten. Tussen de gebouwen door kon Houdini zien dat de Empire State Express snelheid maakte en met vijfenzeventig kilometer per uur of meer langs het station raasde.

Houdini, die de streek goed kende, besefte dat hij maar één – en echt maar één enkele – kans had om de locomotief te overvallen. Hij gaf nog eens gas voor een laatste, allesbeslissende actie.

De paar voetgangers die nog op straat waren zochten haastig een veilig heenkomen toen de Indian V-Twin als een pijl uit een boog naar het klinkerviaduct snelde dat de spoorbaan overspande. De Empire State was het viaduct al half voorbij. Houdini had nog maar enkele seconden tot zijn beschikking.

Hij stuurde de motorfiets het viaduct op, keerde zijn lichaam naar de trein toe, trok zijn benen onder zich op en ging op het zadel staan terwijl zijn vingers de handvatten nog maar net beroerden. Hij ging op zijn hurken zitten, mat de afstand met zijn ogen en nam een duik. 's Werelds grootste illusionist zweefde – maaiend met zijn gespreide armen om zijn koers te bepalen – over de leuning van het viaduct, scheerde door de avondlucht en kwam met een klap tien meter lager op het dak van de laatste wagon terecht.

Door de klap rolde zijn lichaam als een dolle door en maakte een schuiver naar links. In een fractie van een seconde bungelde Houdini aan de zijkant van de trein, zich met één hand vastklemmend aan de onderhoudsstang en de rest van zijn lichaam hing vlak boven de voorbijsnellende grond.

De Silver Ghost kwam met gierende remmen tot stilstand in de zachte berm van een heuvelachtige weg in de Hudson Highlands. Doyle, Lovecraft en Marie stapten uit de auto en snelden naar de rand van de uitkijkpost. Vanaf de heuveltop konden ze het water van de Hudson en, meer naar het zuiden, de verre lichtjes van Tarrytown zien. Toen klonk een stoomfluit en de Empire State Express kwam, met een plotseling vervaarlijk glinsterende koplamp, een beboste bocht om.

Plotseling wees Lovecraft. 'Kijk!'

Alle ogen richtten zich op het drie na laatste rijtuig waar een man in een gehavend linnen overhemd tegen de wind in worstelend in de lengte over het dak snelde en een duik maakte naar de volgende wagon.

'Dat is Harry,' riep Marie uit.

'Hij is gek,' zei Lovecraft toen Houdini opnieuw een levensgevaarlijke sprong waagde.

'Dat is hij zeker,' zei Doyle, met een glimlach op zijn lippen. 'En daar mogen we God wel heel dankbaar voor zijn.' Hij wendde zich tot de anderen toen de trein om een volgende bocht uit het gezicht verdween. 'Terug naar de auto. In de heuvels halen we ze wel in.'

44

Abigail klemde zich vast aan de rondlopende bovenkant van de locomotief. Tarrytown was nu niets meer dan een aantal lichtpuntjes dat langzaam in de verte verdween. Zo nu en dan drong een windvlaag door tot de binnenkant van haar jas en dreigde haar van de trein te werpen. Dus wrong ze zich uit het kledingstuk en wierp het van zich af, waarna het over het treindak wegfladderde.

Helaas kon ze de demon lang niet zo gemakkelijk afschudden. Met een gil van woede klemde hij zijn hand om haar enkel. Abigail probeerde hem weg te schoppen, maar de demon rukte met onverwachte kracht aan haar en trok haar langzaam dichter naar zich toe. Op het laatste ogenblik sloeg ze haar armen om de bronzen koepel die zich tussen de twee schoorstenen bevond en klemde zich daar met alle macht aan vast. Maar dit schrikte het wezen helemaal niet af, integendeel, het nodigde hem juist uit haar als ladder te gebruiken en langs haar lichaam omhoog te klauteren naar het dak.

Springen was geen optie; aan beide kanten van de spoorbaan gaapte een grote diepte. En daarvoor was de snelheid van de trein veel te groot.

De demon greep zijn sikkel en maaide klungelig in haar richting. Het lemmet ketste met een luide tik tegen de koepel. Zich vasthoudend aan de koepel liet Abigail haar lichaam langs de zijkant van de trein omlaag glijden, vervolgens haakte ze haar voet achter de reling en gebruikte die om aan de andere kant van de koepel te komen. De demon was niet zo alert en leek weinig zin te hebben haar te volgen.

Abigail had de voorkant van de trein bereikt. Stoomwolken stegen op uit de schoorsteen op nog geen meter afstand van haar hoofd. De hitte was ondraaglijk en naarmate de trein met steeds grotere vaart over de rails denderde werd het geluid oorverdovender.

Abigail keek omhoog naar de sterren. Hoewel het inging tegen alles wat ze zichzelf had opgelegd te geloven, zou ze natuurlijk haar vleugels kunnen uitslaan. Maar als ze dat deed gaf ze toe dat ze niet menselijk was. Dan brak er een psychologische dam door die tweeduizend jaar verlatenheid en schande had weerstaan. Haar vleugels waren een herinnering aan wat er verloren was gegaan. De hemel was niet haar ontsnapping maar haar gevangenis. Als zij moest sterven dan zou zij sterven als een mens.

De demon hief zijn sikkel opnieuw op en Abigail verplaatste haar hand net op tijd om te voorkomen dat hij werd afgehakt. Maar de demon bleef haar hand als doelwit gebruiken en dwong haar van hand te wisselen en uiteindelijk om de koepel helemaal los te laten. Ze had niets meer om zich aan vast te houden. Ze stond met haar rug tegen de schoorsteen die heter was dan welke oven dan ook. Bij de volgende windvlaag zou ze van de trein worden geworpen.

De gloeiende ogen van een andere demon tuurden over de rand van het dak van de locomotief. Deze was minder onzeker dan zijn voorganger. Hij trok zich aan de onderhoudsreling omhoog en klom op het dak.

Abigail zag dat meer demonen zich, hun mantel wapperend in de wind als gordijnen, op de smalle richel buiten de machinistencabine verdrongen. Een voor een kwamen ze op haar af.

Toen het volgende paar robijnen boven de dakrand verscheen, werden de laatste kruimels hoop die Abigail nog zou kunnen hebben gehad door de wind weggeblazen. De demon slingerde zich over de rand het dak op, waarbij zijn mantel zich om hem heen kronkelde als een levende schaduw. Hij riep haar aan alsof hij haar kende, rochelend met die door speeksel verstopte stem en zijn klauwen met de lange in windselen gewikkelde vingers naar haar uitgestrekt.

Abigail voelde hoe de wanhoop bezit van haar nam. Ze had alles gedaan wat ze kon om hen te ontlopen, maar het leek erop dat ze haar dood belangrijker vonden dan hun eigen leven. Want wat was zij uiteindelijk? Zij was mens noch engel. Ze was de laatste overlevende van de Verloren Stam, een affront tegenover God – een even grote teleurstelling als de gruwelen van de Zondvloed. En Abigail was moe. Ze keek naar de naderbij komende demonen en stelde zich de genadeklap voor, hopende dat die snel en pijnloos zou zijn.

De demon die het dichtstbij was, boog zich naar achteren en zijn sikkel flitste in het licht van de zilveren maan. Abigail kon zien dat het bloed van de machinist nog van het lemmet droop. Maar toen het wezen naar voren leunde om toe te slaan, rukte er iets aan zijn gewaad en de demon vloog van de trein af recht in de baan van een aanstormende telefoonpaal. Zijn vlees sloeg met een misselijkmakende smak tegen het hout en de demon stortte neer in het kreupelhout.

Houdini trok zich aan de zijkant van de trein omhoog en nam de plaats van de demon in. Hij greep Abigails handen en klemde die opnieuw om de koepel. 'Houd goed vast, lieve kind.'

Toen keerde Houdini zich, balancerend op zijn vingertoppen om, en ramde een been tegen het kniegewricht van de volgende naderende demon, zijn been doormidden brekend als een aanmaakhoutje. Hij slaakte een kreet en sloeg achterover en haalde daarmee ook de derde demon onderuit. De wind deed de rest. De derde demon gleed langs de zijkant omlaag en tuimelde over een stuk of tien puntige zwerfkeien en verdween toen aan de andere kant van de heuvel uit het zicht.

De demon met het gebroken been ging rechtop zitten, greep Houdini bij zijn overhemd en rukte hem naar voren. Houdini kwam in botsing met de achterste schoorsteen en brandde zijn handen. De demon trok Houdini vervolgens omlaag en zij worstelden en rolden levensgevaarlijk heen en weer tussen de randen. Houdini hoestte en kokhalsde toen de demon zijn vingers in zijn mond stak, wellicht om te proberen zijn ziel uit te rukken. Zijn maag draaide om bij de smaak van de rottende handen. De fanatieke demon ging boven op Houdini zitten en zette zijn scherpe nagels in het vlees van zijn nek, drukkend en wurgend. Houdini klauwde naar het gelaat van het wezen, greep een van de robijnen ogen vast en rukte het uit. De demon jammerde luid terwijl het edelsteenoog aan kloppende aderen en pezen onder aan zijn hoofd bungelde.

Toen rolde Houdini zich op als een bal, plaatste zijn voeten onder de ribbenkast van de demon en stiet hem omhoog. De wapperende mantel van de demon bleef aan de takken van een passerende eik hangen, en Abigail zag hoe het lichaam door de dikke takken in een tiental mootjes werd gehakt.

De Silver Ghost reed slingerend het bos uit en over een smalle zandweg die evenwijdig liep met de spoorbaan en de Empire State Express. De wielen aan de linkerzijde van de Rolls hobbelden over losse stenen en schampten de randen van een lange greppel die zich tussen de spoorbaan en de weg bevond.

De trein gierde en spoog rook uit als een helse draak.

Het portier aan de chauffeurskant van de Silver Ghost zwaaide open, terwijl Doyle het gaspedaal tot op de bodem intrapte en de afstand tussen de trein en de auto met zijn ogen mat.

'Wat doe je nou?' riep Lovecraft uit.

'Howard, neem het stuur over,' beval Doyle.

'Goeie god.' Lovecraft greep zenuwachtig het stuur toen Doyle zich naar de trein toe wendde en zijn handen aan weerskanten van de portierstijl plantte om zich af te zetten.

'Arthur, *non!* Marie rukte aan zijn jas, maar hij schudde zich los. Hij kon de tegen de ramen geperste angstige gezichten van de treinreizigers zien die er met hun vuisten tegenaan bonkten omdat ze eruit wilden. Hij wist dat het tijd was om tot daden over te gaan.

Lange grashalmen ranselden de neuzen van Doyles schoenen toen hij omlaag keek in de met stenen bezaaide greppel. De trein schoof traag aan hem voorbij.

Toen gebaarde Lovecraft koortsachtig naar hem: de trein reed een tunnel in en de weg waarover ze reden kwam uit op een muur.

Beseffend dat hij geen moment langer kon wachten, draaide Doyle zich weer om naar de trein. Een passagiersrijtuig kwam langszij de Rolls, de uitsparing voor het trapje zo dichtbij als maar mogelijk was.

Doyle richtte zich op in het open portier van de Silver Ghost terwijl Lovecraft achter het stuur schoof. De auto slingerde heen en weer en wierp Doyle er bijna uit, maar die wist zich staande te houden. De wind rukte aan zijn jas toen hij op het reizigerstrapje sprong. Hij kwam neer met een smak die de lucht uit zijn longen perste, gleed – geschokt – langs de treden omlaag en greep net op tijd de rand van de leuning. Zijn lichaam schuurde over het grind naast de spoorbaan. De grond rukte aan zijn kleren en schaafde zijn huid. Zijn benen bonkten tegen de zijkant van de trein en schoven dichter naar de malende wielen toe, terwijl hij zich met alle macht vastklemde.

Toen klemden slanke handen zich om zijn polsen en zag Doyle dat Bess Houdini naar hem was toegekomen. 'Arthur!'

Het extra hefvermogen verschafte Doyle de kracht die hij nodig had om zich aan het trapje op te trekken. Toen zeeg hij hijgend ineen, terwijl Bess zich opgelucht over hem heen boog.

Lovecraft trapte met beide voeten op de rem toen de Empire State Express in de tunnel verdween en de stenen muur met grote vaart op hem toekwam. De wielen blokkeerden, en wierpen wolken van stof op, en de auto slingerde en dreigde te kantelen terwijl Lovecraft zijn best deed de macht over het stuur niet te verliezen. Toen kwam de Rolls-Royce op enkele centimeters afstand van de muur gierend tot stilstand.

Lovecraft veegde het zweet van zijn voorhoofd en leunde uitgeput achterover. Maar Marie sloeg hem op zijn schouder en ging naast hem op de voorbank zitten.

'Waar wacht je nog op, Howard? Omkeren, joh!'

Toen de Empire State Express aan de andere kant uit de tunnel tevoorschijn kwam, hief Houdini zijn hoofd op. Hij had zich beschermend over Abigail heen gebogen, maar nu zag hij dat het op het dak van de locomotief krioelde van de demonen. Ze kwamen met kleine stapjes dichterbij en maakten gebruik van hun grote aantal om zich af te schermen tegen de wind.

Houdini trok Abigail overeind en keek naar de wuivende maïsvelden rechts en de bossen voor hem.

Een sikkel zoefde op enkele centimeters afstand van zijn gezicht en toen nog een. Houdini trok Abigail met zich mee, wetende dat hij het niet tegen allemaal kon opnemen.

Ze loeiden naar hem als één enkel organisme: een muur van wapperend zwart met tientallen glinsterende ogen.

Houdini keerde zich om en drukte Abigail dicht tegen zich aan. 'Doe je ogen dicht,' zei hij haar,' en laat je lichaam meevloeien met het mijne. Ik houd je wel vast.'

Terwijl Abigail zich in Houdini's armen ontspande, tilde hij haar op, een arm onder haar knieën en de andere om haar middel. Hij ontweek een sikkel en die ketste af op de schoorsteen. Nog drie messen werden geheven toen Houdini Abigail dicht tegen zich aan trok en van de trein sprong.

Een stofwolk steeg op van de zijkant van het talud toen hun lichamen in een deinende zee van maïskolven neerploften en doorrolden.

Houdini schoot als een kanonskogel door de eerste paar rijen stengels en kwam uiteindelijk als een beurs en verfomfaaid hoopje mens tot stilstand. Hij probeerde zich op te richten maar viel – uitgeput – terug op zijn rug. Toen hij Abigails naam riep, belette een pijnscheut hem het spreken. Hij keek omlaag en zag dat zijn linkerarm in een onnatuurlijke hoek op de grond lag – uit de kom geschoten. Met een gezicht vertrokken van pijn greep hij zijn linkerbiceps en ramde zijn schouder terug in de kom.

Doyle trok Bess mee van het ene rijtuig met hysterische reizigers naar het andere. Het geluid van brekend glas overstemde zo nu en dan de angstkreten als enkele wanhopige zielen probeerden via de vensters een veilig heenkomen te zoeken. Bebloede lichamen lagen op de grond en markeerden het pad van de demonen.

Het aantal gewonden steeg toen ze de deur naar de locomotief naderden. Voor de deur lag een man met een bril en zijn handen gedrukt tegen zijn van diepe snijwonden doortrokken gezicht. Hij greep Doyles broekspijp.

'Het zijn een soort monsters… ga daar niet naar binnen.'

Doyle wendde zich tot Bess. 'Blijf hier.'

'Wees alsjeblieft voorzichtig, Arthur. Ze zijn niet menselijk.'

'Ja, ik weet het.'

Bess knielde neer om zich over de gewonde man te bekommeren, terwijl Doyle de deur openwrong en het gegier en gehuil van de wind vrij baan liet. Hij sloot de deur achter zich en klemde zich vast aan de reling van de smalle brug boven het koppelmechanisme. De laatste deur bevond zich recht voor hem. Hij liep erop af en duwde de kruk omlaag. De deur ging open. Roet en rook vulden de ruimte en de lucht was bezwangerd met de geur van bloed. En geen wonder, want daar lag een grote plas van op de grond en daar lag ook de machinist ineengedoken – dood – hoewel er nog bloed uit zijn maag gutste.

Doyle deed een stap naar voren en dook weg toen een sikkel afketste op de stalen deur. Een demon sprong uit de schaduw op hem af en dwong Doyle achteruit tegen de deur en samen tuimelden ze op de kabelbrug.

Door de klap waarmee ze neerkwamen brak een van de bouten van de brug af en helde het hele ding zwaar over en zakte aan een kant een meter omlaag op het koppelmechanisme. Doyles hoofd bungelde boven de verpletterende koppelingen en de malende wielen. De brug schudde en hing in een gevaarlijk steile hoek omlaag. Het wezen sprong boven op hem en de sikkel kwam steeds dichter bij zijn keel.

Toen Doyle probeerde het van zich af te duwen, zag hij de koppelingen naast zich. Hun gekromde kaken haakten in elkaar als de vingers van twee handen en zaten vast met twee pennen die verbonden waren met koppelstangen. Doyle slaagde erin één hand vrij te maken en kromde zijn vingers rond de koppelpen terwijl het mes zijn vlees steeds dichter naderde. Toen rukte hij de pen eruit en werden de rijtuigen ontkoppeld. De loopbrug van staaldraad klapte op de rails, spoog vonken en de demon werd met grote kracht van Doyle af gesmeten.

Doyle klemde zich met de moed der wanhoop vast aan de loopbrug die alle kanten op vloog. De demon was erin geslaagd zijn arm achter zich te zwaaien en de achterkant van de loopbrug te grijpen; hij krijste van woede en pijn toen de vonken in zijn gezicht vlogen. Achter hem vervaagde het laatste passagiersrijtuig in de duisternis. Terwijl de demon zich vasthield aan de draadstalen loopbrug en zijn lichaam over de stenen stuiterde, trok Doyle zich omhoog de locomotiefcabine in en liet de demon jankend achter zich. Hij nam plaats op de kruk van de machinist en bekeek in ontzetting het dichte woud van instrumenten, stangen, hendels, sissende buizen en metertjes.

Gebruikmakend van zijn beperkte kennis van de werking van het mechanisme van de Walschart en zijn meer algemene kennis van het principe van de stoomlocomotief, greep Doyle de snelheidshefboom, duwde die langzaam omhoog, en sneed daarmee de stoomtoevoer af en stelde de luchtrem in werking. De locomotief bokte en minderde vaart, de wielen krasten over de rails. Doyle keerde zich om. Binnen enkele seconden kwam de rest van de trein uit de tunnel tevoorschijn en naderde de locomotief. Doyle haalde de hendel weer iets omlaag en liet wat stoom ontsnappen om een nog rampzaliger botsing te voorkomen.

De demon die aan de loopbrug hing, draaide zijn hoofd naar hem toe en zijn robijnen ogen glinsterden toen de locomotief vaart minderde om de reizigerswagons tegemoet te komen. De demon gilde het uit en werd als een rijpe meloen platgeperst tussen de koppeldelen toen hun gekromde haken elkaar raakten en zich, dwars door de geplette demon ineenhaakten.

Doyle zat met hangende schouders van uitputting op de machinistenkruk en veegde met de rug van zijn hand het roet uit zijn ogen en gezicht. Langzaam kwam de Empire State Express kreunend tot stilstand.

Houdini betastte Abigails knie en drukte op de gewrichten tot ze het uitschreeuwde van de pijn.

'Bij de val heb je iets verrekt,' legde hij uit.

Abigail knikte en trok een grimas.

'Kun je erop staan?'

'Ik weet het niet.' Ze probeerde op te staan. Hij deed zijn best om haar te helpen maar toen ze haar gewicht op de knie overbracht kreunde ze en schudde haar hoofd.

'Toch moet je nu heel flink zijn, Abigail, oké? We moeten het bos zien te bereiken.'

Abigail beet op haar lip en knikte.

Houdini sloeg haar arm over zijn schouder, duwde de maïsstengels opzij en kwam moeizaam vooruit over de hobbelige grond. 'Prima, meid. Zo gaat het goed. Je houdt je kranig.'

Maar Abigails knieblessure deed bij elke stap meer pijn. Elke keer dat ze zich bewoog had ze het gevoel dat er een spijker in haar knieschijf werd gedreven. Ze wankelde, toen verzwikte ze haar enkel en tuimelde ze op de grond.

Houdini bleef gebukt staan om op adem te komen.

'We moeten verder, lief kind.'

Abigail knikte alleen maar en sloot haar ogen tegen de pijn.

Toen Houdini Abigails knie nogmaals onderzocht, werd er een jammerklacht aangedragen door de wind. Angstaanjagend. Bedroefd.

Houdini verstijfde en gebaarde Abigail stil te zijn.

Na een pauze klonk het gejammer opnieuw op, duidelijker ditmaal. En andere stemmen voegden zich erbij tot het een koor was en de lucht vervuld was van het roofdierachtige gehuil.

Houdini zei een gebed en sloeg zijn blikken ten hemel op, maar niets kon hem hebben voorbereid op wat hij toen zag.

Het leken net roofvogels, die zich scherp aftekenden tegen het maanlicht, maar dat kwam louter omdat ze zo hoog vlogen. Toen ze in sierlijke kringen lager gingen vliegen boven het maïsveld, werd er aan alle twijfel aangaande hun ware aard een einde gemaakt. Geknakte, bebloede vleugels klapwiekten en hielden weerzinwekkende lijken in de lucht. Acht paar bloederige vleugels waren uitgespreid van acht rottende ruggen. Acht paar kaken vielen open en de demonen jankten, een macaber koor van dode zielen op het uur van hun overwinning, robijnen ogen diep in hun witte schedels. Op sommige plekken plakte nog wat rottende stukken vlees als mosselen aan hun botten.

Ergens diep in zijn geheugen hoorde Houdini Lovecrafts waarschuwende stem spreken over de Mythos en de menselijke psyche, dus dwong hij zich een andere kant op te kijken voordat de schrik hem had verlamd. Maar aan hun kreten viel niet te ontkomen.

Houdini nam Abigail opnieuw in zijn armen en rende in de richting van het bos.

Hun achtervolgers zwermden en maakten duikvluchten boven hun hoofden.

Hoewel Houdini niet kon omkijken hoorde hij het geklapper van de vleugels in de lucht met de seconde luider worden.

'Houd je goed vast,' riep Houdini en hij maakte een duik toen een sikkel over hun hoofden scheerde en de maïskolven kliefde. Een stinkend lijk snelde boven hen langs en koos toen weer het luchtruim.

Houdini nam Abigail weer in zijn armen en strompelde voort naar het bos, terwijl de lucht rondom hen verzadigd was van het gegil en het geklapper van geknakte vleugels.

45

Verbijsterde reizigers stroomden op luttele kilometers afstand van Poughkeepsie de Empire State Express uit en een ondiep ravijn in dat grensde aan weelderig groen weiden. Brandweerwagens en ambulances waren zojuist gearriveerd om de gewonden eerste hulp te verlenen en dekens te verschaffen, terwijl de plaatselijke boeren lantaarns aan de boomtakken hingen zodat de artsen hun werk konden doen, de wonden konden diagnosticeren en de doden van de levenden konden scheiden.

Doyle bracht Bess naar een zandweggetje op enige afstand van de trein. 'We mogen hier niet worden gezien.'

'Maar Abigail dan?' vroeg ze.

'Die is bij Houdini. Dat hoop ik, tenminste.'

'Is hij hier ook?'

'Hij was op het dak van de trein en probeerde Abigail te redden.'

Bess bracht haar gehandschoende hand naar haar lippen, niet goed wetend of ze opgelucht of opnieuw ongerust moest zijn. 'Waar zijn ze nu dan?'

Doyle schudde zijn hoofd. 'Ik zou het niet weten.'

Bess had zich tijdens de voorgaande beproevingen bewonderenswaardig kranig gehouden, maar nu was ze uitgeput. Ze stortte zichtbaar in.

Toen vulde een brullend geluid hun oren en de Silver Ghost kwam uit de duisternis aanstormen met Lovecraft aan het stuur. Hij trapte het rempedaal in en maakte een draai van 180 graden, waarmee hij een stofwolk opwierp en jonge boompjes ontwortelde.

Toen de auto vlak voor hen tot stilstand kwam, hoorde Doyle het vertrouwde geluid van een ruziemakende Lovecraft en Marie.

'... of je had ze pardoes omvergereden!'

315

'Mens, dacht je dat het gemakkelijk was om te rijden met dat gekwaak van jou naast me?'

'Dat we nog leven is een zuiver godsgeschenk!'

'Ik ben een wetenschapper, geen chauffeur!'

Doyle opende het portier aan de kant van de bestuurder. Marie ging weer achterin zitten, terwijl Lovecraft haar plaats voorin innam en de plaats achter het stuur afstond aan Doyle. Bess ging achterin zitten, naast Marie die nog steeds bezig was Lovecraft op zijn achterhoofd te meppen.

'Hoe durf jij een toon tegen me aan te slaan alsof ik de eerste de beste snol ben?'

'Marie, doe me een lol,' kwam Doyle tussenbeide.

Lovecraft draaide zich met een ruk om. 'Als je me nog één keer aanraakt sta ik niet voor mezelf in!'

'Howard –' probeerde Doyle nogmaals.

'Bedreig mij niet, duivelskind!' Marie hief een waarschuwende vinger op.

'Stop!' schreeuwde Doyle, de stilte in de auto herstellend. Hij pakte Lovecrafts tas van de vloer en legde die op zijn schoot. 'Zorg dat je ze vindt!'

Doyle deed de handrem los, plaatste zijn linkervoet op het lage snelheidspedaal en keerde de auto zo dat hij met zijn neus van de trein afgekeerd stond. Toen hij over de hobbelige zandweg reed, haalde hij zijn linkervoet van het pedaal en schakelde over naar een hogere versnelling. De Silver Ghost scheurde door een laan van bomen.

Toen de auto een wel bijzonder majestueuze esdoorn passeerde, vlamde er een lucifer op en werd even het gelaat zichtbaar van inspecteur Mullin. De rook ontsnapte uit zijn neusgaten terwijl hij een klein sigaartje pafte. Zodra hij het Arcanum zag, stak hij zijn vinger door de ring die het gaspedaal van zijn geparkeerd staande T-Ford bediende en liet de handrem die aan de kant van het bestuurdersportier zat vieren. De motor kwam brullend tot leven. Hij stapte op de trillende treeplank en in de auto en liet de koppeling los voor de motor de kans kreeg af te slaan. De T-Ford schoot de weg op en achter het Arcanum aan.

Door het interieur van de Silver Ghost verspreidde zich een groenachtige gloed, afkomstig van de spookachtig zwevende cijfercodes van het Eltdown Schild. Lovecraft draaide aan de spoel en de kleine zuigertjes puften en leverden energie aan het magische bot. Getallen flikkerden op en verdwenen weer, en Lovecraft deed zijn uiterste best om de merkwaardige, tegenstrijdige berichten te interpreteren.

'Ze zijn in de buurt, ik…' In verwarring maakte hij zijn zin niet af.

'Nou? Wat?' drong Doyle aan.

De koplampen beschenen boeren die in groepjes van twee en drie, met de jachtgeweren over de schouders, nog in hun ochtendjassen en pyjama's naar de trein toeliepen. Het nieuws verspreidde zich snel.

Plotseling verstijfde Lovecraft. 'Naar links. Sla hier linksaf.'

Daar was geen weg, dus reed Doyle een open plek tussen de bomen op, gaf gas om een heuveltje te nemen en koerste vervolgens door een weiland. De Silver Ghost reed hobbelend over een zandweg naar een ander bos.

Achter hen probeerde Mullin die zonder licht reed hetzelfde kunststukje uit te halen doch faalde daar schromelijk in. De topzware T-Ford reed tegen het heuveltje op en helde toen vervaarlijk over naar links, waarbij de wielen los van de grond kwamen. Mullin trapte het gaspedaal helemaal in, maar het was al te laat. Hij kon nog net uit de auto duiken alvorens die op zijn zij rolde en ten slotte geheel op zijn kop teruggleed de weg op. Mullin vloekte en smeet zijn sigaar in de richting van de T-Ford waarvan de motor nog even napruttelde en vervolgens de geest gaf. Hij keerde zich om en rende achter de Silver Ghost aan, waarvan de lichten in de verte vervaagden.

De Rolls had de rand van het bos bereikt. Verder rijden was onmogelijk, maar Lovecraft had het spoor opgepikt. 'Iedereen uitstappen, snel!'

Doyle hielp Bess met uitstappen terwijl Lovecraft, met het instrument op zijn onderarm langs de rand van het bos struinde. 'Ze zijn vlakbij!' zei hij en toen draaide hij als een wervelwind om en bleef stilstaan. Doyle en Marie voegden zich bij hem. Het was doodstil afgezien van hun gezamenlijke ademhaling toen de demonoloog de in de lucht oplichtende cijfers bestudeerde.

'Howard?'

Lovecraft gebaarde Doyle stil te zijn. 'Ze zijn hier.' Hij tuurde in het halfduister tussen de bomen. 'Ik begrijp het niet. Ze zouden precies hier moeten zijn.'

Doyle fronste zijn voorhoofd. 'Dan zijn de berekeningen onjuist.'

'Dat zijn ze niet.'

Marie raakte hun beider armen aan en wees omhoog.

Alle ogen richtten zich omhoog en tuurden het duister van de takken af dat het licht van de sterren blokkeerde.

Houdini droeg Abigail naar de beschutting van het woud. Maar het was moeilijk in het vlekkerige maanlicht je weg te vinden, en al spoedig struikelde hij over een boomwortel, viel voorover en liet Abigail uit zijn handen vallen. Kreunend probeerde Houdini op te staan, maar plotseling verstijfde Abigail dicht tegen hem aan en legde haastig een hand op zijn mond.

De stilte was overstelpend. Houdini kon het bloed in zijn slapen horen ruisen en zijn hart in zijn borstkas horen kloppen.

Toen kraakten er takken boven zijn hoofd en ruisten er bladeren en werd een zwerm vogels opgeschrikt. Van boven uit de bomen vielen schaduwen omlaag en werden zij bedolven onder een regen van dode takjes en bladeren. Gerochel en gekrijs klonk op door het woud en die kreten werden beantwoord door andere tot het gezamenlijke effect een symfonie van onharmonische ontzetting was.

Opeens braken er takken links van hen – lager ditmaal – en lichamen doken vanuit het duister naar voren. Houdini stoof hen tegemoet en stond plotseling van aangezicht tot aangezicht met Doyle.

'Arthur!'

Doyle omhelsde Houdini, maar Houdini wilde liever eerst naar Bess toe. Hij sloeg zijn armen om zijn vrouw heen en overdekte haar vochtige gelaat met kussen.

Intussen gingen Lovecraft en Marie naar Abigail toe, sloegen beschermend hun armen om haar heen en hielpen haar overeind.

De hereniging was echter van korte duur toen grote wezens zich langs de boomstammen lieten zakken en het Arcanum naar het midden van een kleine open plek dreven. De sterrenhemel vormde een sprankelende kom boven hun hoofden. De boomtoppen huiverden. Herfstbladeren dwarrelden omlaag toen de demonen omlaag klauterden tot in het kreupelhout en de lucht, die normaal vergeven was van het getjirp van krekels, was nu zo stil als een kerkhof.

'Jullie geven niet gauw op; dat moet ik jullie nageven,' zei een stem die opklonk van de zoom van het bos.

Houdini en Doyle keerden zich met een ruk om. Het was een stem die ze allebei herkenden.

Paul Caleb stapte in het zilveren licht van de maan. Hij was gekleed in een grijs pak en rond zijn lippen speelde een raadselachtige glimlach. 'Mijn complimenten voor een goed gespeelde wedstrijd.'

'Caleb?' wist Houdini met moeite uit te brengen.

'Houdini. Hoor jij niet achter de tralies te zitten?'

Houdini wendde zich tot Doyle. 'Wat heeft dit in hemelsnaam te betekenen?'

'Iets zegt me dat Darian DeMarcus nog een meester diende, onverschillig of hij dat wist of niet,' zei Doyle. 'De enige persoon die meer naar het Boek verlangde dan wie ook.'

'Kun je je me nog herinneren, Marie?' vroeg Caleb toen hij zijn boordje losknoopte, zijn das lostrok en een roze litteken in zijn hals liet zien. 'Mijn kleine liefdesbeet.' De officier van justitie liet zijn tong uit zijn mond hangen en deed een hijgende hond na.

Maries adem stokte in haar keel. 'De zilvervos?'

'*Mon Dieu, aidez-moi, Marie, aidez-moi, s'il-vous-plaît.*' De stem die uit Calebs mond oprees was die van een oude Creoolse vrouw.

Maries dolk flitste, maar Lovecraft hield haar tegen.

'We hebben goed gebruik van haar gemaakt, dat verzeker ik je.' Caleb knipoogde naar Marie.

'Luister niet naar hem, jullie allemaal,' waarschuwde Doyle. 'Hij is de Koning der Leugens.'

Uit een zak in de plooien van haar rok pakte Marie de helft van een oesterschelp. Ze legde hem als een kommetje in haar hand. Toen greep ze, zonder dat Caleb iets in de gaten had, Houdini's hand en prikte in zijn duim met de punt van haar dolk.

Houdini bleef onaangedaan staan terwijl Marie in zijn duim kneep en het bloed in de schelp opving.

'O ja, ben ik dat?' vroeg Caleb aan Doyle. 'Dat komt dan goed uit. Of is de waarheid zo onverdraaglijk dat we ons ervan afwenden? Marie Laveau Glambion heeft sinds haar prilste jeugd met demonen gedanst en haar macht over hun ruggen verworven, terwijl ze zich de gevolgen van zo'n overeenkomst heel wel bewust was. We kunnen niet liegen,' zei Caleb, waarbij zijn gezicht iets van zijn uitdrukking prijsgaf, alsof hij op afstand werd bediend door een of andere verborgen marionettenspeler. Zijn stem kreeg iets knarsends, als staal dat over staal schraapt. 'We kennen de verlangens en instincten die de menselijke ziel regeren, Arthur, want wij *zijn* die verlangens en instincten. Je moet ons niet zien als bepaalde wezens maar meer als een idee waarvoor de tijd rijp is.' Calebs glimlach vervaagde en hij stak zijn hand uit. 'Kom nu maar, Abigail.'

Doyle stelde zich voor haar op en Lovecraft trok haar achteruit. De demonen zaten kwetterend in de bomen.

Lovecraft wierp een zijdelingse blik op Marie om te zien wat zij aan het doen was en ook hij bood heimelijk zijn hand aan. Ze prikte in zijn duim en ving het bloed op in haar schelp.

Caleb vouwde geërgerd zijn handen op zijn rug. 'Wat denken jullie nu toch te beschermen? Een klein meisje? Een slimme engel? Niks hoor, jullie beschermen een systeem dat heeft gefaald, een symbool van op hol geslagen macht. Jullie zijn van het begin der tijden af geprogrammeerd om jezelf te haten, jullie allemaal. En waarom? Omdat jullie hebben geleerd jullie meest natuurlijke en basale instincten, die driften die bij de geboorte van elk kind worden gewekt, te wantrouwen. Om te overleven. Om op te bloeien. Om te ontdekken. Om te vechten. Deze fundamentele elementen van het zelf werden vervormd tot zonden. En waarom? Om die vraag te beantwoorden moeten we overwegen wie door dergelijke deugden wordt bedreigd.' Caleb wees naar de hemelen boven hen. 'Het antwoord is eenvoudig: God. Want als de mensheid zijn ketenen zou afwerpen en zou beseffen wat haar ware bestemming is, zou God ophouden te bestaan. En dan zouden *wij* God zijn. Wij allemaal, wij zouden samen heersen. De geschiedenis wordt geschreven door overwinnaars, begrijpen jullie dat niet? Wij zijn zwartgemaakt als de Heer der Leugens, terwijl wij de kampioen van de mensheid zijn!'

'Met zo'n logica zou je tot de conclusie kunnen komen dat oorlog in feite vrede is,' kaatste Doyle terug.

'De bloederige, hartverscheurende, pijnlijke worsteling die geboorte heet? De verschroeide hand van het kind dat voor het eerst met vuur in aanraking komt? De verlammende angsten en veranderingen van de puberteit? De kwellingen en ontluistering van de ontmaagding? De trage, verslindende aftakeling van de ouderdom? Elke transformatie gaat met geweld gepaard, Arthur. De vrede die jij nastreeft is verlamming. Dat is de dood.'

Opeens voelde Doyle een stekende pijn in zijn duim toen Marie hem heimelijk tot bloeddonor veroordeelde.

'Misschien,' antwoordde Doyle, 'maar het is het soort dood waar we graag ons leven voor geven.'

Caleb haalde zijn schouders op. 'Het zij zo.'

De demonen ploften uit de bomen en schoten, wild met hun sikkels zwaaiend, op de open plek af.

Doyle en Houdini keken om zich heen en dwongen de anderen op hun knieën te gaan zitten.

De demonen zweefden boven de kring en veroorzaakten een vreselijke wind en klapwiekten met hun gestolen vleugels.

Binnen de cirkel legde Marie de schelp op de grond, sneed toen in haar eigen handpalm, balde haar hand tot een vuist en liet meer bloed stromen. Met haar andere hand vermengde ze kruiden op de grond. 'Ik heb meer tijd nodig,' fluisterde ze Doyle toe.

Houdini haalde Mullins gestolen Enfield .38 uit zijn zak tevoorschijn en controleerde of het vuurwapen geladen was.

Lovecraft haalde het Boek van Enoch uit zijn tas en smeet het op de grond.

'Wat doe je nou?' siste Houdini.

Lovecraft sloeg het boek open en bestudeerde een gemerkte bladzijde. 'Dit is niet zomaar een deel van de bijbel, het is een werk van zeldzame magische kracht. Als ik het goed vertaal, kan ik die dingen misschien met elkaar vermengen,' antwoordde Lovecraft.

'Dan zullen wij het samen moeten opknappen,' zei Houdini tegen Doyle.

Doyle grinnikte vastberaden.

Samen snelden ze de kring uit en pardoes op de demonen af. Doyle trok de degen uit zijn wandelstok en hakte wild op het ene na het andere wezen in. Houdini op zijn beurt, schoot drie kogels af die hun doel troffen in een uitspatting van botten en vleugels.

Lovecraft stond op en wendde zich tot de demonen terwijl hij zijn rechterhand omhoog stak, *'La mayyitan ma qadirun yatabaqa sarmadi fa itha yaji ash-sjuthath al-mautu qad yantahi!'*

Een van de demonen gaf een gil en maakte zich los van de anderen, klauwend naar zijn robijn rode ogen. Hij smakte tegen een boom op en stortte toen gebroken in elkaar.

Houdini vuurde nog eens drie kogels af op de grootste groep demonen. Maar een van de demonen maakte een omtrekkende beweging, weg van de anderen, en viel Houdini toen met de sikkel geheven van achteren aan waardoor Houdini met een smak op de grond werd gesmeten.

'Houdini!' schreeuwde Doyle, terwijl hij zich verdedigde en achteruit week om buiten bereik van de sikkels van twee boven hem zwevende demonen te blijven.

Maar toen de demon die Houdini had aangevallen probeerde terug te vliegen naar de veiligheid, sprong Houdini op en greep zijn been en trok hem schoppend en gillend terug omlaag waar hij hem met zijn vuisten te lijf ging. Hij had een flinke snee in zijn rug, maar daar had Houdini klaarblijkelijk geen erg in. De demon krijste onder het geweld van zijn vuisten. Houdini voelde botten breken toen zijn vuisten meer knekels dan vlees troffen, maar in zijn woede was hij de demon meester die hulpeloos spartelde als een gewonde vogel.

Hoe-hoe-hoe. Hoe-hoe.

Aanvankelijk werd het geluid overstemd door het gekrijs en het gekreun van de veldslag.

Hoe-hoe-hoe. Hoe-hoe.

Marie drukte de oesterschelp in de grond en knielde erboven. Ze hief haar armen op en begon te zingen, daarmee een ijle sliert van iets bruinachtig, korrelig onstoffelijks oproepend.

Toen zijn vijand tijdelijk was uitgeschakeld strompelde Houdini weg van de verbouwereerde demon en ging met zijn rug tegen die van Doyle staan. Heel even hadden zij tijd om op adem te komen terwijl de demonen boven hun hoofden cirkelden.

Ondertussen stond Paul Caleb met zijn handen in zijn zakken toe te kijken en te wachten. Hij spitste zijn oren toen hij die nieuwe geluiden hoorde.

De demonen leken ook nieuwsgierig geworden en stopten hun aanvallen om te zien wat de bron van die nieuwe afleiding was.

'Wat zijn dat?' vroeg Houdini op fluistertoon aan Doyle.

'Uilen,' antwoordde Doyle grijnzend.

Maries handen dansten boven de schelp en kneedden een onverklaarbare rookkolom die oprees uit de schelp.

De arm van een demon schoot ter verdediging omhoog toen een dik gevederd lichaam uit de bomen omlaag schoot, langs zijn hoofd scheerde en vervolgens weer krassend tot hoog in het geboomte vloog.

Nu klonken de kreten alom en zwollen aan tot een crescendo.

'Konstantin!' gilde Marie hemelwaarts.

Meer dan twee dozijn gigantische uilen met enorme vleugels doken, hun klauwen naar voren uitgestoken, door de herfstbladeren omlaag. Ze maakten salto's en duikvluchten en attaqueerden de krijsende demonen.

Doyle, Houdini en Lovecraft keken toe hoe twee kerkuilen naar de breekbare vleugels van een demon pikten en klauwden. Het regende op de open plek veren en bloed en nog steeds kwamen er meer uilen aan vliegen. De lucht was een ondoordringbare muur van lichamen. De demonen delfden het onderspit in de chaos – een verslindende deken van klauwen en snavels.

Het was in dit tumult dat Caleb door de linies van het Arcanum wist heen te dringen en zijn tanden ontblotend Abigail bij haar keel greep. 'En toch zal ik je krijgen!'

Op dat moment rukte Abigail het buideltje dat om haar hals hing los en smeet het, in een wolk van glinsterend stof, in zijn gezicht. Caleb hoestte en deinsde achteruit. Hij stond in zijn ogen te wrijven terwijl Abigail achteroverviel en in Lovecrafts armen belandde. Toen staarde Caleb naar zijn handen en zag de piepkleine kristallen. Hij wendde zich tot Marie.

'Engelkruid,' zei hij en toen veranderde hij plotsklaps in een levende vlammenzee. Hij zwaaide huilend van woede met zijn armen terwijl zijn geleende vlees zwart blakerde en in blaren openbarstte. De vlammen sloegen ook over naar de vleugels van de duikende uilen en likten langs de krijsende, wild om zich heen slaande demonen van wie er enkele door de lucht trachtten te ontkomen, doch ook die werden door de meedogenloze uilen te grazen genomen.

Terwijl de slag hoger in de lucht nog voortduurde, strompelde Caleb rond op de open plek tot het inferno dat zijn geleende lichaam was het begaf en stierf. Hij spoog stukken verschroeide long uit en toen hij zijn gesmolten ogen weer op het Arcanum richtte, was zijn schedel kaal en droop de huid van zijn wangen.

'We zullen dit niet licht vergeten, Marie,' mompelde Caleb tussen gezwollen en nog nasissende lippen.

'Je hebt verloren,' zei Doyle tegen hem.

Het wezen dat Caleb was geweest slaagde erin zijn aangetaste lippen te plooien tot een glimlach. 'Dacht je dat?'

Lovecraft ging beschermend voor Abigail staan. 'Je hebt hier geen macht: dat heeft Darian al bewezen. Die Laveau-legende berust op waarheid. Jij bent niet meer dan een bederver.'

'Heb je dan geen woord gehoord van wat we hebben besproken?'

vroeg Caleb spottend terwijl hij een zwarte fluim over zijn hand heen braakte. 'Jullie denken dat wij zwak zijn omdat we in menselijke gedaante tot jullie komen. Maar zoals we al eerder hebben gezegd... er huist een grote macht in ons allemaal, de kunst is alleen om die op de juiste wijze te bundelen.' Caleb stak zijn hand onder zijn verschroeide jas en haalde een Mauser tevoorschijn. Hij vuurde drie schoten op Lovecraft af.

Het gebeurde zo snel dat niemand het kon hebben zien aankomen. Voor hij wist wat er gebeurde lag Lovecraft languit op de grond. Hij betastte zich op zoek naar bloed en wonden, maar kon niets vinden. En toen zag hij dat de anderen zich over Abigail bogen.

Caleb leek ook uit het veld geslagen; uit de loop van het pistool in zijn hand kringelde nog rook omhoog.

Doyle maakte de knoopjes van Abigails blouse los. Donkerrood bloed gutste uit een gat in haar borst en over haar blanke huid.

Houdini legde haar hoofd in zijn schoot terwijl de tranen opwelden in zijn ogen.

'Heb ik –?' Abigail probeerde te spreken, maar had de grootste moeite om adem te halen omdat het bloed uit haar mond stroomde.

Lovecraft stond op en voegde zich bij degenen die over Abigail heen gebogen stonden. Zijn gezicht verkrampte tot een voor hem ongewoon blijk van ontroering en Marie klopte hem zachtjes op zijn rug.

'Ja, Howard maakt het uitstekend, Abigail,' antwoordde Doyle haar. 'Jij hebt zijn leven gered.'

'Echt waar?' Haar ogen werden groot van blijdschap.

'Sssst, wees stil.' Doyle drukte een hand tegen haar wang.

Abigails vuistjes omklemden plotseling Doyles revers toen ze snakte naar adem, en tijdens haar paniek hield Doyle haar in zijn armen en drukte haar hoofd tegen zijn borst.

Marie sloeg haar hand voor haar mond, de tranen stroomden over haar wangen.

Houdini trok Bess stevig tegen zich aan.

Toen zei Caleb hijgend: 'Ga nu opzij, jullie.'

Lovecraft sprong op. 'Blijf bij haar uit de buurt!'

Caleb hield zijn handen omhoog. 'Ik neem wat mij toekomt. Ik pak terug wat mij ontstolen is. Dat moeten jullie toch begrijpen.'

'Nee,' protesteerde Lovecraft. 'Niet haar vleugels.'

'O ja, wel haar vleugels, beste jongen. Ze opeisen opent een kloof tussen werelden. Het slecht de valse barrières die ons al die tijd van Hem hebben gescheiden. Voeg je bij ons als wij een nieuwe werkelijkheid betreden.'

Caleb stak zijn hand uit toen op de open plek een plotselinge windvlaag opstak. In een hemel waaruit zowel de demonen als de uilen waren geweken pakten wolken zich samen.

Het Arcanum boog de hoofden boven Abigail toen haar laatste ogenblik naderde. Alleen Lovecraft sloeg zijn ogen ten hemel.

Meteoren – of in ieder geval fenomenen die op meteoren leken – zigzagden boven de wervelende wolken langs de hemel. Eerst waren het er twee, toen vier, toen twaalf, toen twintig. Na een poosje kon Lovecraft hun vlammende staarten niet meer tellen.

Donker gerommel klonk aan de horizon.

Toen begonnen lichtpuntjes die aan vuurvliegjes deden denken overal boven de open plek te verschijnen en vlogen in hechte zwermen rond en rezen op van de grond als belletjes in champagne.

Toen dat gebeurde verstarde Calebs blik.

Inmiddels had het volledige Arcanum het in de gaten. Er klonk een gegons in de lucht, alsof ze werden omringd door een levend magnetisch veld.

En het was afkomstig van Abigails huid.

Het was een blauwachtig elektrisch geladen omhulsel dat knisperend tot leven kwam. Het werd pijnlijk om haar aan te raken, en Doyle was genoodzaakt de stervende engel op het gras te leggen daar de spieren in zijn handen en armen reageerden op de schokjes.

Het woud werd bezield door flikkerende lichtjes. Kikkers kwaakten en krekels tjirpten, plotseling gewekt door de vreemde gebeurtenissen van die avond. Boerderijhonden blaften in de verte toen in hun slaap gestoorde vogels helder vanuit de boomtoppen begonnen te kwinkeleren. Sprinkhanen gonsden en vossen keften.

Lovecraft hoorde Caleb mompelen: 'Waag het niet.'

Terwijl het lawaai van het woud aanzwol tot een bezeten hoogtepunt spoelde een golf gevormd door miljarden piepkleine nimbussen over de open plek en spreidde zich vervolgens uit over het woud. Hij overspoelde het Arcanum, stroomde voorbij Caleb en deed alle ogen fel oplichten.

In de witte intensiteit van het licht verdwenen kleuren en structuren.

Lovecraft hield zijn onderarm boven zijn ogen in een poging te zien wat er gebeurde. Achter hem hoorde hij Calebs protesten.

'Dit kun je niet maken. Vuile verrader. Lafbek!' Calebs stem klonk verwrongen, hysterisch. 'Kijk me aan! We dagen je uit. Klootzak. Leugenachtige hond! We haten je, We haten je!'

Lovecraft bedekte zijn oren met zijn handen om het bloeden te stelpen toen Caleb zijn stem verhief tot het ijzingwekkende gekrijs van alle verdoemden. Eén stem werden er honderdduizenden. Alleen het licht rondom hem voorkwam dat Lovecraft weggleed in de peilloze zee van die getergde stemmen.

Doyle daarentegen kon niets zien. Hij wist niet of zijn ogen open of dicht waren, zo helder en alomvattend was het licht. Het was warm maar het brandde niet, helder maar niet verblindend en ergens daar middenin werd Abigails lichaam van de grond getild. Doyle kon haar niet aanraken, maar hij voelde hoe zij oprees en hoorde haar zeggen: 'Wat gebeurt er?'

En hij hoorde zichzelf antwoorden: 'Ik denk dat je naar huis gaat.'

En meer werd er niet gezegd. Een poosje was er niets dan licht en stilte. Doyle kon de aanwezigheid van de andere leden van het Arcanum niet feitelijk constateren maar hij wist dat ze vlakbij moesten zijn. En niet alleen dat, maar hij voelde de nabijheid van vele anderen. Op de een of andere manier was de essentie van velen opgelost in het licht, en was bij hem tijdens die eindeloze ogenblikken van weergalmende stilte. Hij voelde de aanwezigheid van de doden en hoewel hij geen afzonderlijke naam of enkele aanraking had waargenomen wist hij dat Kingsley er moest zijn en zijn vader en moeder, en zijn voorouders. Hij werd overspoeld door warmte en toen begon het licht te vervagen. Geleidelijk aan herstelden de contouren van de open plek zich en begon het gedempte getjirp van de krekels opnieuw.

En het Arcanum constateerde dat zij allen geknield zaten boven een leeg plekje platgetreden gras.

Abigail was verdwenen.

De meeste gezichten waren nat van tranen en zweet. De enige die niet huilde was de enige die dat niet kon omdat zijn traanklieren waren dichtgeschroeid. Caleb stond wankelend in de koele bries en de rook steeg nog steeds op van zijn verkoolde lijf.

Doyle stond op en wendde zich tot Caleb. Hij zei niets, maar stak eenvoudigweg zijn handen in zijn zakken en trok zijn wenkbrauwen op.

Op dat moment explodeerde Caleb in een zwerm grote kraaien. Ze krasten verbitterd en vlogen toen klapwiekend weg.

Doyle liep naar Lovecraft toe en hielp hem overeind. 'Gaat het?'

Lovecraft knikte.

In het kreupelhout bewoog iets logs.

Doyle en Houdini liepen naar de zoom van het woud. Ze schoven de takken opzij en onthulden een geagiteerde inspecteur Mullin die badend in het zweet op zijn rug lag en nog steeds totaal verbluft was over wat hij zojuist had gezien.

'Goedenavond, inspecteur,' zei Doyle.

Mullin knipperde alleen maar met zijn ogen. Zijn lippen bewogen maar er kwam geen geluid uit.

Doyle knielde bij hem neer. 'Nu ik erover nadenk, bent u precies de man die ik wilde spreken.'

46

Mullin haalde de hendel van de dictafoon over en liet de wascilinder draaien toen de krasserige stem van Darian DeMarcus uit de hoorn van de luidspreker kwam en het kantoor vulde.

'Jij was van plan me te verraden! Waarom kon je me niet gewoon met rust laten?'

Mullins rossige haar was plat achterovergekamd en hij was gekleed in een puik zittend Cassimere-kostuum met Oxford-schoenen en een vlinderstrikje. Zijn vilten gleufhoed lag op tafel naast de dictafoon. Terwijl hij de cilinder liet draaien keek hij naar McDuff, de commissaris van politie die in een dure leren stoel zat. McDuff trok aan zijn korte baardje terwijl hij naar het geschreeuw van Darian luisterde.

'Ik was je broer. Je werd geacht me trouw te zijn, en in plaats daarvan probeer je me kwaad te doen.'

Vervolgens keek Mullin naar hoofdinspecteur Bartleby van het Vierde District, die meer geïnteresseerd leek in de kostbare zandloper op de salontafel dan in wat Darian te zeggen had.

'Houd op, Erica. Jij bent het niet echt.'

Tegenover Mullin zat Barnabus Wilkie Tyson te stralen. Hij kauwde op een onaangestoken sigaar terwijl de dictafoon voortkweelde.

'Jij bent dood!'

Ten slotte keek Mullin naar William Randolph Hearst die, met zijn armen over elkaar geslagen, in een vastberaden houding achter een van de fauteuils stond.

'Ik heb je gedood.'

Mullin liet de hendel los en de cilinder hield op met draaien. 'Zal ik het nog een keer afspelen?'

Commissaris McDuff schoof heen en weer op zijn stoel. 'Als u het niet erg vindt –'

'Dat is niet nodig, inspecteur,' viel Hearst hem in de rede. 'Ik zal die stem in mijn nachtmerries nog horen. Overduidelijk een gestoord en gevaarlijk personage. Het klopt in ieder geval precies met het profiel van de Occulte Moordenaar.'

'En het klopt allemaal, Shaughnessy?' vroeg commissaris McDuff aan zijn baard krabbend.

'Als een bus, commissaris,' antwoordde Mullin. 'De eigendomspapieren van het landhuis tonen aan dat ze broer en zuster waren. De familie DeMarcus had een verleden als duivelaanbidders. Het motief lijkt iets van doen te hebben met een of ander ritueel scenario. De zuster – Madame Rose of mejuffrouw DeMarcus, hoe u haar ook wilt noemen – ontdekte deze misdaden, maar voor zij kans zag contact op te nemen met de autoriteiten was ze door haar broer vermoord. Die vent op die geluidsopname die u zonet hoorde.'

'En wat is er na deze opname gebeurd?' gromde Tyson.

'Een overdosis. Hij was drugsverslaafd. Dacht dat hij spoken zag en wat niet al.'

Tyson lachte spottend, maar bracht er niets tegenin.

'Maar hoe kom je aan die opname, Shaughnessy?' vroeg McDuff nog steeds in verwarring.

'Een goede rechercheur geeft zijn bronnen niet prijs. Zo is dat toch, inspecteur?' vroeg Hearst.

Mullin knikte. 'Jawel, meneer Hearst. Zo denk ik er ook over.'

McDuff krabde op zijn hoofd en leunde achterover in zijn stoel. 'En van meneer Caleb geen spoor meer?'

'Nee, commissaris,' antwoordde Mullin. 'Hij heeft de stad halsoverkop verlaten.'

'Verbazingwekkend,' zei McDuff.

'Paul Caleb heeft altijd al iets over zich gehad dat niet helemaal leek te deugen, moet ik zeggen,' voegde Hearst eraan toe en toen klapte hij in zijn handen. 'Welnu, heren, bijzonder aardig van u dat u bent gekomen.'

De mannen stonden allemaal op. Tyson nam niet de moeite hem de hand te schudden. Hij keek Mullin nog even laatdunkend aan, stak zijn sigaar in zijn borstzak en beende het kantoor uit, de deur hard achter zich dichtslaand.

Hearst negeerde hem en gaf de hoofdinspecteur en de commissaris een hand. Mullin deed hetzelfde en wendde zich tot Hearst, die in plaats daarvan zijn arm vastpakte.

'Wilt u nog een ogenblikje blijven, inspecteur?' vroeg Hearst.

De commissaris en de hoofdinspecteur namen hun hoed af en kuierden naar de deur, keken even om naar Mullin en schudden hun hoofden.

Hearst schonk Mullin een wrange grijns en liep naar zijn barmeubel. Hij liet een paar ijsblokjes in een longdrinkglas vallen. 'Borrel, inspecteur?'

'Tikje aan de vroege kant voor mij, meneer.'

Hearst schonk zichzelf een whisky in, draaide zich om en hief zijn glas op. 'Nu bent u ook een lid van de club, inspecteur. Zeg eens wat zijn uw plannen?'

Mullin keek naar de blauwe hemel en het stadspanorama dat zich voorbij Hearsts venster uitstrekte. 'Ik denk dat ik misschien wel voor mezelf begin.'

'Als privé-detective?'

'Zoiets.'

'Uitstekend. Misschien doe ik nog eens een beroep op uw diensten. Discretie is een belangrijk bestanddeel van de baan, is het niet?'

'Soms wel, meneer,' antwoordde Mullin terwijl hij zijn gleufhoed van de tafel oppakte. Hij knikte naar de krantenmagnaat. 'Goedendag, meneer Hearst.'

'Goedendag, inspecteur Mullin.'

Mullin was het kantoor doorgelopen en had zijn hand al op de deurkruk toen Hearst hem terugriep.

'O, en inspecteur?'

Mullin draaide zich om. 'Meneer?'

Hearst glimlachte. 'Zeg Houdini dat hij bij me in het krijt staat.'

'Ik vermoed dat u hem eerder zult spreken dan ik, meneer,' antwoordde Mullin en toen stapte hij de gang in en trok de deur achter zich dicht.

Meeuwen krijsten boven zijn hoofd terwijl Lovecraft, met een vierkant voorwerp in een doek gewikkeld onder zijn arm, zich een weg baande door een juichende menigte die een militair konvooi dat terugkeerde uit Annapolis verwelkomde. Een blaaskapel deed de lucht schallen van feestmuziek vanaf een geïmproviseerde tribune naast Pier 14. Vrachtwagens en taxi's claxonneerden – maar of dat was ter verwelkoming of omdat ze werden opgehouden kon Lovecraft niet zeggen.

Hij baande zich, gebruikmakend van zijn ellebogen, een weg naar Pier 16, waar kruiers steekwagentjes met bagage de loopplank van de imposante *Mauretania* op reden.

Lovecraft bleef stilstaan.

Aleister Crowley stond op zo'n zeven meter afstand in zijn kameelharen jas en met zijn Engelse pet op zijn hoofd op de kade stukjes brood aan een boven hem rondzwermend groepje meeuwen te voeren. Zoals hij gewoon was sprak hij tot Lovecraft zonder hem te hebben gezien. 'Je hebt een betere jas nodig,' zei hij.

Het was koud. Lovecraft trok zijn gerafelde kraag dichter rond zijn nek. Toen hield hij, overweldigd door schuldgevoelens, het in een doek gewikkelde voorwerp in Crowleys richting met beide handen omhoog. 'Pak aan.'

Crowley keek er even naar. Hij haalde zijn neus op, sloeg de broodkruimels van zijn handen en sjokte naar Lovecraft toe. Hij pakte het bundeltje, klapte de doek weg en streek met zijn hand over het craquelé leer van het Boek van Enoch. Toen pakte hij de band weer in en stak hem onder één arm.

'Ik ben op weg naar Sicilië, weet je. Ik ga daar de Abdij van Thelema openen. Als je genoeg hebt van variétéacrobaten en overschatte romanciers moet je je maar bij me voegen.'

Lovecraft staarde alleen maar naar het Boek.

Crowley glimlachte. 'Nu, dat was het dan. Het beste, Lovecraft.' De magiër keerde zich op zijn hielen om en wandelde langzaam door de drukker worden menigte die aan boord wilde.

Urenlang had Lovecraft door Battery Park en langs de veerboten naar Brooklyn en Jeanette Park gewandeld. Hij had geprobeerd een glas whisky tot zich te nemen in de Fraunces Tavern, maar de smaak had hem doen kokhalzen en in plaats daarvan was hij in noordelijke richting gelopen, naar het joodse kerkhof, vlak bij Mariner's Temple en Chatham Square. Hij zat op een bankje naar de grafstenen te kijken toen er een rijtuig, getrokken door twee paarden, voor het hek van het kerkhof stopte. Lovecraft herkende de koetsier als Franz Kukol, Houdini's assistent.

En ja hoor, het portier klapte open en Houdini stak zijn hoofd naar buiten. 'Wat een verrassing jou hier aan te treffen.' Houdini maakte met zijn duim een gebaar naar Lovecraft dat hij naar hem toe moest komen.

Lovecraft stapte in het rijtuig en ging naast Marie en tegenover Doyle en Houdini zitten.

'Hallo, Howard,' zei Doyle terwijl hij een groot vierkant voorwerp dat in een doek was gewikkeld op de schoot van de demonoloog legde.

Op exact hetzelfde moment legde Aleister Crowley het verpakte Boek van Enoch op een tafel in zijn hut. De Atlantische Oceaan rees en daalde achter zijn patrijspoort. Hij haalde de doek eraf en streelde de leren band. Toen zette hij een leesbrilletje op en sloeg de eerste pagina open. In een onberispelijk handschrift stond daar geschreven:

Er was eens een meisje dat Assepoester heette en dat met haar jaloerse stief-moeder en haar gemene stiefzusters woonde in...

'Hè? Wat krijgen we nou?' mompelde Crowley. Toen betrok zijn gezicht. Hij bestudeerde de lederen band en vond sporen van lijm. In een opwelling van woede rukte hij aan het boek, en trok en hakte in op de leren band tot die zijn ware aard prijsgaf. De titel luidde:

SPROOKJES VAN MOEDER DE GANS

Crowley brulde en brieste en smeet het boek door de luxe hut. Toen het tegen een muur plofte en op de grond terechtkwam, viel er een los velletje papier tussen de bladzijden uit. De magiër raapte het op en las:

Beste Aleister,

Bij wijze van erkentelijkheid voor de nuttige informatie die je ons hebt ver-schaft bieden we je dit geschenk aan: een eerste editie, uit 1729, de eerste En-gelse vertaling van Perraults Contes de ma mère l'oye, *of zoals je waar-schijnlijk al hebt ontdekt:* De Sprookjes van Moeder de Gans. *Veel plezier ermee.*

Vriendelijke groeten,
Sir Arthur Conan Doyle

Crowley verfrommelde het briefje in zijn vuist en kneep erin tot zijn na-gels bloed deden opwellen. Knarsetandend mompelde hij: 'Doyle.'

In het rijtuig staarde Lovecraft naar het op zijn schoot liggende Boek van Enoch, ontdaan van zijn oorspronkelijke band. Toen keek hij op naar de anderen. 'Het was niet wat jullie misschien dachten?'

'En wat was dat dan wel?' vroeg Doyle.

'Ik heb nooit voor hem gewerkt, ik…' Lovecraft schudde zijn hoofd, niet in staat het uit te leggen. 'Doe maar met me wat jullie goeddunken. Ik heb het verdiend, veronderstel ik. Maar weet wel dat ik heel veel waarde hecht aan mijn lidmaatschap van dit genootschap. Ik…'

'Maar Howard, dit was van begin af aan mijn vooropgezette bedoeling,' zei Doyle.

Lovecraft keek op. 'Wat?'

'Ik rekende erop dat Crowley het met je op een akkoordje zou gooien en dat jij je eraan zou houden. Het spijt me als je het gevoel hebt dat je om de tuin bent geleid.'

'Maar dat kon je onmogelijk,' stamelde Lovecraft. 'Het… het gesprek…'

'Vanaf het moment dat ik vernam dat Konstantin Duvall dood was, wist ik dat het spoor onvermijdelijk zou voeren naar Aleister Crowley. De omstandigheden waren gewoon te verleidelijk. En wat we van Crowley weten toont overtuigend aan dat hij een man is die de voorkeur geeft aan een indirecte aanpak om zijn zin te krijgen. Hij zet veel liever anderen in om zijn vuile werk op te knappen dan een frontale aanval te riskeren. Toch leken de omstandigheden hem als verdachte uit te sluiten. Mijn conclusie was: Als Crowley de jager niet was, zou hij best eens de prooi kunnen zijn. Waarom zou hij ons anders de aanwijzing geven die ons op het spoor van Madame Rose bracht? Waarom zou hij anders het Arcanum helpen de dood van zijn gezworen vijand te wreken, als het niet was om zijn eigen hachje te redden? Alleen een leerling van Duvall en Crowley zou de locatie van het Boek van Enoch kennen en weten hoe men de mysteriën daaromtrent moest ontsluiten. Maar Crowley is niet op zijn achterhoofd gevallen. Ik wist dat hij jou met zijn tips en aanwijzingen zou doen watertanden, doch het hoofdgerecht zou bewaren voor het moment dat hij zich jouw samenwerking moest verwerven. En ik wist dat jij erop zou ingaan.'

'Waarom? Omdat ik de harteloze demonoloog ben? Die niet bij machte is iets te voelen? De man die jullie allemaal wantrouwen?' Lovecraft stak zijn kin van verlegenheid en woede in de lucht.

'Nee, Howard, juist om de tegengestelde reden. Omdat elke redelijk denkende, zorgzame man in jouw positie hetzelfde zou hebben gedaan. Omdat jou duidelijk werd waar het om ging zodra je Abigail had gezien. Omdat je je om haar bekommerde en bereid was voor haar een immens risico te nemen. En dat respecteer ik. Welnu, als ik Crowley had opgezocht en hem om zijn hulp had gevraagd, zou de uitkomst een totaal andere zijn geweest. Maar jullie hebben een unieke band, een band waarmee ik besloot mijn voordeel te doen. Kwel jezelf dus niet langer. Want hoewel ik het vreselijk vind om het toe te geven, in deze omstandigheden konden we niet zonder Crowleys hulp.'

'Maar hoe kon jij –?'

'Ach, Howard,' viel Doyle hem in de rede. 'Dat is eigenlijk heel eenvoudig.'

Lovecraft schudde zuchtend zijn hoofd. Maar toen hij zijn ogen neersloeg en naar het Boek keek, betrok zijn gezicht. 'Dit zal hij niet snel vergeten, hoor. Hij zal zinnen op wraak.'

'Ja, en dat is precies wat wij ook willen,' gaf Doyle toe. 'Want op die manier hebben we hem in onze macht. Ik geef de voorkeur aan een openlijk op wraak op het Arcanum zinnende Aleister Crowley dan op eentje die in het verborgene zijn vuige plannen smeedt en daar alle tijd voor tot zijn beschikking heeft. Begrijp je dat? Want op elke actie volgt een reactie en is daarom voorspelbaar. En dat wil ik dat Crowleys gedrag is: voorspelbaar. Het werk dat wij doen is bijzonder dankbaar en kent grote gevaren en we moeten bereid zijn die op de koop toe te nemen.' Hij boog zich naar voren en klopte op Lovecrafts knie. 'Je hebt een grote verantwoordelijkheid op je genomen en het er voortreffelijk van afgebracht, mijn jongen. Duvall zou trots op je zijn geweest.'

'Zo is het maar net,' zei Houdini met een knipoog. 'Knap gedaan, H.P.'

Marie porde Lovecraft met haar elleboog in zijn ribben – het leek warempel wel een complimentje.

'Maar dan nu de hamvraag, Art'ur,' zei Marie, terwijl ze een lange, witte veer uit haar zak haalde. 'Wat gaan we hiermee doen?'

Doyle bestudeerde de veer. 'Interessant. Een dekveer. Van een vleugel, met andere woorden. De calemus. Het donzige jasje, overduidelijk keratine. Het is een echte, dat zie je zo. Rekening houdend met de uitzonderlijke afmetingen, duidt dat op een wezen met een vleugelspanwijdte van ongeveer tweeënhalve meter – een vliegend wezen dat ongeveer de lengte heeft van een volwassen mens.' Doyle overhandigde de engelenveer aan

Lovecraft. 'Hier is de nieuwste aanwinst voor de Relikwieëngalerij van het Arcanum. Ik vertrouw haar aan uw bekwame zorg toe, meneer de conservator.'

Lovecraft draaide het aandenken rond in zijn handpalm en glimlachte toen hij in gedachten haar gezicht voor zich zag.